KB232696

金瓶梅

제1권

太乙出版社

금병매(金甁梅)에 대하여

소설 金甁梅

금병매는 중국 명나라 후기에 쓰여진 중국 4대 기서(삼국연의, 수호전, 금병매, 서유기) 중의 하나이다. 특히 수호지에 등장하는 인물인 무송(武松)을 비롯한 몇명을 차용하여 부호 서문경(西門慶)과 반금련(潘金蓮)의 가정 사이에 벌어지는 음탕한 사건들 속에 포르노에 가까운 염정성(艶情性)을 담고 있다. 명나라의 정치 부패와 부호 계층의 타락상을 사실적으로 묘사했다.

소설의 내용은 희대의 팔난봉꾼인 서문경을 둘러싼 세 미녀 반금련, 이병아, 방춘매가 펼치는 미묘하고 뜨거운 관계를 이야기하고 있다. 특히 이 세 여인은 중국 문학 작품 속에 등장하는 모든 여인들 중에서 가장 뜨겁고도 난잡한 성관계를 유지해온 것으로 풀이되고 있다.

소설의 제목인 금병매는 이 세 여인의 이름에서 각각 한 자씩 따온 것이다. 즉 서문경의 다섯째 첩인 반금련의 '금', 여섯째 첩인 이병아의 '병', 그리고 반금련의 하녀 중에 우두머리격인 방춘매의 '매', 이 세 글자를 합한 것이다.

이 소설에 나오는 중요한 인물들은 위에서 말한 서문경과 세 사람의 여성 외에도 서문경의 정실 부인인 '오월랑', 셋째 첩 '맹옥루', 넷째 첩 '손설아', 기생 '이계저', 친구 '응백작', 사위 '진경제', 지배인 중의 하나인

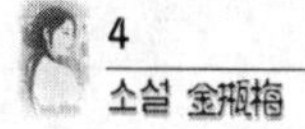

‘한도국’과 그의 부인 ‘왕육아’ 등이다. 이들이 추잡하게 얽힌 애욕과 재물을 탐하고 관능에 이끌린 인간군상들의 미묘한 관계들을 적나라하게 나타내고 있다.

특히 금병매의 소설 전개에서 나타나는 많은 등장인물의 성격을 명확하게 표현한 수법인 정밀한 묘사와 감칠맛 있는 문장들은, 뒤에 나온 장편소설에 많은 영향을 미쳤다.

그러나 냉혹함과 절망이 전편에 넘쳐 흐르고 봉건사회의 죄악상이 대담하게 폭로되고 있으나, 비판정신은 희박하며 노골적인 에로티시즘의 묘사가 많다.

金甁梅 2권
차   례

서문경(西門慶)이 십형제(十兄弟)의 맹약(盟約)을 하고
무송(武松)이 형수를 냉대하다

송나라 휘종황제(徽宗皇帝)의 정화연간(政和年間) ―.

산동성(山東省) 동평부(東平府) 청하현(清河縣)에 서문경(西門慶)이라고 하는 풍류 남아가 있었다. 그는 어렸을 때부터 놀기를 좋아한 이십육 세의 호남아였다.

서문경의 부친 서문달(西門達)은 사천(泗川), 광동(廣東) 등지로 돌아다니며 약재(藥材) 행상을 하면서 번 돈으로 청하현청 앞에다 큰 생약포(生藥鋪)를 차렸는데 날로 번창하여 하루에도 천금의 거래를 예사로 하였다.

서문달은 청하현 굴지의 재산가였고, 돈으로 산 세력도 도도하였으나 일찍 세상을 떠나 그의 외아들 서문경이 그 막대한 재산을 상속받았다.

그러나 서문경은 어려서부터 공부는 제대로 하지 않고 제멋대로 방종하게 자라났다. 양친이 모두 죽은 뒤로는 그의 방종한 생활은 더해갔다.

서문경은 부자유스러움이란 조금도 없는지라 화류계에 물쓰듯 돈을 뿌리며 방탕한 세월을 보냈다. 또한 싸움도 제법 잘했고 도박, 장기, 마작, 쌍륙 등 갖가지 잡기에 능란했다.

이런 생활 속에서 그가 사귀는 친구들도 모두 건달, 파락호(破落戶)들뿐이었다. 그 중에서도 서문경과 가까이 지내는 친구는 응백작(應伯爵)이라고 하는 비단장수의 아들이었다.

응백작은 아버지가 물려준 많은 재산을 주색으로 탕진하고 현재는 화류계에 돌아다니며 걸식(乞食)을 하는 형편이었다.

다음으로 가까운 친구로는 사희대(謝希大)인데 그는 어려서 부모를 잃고 제멋대로 자라난 자로서 비파를 타는데 명수였다.

이 응백작과 사희대가 서문경과는 가장 절친한 사이였고, 그 밖에 사귀는 사람들도 모두 건달들이었다. 그들은 축실념(祝實念), 손천화(孫天化), 오전은(吳典恩), 운리수(雲理守), 상치절(常峙節), 복지도(卜志道)와 백뇌광(白賚光)이었다. 이러한 파락호는 서문경한테 들러붙어서 술을 얻어먹고 용돈까지 얻어내어 도박과 주색으로 날을 보내고 있었다.

서문경이라는 사나이는 본래 고집이 세고 음흉스러워 교활한 수단을 서슴치 않았다. 현청 관리들에게 돈을 꾸어주어 은연중 세력을 펴고 있었으며 더구나 그가 가장이므로 서문대관인(西門大官人)이라고 호칭하니 어깨를 으쓱댔다.

그런데 서문경의 본처 진씨가 죽은 뒤에 슬하에는 딸 하나만이 있었다. 서문경은 본처를 잃은 뒤에 오천호(吳千戶)의 딸을 후처로 맞아들였다. 스물 대여섯의 그녀는 생일이 팔월 보름날이라 이름을 월랑(月娘)이라 하였다.

오월랑의 성질은 아주 온순했으나 몸이 약한 것이 탈이었다.

서문경은 오월랑 말고도 기생인 이교아(李嬌兒)를 이호 부인으로 삼고, 또 남가(南街)에서 몸을 팔던 탁이저(卓二姐)를 삼호 부인으로 삼고 있었다.

하루는 서문경이 오월랑에게

"내달 초사흘날에 친구들이 모일테니 술상과 기생을 준비해 주게나."

"그따위 건달들을 집에 불러 뭣해요. 제발 이젠 그만 두세요. 그따위 파락호들과 놀러다니느라고 집에는 통 계시지 않으니 어떡하실 셈이세요."

"이봐, 잔소리 말아. 그들은 정직하고 정말 재미있는 친구들야. 내 생각엔 그들하고 그저 친구로만 지낼 것이 아니라 이번 초사흘날에 모여 의형제를 맺을 작정야."

오월랑은 남편을 쳐다보며 얼굴을 찡그렸다.

이때 심부름하는 아이 대안(玳安)이

"응선생님하고 사선생님께서 오셨습니다."

하고 문밖에서 소리쳤다.

서문경은 객실로 나갔다. 서문경이 나타나자 두 건달은 벌떡 자리에서 일어나며 굽신 인사를 하였다.

"어제 색가(色街)에 가서 기생들 선을 봤는데…… 둘째 아주머니 조카 계저(桂姐)를 아시죠?"

응백작은 서문경의 구미를 돋굴 수 있는 이야기로 서두를 꺼냈다.

"그 계저란 애기 기생이 얼마나 아름다운지 마치 밤새 핀 모란꽃 같더군요."

응백작의 말에 서문경은 입맛이 당기는 모양이다.

"흐음, 그렇다면 나도 한 번 가봐야겠군."

"보시나마나 굉장한 미녀에요. 그 애도 필경 형님 차지가 될테고……"

"그래 어제는 기생 선을 보러갔다지만 그저께는 어딜 싸다녔기에 코빼기도 볼 수가 없었냐?"

"저, 그저께는 복지도란 놈이 급사하여 장례를 봐 주었지요."

"아니, 앓고 있다는 소문이더니 끝내 죽고 말았구나."

"우리 십형제 중에 한 사람이 죽었습니다."

사희대가 슬픈 표정도 없이 간단하게 대꾸했다.

"내달 초사흘날 모임에선 또 형님 덕택으로 한 턱 잘 먹게 되겠군요."

"그렇지 않아도 집사람에게 아까 일러놨네. 우리가 이렇게 가깝게 지내는 바에야 아주 정식으로 의형제를 맺으면 더 좋지 않을까?"

서문경의 이 제안을 들은 응백작은 손뼉을 치며 좋아하였다.

"결의 형제는 열 명의 친구가 있어야겠는데 누굴할까?"

사희대의 말에 서문경도 고개를 끄덕였다.

"우리 이웃집 화군(花君)이 어떨까? 오입도 제법할 줄 알고 돈도 쓸 줄 아는 위인이야."

응백작이 좋아라 하고 손뼉을 치며

"저 유명한 기생 오은아(吳銀兒)를 독점하다시피 하고 노는 화자허(花

子虛)말인가요?"

"그래, 바로 그 사람야."

그들은 한동안 시시덕거린 끝에 의형제가 될 친구한테 알리기로 하고 헤어졌다.

초사흗날 아침이 되자 응백작 등 한 패가 몰려 들었다. 앞장을 선 응백작 뒤에는 사희대가 들어오고 그 뒤로 손천화, 축실념, 운리수, 상치절, 오전은, 백뇌광이 따라섰다. 이 여덟 명에 서문경과 화자허를 넣으면 꼭 열 명의 의형제가 되는 것이다.

서문경은 조반을 마친 뒤에 좋은 의관을 차려입고 일동을 거느리고 옥화묘로 향하였다.

결의가 끝나자 열 명의 형제들은 서문경을 상좌에 앉히고 진수성찬이 차려진 교자상을 둘러 앉았다. 한창 홍이 무르익어갈 즈음 서문경 집에서 온 대안이가 서문경의 귀에 입을 대고 속삭였다.

"셋째 마님이 지금 위독하십니다."

서문경은 대안의 보고에 좀 놀란 표정을 지었다.

"여보게들 집에 좀 급한 일이 생겨서 나 먼저 실례하겠으니 실컷 먹고 재미있게 놀아주게나."

하고 미안해 하며 자리에서 일어섰다.

"아니, 형님 무슨 급한 일이기에 형님이 꼭 가셔야만 되는 일입니까?"

하고 일동은 의아해 하며 안 된다는 눈치였다.

"다른게 아니라 셋째 부인의 병이 위급하다니 가봐야겠네."

"그럼 같은 길이니 제가 모시고 가겠습니다."

화자허가 서문경을 따라 일어서자 응백작이 손을 저으며,

"아니 두 분이 모두 달아나면 건달패들만 남아서 어쩌란 말요. 화자허는 더 놀다 가구료"

"이 사람 집에는 남자가 아무도 없으니까 빨리 가봐야 할 걸세."

서문경도 화자허와 동행하고 싶은 모양이었다.

서문경과 화자허는 여러 사람들에게 미안하다는 말을 남기고 각각 말을 타고 돌아갔다. 서문경은 자기 집앞까지 오자 화자허와 작별하고 집으로

들어가자마자 삼호 부인 탁이저의 병세를 오월랑에게 물었다.

"여보, 셋째 집이 위독하다지?"

서문경의 말에 오월랑은 볼멘 소리로

"병자를 집에 두고 오늘 밤 또 그 건달패들 하고 어디가서 술타령을 할지 몰라서 하인을 보낸 거에요. 남의 눈도 있으니 탁이저의 병이 나을 때까지는 집에 계시도록 하세요."

오월랑은 셋째 첩 탁이저의 병을 빙자하여 남편의 오입을 그동안이라도 견제해 보려는 속셈인 것이다.

"난 또 기절을 했다기에 허겁지겁 달려왔지."

"의형제 핑계로 또 철우에 가서 들어오시지 않을까봐 그랬어요."

서문경은 오월랑의 만류로 한동안은 집에 들어앉아 있었으나 얼마가 지나니 그런 생활에 좀이 쑤셔서 견딜 수가 없었다.

하루는 의원이 탁이저의 병을 진맥하고 있을 때 응백작이 찾아왔다.

"셋째 아주머니 병환은 좀 나으셨나요?"

"별로 차도가 없어 걱정이네. 그날 옥황묘에선 밤 몇 시쯤 돌아왔나?"

"아마 자정쯤 됐나 봅니다. 모두 술에 녹초가 되어 개차반이었어요."

마침 서문경은 식사를 하려던 참이었으므로 응백작과 겸상을 했다.

"사실 형님한테 급히 알릴 일이 있어서 밥도 먹지 않고 달려왔어요."

"무슨 일이 생겼나?"

"우리가 옥황묘에서 의형제를 맺던 날 경양강 고개에 무서운 호랑이가 출몰하여 많은 사람이 희생됐다는 얘기를 들었었지요. 그런데 말입니다. 그 호랑이를 어젯밤에 굉장한 장사가 맨주먹으로 때려 잡았다고 소문이 대단하더군요."

"자네 또 허풍을 떠는군. 맨주먹으로 어떻게 호랑이를 잡는단 말인가?"

"아니 형님두, 정말 보지 않고는 믿지 않으시겠죠? 하지만 이건 사실인 걸요."

"아따, 여보게 너무 허풍떨지 말고 자세한 얘기나 들려주게."

"그 장사는 무송(武松)이라고 하는데 처음에는 취중에 어느 관리를 구타하고 도망다니다가 시대관인(柴大官人) 밑에서 숨어 살았다나봐요. 세월이 흐르자 고향으로 돌아가 형을 찾아 보려고 경양강 고개를 넘으려니까 마침 그 황소만한 호랑이가 덤벼들더랍니다. 그래서 무송은 그 호랑이를 맨 손으로 때려 잡았다는군요."

응백작은 자기가 호랑이를 때려 잡은양 신이 나서 떠벌였다.

"맨주먹으로 그 무서운 호랑이를 잡았다는 것이 정말일까?"

"정말인지 아닌지 눈으로 직접 봐야만 하겠기에 이렇게 형님을 모시러 달려온 게 아닙니까?"

서문경과 응백작은 집을 나와 부지런히 걷다가 사희대를 만났다.

"형님들도 호랑이를 잡은 구경을 하려고 부산스럽게 가시는군요."

"음, 그렇다만……"

"형님, 지금 거리에는 사람들이 워낙 많아서 구경을 할 수가 없어요."

서문경, 응백작, 사희대 세 사람은 거리에서는 도무지 구경을 할 수가 없으므로 요리집 이층으로 올라갔다.

우선 술과 요리를 청해 몇 잔 들고 있으니 거리에서는 요란한 함성과 북과 장구치는 소리가 들려왔다.

거리를 내려다보니 사냥꾼들이 두 줄로 늘어서서 걸어오고 그 뒤로는 네 명의 장정이 그 커다란 호랑이를 끙끙대며 메고 오는 것이 보였다.

그리고 맨 뒤에 말을 타고 오는 장사가 호랑이를 때려 잡은 무송이었다. 일곱 자나 되는 장신에 풍채가 훤한 스물 대여섯의 남아였다.

서문경은 무송을 바라보며 저런 사내라면 사자가 덤벼도 꿈쩍 않을 것이라고 감탄을 연발했다.

무송은 형을 찾아 고향으로 가던 중 경양강 고개에서 호랑이를 잡았으므로 지금 청하현 현지사의 부름을 받고 현청으로 가는 길이었다. 현지사는 이미 당상(堂上)에 나와서 무송을 기다리고 있었다. 현지사는 이 황우같이 놀라운 무송의 힘을 보고 정녕 호랑이를 때려 눕힐 만하다고 감탄했다. 무송은 현지사 앞에 나아가 무릎을 꿇고 절을 한 다음 호랑이를 잡을 당시의 광경을 자세히 아뢰었다.

현지사는 친히 무송에게 술을 따라주며 공을 치하했다. 또한 공약했던

상금 오십 냥을 내렸다. 그러나 무송은 그 상금을 사양하며,

"지사님의 높으신 은덕으로 소인이 사람을 괴롭히던 호랑이를 요행 잡았습니다만 소인의 힘만은 아닙니다. 이 상금 오십 냥은 감히 받을 수가 없습니다. 저 사냥꾼들이 애를 많이 썼사오니 그들에게 나눠 주는 것이 도리라고 생각합니다."

현지사를 비롯한 관리들은 무송의 이러한 태도에 머리를 숙였다.

"그런 의견이라면 그대로 실행하라."

무송은 오십 냥의 상금을 따라왔던 사냥꾼들에게 고루고루 분배했다. 현지사는 무송의 위인이 호걸이요, 또 의협심이 있는 장부다운 태도에 감복하여 그 자리에서 그를 청하현 수비대장에 임명하였다.

현지사의 특명으로 수비대장이 된 무송이 현청에서 물러나자 그 지방 유지와 부호들이 며칠 동안이나 잔치를 베풀어 그를 환영했다. 무송은 호랑이를 잡은 것만으로도 인기가 비등했는데 청하현 일대의 수비대장이라는 어마어마한 벼락감투를 썼으니 그의 이름은 더욱 유명해졌다.

하루는 무송이 거리를 순찰하고 있자니까 뒤에서 자기를 부르는 소리가 들려왔다.

무송이 돌아보니 천만 뜻밖에도 그립게 찾던 형 무대(武大)였다.

무송의 형 무대는 무송과 헤어진 후에 청하현 자석가(紫石街)로 이사해서 셋방살이를 하고 있었다. 그런데 무송의 장대한 기골과 늠름한 풍채와는 정반대로 무대의 키는 석 자 밖에 안되었고, 변변치 못한 졸장부였다. 키가 작을뿐만 아니라 얼굴까지 솔방울처럼 까맣고 조그마한 것이 동그라서 난쟁이 솔방울이 굴러온다는 놀림을 받기가 일쑤였다.

무대는 이름만이 빈 털털이가 아니라 살림도 빈탕인 가난뱅이였다. 겨우 찐빵을 행상하여 입에 풀칠을 하며 지내는 터였다. 더구나 불행하게도 상처하여 열두 살된 딸 영아(迎兒)를 데리고 지냈다.

무대는 반 년도 못 되어 대가방(大街坊)에 있는 장(張)대인 집 문간방 하나를 세내어 들었다. 무대는 천성이 정직하고 순박했으므로 장대인의 하인들도 그의 딱한 사정을 동정하였다. 하인들도 무대를 동정하

여 칭찬하므로 장대인은 무대에게 방세도 받지 않고 거저 들어 있게 하였다.

장대인은 굉장한 부호로서 집이 백 채나 있어 집 없는 사람들에게 세를 놓고 있었다. 재산은 많으나 나이 육십이 되었는데도 슬하에 자식이 하나도 없었다. 그런데 그의 늙은 부인 여(余)씨는 구두쇠인데다가 엄격해서 얼굴이 반반한 계집애는 집에 두지 않았다.

"이렇게 늙어가지고 자식 하나 두지 못했으니 재산이 태산같이 많이 있으면 무얼하나. 죽어서 가지고 갈 것도 못되는 재물인데……"

장대인은 이렇게 탄식하며 한숨을 길게 쉬었다. 옆에서 이런 태도를 보던 여씨 부인은

"그럼 소녀 둘만 사다가 범절을 가르쳐서 영감 시중을 들게 하지요."

하고 양보를 하였다.

장대인은 기뻐하며 부인에게 치사했다. 며칠 지나서 부인은 소녀 둘을 사들였다.

하나는 반금련(潘金蓮)이고 또 하나는 백옥련(白玉蓮)이라고 하였다. 백옥련은 열 여섯 살의 기생이었고 반금련은 남문밖 바느질집 반씨의 여섯째 딸로 어렸을 때부터 재주가 있고, 특히 전족(纏足)한 발모양이 아름답고 간드러져서 연꽃 봉오리와 같아 그 이름을 금련이라 지었다.

반금련은 아버지가 죽은 뒤에 어머니 밑에 살고 있었으나 가난한 생활이라 아홉 살 때에 왕초선(王招宣) 집에 팔려가서 가무와 글과 그림을 배웠다.

본래 영리한 천품이었으므로 열 두서너 살 때부터 계집꼴이 나게 조숙하였다. 열 다섯 살이 되기 전에 피리와 삼현(三絃)의 기예도 익혔으며 특히 비파를 잘 탔다.

그 뒤 왕초선이 죽었으므로 금련의 어머니는 그녀를 집에 데려다 두었다가 다시 장대인에게 열 냥이라는 비싼 값을 받고 팔았다.

반금련과 백옥련은 함께 장대인의 집에 들어가서 거문고와 비파를 배우면서 장대인의 시중을 들었다. 그런데 얼마 뒤 백옥련은 병으로 죽고 반금련 혼자 남았다. 반금련은 열 여섯 살이 되자 얼굴이 복사꽃 같이 피어

오르고 눈썹은 초승달 같이 가늘고 구부러져 그녀를 보는 사내들로 하여금 누구나 마른침을 삼키게 하였다.

장대인은 항상 반금련에게 마음을 두었으나 투기가 심한 아내 여씨의 눈이 무서워 감히 손을 못 대고 있었다.

어느 날 여씨 부인이 이웃집에 초청을 받고 외출을 했다. 장대인은 반금련을 가만히 자기 방에 불러들여 단둘이 한동안 지냈다. 이빠진 늙은 호랑이가 살찐 암캐를 다루듯하던 끝에 처녀인 금련의 몸을 끝내 품고 말았다.

그 뒤로는 장대인은 반금련과 계속 관계를 맺었다. 장대인은 원체 노령에 들어섰는지라 반금련을 손에 댄 뒤로는 다섯 가지 병이 일시에 생겼다. 이 병이 점점 악화되어 가자 여씨는 반금련과의 관계를 눈치채고 현장 포착까지 했다.

노발대발 하던 여씨는 닷새 동안이나 장대인을 못살게 족쳐댔고 반금련에게는 모진 매질까지 하였다. 부인 앞에서는 기도 못펴는 장대인은 마침내 반금련을 적당한 곳으로 시집보내기로 했다. 그래서 적당한 혼처를 여씨 부인이 알아본즉 하인들은 이구동성으로 무대가 가난은 하지만 순박하고 홀아비로 있으니 그의 후처로 주는 것이 좋겠다고 천거하였다.

장대인은 하인의 말을 듣고 보니 반금련을 집안에 두고서 보는 것이 좋기도 하고 또한 그녀의 허리를 꺼안아 볼 기회도 있으리라는 그대로 곧 결정을 하고 서른 냥이란 많은 돈을 주고 산 금련을 단 한 푼도 받지 않고 더욱 혼수까지 붙여서 무대의 후처로 내주고 말았다.

장대인은 무대에게 돈 다섯 냥을 장사 밑천으로 주기까지 하였다. 반금련이 무대의 아내가 되어 문간방으로 나간 뒤로도 장대인은 무대가 장사를 나간 틈을 타서 무대의 방에 들어가 반금련과 밀통을 계속했다.

때로는 그런 광경을 무대가 목격했으나 큰 신세를 지고 있는 주인일 뿐만 아니라 본래 장대인 자신의 것이던 반금련을 오히려 자기가 얻어서 호강을 하는 처지이기도 해서 모른 척하였다.

세월은 흐르고 있었다. 아침이 가면 또 저녁이 왔다. 이렇게 지내다가 하루는 장대인이 정력을 너무 낭비한 나머지 음한병(陰寒病)에 걸려서 죽고 말았다. 장대인의 부인 여씨는 남편이 음한병으로 죽은 원인이 반금련의 탓임을 알고 당장에 무대와 반금련을 집에서 내쫓았다.

할 수 없이 무대는 자석가(紫石街) 서쪽 왕황친(王皇親)의 건물 중에서 두 칸 방을 세들었다. 무대는 여전히 찐빵 통을 메고 행상을 계속했다. 반금련은 무대에게 시집을 오긴 했지만 무대는 정직만 하였지 어리석기 한이 없는 사내이고, 마음에 들지않아 그에게 맡겨 놓고 죽은 장대인을 원망까지 하였다.

"이 넓은 세상에 하구 많은 사내 중에서 하필 이런 못생긴 남자에게 시집을 와서 몸을 썩히고 있나! 전생에 무슨 죄가 있다고 이런 억울한 고생을 한단 말인가!"

반금련이 탐탁하게 여기지 않는 남편 무대는 아침 일찍부터 거리로 찐빵 장사를 나갔다가 어둑어둑해서야 집으로 돌아왔다.

반금련은 무대가 행상을 나갈 때면 매일 대문까지 전송하고 그대로 문에 늘인 주렴 밑에서 호박씨를 까먹으며 유난히 예쁘게 생긴 발맵시를 보라는 듯이 뻗고 앉아서 비파를 타고 노래를 부르며 지껄여댔다.

그러자니 어느덧 파락호 패가 모여들어 유행가를 부르며 농을 걸고 하면서 유혹하기 시작했다.

무대는 이런 시끄러운 자석가에 거주하기가 곤란해졌고, 건달패가 보기 싫어서 다른 조용한 곳으로 이사할 것을 아내와 의논했다. 그런즉 반금련은,

"뭐 동네가 나쁜 탓인가 이 못난아! 길거리 문간방에 사는 신세가 말썽이지. 이 따위 문간방만 얻어들면 어딜가나 사람들이 업신여길 것은 당연하지. 어떻게든지 돈을 마련해서 좀더 나은 곳을 골라 세를 들어봐요. 그럼 다른 사내들도 우릴 멸시하지도 않을 테니……"

"하지만 내가 그런 많은 돈이 있어야지."

"내 머리에 꽂은 비녀 등을 잡혀서라도 돈을 장만할테니 쓸데없는 소리는 집어 치우고 조용히 있어요. 이 못난아!"

무대는 돈없는 신세라 반금련의 행실을 나무라지도 못하고 핀잔만 받았다. 무대는 반금련의 주선으로 십여 냥의 돈을 변통해서 현청 근처에 있

는 방 네 개짜리 이층집을 세내었다. 집은 훌륭한 독채 이층집을 세들었으나 찐빵 행상은 그만 둘 수가 없어 찐빵 통을 등에 지고 길거리를 헤매야만 되었다.

이날도 무대는 찐빵을 팔려고 거리를 돌아다니던중 길에서 우연히 무송을 만난 것이었다.

"아니, 형님 여기 계셨군요. 저는 형님을 무척 찾았습니다."

두 형제는 서로 손을 붙잡고 오랫동안 헤어졌던 회포를 풀었다. 무대는 무송을 새로 이사한 이층집으로 데리고 와서는 아내 반금련을 불러 소개하였다.

"요전에 경양강 고개에서 호랑이를 잡은 사람이 바로 내 아우 이 사람이야. 알다시피 지금은 수비대장이 되었어."

반금련은 두 손을 공손히 모으며 상냥하게 인사하였다.

"서방님, 경사스럽습니다."

"형수님, 처음 뵙겠습니다. 오랫동안 찾던 형님을 만나고 형수님도 뵙게 되어 여간 기쁘지 않습니다."

무송은 형수 반금련에게 엎드려 절했다.

오래간만에 만난 무대와 무송 형제는 딸 영아가 끓여온 차를 마시며 쌓였던 이야기를 하기 시작했다. 옆에 앉은 반금련의 자태가 너무 아름다운데다가 이상하게 요염했으므로 무송은 형수이지만 얼굴을 똑바로 쳐다볼 수가 없었다.

술상이 준비되어 술을 마시다가 안주가 떨어지자 무대는 안주를 사러 밖으로 나갔다. 무대가 밖으로 나간 뒤에 반금련은 무송을 정성껏 대접하고 있었다.

무송을 건너다 보니 당당한 장부요, 자기 남편과는 비교도 못할 영웅이며 미남자이기 때문에 이미 취한듯 어린듯 얄궂은 생각을 품고 있었다.

'같은 뱃속에서 생긴 형제이면서 아우는 저렇게 장대하고 훌륭한 체격인가. 이런 인물에게 시집을 갔더라면 부족할 게 하나도 없었을 게다. 남편이라는 형은 추악하게 생긴 난쟁인데 무슨 연분으로 그런 사내한테 내

몸을 맡기고 세월을 보낸단 말인가. 이 늠름한 무송이 우리 집에 와서 함께 살아준다면 좋겠는데……'

반금련은 이런 생각을 하고 방긋 웃으며 입을 열었다.

"서방님 지금 어디 계시죠? 혼자 계시자면 침식이 불편하실텐데."

"나는 수비대장에 취임한지 얼마 안되었고 매일 현청에 출근해야 하므로 현청 근처에 숙소를 정하고 군졸 두 명을 시켜 음식을 만들게 합니다."

"아이고 맙소사! 그럼 퍽 불편하시겠네요. 군졸이 만드는 음식이 오죽하실라구요. 그러지 마시고 우리 집으로 이사하시면 어때요? 식사며 빨래를 제 손으로 해 올리면 그 보다는 나을 테니까요."

"형수님 고맙습니다."

"다른 곳에 부인이 계신지 모르겠네요. 그러시면 이리로 불러 오시지요. 뵙고 싶어요."

"아니, 아직 장가를 들지 않았습니다."

"정말 홀몸이세요? 지금 몇이신데요?"

"스물 여섯이 됐습니다."

"그럼 나보다 세 살 위시군요. 이 곳에 오시기 전에 어디 계셨어요?"

"창주(滄州)에서 일 년 남짓 있었습니다만 형님이 고향에 계실 것 같아서 고향으로 가다가 호랑이를 때려 잡는 바람에 여기로 오게 되었는데 형님을 여기서 만나 뵙다니 뜻밖입니다."

반금련은 무슨 이야기인지를 할듯말듯 망설이는 눈치더니,

"남의 말을 하는 것은 아니에요. 하지만 형님께 시집을 왔으니 말씀인데 형님은 워낙 사람이 좋다고 할까, 남들이 업신 여기기 때문에 좀 큰 집을 얻어서 이사한 지가 얼마 안돼요. 서방님께서 같이 계셔 준다면 다른 사람들이 감히 손가락질을 못할 거에요."

"아닙니다. 형님은 마음이 군자 같은 분이시라 법 없이 살 사람입니다. 나처럼 성질이 난폭하지도 않으시고……"

무송이 진심으로 자기의 형을 칭찬하므로 반금련은 샐쭉 웃었다.

반금련은 시동생뻘 되는 무송 앞에서 처음 만나 체면도 잊은듯이 남편

에 대한 불만을 털어놓는 것이 아마도 엉뚱한 생각을 품고 있는 것이 분명했다.

반금련이 묻지도 않은 이야기를 연방 지껄일 때 무대는 고기, 야채, 과일, 술을 사다가 주방에 놓고 이층을 향해 소리쳤다.

"여보, 주방으로 내려와서 식사준비를 하오."

반금련은 그 소리에 얼굴을 찌푸리면서,

"저런 얼간이 영감, 눈치 없지. 이층에 손님을 두고 내려오라고 소리를 지르니……"

"형수님 염려 마시고 어서 내려가 보세요."

"옆집 노파를 불러다 시키면 좋으련만 저렇게 변통성이 없으니까 내 속이 얼마나 썩는지 아시겠죠?"

반금련의 핀잔을 들은 무대는 옆집 왕노파(王노婆)를 불러다가 식사준비를 시켰고 오래지 않아 준비된 식사를 이층으로 날라왔다.

식탁 주인자리에는 반금련이 앉고, 건너편에 무송이 마주 앉은 뒤에 무대는 옆자리에 머슴 모양으로 앉았다. 무대는 술을 따랐다. 반금련은 술잔을 받쳐들면서,

"서방님, 용서하세요. 술도 나쁘고 안주도 변변치 못하지만 많이 드시지요."

"형님 내외분을 만나서 이처럼 후한 대접을 받게 되어 무어라 말할 수 없이 기쁩니다."

무송은 진심으로 고맙게 생각하며 술잔을 들었다. 무대는 술을 데워오느라고 층계를 오르락내리락 하였다.

무대가 아래층으로 내려가고 자리에 없을 때면 반금련은 무송에게 애교를 부리며 추파까지 던지는 것이었다.

"왜 이 고기는 조금도 잡숫지 않으세요."

하며 먹음직한 고기는 젓가락으로 집어서 입에 넣어 주기까지 하였다.

무송은 여자를 모르는 순박한 사나이로 어디까지나 형수로 대접을 깍듯이 하지만 반금련은 하녀 출신이기 때문에 이런 수작에는 능숙했고, 상대가 시동생이건 누구건 유혹하려고 했다.

무송을 상대로 몇 잔을 마시고, 쳐다보는 형수의 눈이 이상스러워 무송은 설마하며 못본 체하고 있다가 술도 어지간히 돌자 그 자리가 송구스러워서 벌떡 일어나고 말았다.

무대는 영문도 모르고

"별일이 없으면 좀더 마시지."

하고 일어나는 것을 만류했다.

"배가 터지도록 잘 먹었습니다. 그만 가봐야겠습니다."

돌아가는 무송을 무대와 반금련은 문밖까지 나와서 전송하였다.

"서방님 꼭 이사 오세요. 이사 오시지 않으면 동네 사람들까지 손가락질을 할 거에요. 우리들을 위해서 꼭 이사를 와 주세요."

2

반금련(潘金蓮)이 발 너머로 추파를 던지고
왕파(王婆)가 연애를 충동하다

그날 해질 무렵에 무송은 현청 앞에 미리 정했던 숙사에서 짐을 챙겨 군졸들을 시켜 무대의 집으로 옮겨왔다. 반금련은 무송이 이렇게 빨리 와 줄 것으로는 생각지 않았다가 그날 당장에 이사를 하니 뛸 듯이 기뻤다. 반금련은 손수 방 하나를 깨끗이 소제하고 무송의 짐을 받아 정돈했다. 무송은 군졸들을 돌려 보내고 그날 밤부터 무대의 집에서 숙식을 시작했다.

이튿날 아침. 무송이 일찍 일어나자 반금련은 물을 데워 바치고 세수 시중을 든다. 무송이 현청으로 출근하려고 하니

"끝나시는대로 곧 돌아오세요. 저녁 진지를 밖에서 드시면 안 돼요. 기다리겠어요."

하고 반금련이 문밖까지 전송했다.

무송은 현청에서 일을 마치자마자 곧 집으로 돌아왔다. 반금련은 이미 저녁상을 차려 놓고 기다리고 있었다. 저녁상을 물리자 반금련은 차를 끓여왔다.

"형수님께 너무 수고를 끼쳐드려서 죄송합니다. 내일부터는 군졸을 불러다가 시켜야겠습니다."

"서방님, 그 무슨 말씀을 하시는 거에요. 형님 집인데…… 영아도 있기

는 하지만 심부름을 시켜야하니까 제가 하는 거에요. 만일 우리 집에까지 군졸을 데려오시면 이웃 사람들이 손가락질 할 거에요."

"그럼 형수님의 신세를 지겠습니다."

반금련은 이렇게 사양하는 무송의 말을 묵살했으나 한편으로는 자기의 시중이 단순한 형수의 의리로서가 아닌 것을 몰라 주는 무송의 목석같은 심사가 원망스러웠다. 무송은 형의 집으로 옮겨와서 무대에게 얼마간의 돈을 주었고 다과를 사서 이웃 사람들을 청했다. 그 답례로 이웃에게서도 무송에게 선물을 보냈다.

며칠 지나서 무송은 화려한 무늬가 있는 비단 두 필을 사다가 반금련에게 내 놓았다. 반금련은 그 비단을 자기 볼에 비벼 보면서 여간 좋아하지 않았다. 그 후로 무송은 계속하여 형의 집에 유숙했고 무대도 훌륭히 출세한 아우가 자기 집에 와 있으므로 세상에 대해서도 제법 얼굴을 들게 되었다. 그러나 여전히 찐빵 행상은 계속하였다.

무송은 매일 현청에 출근했다가 집에 늦게 돌아오거나 일찍 돌아오거나 반금련은 차와 과자를 내왔고 식사 시중도 극진히 했다. 그러나 무송은 이러한 반금련의 환대가 도리어 거북스러웠다.

반금련은 언제나 무슨 말로든지 건드렸으나 무송은 쌀쌀하게 대했고, 형수의 눈치는 점점 노골적으로 나타났지만 무송은 전혀 모른 척하고 지냈다.

그럭저럭 세월이 흘러 한 달이 지났다. 어느 덧 추운 동짓달이 되어 눈까지 내리는 시절이 돌아왔다. 자연의 기후가 쌀쌀해짐에 따라 애욕에 굶주린 반금련의 마음도 더욱 쓸쓸해 갈 뿐이었다.

그러던 중 어느날, 그날은 아침부터 밤늦게까지 눈발이 날려 온세계를 은으로 단장했다. 반금련은 오늘이야말로 목석같은 무송의 간장을 녹이고 말리라 작정하고, 고기와 술을 사다가 안주를 마련해 놓고 무송의 방에 불을 흠씬 지펴놓고 초조하게 기다렸다.

저녁 때 무송이 집안으로 들어서자 이층에서 급히 내려온 반금련은 미소를 띄우며 무송을 맞이했다.

"서방님, 오죽이나 추우셨을까."

"뭐 이만 추위에…… 저는 괜찮습니다만 밖으로 다니는 형님이 걱정됩니다."

무대에게는 이런 위로의 말을 해본 적이 없는 반금련으로서는 무송의 말은 자기를 힐책하는 것 같아서 기분이 언짢았다.

무송이 문안으로 들어서며 눈 묻은 모자를 벗자 반금련이 그것을 받으려고 하니 무송은 그것을 사양하고 이층으로 올라갔다. 금련도 무송의 방으로 따라 들어왔다.

"오늘은 일찍 돌아 오신다기에 점심 때부터 기다렸는걸요. 식사도 다 준비됐어요."

"저는 지금 생각이 없습니다. 점심을 늦게 했더니만……"

"추우실 텐데 어서 불을 쬐세요."

"형님은 아직 안 들어오셨나요?"

"아직 올 때가 못됐어요."

반금련은 술과 안주를 갖다가 탁자에 놓았다.

"이렇게 눈오는 날에 형님께서는 고생이 많으십니다."

무송은 형이 가련해서 하는 소리였지만 반금련의 귀에는 들어갈 리가 만무였다.

"추위가 풀리게 술이나 한 잔 드시지요."

"형님이 돌아오시면 하지요."

"형님 타령은 그만 하시고 어서 드세요."

반금련은 데워온 술을 잔에 따르면서,

"자, 어서 한 잔 드세요."

자꾸 권하는 바람에 무송은 마지 못해 받아서 잔을 비웠다.

"서방님, 추우니 또 한 잔 드세요. 그럼 추위가 풀릴 거에요."

무송은 잔을 받아 들고 단숨에 마셨다. 이번에는 자신이 술을 따르면서 형수에게 권했다. 방은 활활 피는 숯불로 훈훈해 왔다. 반금련은 무송에게서 받았던 잔을 다시 탁자 위에 놓고서 생긋 웃었다. 약간 드러난 하얀 젖가슴이 웃을 때마다 흔들리는 성싶었다.

"서방님께선 요새 현청 앞에 기생을 두고 계시다는 소문인데 정말인가요?"

"사람들이 지껄이는 공연한 얘기겠지요. 나는 그런 인간이 아닙니다."

"나도 그 말을 믿고 싶지는 않지만 어떻게 알아요. 열 길 물 속은 알아도 한 치 사람 속은 알지 못한다고 하지 않아요."

반금련은 연거푸 술을 따라 무송에게 권하는 한편 자기도 자꾸 마셨다. 이글이글 애욕에 불타고 있는 반금련의 눈길을 받고 있는 무송은 그 시선을 피하려고 머리를 숙이고 있었다.

술이 떨어지자 반금련은 술을 가지러 주방으로 내려갔다. 술을 데워 가지고 올라온 금련은 이번에는 술을 따르지는 않고 한 손에 술병을 든채 또 한 손을 무송의 어깨에 얹으며

"서방님, 이렇게 얇은 옷을 입으시고 춥지 않으셔요?"

무송은 목석같이 아무 대답도 없이 화젓가락으로 재만 젓고 있었다.

반금련은 술을 따르더니 절반쯤 마시고 나서 무송의 얼굴을 뚫어지게 쏘아봤다.

"서방님 이 술잔의 뜻을 아시겠거든 남은 술을 받아 잡수세요."

무송은 말없이 그 잔을 받더니 남은 술을 방바닥에 홱 뿌리며 벌떡 일어섰다.

"형수, 이런 수치스러운 행동은 마십시오."
하고 한 손으로 반금련을 후려치려다가

"이래 뵈도 나는 결백한 대장부요. 인륜을 어지럽게 하는 짐승같은 행동에는 응할 수가 없소. 다시 이런 짓을 하면 내 눈은 형수로 생각해도 내 주먹이 용서하지 않을테니 다시는 그런 시늉도 내지 마시오."

"호호호…… 호랑이를 때려 잡은 그 억센 주먹으로 사람을 잡을 셈인가요."

"그런줄 알거든 나를 더 괴롭히지 마세요."

무송은 두 눈을 부릅뜨고 정색하며 말했다. 그제야 반금련은 얼굴이 새빨개져서 영아를 불러 식탁을 치우게 하고는 무송을 손가락질하면서,

"호호, 워낙 무뚝뚝하기에 농담으로 한 것을 참으로 여기고 사람을 이렇게 무안을 주니 너무해요. 너무해!"

하며 말을 던지고 아래층으로 사라졌다.

반금련은 무송을 보통 남자로만 여기고 유혹을 하려다가 도리어 봉변만을 당했다. 어둑어둑할 무렵에야 무대는 짐을 메고 돌아왔다. 반금련은 그때까지 울고 있었으므로 눈알은 충혈됐고 눈까풀은 퉁퉁 부어 있었다.

"누구하고 싸웠나?"

"임자가 변변치 못하니까 남들이 업신여기지 뭐에요."

"누가 업신여긴단 말야?"

"누군 누구에요. 무송이지, 그녀석이 눈을 맞고 돌아왔기에 나는 친절하게 술과 음식을 차려 내 놓았더니 그놈은 임자가 없는 틈을 타서 나를 희롱하지 않겠어요. 나는 그런 놈은 그냥 봐 둘 수가 없어요."

"내 아우는 절대로 그런 인간이 아니야.

무대는 반금련의 말을 믿지 않으려고 했다.

"제 계집보다 감투 쓴 건달놈 편을 드는군. 내 몸이야 어찌 되었든간에 금수같은 동생만 두둔하기야!"

"이봐, 좌우간 떠들지 말아. 남들이 들으면 이런 창피가 어디 있어!"

무대는 무송의 방으로 들어갔다.

"아직 저녁 먹지 않았지. 같이 먹세."

무송은 못 들은 체하고 있다가 외투를 입고 방에서 나왔다.

"무송아 어디로 가는 거냐?"

하고 물었으나 무송은 들은 체도 않고 아래층으로 내려갔다.

무대는 다시 금련에게로 가서

"동생은 아무 대답도 하지 않고 현청쪽으로 가버렸는데 무슨 일이야?"

"이런 못난이 봤나! 그놈이 부끄러워 형님 낯을 볼 염치가 없어서지 뭐야. 아마 군졸을 시켜서 짐을 옮겨갈 거야."

"동생이 옮겨가면 동네 사람들이 웃을텐데……"

"아니, 나한테 음침한 행동을 하려다가 이루지 못한 놈인데 집에서 나가는 것만 끔직하단 말이죠?"

반금련과 무대가 말다툼을 하고 있는데 무송이 군졸을 데리고 와서 자기 방안에 있던 짐을 꾸려 가지고 나왔다.

"아니 어째 별안간에 이사를 한다는 거냐?"

"형님은 아무 말씀 마셔요. 이야기를 하면 서로 창피하니까 이대로 가게 해주세요."

무대는 아무런 곡절도 듣지 못하고 무송과 헤어지고 말았다.

이렇게 되어 무송이 현청 앞의 먼저 집으로 이사간 뒤에도 무대는 여전히 한 푼 짜리 진빵 행상을 계속했다. 아우 무송의 숙소로 찾아가서 시원하게 곡절이나 듣고 의심을 풀고 싶었으나 금련이가 몇 번이나 동생을 상대하면 안된다 해서 찾아가지도 못하는 것이었다.

무송이 형의 집에서 숙소를 옮긴 지도 십여 일이 지났다. 청하현 지사는 이 곳으로 부임 한 지가 이 년이 넘어 그 동안에 굉장한 재산을 긁어 모았는데, 그 막대한 재물을 서울(開封)에 있는 친척에게 몰래 보냈다가 삼 년의 임기가 만료될 때는 엽관운동의 자금으로 쓸 계획을 세우고 있었다. 그러나 사방에 도적이 들끓었고 물정이 소란하여 꿋꿋한 장수가 아니고서는 그 먼 길을 안전하게 갈 수 없는지라 현지사는 심복 부하를 물색하는 중이었다. 그러던차에 지사의 머리에 힘세고 정직한 무송의 얼굴이 떠올랐다.

현지사는 즉시 무송을 불러 의논했다.

"내 친척이 서울에서 벼슬을 하고 있는데 거기 예물을 보내야겠는데 도중에 도적의 출몰로 위험해서 보통 사람은 갈 수 없으니 자네한테 특별히 부탁한다. 무사히 갖다 오면 후히 상을 내려주겠다."

"이제까지 지사님의 많은 은혜를 입고 있는 소인이 그런 분부쯤이야 마다 하겠습니까. 소인이 감당할 일이면 지금 당장이라도 떠나겠습니다."

무송이 즉석에서 승낙하자 현지사는 매우 기뻐하면서 석 잔 술을 내리고 노자 열 냥을 주었다. 이런 명령을 받고 현청에서 물러나온 무송은 술 한 병과 야채, 고기를 사 가지고 형의 집으로 갔다. 마침 무대도 집에 돌아와 있었다.

반금련은 아직도 무송에 대한 미련이 남아 있었는데 무송이 술과 안주감을 사가지고 왔으므로 속으로 은근히 기뻐하였다.

반금련은 이층으로 올라가 화장을 하고 화려한 의상으로 바꾸어 입은 뒤에 아래층으로 내려와서 천연덕스럽게 무송에게 인사를 하였다.

"서방님, 그동안 어쩌면 그렇게 발 그림자를 싹 끊으셨어요? 매일 같이 형님께 현청으로 서방님을 방문하고 사과해 달라고 했으나 돌아와서는 서방님을 만나지 못했다는 거에요. 오늘은 참 잘 오셨어요. 호호…… 무얼 이렇게 사가지고 오셨어요."

"오늘은 형님께 특별한 말씀이 있어서 왔지, 형수와 화해하려고 온 것은 아닙니다."

"그럼 이층으로 올라 가시지요."

세 사람은 이층으로 올라갔다. 군졸이 주안상을 차려 올렸다. 무송이 형 내외를 상좌에 앉게 한 뒤에 자기는 옆 의자에 앉고서

"오늘은 특별한 술이니 두 분께서 같이 받으십시오."

무송은 무대와 금련에게 술을 권했다. 그러는 사이에 반금련은 남편 모르게 연방 무송에게 추파를 보내고 있었다. 그러나 무송은 뜨거운 눈길을 피하면서 술만 마시고 있었다. 술이 몇 순배 돈 뒤에 영아를 시켜 큰 술잔 하나를 가져오게 하여 그 큰 잔을 번쩍 들고 형 무대를 바라보며 말했다.

"형님, 이번에 저는 먼 길을 떠나게 됐습니다. 그래서 작별인사로 왔습니다."

"아니, 별안간 어딜 가기에 그러느냐?"

"현지사의 명령으로 서울을 갔다가 와야 합니다. 내일 떠나면 이삼 개월쯤 걸려야 돌아올겁니다. 이 기회에 특히 형님한테 꼭 말씀드릴 것이 있어요. 형님은 워낙 마음씨가 좋고 심지가 굳지 못해서 이 못난 아우나마 형님 옆에 없으면 어떤 놈이 형님을 괴롭힐는지도 몰라 걱정입니다."

무대는 무송의 이러한 걱정이 반갑기도 하면서 한편 자기의 무력한 존재가 원망스러웠다.

"형님, 정말 중요한 부탁이니 꼭 제 말씀대로 지켜주세요. 지금까지 하루에 찐빵을 열 개씩 팔았다면 내일부터는 다섯 개만 팔고 일찍 돌아오십시오. 결코 다른 사람과 술을 마시지 마시고 집에 돌아오면 일찍 문을 단속하고 주무세요. 그리고 남들이 시끄럽게 굴어도 상대하지 마십시오. 제

가 돌아올 동안만 그렇게 참고 계시면 귀찮게 굴던 놈을 처치해 버릴 터
이니까요."

"그래, 아우 말을 듣고 보니 나도 생각하는 점이 있네. 나는 아우가 하
라는 대로 꼭 실행하겠네."

무송은 형이 비운 잔을 받아서 다시 술을 따라 반금련에 권하면서,

"형수님은 사물에 밝으시니 내가 더 할 말은 없습니다. 형님은 솔직한
인간으로 만사에 형수님의 말을 잘 듣고 지내지요. 형수께서 집안을 잘
보살피면 형님은 아무 걱정이 없을 겁니다. 옛말에도 담을 튼튼히 쌓으면
개도 못 들어온다 했습니다."

반금련은 무송이 이렇게 비양대는 수작을 늘어놓자 얼굴빛이 귀밑부터
빨개지더니 입술을 파르르 떨면서

"아니꼽게 누구한테 그 따위 말을 해요! 난 이래뵈도 관 안 쓴 남자 구
실은 해요. 손바닥으로 사람도 다루고 팔로는 말도 다룰줄 알아요. 겁쟁이
자라 모양으로 목을 잘라도 피 한 방울 나오지 않을 목석과는 다르단 말
야."

무송은 껄껄 웃으며

"그럼요, 형수께서 그렇게 야무지게 살림과 마음의 문단속을 해 주시면
오죽이나 좋겠습니까. 다만 말과 속이 딴판이면 탈이지요. 지금 말씀을 잘
기억하겠습니다. 이 잔은 받으십시오."

반금련은 술잔을 받아 그대로 상위에 내려놓고는 아래층으로 내려가다
가 돌아다보며

"어머니 없는 집에선 형수도 어머니 대접한다는 것쯤은 알아 둘 게지!
내가 이 집에 올 때는 저런 잘난 시동생이 있다는 소린 듣지도 못했는데
어디서 굴러 들어와서 누구한테 큰 소리를 치는지 모르겠어!"

무송이 들으라고 큰 소리를 치며 층계를 내려갔다. 반금련은 시동생 무
송에게 음란한 마음을 품었다가 이루지 못하게 되자 엉뚱한 수작으로 앙
탈을 부렸으나 무대와 무송 형제 사이는 조금도 의가 상하지 않았다.

"먼 길에 몸 조심해서 잘 다녀오너라."

"형님, 부디 집 문단속을 잘 하세요."

무송은 이튿날 아침에 길 떠날 차비를 단단히 하고 현지사가 맡기는 보물 상자와 편지를 갖고 서울로 향해 떠났다.

무송이 떠난 뒤로 무대는 아우가 충고한 말대로 아침에는 늦게 집을 나가고 해가 떨어지기 전에 집으로 돌아왔다. 무대가 집에 있을 때는 집안의 문을 꼭꼭 잠그고 조심하였다. 이것은 물론 도적을 막기 위해서가 아니라 부인의 행실을 감시하라는 무송의 부탁이었던 것이다.

반금련은 이런 무대의 거동을 보고

"이 맹추야, 지금이 어느 때라고 집 대문을 잠그는 거야. 이웃의 놀림감이 될 것이 뻔하지. 부리도 잎사귀도 없는 동생 말만 듣다가 남의 조소를 사게 되어도 괜찮단 말인가?"

"남들이 웃으면 웃으라지, 난 동생의 말이 옳은걸."

반금련은 아니꼽다는 듯이 침을 얼굴에 뱉았다.

"이 못난아 사내 구실을 하려거든 제 쓸개나 좀 가져봐요."

무대는 반금련이가 무슨 소리를 하건 못들은 척하였다.

세월은 흐르고 있었다. 매화가 피는 섣달인가 하는 사이에 어느덧 복사꽃이 붉게 피어오르는 봄이 되었다.

봄철이 되자 반금련은 마음 먹었던 대로 무대가 행상을 나가면 곱다랗게 단장을 하고 이층 창옆에 몸을 기대고 앉아서 거리에 눈을 팔기 시작했다. 그렇게 하루 해를 보내다가 무대가 돌아올 무렵이면 문을 잠그고 창에 발을 내리는 것이었다. 그리고 화장도 일부러 지우고 허드레 옷으로 갈아입었다.

삼월의 봄빛이 무르녹은 어느날이었다. 그날은 어떤 남자가 길을 가다가 이층 위 창을 열고 서 있는 반금련의 요염한 자색을 보고 그만 황홀한 마음에 사로잡히고 말았다.

웬 사내가 하도 눈이 빠지게 쳐다보므로 반금련은 대막대기를 들어서 창문의 발을 내리려고 할 순간 마침 회오리바람이 불어와서 무심결에 손에 들었던 막대기를 놓치고 말았다. 그런데 공교롭게도 그 막대기가 반금련을 쳐다보던 사내의 머리 위에 떨어졌다.

난데없이 머리를 막대기로 맞은 사내는 그것을 핑계하여 반금련의 얼굴을 똑바로 쳐다보았다. 반금련은 하도 미안해서 사과를 겸한 미소를 띠어 가며 내려다보고 머리를 가볍게 숙였다.

반금련의 눈에 뜨인 그 사내는 이십 오륙 세 되어 보이는 풍채가 훤한 풍류 남아였다. 머리에는 끈달린 모자를 썼고 번쩍번쩍 빛나는 금동곳을 꽂았다. 이층에서 내려다보아도 상등 비단옷을 입은 키가 후리후리하고 멋있는 사내였다. 일대의 풍류아임에 틀림이 없었다.

반금련은 처음에는 사과겸 미안해서 보낸 미소였지만 다음 순간부터는 자기도 모를 추파로 변하였다. 막대기로 맞은 사내도 아름다운 젊은 여인이 미소를 보내주니 그 아픔을 잊고 말았다.

"마침 바람 때문에 막대기를 떨어뜨려서…… 용서하시기를 빕니다."

"아무 일도 없습니다. 부인 염려마시오."

사내는 실상 머리가 부르텄으나 아무 일도 없다고 거짓말을 하였다.

이 때 이웃에 살면서 차를 팔고 지내는 왕노파(王婆)가 처음부터 그 광경을 바라보고 있다가 눈꼴이 시다는 듯이

"오늘은 나리께서 운수가 좋아서 눈호강을 하시는군요."

사내는 그 소리는 못 들은 척하고 그 자리를 떠나면서도 몇 번이고 이층 창가의 반금련을 쳐다보았다.

반금련은 그 멋진 풍채의 미남자는 어디 사는 누구일까 하는 생각에 한동안 취한 듯하였다. 나한테 마음이 없다면 그렇게 여러 번 돌아보지는 않았을게 아닌가 하고 생각하며 발 옆에 서서 그 남자가 보이지 않을 때까지 그리워하는 마음으로 멀리 전송을 하였다.

반금련의 눈에 뜨인 사내는 이 지방의 유명한 부호로서 굉장한 생약포의 젊은 주인 서문경이었다. 삼호 부인 탁이저가 병으로 죽은 뒤로는 마음이 울적해서 화류계 출입이 더욱 잦았다. 그날도 응백작이나 만나 가지고 기생집에 놀러 가려고 길에 나섰다가 반금련의 막대기에 맞았던 것이다.

서문경은 이름도 모르는 그 여자의 자태가 머리에서 떠나지 않았다. 어떻게 하면 그 여자를 손아귀에 넣을 수 있을까 하고 궁리를 하던 중 그 집 옆의 찻집(茶店) 왕노파가 생각이 나서 무릎을 탁 쳤다.

서문경은 단숨에 그 찻집 왕노파에게 달려갔다. 왕노파는 능청스럽게 웃으면서,

"나리, 아까는 굉장한 인사를 하시더군요."

"할멈, 좀 알아볼 일이 있소. 아까 그 여자는 누구의 부인이오?"

"그 색씨는 염라대왕의 누님이고 오도 장군의 딸이요."

"할멈, 농은 그만 두라구요."

"나리 그건 알아서 어쩌시려구요."

"하여간 가르쳐 달라니까!"

"그 색시의 서방은 현청 앞에서 음식을 팔고 있어요."

"그럼 과자와 과일을 파는 서삼(徐三)이란 말이요?"

"웬걸요, 그러면 어울리는 부부이게."

"그럼 고기만두를 파는 이삼(李三)의 마누라군."

"틀렸어요. 그만 해도 괜찮지요."

"유소이(劉小二)의 아내로군."

왕노파는 히히덕 대면서 손을 흔든다.

"나리께 가르쳐 드리면 웃음이 터져나오실 꺼에요. 그 색시의 서방은 찐빵 행상을 하는 무대라오. 호호…… 이젠 안심하시겠죠."

왕노파의 말을 듣고 서문경은 가가대소를 하더니

"그 새까만 난쟁이 무대가 서방이란 말이오?"

"그래요."

"맛좋은 양고기가 개 입에 들어간 셈이군."

"옛날부터 천리준마(駿馬)는 바보를 태우고 미녀는 곰보의 품에 안긴다 잖아요."

서문경은 여자의 신분을 알아내자 이번에는 꽁무니가 쑤시듯 일어났다.

"할멈, 찻값이 얼마요?"

"얼마 안 되니 다음에 내셔도 돼요."

서문경은 부리나케 왕노파 찻집을 나섰다. 그리고 두 시간도 못 되어 또다시 왕노파의 집을 찾아와서 무대의 집이 잘 보이는 문간에 앉았다.

"나리 매탕(梅湯)을 올릴까요?"

"그러시오. 좀 시게해서……"

서문경은 왕노파가 끓여다 준 매탕을 마시면서,

"할멈은 무엇이든지 잘 하니 나를 위해서 힘좀 써 주시오. 일이 잘 되면 사례를 두둑하게 할테니"

서문경이 무슨 말을 하는가를 눈치 챈 왕노파는

"나리, 그런 농담은 마셔요. 댁의 마님들한테 벼락 맞을라구요."

"뭐 우리 마누라는 너그러운 여자요. 지금도 소실이 댓 명이 들어 있으나 내 마음에 드는 여자는 실상 한 사람도 없소."

서문경은 왕노파와 늦도록 얘기하다가

"내일 모두 회계를 하겠소."

하고 일이나 나왔다. 서문경은 집으로 돌아갔으나 그 여자 생각으로 밤잠을 이룰 수가 없었다.

이튿날 아침에 왕노파가 문을 열고 바깥을 내다보니 벌써 서문경이 와서 무대의 집 앞을 왔다갔다 하고 있었다.

"어쩜 그렇게까지 첫 눈에 반했을까. 저 녀석의 코끝에 꿀을 발라서 혓끝으로 핥아 먹지 못하게 해야겠다. 저 녀석은 현청에서 달콤한 국물을 빨아먹고 지냈으니 이번에는 내게 세금을 물도록 해야지."

왕노파라는 할멈도 여간내기가 아니다. 자기가 자랑하지 않아도 그 방면에는 놀라운 솜씨를 지니고 있었다. 보통 결혼 중매도 하고, 물건 매매, 여자 주선도 하고, 이빨도 뽑아주고, 산파 노릇도 해 주고, 바느질품도 서투르지 않게 해온 할멈이었다.

이 왕노파의 손에 걸리면 안 떨어지는 과부, 유부녀, 처녀가 없었다. 색욕과 물욕에 눈이 먼 사람들은 말할 것도 없거니와 고명한 스님이나 여승까지도 왕노파의 수단에 녹아 떨어지는 판국이었다.

왕노파가 주방에서 물을 끓이면서 다점을 내다보니 밖에서 거닐던 서문경은 다점 문턱에 들어서서 무대의 집쪽을 슬그머니 바라보고 있었다. 왕노파는 못 본 체하고 불을 지피며 무슨 차를 들겠느냐고 물어보지도 않았다.

"할멈, 여기 차 두 잔만 가져와요!"

하고 서문경이 소리를 치니 그제야 왕노파는,

"나리 오셨어요?"

하고 인사를 하고 나서 차 두 잔을 끓여 내왔다.

"할멈 나와 같이 차를 드십시다."

"나리, 농담은 마셔요. 난 나리의 부인도 아닌데 어찌 감히 마주앉아 차를 마시겠어요."

"옆집 무대는 무엇을 팔지?"

"그 집에서 파는 것은 메밀가루로 만든 떡, 군만두, 고기만두 등을 판답니다."

"농담은 말고…… 그 집에선 맛좋은 찐빵을 팔고 있다면서? 몇십 개 사가려고 하는데."

"찐빵을 사가시려면 좀 기다리셔야 할 거에요. 그 집 주인이 돌아와야 하니깐요. 나리께서 일부러 그 집에까지 가시다니 말이 안 됩니다."

"암, 할멈 말이 옳으오."

서문경은 왕노파의 차를 마시며 한참 얘기를 하다가 가버렸다. 얼마 뒤에 왕노파가 밖을 내다보니 서문경은 아주 간 것이 아니었다. 그는 무대의 집을 힐끔힐끔 쳐다보며 왔다갔다 하더니 왕노파의 찻집으로 또 들어오는 것이었다.

"어서 오세요 나리. 요 며칠동안 못뵈었는데 그동안 안녕하셨어요?"

서문경은 빈정대는 왕노파의 손에 돈 한 냥을 쥐어 준다.

"할멈, 우선 받아 두쇼, 차값이니까."

"이건 너무 많은데요."

왕노파는 못 이기는 체하고 돈을 받았다.

"나리, 그런데 무슨 큰 걱정이 계신 모양입니다."

"왜 내가 그렇게 보이나."

"얼굴은 마음의 창이란 말이 있잖아요."

"그럼 무슨 걱정인지 알아 맞혀보구려."

왕노파는 서문경의 귀에 입을 갖다 대더니

"나리는 이웃집 그 색시가 생각나서 안달이시죠?"

왕노파의 말에 서문경은 벙글대면서

"실토를 하자면 그날 막대기로 머리를 얻어 맞을 때 한 번 본 그 색시 때문에 밤잠을 이룰 수가 없소. 무슨 일이든지 손에 잡히지 않고 마음을 진정할 수 없으니 할멈 무슨 좋은 수가 없겠소? 이번 일을 성사시켜 주기만 하면 열 냥을 주겠소. 그 색시를 꼭 만나게 해주시오."

"글쎄요. 조건에 따라선 못 들을 청도 아니지만……"

왕노파는 비로소 서문경의 청을 들어 보겠다는 반 승낙을 하고 호호 웃었다.

3

왕파(王婆)가 뇌물을 먹고 연애의 계략을 가르치고
서문경(西門慶)이 몰래 금련(金蓮)과 놀아나다

"나리, 들어보십시오. 나리는 돈만 쓰면 온 세상의 여자가 모두 마음대로 될줄 알지만 남의 여자와 사귀려면 우선 외도비법(外道秘法)을 알아두셔야 해요."

왕노파의 말에

"글쎄 누가 돈으로 어쩐댔나. 내가 반하고 그가 반하는 여자라야 재미가 있지."

"남 듣기가 뭣하지만 남녀의 사랑을 맺는데는 다섯 가지 조건이 있어요."

"다섯 가지 조건이라 처음 듣는 얘긴데……. 더구나 투정(간통 ; 姦通)은 곤란한 일이에요."

"다섯 가지 조건이란 첫째로 반안(潘安 ; 미남자의 대표)처럼 얼굴이 잘 나야하고, 둘째 그 물건이 말처럼 커야 하고, 셋째 재산이 등통(鄧通 ; 漢의 大富豪)만큼 많아야 하고, 넷째 참을성이 있어야 하고, 다섯째 한가한 시간이 있어야 하는데 이 다섯 가지를 「반로등소한(潘驢鄧小閑)」이라고 하죠. 이 다섯 가지 조건만 갖추면 아무리 난공불락의 미인성(美人城)이라도 함락시키고 말아요."

서문경은 왕노파의 말을 듣고 나더니 어깨를 으쓱대며

"그래요? 자랑은 아니지만, 그 다섯 가지 조건이라면 내가 전부 갖추었소. 첫째로 얼굴은 반안만큼은 못해도 이만하면 미남자 축에 끼고 둘째로 나는 어려서부터 화류계에 드나들며 그것을 큼직하게 키웠고, 셋째로 재산은 좀 가졌고, 넷째로 나는 참을성이 많으오. 다섯째, 나는 놀러 다닐 시간은 얼마든지 있소. 이렇게 자주 오는 것만 보아도 알 것이 아뇨. 이만하면 자격이야 충분하지 않겠소? 할멈 잘만 해주면 후하게 사례하겠소."

"그건 또 무엇인데?"

서문경은 화를 내듯이 왕노파에게 덤벼 들었다.

"나리, 화내지 마세요. 투정(간통)에는 역시 돈의 힘이 십중팔구는 결정을 지우는 것인데 나리는 돈을 좀 아끼시는 편이라…… 그 색시는 비록 미천한 출신이지만 가무는 물론 수예, 바느질, 장기, 쌍륙, 비파 무엇이고 못하는 게 없어요. 이름은 반금련이라 해요. 그 색시는 밖에는 도무지 나오지 않아요. 나는 가끔 그 집에 가서 얘기도 나누고 그 집에서도 무슨 일이 생기면 나를 부르러 오지요. 그래서 나를 어머니라고 부른답니다. 여씨의 남편 무대는 한동안 집에만 있더니 요즘은 일찍 나가는가 보더군요. 나리께서 내 계략대로 하신다면 성사가 될 수도 있을 거에요."

"할멈, 무슨 방도가 있단 말요?"

"호호…… 성미도 급하셔라. 아까도 말씀드렸지만 돈이 좀 들어야 해요. 우선 남주(藍주) 한 필, 백주(白주) 한 필, 백견(白견) 한 필과 솜 두 관을 사오시우. 그럼 내가 그 집에 가서 이렇게 말하지요. 달력을 좀 빌리러 왔어. 누구에게 택일을 해서 내 수의(壽衣)를 부탁해야겠어 그 색시가 내 말을 듣고 택일을 해놓아도 바느질을 스스로 맡고 나서지 않으면 일은 안 되는 것이고 바느질을 맡아 하겠다면 십분지 일의 가망은 있어요."

"겨우 십분지 일의 가망 밖에 없단 말이우?"

"다행이 그 색씨가 바느질을 해주겠다고 나서면 우리 집으로 와서 바느질을 해달라고 청해서 그것도 들어준다면 가망수는 십분지 이가 되지요. 그래서 그 색시가 집에 와서 바느질을 하면 술과 안주를 대접합니다. 만약 그렇게 하는 것이 불편하다고 옷감을 자기집에 가지고 갔다고 하면 어그러지겠지만 음식을 받아 먹으면 십분지 삼의 가망은 있어요."

"또 다음에는?"

"그러나 그날은 나리가 나타나서는 안 되고 삼일째 되는 날 오전 전후해서 의관을 잘 차리시고 맵시를 내고 오세요. 그 땐 기침으로 신호를 하세요. 그리고 할멈, 요새는 어째 보이지 않으니 웬일인가? 지나는 길에 차를 마실려고 들어 왔소 하고 문안에서 말씀해 주세요. 그럼 내가 나리를 청해서 차를 대접하지요. 만약 그 색시가 나리 얼굴을 보고 그냥 일어나서 자기 집으로 간다면 일은 틀려지지만 그가 나리가 들어오신 것을 알고도 가만이 앉아 있으면 십분지 사는 가망이 있지요."

서문경은 왕노파의 말을 듣자 금방이라도 반금련을 만나게 된 듯한 기색으로 기뻐하였다. 왕노파는 신명이 나서 말을 계속한다.

"그때 내가 나리를 잔뜩 추켜 올리고 그녀에게 소개해드리지요. 그러면 나리께서는 그녀의 재봉솜씨를 들여다보시고 칭찬을 톡톡이 하시란 말씀야. 그때 그 색시가 아무 말도 하지 않으면 일은 틀려버리는 거에요. 그렇지 않고 나리의 말씀에 대답하여 수작이 되면 십분지 오는 가망 있어요. 거기서 나는 이렇게 말하겠어요. 고맙게도 이 부인께서 나를 위해 시간을 허비하시고 일해 주세요. 나리와 부인 두 분께 참으로 신세를 너무 져서 어쩌나 한 분은 돈을 내서 옷감을 사 주셨고 한 분은 이렇게 곱게 옷을 지어주시니 내가 한 턱을 내야겠지만 마침 옆집 부인께서 이렇게 수고하고 계실 때 나리께서 오셨으니 주인되는 이 늙은이를 대신해서 이 부인께 한 턱 내세요 하고 나리를 조르겠어요. 그러면 나리는 돈을 내놓고 사오라고 하세요. 그때 만일 그 색시가 나가버리면 틀리지만 그냥 앉아 있으면 이 일은 십분지 육은 가망이 있지요."

서문경은 십분지 육은 가망이 있다는 왕노파의 말에 기뻐하면서 침을 꿀꺽 삼켰다.

"내가 돈을 들고 밖으로 나가면서 부인, 손님을 두고 집을 비워서 미안하지만 나리의 말씀에 상대해 주세요 하고 말하겠어요. 그 때 색시가 휙 일어나서 집으로 간다면 일은 틀려지지만 잠자코 있으면 가망수는 십분지 칠이나 된 셈이지요. 그리고 내가 술과 안주를 사다가 탁자 위에 놓고 부인, 잠깐 쉬셨다가 하시구려 이 나리께서 한 턱을 내셨으니 한 잔 하시지요. 이렇게 말할 때 그 색시가 나리와 같이 탁자에 앉지 않고 가버린다면 또 틀려지는 것이지만 만일 입으로만 가야겠어요 하고 머뭇거린다면 십분지 팔은 가망이 있는 거에요."

서문경은 왕노파의 계략을 들으면서 마음 속으로 몇 번이고 감탄을 하였다.

"술이 어지간히 돌아서 얘기가 좀 짙어지면 기회를 엿보아 나는 술이 떨어졌다는 핑계로 돈을 더 내라고 나리께 조를 테니까 나리는 선뜻 돈을 더 내놓으세요. 그럼 나는 밖으로 나갈 것이고 그땐 나리와 그 색시 둘 뿐이 되겠지요. 허지만 그가 당황해서 밖으로 뛰어나오면 틀리지만 그냥 모른 척하면 이 일은 십분지 구가 가망 있어요."

서문경은 반금련이 하고 단둘이 남았을 경우에 어떻게 해야만 할 것인가를 생각면서 입술을 빨았다.

"이제 남은 것을 십분지 일인데 이 최후의 하나가 가장 난관이란 말씀야. 나리는 방안에서 달콤한 얘기만을 하셔야지 흥분하여 수족을 진정하지 못하고 일을 그르치시면 안돼요. 그렇게 된다면 낸들 어쩔 도리가 없으니깐요. 나리께서는 소매 끝으로 젓가락을 떨어뜨리고 그것을 집어 올리는 척하면서 색시의 다리를 살짝 꼬집으세요. 그때 만일 색시가 야단을 치면 밖에서 동정을 살피던 내가 뛰어들어 무마하겠어요. 그러나 다행히 그가 아무 소리도 지르지 않고 있다면 만사형통으로 소원성취하는 겁니다. 그 색시는 이미 정이 쏠린 것이니까…… 내 이 계략이 맞아들면 나리께서는 어떻게 내게 사례사겠어요?"

"사례는 얼마든지 하겠으니 염려마시우. 그 보다 그 계략을 시작하시자구요."

왕노파도 서문경도 자기가 먹을 우물부터 파자는 심보였다.

"오늘밤으로 실행하겠어요. 무대가 돌아오기 전에 달력을 빌리러 가서 색시에게 자세한 얘기를 할테니 나리는 어서 비단 세 필이나 보내세요. 늦으면 안 되니깐요."

서문경은 곧 왕노파의 찻집을 나와 비단 세 필과 솜 열 관을 사서 왕노파에게 보냈다.

왕노파는 비단을 받아 놓고 무대 집으로 갔다.

"부인, 요즘은 왜 문을 꽉 잠가놓고 꼼짝도 않아요? 우리 집에도 좀 놀러 오시지 않고."

"몸이 좀 불편해서요."

"댁에 달력이 있거든 좀 봐 줘요. 옷을 지으려는데 택일을 해야겠어요."

"어머니, 갑자기 웬 옷을 만드시나요?"

"늙은 몸이 언제 죽을지 알아야지. 그래서 미리 수의를 만들 생각이죠."

"어서 며느님을 맞이 하셔야 할 텐데……"

"그러게 말입니다. 허지만 어디 가서 무엇을 하는지 통 기별이 없는 아들 놈이니 걱정뿐입니다. 그래서 우선 수의라도 지어 놓으면 시름이 덜어질까 하던 차에 마침 어떤 후한 분이 있어서 늘 도와 주시더니 이번엔 이런 비단을 사 보내셨답니다."

반금련은 왕노파의 그런 얘기에 마음이 동하는지 비단을 자세히 뒤척였다. 왕노파는 묻지도 않는 말을 또 늘어왔다.

"마침 금년에 윤달도 들었고 또 요새는 며칠간 바쁘지 않고 해서 재봉을 할까 했더니 바느질하는 이가 다른 일로 바빠서 못 온다고 하기 때문에 망설이고 있는 중이에요."

"솜씨가 서툴어도 좋다고만 하시면 제가 지어 드리지요."

"부인께서 바느질을 해 주신다면 내가 죽거든 극락에 갈 것예요. 생각이야 벌써부터 있었지만 부탁하기가 미안해서 말을 못 꺼냈어요. 부인의 바느질 솜씨는 상등인 걸요."

"원, 별 말씀을 다 하십니다. 손으로 하는 바느질쯤이야 못해드리겠어요. 저에게는 어머니가 되시는데…… 달력을 보고 택일해 보세요."

"눈뜬 소경이니 내가 어디 볼줄 알아야죠. 부인께서 택일도 해 줘요."

"호호호…… 낸들 볼줄 아나요."

왕노파는 달력을 반금련 앞으로 내밀면서 택일할 것을 재촉했다.

"내일은 흉일이라 안 되고 모레도 글렀고…… 글피가 좋겠군요."

"부인께서 바느질만 해 주신다면 택일할 필요도 없어요."

"수의는 흉일을 택해서 짓는다고는 하잖아요."

"그러문요. 미안하지만 부인이 우리 집으로 와 주셔요."

반금련이 왕노파의 집으로 오는 것을 사양하는 눈치가 보이자 왕노파는 펄쩍 뛰며

"안돼요. 나도 부인이 일하는 솜씨를 옆에서 보고 싶은데 우리 집에 아무도 없거든요."

"그럼 내일 아침을 먹고 가겠어요."

왕노파는 반금련에게 고맙다고 몇 번이나 절을 한 뒤 집으로 돌아오자 곧 서문경에게 알리었다.

이튿날 아침이 되자 왕노파는 방을 깨끗이 치우고 바느질 준비를 해놓고 반금련을 기다렸다. 반금련은 무대가 조반 후에 행상을 나가자 딸 영아에게 집을 보라고 한 뒤에 왕노파의 집으로 갔다.

왕노파는 반갑게 맞이하며 차를 권한 뒤에 바느질 감을 내놓았다. 바느질을 하는 반금련의 옆에 앉은 왕노파가 신이야 있건 없건 칭찬을 아끼지 않았다. 점심 때는 주안을 차려내고 국수도 대접했다.

반금련은 해질 무렵까지 바늘질을 하였다.

이튿날도 무대가 행상을 나가자 반금련은 왕노파의 집에 가서 바느질을 하였다. 점심 때가 되자 반금련은 돈을 내놓으면서

"어머니, 오늘은 제가 술을 사겠어요."

"아이구 바느질까지 해주면서 그 무슨 말씀이요. 내가 부탁해서 일을 하는데 도리어 음식값을 내다니 안 될 일예요."

"이건 주인이 그렇게 하라고 했어요. 어머니가 그렇게 말씀하신다면 바느질 감을 가지고 집에 가서 하겠어요. "

"주인께서는 참 경우가 밝으시군요. 정 그러시다면 오늘만 돈을 받겠어요."

집으로 가서 일을 한다는 바람에 왕노파는 계략이 깨어질까 염려하여 반금련이 내놓은 돈으로 술과 안주를 사왔다.

삼일째가 되는 날도 무대가 조반을 먹고 찐빵 행상을 나가자 왕노파가 찾아왔다.

"부인 계신가요?"

"어머니, 지금 막 가려던 참인데요."

반금련과 왕노파는 인사를 마치고 왕노파의 집으로 왔다.

사흘째 되는 날이 되기만을 손꼽아 기다리던 서문경은 말쑥하게 몸맵시를 하고 사천 부채를 들고서 가슴을 조이며 자석가로 향하였다. 그는 왕노파의 찻집 문턱에 들어서며

"에헴! 에헴!"

하고 큰 기침을 두어 번 한 뒤에

"할멈, 요새는 왜 뵐 수가 없소?"

한즉 왕노파는 대수롭지 않다는 듯이

"누가 나를 찾나봐."

하고 뛰어 나오다가 서문경을 보고 웃음을 띄었다.

서문경은 왕노파가 꾸며 준 계략을 실제 행동으로 나타내기 시작했다. 어서 반금련과 만나고 싶어서 몸이 달았다.

"누구신가 했더니 나리시군요. 마침 잘 오셨습니다. 들어오셔서 구경좀 하고 가세요."

왕노파는 서문경의 소매를 잡아당겨 방안으로 들어오게 한 뒤에 반금련에게

"부인, 이 나리께서 제게 이 비단을 선물하셨어요."

서문경의 눈은 반금련의 자태에 사로잡혀서 다른 것은 아무것도 보이지 않았다. 서문경은 반금련의 앞으로 가서 허리를 깊이 굽혀 공손히 읍하며 첫인사를 하였다. 다소곳이 머리를 수그리고 바느질을 하던 반금련은,

"만복(萬福=당시 여자들의 남자에 대한 인사)"

하고 답례를 했다. 그 뒤에 또다시 침묵이 흐르자 왕노파는,

"나리께서 모처럼 선사하신 비단을 일 년이나 두었다가 이웃 부인께서 손을 빌려 주시어 지금 수의를 짓고 있답니다. 이걸 좀 보세요. 글쎄 어쩜 이렇게 바느질 솜씨가 얌전해요. 꼭 기계로 배는 듯해요."

서문경은 의복을 들어보며

"참 훌륭한 솜씹니다. 이건 선녀의 솜씨가 아니고선 이렇게 곱게 할 수가 있을라구요."

하고 감탄을 했고, 반금련은 고개를 숙인채 방그레 웃었다.

"별 말씀을 다 하십니다."

서문경은 왕노파를 일부러 돌아보며

"그런데 이 부인은 누구시죠?"

"나리 알아 맞춰 보세요."

"틀리면 큰 실례가 될 텐데."

"그럼 가르쳐 드리죠. 나리께서 얼마 전에 이 앞을 지나시다가 무슨 일이 있지 않으셨던가요?"

"아, 내 머리가 막대기로 얻어맞던 날 말인가요. 막대기를 떨어뜨린 이가 어느 집 부인이신 모양이던데."

서문경의 말에 반금련은 놀라며 머리를 살짝 들어서 서문경을 보더니 다시 푹 숙였다.

"어머나! 누구신가 했더니 나리님이시군요. 그 때 그만 실례를 해서…… 용서해 주세요."

서문경은 천만의 말이라고 손을 내저었다. 왕노파는

"이 부인은 이웃에 살고 계신 무씨댁 부인이십니다. 그리고 이 나리는 우리 청하현의 큰 재산가이고 또한 풍류남아 이십니다. 현청 앞에서 큰 생약포를 경영하시는데 돈은 태산같이 많으며 희귀한 물건도 없는 것이라곤 없어요."

왕노파는 이번에는 서문경에게

"나리, 어째 요새는 차 잡수시러도 오시지 않아요? 어디 좋은 데가 생기신 모양이죠."

"요새 딸년의 혼담으로 좀 바쁘게 지냈소."

서문경과 왕노파가 농담을 섞어가며 대화를 하는 사이에도 반금련은 부지런히 바느질만 했다. 왕노파는 이런 농담 속에서도 갖은 거짓말로 서문경을 추켜 세우는 것이었다.

서문경은 반금련이가 별로 싫어하지 않는 눈치가 보이자 어서 왕노파의 계교대로 단 둘이 있어지기만 고대고대하였다.

왕노파는 차 두 잔을 가져다가 한 잔은 서문경에게 또 한 잔은 반금련에게 권했다.

"차들이나 드세요."

서문경과 반금련은 차를 마시며 서로 눈길을 왕래시켰다. 사흘 전에 왕노파가 얘기한 계교에 의하면 이미 목적의 반은 성공된 셈이었다.

"나리께서 이렇게 친히 오시지 않았더라면 내가 댁에까지 가서 모셔 올 수는 없는 일이었는데, 이것도 하나는 인연이고 둘은 마침 잘 오셨어요. 나리께서는 비단을 사 주시고 부인은 수고를 해 주시니 두 분께 많은 신세를 졌어요. 다행히 부인께서 와 계시니 이 기회에 나리께서 나를 대신해서 주인이 되시고 한 턱 내세요."

왕노파가 서문경에게 눈짓을 한 뒤에·이렇게 말하자 서문경은,

"난 미처 그것을 생각 못했군요. 돈은 있으니 술과 안주를 사오우."

서문경은 주머니에서 돈 한 냥을 꺼내서 왕노파에게 주었다.

"내가 농담을 했더니 나리께서는 정말로 선뜻 돈을 내시네요. 호호……"

왕노파는 능청을 부리더니 돈을 받아 들고 나가며

"부인, 미안하지만 기다려요. 얼른 돌아올 테니"

"어머니 그러실 것까지는 없어요."

그러나 반금련은 일어서지는 않았다. 왕노파가 밖으로 나가니 방안에는 서문경과 반금련 두 사람이 마주 앉았을 뿐이었다. 서문경이 건너다보면 반금련도 흘끔흘끔 서문경을 훔쳐봤다. 아마 반금련도 서문경의 남성다움에 마음이 많이 기울어져 있는 성싶었다.

왕노파는 쇠고기, 닭찜, 과일, 과자 술 등을 한아름 사서 탁자위에 늘어놓으면서,

"부인, 바느질은 잠시 치우시고 음식좀 들고 하시지요."

"어머니가 손님 접대를 하세요. 저는 술을 못해요."

"아니, 부인을 위해 나리께서 돈을 내신건데 그러면 못 써요."

왕노파는 반금련의 손에서 바느질 감을 빼앗고 탁자에 끌어다가 앉혔다.

반금련은 술잔을 받아들고 서문경에게 인사했다. 서문경은 잔을 집어들고

"할멈, 부인께 좀 권하시우."

왕노파는 맛있을 성싶은 고깃점을 집어서 반금련의 입에 넣었다.

술이 세 순배가 지나서 왕노파는 술을 또 데우러 나갔다. 그 때 서문경은 반금련에게 말을 걸었다.

"실례올씨다마는 부인은 몇이시지요?"

"스물 다섯 살에요."

"아, 그럼 우리 집 사람과 한 동갑인 용띠로군요."

"어머나, 나리댁 부인하고 저를 비교하시면 안돼요."

이때 왕노파가 술을 가져오며,

"참 나리댁 마님과 이 부인은 나이도 동갑이지만 어쩜 두 분이 다 똑같은 미인일까요?"

"이미니 그런 말씀 마세요."

"천만에, 이 부인은 예의범절이 깍듯하고 바느질 솜씨도 뛰어나시지만 각종 유희도 못하는 게 없어요."

"이렇게 훌륭한 부인을 둔 무대란 분은 참 행복한 사나이로군."

"암 그렇구 말구요. 나리 댁내에도 마님은 많으시나 이런 부인은 없을 거에요."

"그렇소. 창피한 소리지만 집의 큰 마누라나 작은 마누라들이야 어디 하나나 맘에 드는 게 있는 줄 아우."

"세상을 뜨신 전 마님은 훌륭하셨다던데요."

"사실 전처가 아직 살아만 있다면야 내 집안이 난장판은 되지 않았을 거요."

서문경은 왕노파를 보면서 수연한 낯빛을 띄우며 입맛을 쩝쩝 다셨다.

"그렇게 많은 처첩을 거느리시고도 정말로 정붙일 사람이 없으신가요?"

"그러니까 어디 살맛이 있겠소."

서문경은 울적한 얼굴로 술잔을 들었다. 이 때 왕노파는

"그럼 이 무대 부인과 같이 아름답고 훌륭한 여자를 하나 소개해 드릴 테니 나리께서 마음에 드신다면 댁으로 모셔도 괜찮아요?"

"난, 부모님도 안 계신 처지라 무슨 일을 하든지 간섭할 사람도 없으니깐 정말 좋은 여자만 소개해 준다면야 무슨 짓은 못할라구요?"

"호호…… 농담이지 마음에 드는 여자가 어디 그렇게 속히 있을 수 있겠어요."

"아주 없으란 법도 아닐 테지요. 단지 나같이 부부 인연이 박복해서 그런 부인을 맞이할 수가 없는게 유감이지요. 연분이란 돈만으로도 안되는 거니까……"

하고 서문경은 또 한숨을 쉬었다.

왕노파는 이만하면 충분한 준비 공작은 되었다고 생각했는지,

"애기에 팔려서 술 떨어지는 것도 모르고 있었네. 나리 염치없지만 이왕 내신김에 술 한 병 더 사세요."

왕노파의 말에 서문경은 또 돈을 내놓았다. 왕노파는 돈을 집어들고 일어서며 반금련의 태도를 힐끔 살펴봤다. 반금련은 술 몇 잔이 들어간 탓인지 얼굴은 도화색으로 물들었고 왕노파와 서문경은 두 사람의 여자관계 애기만 듣고 있었던 때문인지 머리를 숙이고 있는 채로 일어 서려고도 하지 않았고 또한 가슴 속의 춘심(春心)도 어지간히 동요되고 있은 성싶었다.

4

음부(淫婦)가 정사(情事)를 거듭하고
운가가 의(義)를 느끼다

왕노파는 서문경이 내놓은 돈을 가지고 방문을 나갔다가 다시 얼굴을 방안으로 디밀면서,

"부인, 술좀 더 사러 나가니 나리를 대접하세요. 부인께서도 잡수시고요. 난 동가에 가서 상등 술을 사오려면 시간이 좀 걸릴 거니까요."

"어머니 가지마세요. 나는 많이 들었어요."

"부인, 이 나리는 별다른 양반이 아니니까 한 잔쯤 대작하세요."

반금련은 입으로는 술을 더 못하겠다고 하면서도 일어서려고는 하지 않았다. 왕노파는 대문을 꼭 닫고 밖으로 잠근 뒤에 술을 사러가지 않고 바깥 거리를 내다보면서 누가 오지나 않을까 살피고 있었다.

서문경이 반금련을 넌지시 바라보니 얼굴은 빨갛게 상기됐고 가슴은 들먹거리는 듯했다. 그리고 매우 대담한 태도로 서문경의 얼굴을 힐끔힐끔 쳐다보았다.

서문경은 술 취한 척하면서도 비단 저고리를 벗었다.

"부인 실례합니다. 술이 취했는지 더워서 옷을 벗어야겠습니다. 미안합니다만 그쪽 침대 옆에 걸어 주시오."

반금련이 서문경의 옷을 곧 받아 걸어 주려할 때 서문경은 저고리 소매를 상위로 끌어 젓가락을 일부러 상 아래로 떨어뜨렸다. 서문경은 급히 허리를 굽혀 상밑의 젓가락을 찾으려고 했지만 그의 손이 노린 것은 젓가락이 아니라 연꽃 봉오리와 같이 예쁜 반금련의 발끝이었다.

서문경의 손은 수놓은 분홍신 위로 반금련의 조그만 발을 지그시 잡고 바르르 떨었다. 반금련은 웃으며,

"어마! 망측해라! 이게 무슨 짓에요. 나리는 나까지 유혹을 하시는군요. 어서 손을 놔요!"

서문경은 반금련 앞에 무릎을 꿇고

"부인 나를 살려주시오."

"왜 이러세요."

"부인 제발 용서하시고……"

반금련은 서문경을 안아올리면서

"나리, 어머니가 돌아오시면 어찌 하실라구요."

"염려 마시오. 할멈은 술사러 멀리 갔소."

서문경은 반금련의 허리를 덥썩 껴안고 왕노파의 침대 위로 올라갔다. 반금련을 침대위에 누이자 이번에는 그녀가 두 팔로 서문경의 목을 잡아서 힘껏 끌어 당겼다.

거기서 서문경과 반금련은 운우(雲雨)를 끝내고 옷을 입으려고 하는데 왕노파가 문을 열고 들어왔다.

"이런 변이 있나? 남의 침대에서 잘들 놀고 계시군."

왕노파의 큰 소리에 서문경과 반금련은 깜짝 놀랐다. 왕노파는 반금련을 향해서

"이를 어쩐담, 내가 바느질 해 달랬지 언제 서방질 하라고 했소? 이 일을 무대가 알면 내 다리는 성하지 못할거야. 내가 먼저 무대에게 알려 줘야지."

하고 밖으로 나가려고 하자 당황한 반금련은

"어머니, 용서하세요!"

하고 머리를 숙인채 두 손을 싹싹 빌었다.

"그럼 내 청 한 가지를 들어줘야 가만히 있겠소."

"무슨 말이든지 듣겠어요."

"그러면 오늘부터 부인은 무대를 속이고 매일 이 나리의 말씀을 들어줘야 해요."

"어머니 분부대로 하겠어요."

반금련은 얼굴을 홍당무처럼 붉혔다. 날마다 와서 서문경과 오늘같은 향락을 하는 것은 도리어 다행한 일이라고 좋아했다. 왕파는 이번에는 서문경에게

"나리는 내가 다시 말씀드릴 필요조차 없군요. 이만하면 목적을 이루었으니 약속을 어기시면 안 돼요. 어겼다간 무대에게 일러바치는 것은 물론이고 유부녀 통간을 했다고 세상에 퍼뜨려서 얼굴을 못 들게 할 테니까요."

"할멈, 안심하십시오. 내가 언제 약속을 지키지 않습디까?"

"아니 두 분 입으로만의 약속은 믿을 수가 없어요. 무슨 증거를 보여 주세요. 두 분이 서로서로 한 때의 장난이 아니라 앞으로 정말 연분을 맺겠다는 증거말에요."

왕노파의 말이 떨어지자 서문경은 자기 머리에서 금동곳을 뽑아 반금련의 머리에 꽂으니 반금련은 얼른 그것을 뽑아내어 소매 속에 감추었다. 만약 무대의 눈에 띌가 염려해서이리라.

"전 드릴 것이 별로 없는데…… 어머니 어쩌면 좋아요?"

반금련은 머리를 갸웃대다가 소매에 달린 손수건을 서문경에게 주었다. 셋이는 다시 술을 들면서 해질 무렵까지 즐겁게 놀았다.

반금련이 돌아가자 왕노파는 서문경을 보고,

"나리 내 솜씨가 어때요?"

"참으로 할멈 덕분에 소원성취했소. 정말 고맙소."

"나리, 맛이 어떻습디까?"

"하하하…… 그것만은 할멈한테 말 못하겠네."

"하기야 어려서부터 기생집 물도 먹었으니까 말할 수 없이 달콤했겠죠. 내일부터는 아예 내 침대를 빌려드릴 테니 약속이나 잘 지키세요."

"할멈, 수고 많이 하셨소. 내 집에 가서 은 열 냥을 곧 보내리다. 은혜를 잊을 수야 있겠소?"

서문경은 의기양양하게 왕노파의 집을 나섰다.

이튿날 다시 서문경은 왕노파 집에 가서 차를 마셨다. 그리고 왕노파를 불러 준비해 온 열 냥을 내주었다. 그 눈부신 은전 열 냥을 받자 왕노파는 입이 함박만큼 벌어지며 기뻐했다.

"이런 고마울 데가 있어요. 이번 일로 나리도 좋고 반금련이도 좋고 그 덕분에 이 할멈도 좋게 되었으니…… 그런데 아직 무대가 장사를 나가지 않은 모양이니 내가 가서 형편을 살피고 오겠어요."

하고 뒷문으로 나갔다.

반금련은 무대와 식사를 하고 있었다.

"영아야 누가 오셨나 보다!"

하고 반금련이 소리를 치니 영아는

"옆집 할머니가 오셨어요."

하고 대답했다.

반금련은 급히 일어나면서

"어서 오세요."

하고 인사를 했다. 왕노파는 반금련에게 손짓하니 그녀는 서문경이 왔다는 것을 알아 차렸다. 왕노파는 집이 비어 그냥 간다고 하면서 놀러 오라는 말을 남기고 돌아갔다.

무대는 조반을 끝낸 뒤 찐빵 행상을 또 나갔고 반금련은 영아에게 집단속을 부탁하고 왕노파의 집에 와서 서문경과 무릎을 맞대고 앉았다.

왕노파가 술을 내오니 서문경과 반금련은 주거니 받거니 하면서 마셨다. 둘이는 이젠 수줍어하지도 않고 정다운 눈길을 주고 받았다. 서문경은 이제야 반금련의 얼굴을 자세히 뜯어볼 여유가 생겼다. 반금련은 처음 보던 때와 비교하여 더욱 아름답고 술이 들어가니 흰 얼굴이 발그레 상기되어 깨물어 주고 싶도록 귀엽게 보였다.

서문경은 한 손으로 슬며시 반금련의 가는 허리를 끌어안고 한 손으로는 귀엽고 작은 발을 어루만졌다. 처음에는 한 잔 술을 서로 반씩 나눠먹다가 나중에는 입에 머금었던 술을 반금련의 입에 옮겨먹이곤 하였다. 그리고 서로 껴안은채 뱀이 혀를 날름거리듯 회롱을 하는 것이었다. 어제는 서문경이 반금련의 옷을 벗겼으나. 오늘은 반금련이 제 손으로 옷을 벗었다.

이러한 그들의 추한 향락이 날마다 왕노파의 집에서 계속되어 정은 칠 같고 마음은 아교같이 붙어 떨어지지를 않았다. 그러나 속담에도 좋은 소문은 문밖에 안 나가고 나쁜 소문은 천리를 간다는 격으로 보름 동안이 지나기 전에 서문경과 반금련의 추문은 그 근처에 자자하게 퍼졌고 모르는 사람은 무대 하나 뿐이었다.

그런데 청하현에 운가라고 하는 열댓 살의 소년이 있었다. 운소년의 집은 가난한 데다가 늙은 아버지 뿐이어서 운가는 현청 앞 각 요리점을 출입하며 계절에 따라 각종 과일을 팔아 아버지를 봉양했다. 운소년은 서문경 집에도 자주 출입을 했다.

하루는 희귀한 설리(雪梨) 한 상자를 구했으므로 서문경을 찾아 다녔다.

"운가야, 서문 대관인을 만나 보려면 있는 데를 내가 가르쳐 주마."

하고 어떤 하인이 말하자

"미안합니다만 좀 가르쳐 주세요."

"서문 대관인은 지금 꿀단지에 빠져 있으니까 배 사먹을 경황이 없을 텐데 공연히 찾지도 말아라."

"팔든지 못 팔든지 나리 있는데나 가르쳐 주세요."

"그럼 가르쳐 주마. 서문 대관인은 매일 찐빵 장수 무대의 마누라하고 자석가 왕노파의 찻집에 있다. 너는 어린애니까 마구 들어가도 괜찮을 게다."

운가는 그 말을 듣자마자 배 바구니를 끼고 곧 자석가 왕노파 찻집으로 달려갔다.

왕노파는 마침 앉아서 실을 풀고 있었다.

"할머니, 안녕하세요?"

"운가야, 어째 왔니?"

"대관인을 뵈러 왔어요."

"뉘집 대관인이란 말이냐?"

"대관인이 그 대관인이지 누군 누구야요."

"대관인도 이름 성자가 있을게 아냐."

"복성 가진 대관인이나 이런 비싼 배를 사시지 외자성 대관인들야 어디 엄두나 내나요?"

"복성이라면 그게 누굴까?"

"할멈은 제 말을 놀려만 대시네. 서문관이지 누구에요."

하고 운가가 안으로 들어가려고 하자 왕노파는 당황하여 가로 막으며

"이녀석아 어딜 함부러 남의 집엘 들어가느냐?"

"안에 들어가 대관인을 만나 뵈려고요."

"망할 자식 같으니라구, 우리 집에 그런 나리가 왜 온단 말이냐?"

"할멈 혼자만 빨아 먹지 말고 내게도 멀건 국물을 좀 나누어 주구려."

"요놈의 새끼가 별 수작을 다 하는구나!"

"난 다 알고 왔어요. 공연히 그러지 말아요. 국자 속에서 둥근 칼로 채소를 썰었으니 물 샐틈 없는 줄 알고 계시지만 내가 입만 놀리면 찐빵 장수 무대가 달려와서 난리를 피울걸."

왕노파는 운가 소년이 찔리는 데를 건드리니 그야말로 노발대발하였다.

"이 깍쟁이 잔나비 새끼야! 남의 집에 와서 찢어진 아가리로 개소리 쇠소리를 마구 지껄이고 있구나! 냉큼 꺼지지 못하겠니?"

"흥, 날 건드리면 큰일 나지. 내가 잔나비 새끼면 할멈은 갈봇집 뚜쟁이 할멈이다."

운가는 왕노파한테 함부로 대들었다. 왕노파는 운가를 붙들어 주먹으로 머리를 몇 번 쥐어박았다.

"이 늙은 할미야, 왜 나를 때려!"

운가가 고함을 지르자,

"요 후레자식아! 무슨 큰 소리야. 목을 따버릴 테다."

왕노파는 목탁같은 입으로 운가의 얼굴에다 침을 탁 뱉았다. 운가는 왕노파의 손을 겨우 뿌리치자 배 바구니도 버리고 도망쳤다. 죽자하고 덤벼드는 암팡진 왕노파를 당할 도리가 없었기 때문이었다.

"이 흉악한 늙은이, 어디 두고 보자. 무대에게 꼭 일러서 이 찻집에서 다시는 돈벌이를 못하게 할 테다."

운가는 그 길로 반금련의 남편 무대를 찾기 시작하였다.

5

운가가 계략을 꾸미고
금련(金蓮)이 남편을 독살(毒殺)하다

왕노파에게 매를 맞은 운가는 분을 못 참고 씩씩대면서 돌아다니다가 골목 저쪽에서 오는 무대를 만났다.

"솔방울 아저씨, 한동안 뵙지 못했어요. 빵장사는 잘 되나요?"

"요녀석아 어른보고 그게 무슨 말버릇이냐!"

"아저씨를 아까부터 찾아다녔어요."

"이런 망할 자식아, 넌 나를 자꾸 놀릴 셈이냐!"

"아녜요. 무대 아저씨, 아저씨께 꼭 알릴 말씀이 있어요."

"무슨 말이냐? 우리 여편네가 서방질을 했단 말이냐."

"아저씨, 아저씨 마누라가 샛서방을 두었어요."

무대는 운가의 목덜미를 붙들고,

"넌 내가 얼굴에 똥칠을 할 작정이냐!"

하고 다구쳤다.

"아니, 아시고 하는 소린가요? 아니면 모르고 하는 소린가요? 나만 이렇게 붙들지 말고 그놈의 그것을 잡아 나꿔챌 생각이나 하세요."

"애, 너 그게 정말이냐?"

무대는 그제야 정색을 하고 운가를 술집으로 데리고 갔다. 술상이 차려 나오자 운가에게 술을 몇 잔 먹인 뒤에 자기 아내의 샛서방이 누구인가를 알아 내려고 재촉하였다.

"무대 아저씨, 그렇게 덤비지 마세요. 한 잔 마시고 그 놈을 꼭 붙들도록 도와 줄 테니깐요."

무대는 운가가 술과 안주 먹기를 기다려

"이젠 말해봐라."

"얘기하기 전에 내 머리에 생긴 이 혹을 만져봐요. 이게 그 증거요."

"어째서 머리에 혹이 났어?"

"사실인즉 내가 오늘 설리라는 배를 팔려고 배 바구니를 들고 서문 대관인을 찾아 다녔어요. 아무데도 없어 헤매다니는데 누가 가르쳐 주기를 왕노파의 찻집에서 무대 마누라 반금련과 간통을 하느라고 매일 거기에 파묻혀 있다는 거에요. 그래서 나는 서문 대관인에게 배를 팔아달라 하려고 왕노파 집을 찾아갔더니 그 나쁜년의 할멈이 안에는 한사코 들어가지 못하게 하잖아요. 도리어 나를 때려 내쫓아서 지금 아저씨를 찾아다니고 있던 중이에요."

"그게 참말인가. 그래도 우리 집 사람이 설마?"

"설마가 사람을 죽여요. 그래도 내 말을 믿지 못하겠거든 당장에 왕노파 집으로 달려가봐요."

"실상은 우리 마누라가 왕노파 집에 바느질을 해주려 다니는데 돌아올 때는 언제나 빨개져서 오기에 수상했지만 설마 그런 죽일 짓들을 했을 줄이야. 요새는 공연히 나한테도 짜증만 부리더니…… 에잇 당장에 그 년놈을 때려 죽여야 속이 후련하겠다."

"아저씨, 잘못하다간 도리어 얻어맞을 테니 그 증거를 잡을 궁리부터 하세요. 그 왕파란 할멈은 독부란 말에요. 그 셋이 한패가 돼서 아저씨 혼자 간댔자 숨길 거에요. 뿐만 아니라 샛서방 놈은 힘이 센데다가 무술까지 할 줄 알고, 또 돈과 세도도 굉장하니까 도리어 무슨 화를 입을지 몰라요."

"자네 말이 그럴 듯하군. 그럼 증거를 꼭 잡으려면 어떻게 하면 좋지?"

"나도 그 할망구한테 매를 맞아 분통이 터져요. 오늘은 그대로 집으로 가셔서 아무 말도 말고 보통 때와 다름없이 지내세요. 내일 아침은 찐빵을 팔러 가는 척하고 나와 왕노파집 근방에서 기다리고 있으세요. 나도

길 옆에서 기다리고 있다가 서문경이 들어가거든 내가 그 할멈에게 시비를 걸겠어요. 그 할망구가 따라 나오면 내가 그에게 트집을 하는 동안에 아저씨는 얼른 방안으로 들어가서 현장을 잡으세요.”

“그래 꼭 부탁한다. 이거 얼마 안되는 돈이지만 받아둬라. 내일은 일찍 자석가 길목에서 기다려다오.”

운가는 돈과 찐빵을 무대에게서 얻어 가지고 돌아갔다. 무대는 다시 찐빵 행상을 한 바퀴 돈 다음에 집으로 갔다. 반금련은 항상 무대에게 바가지만 긁고 속여만 오다가 요즘은 자신의 추행을 깨달았는지 좀 온순해졌다. 그날 밤 무대는 집에 돌아와서도 아무 말도 하지 않았다.

이튿날 무대는 빵을 몇 개 쪄가지고 집을 나갔지만 반금련은 서문경만 생각하느라고 무대가 빵을 얼마나 갖고 가는가에는 신경을 쓰지 않았다.

무대가 행상을 나가자 반금련은 왕노파의 집으로 달려가 서문경이 오기를 기다렸다. 무대가 가벼운 짐을 덜렁대고 집을 나와 자석가 입구까지 간즉 벌써 운가 소년은 바구니를 들고 와서 망을 보고 있었다.

“운가야, 그놈이 왕노파 집으로 들어갔니?”

“아직 좀 이르나 꼭 올 것이니 아저씨는 멀리 가지 말고 이 근처에서 기다려요.”

무대는 운가가 시키는 대로 빵 팔 생각도 없이 근처에서 짐을 맡기고 숨어서 망을 봤다. 서문경이 과연 왕노파 집으로 들어가는 것을 보자 얼마 지체한 뒤에 운가는 바구니를 들고 왕노파의 집으로 들어갔다.

“이 죽일 함멈! 어제는 왜 나를 그렇게 때렸어!”

운가는 다짜고짜로 왕노파에게 욕을 퍼부었다.

“이 망할 자식아 너 정말 죽고 싶으냐!”

“이 갈보 뚜쟁이 늙은년아! 나도 불알이 달렸으니 하나 소개해 줘라!”

운가는 일부러 왕노파한테 잡혀서 매를 맞다가 머리통으로 배를 콱 들이 받았다. 왕노파와 운가가 엎치락 뒤치락 싸우고 있을 때 무대는 살기 등등하여 다점 안으로 달려 들어갔다. 왕노파는 무대가 뛰어 들어가는 것을 보자 운가는 내버려 두고 무대를 막으려고 했으나 운가는 왕노파의 치맛자락을 꽉 붙잡고 놓지를 않았다. 하는 수 없이 왕노파는

"무대가 왔어!"

하고 방안의 서문경과 반금련에게 들으라고 악을 섰다.

방안에 있던 반금련은 황급히 방문을 붙들고 서문경은 침대 밑으로 들어갔다. 무대가 방문을 열려고 했으나 도저히 열 방도가 없었다.

"이 죽일 년놈들아, 어서 문을 열어라!"

발로 부서져라 문을 차며 부르짖었다. 그러나 무대는 원래 천성이 온순한 위인이라 아내의 행실이 나빠 울분한 나머지 현장은 포착했으나 적수공권이라 문을 깨뜨리지도 못하였다. 돈 많고 세력있는 서문경도 이런 다급한 경우에는 아무 생각도 나오지 않는지 쥐구멍만 찾았다. 그 때 반금련은 남편보다 서문경을 옹호하여 사태를 수습할 계략을 생각했다.

"평상시에 자랑하던 무예는 어디다 쓰려구 하시우? 이럴때 안쓰고 염라대왕 앞에서 써 먹을 생각에요? 버젓이 밖으로 나가서 한바탕 해치우시지 않고서 쥐구멍만 들여다보고 있으면 어쩔려구 그래요!"

악에 받힌 반금련은 자기 남편 무대를 아주 때려 눕히라고 소리를 질렀다. 이 말에 서문경은 침대 밑에서 기어 나오면서,

"갑자기 당한 일이라 그것을 미처 생각 못했어."

하고 방문을 박차면서 무대가 들어오기만 하면 죽여 버리겠다고 소리를 벽력같이 질렀다.

무대는 서문경을 붙들려는 단순한 생각이었으나 서문경은 무대보다 키가 크고 힘이 센데다가 무예 훈련을 받은지라 잽싸게 무대 옆구리를 발길로 차며 밖으로 뛰어나갔다. 무대는 그 자리에 고꾸라지고 말았다. 문밖에 무송이나 있었으면 서문경과는 상대가 되지 않았겠지만 운가 소년 하나 외에는 누구도 막을 사람이 없었다. 뿐만 아니라 형세가 불리해지자 운가도 역시 겁이 나 그 자리를 피하고 말았다. 이렇듯 소란을 피우니 이웃 사람들도 모두 뛰어 나왔으나 서문경의 세도가 무서워서 아무도 그를 탓하지는 못했다.

서문경의 발길 한 번에 쓰러진 무대를 왕노파가 들어와서 일으켜 보니 입에서는 검붉은 피가 줄줄 흘러내리고 있었으며 얼굴은 백랍과 같이 죽을 상이 되어 있었다. 왕노파는 자기 집에서 초상을 치르게 되는 것이 아

닌가 하고 겁이나서 곧 반금련에게 물을 떠오라고 해서 무대의 얼굴에 뿌리니 겨우 정신을 좀 돌렸다. 왕노파와 반금련은 양편에서 어깨로 부축해서 뒷문으로 끌어다가 무대의 집 이층방에 눕혔다.

이튿날도 서문경은 왕노파의 집에 또 나타나더니,

"그 녀석이 아주 뻗어버렸으면 오죽이나 좋으련만."

서문경은 끔찍한 말을 예사로 했다.

무대는 침대에서 일어나지 못한지 닷새가 지났다. 그러나 악독한 반금련은 제 손으로 물 한 모금 떠다 먹이지 않았다. 전실 딸 영아만이 병구완을 했다.

남편 무대가 죽어가고 있건만 반금련은 짙은 화장을 하고 나가서 왕노파 집에서 서문경과 음탕한 즐거움으로 시간을 보냈고 돌아올 때는 술냄새를 풍기었다. 참다못한 무대는 어느 날 반금련을 침대 곁에 불러 앉히고,

"이 벼락을 맞아 죽을 년아! 나는 이 눈으로 네 년놈들이 놀아 먹는 꼴을 봤다. 그런데 적반하장으로 네년은 그 간부 놈을 시켜 내 가슴을 발길로 차게 했다. 이 원한을 못 풀고서는 나는 살래야 살 수 없고 죽을래야 죽을 수도 없게 됐다. 그런데 네년은 더욱 좋아라고 그놈과 붙어먹고 있지. 나는 죽어도 좋다. 네년을 죽일래야 꼼짝할 수가 없지 않으냐! 그러나 내 동생 무송의 성품은 너도 알고 있지. 그 애가 돌아오기만 하면 가만히 있지 않을 게다. 무송이 한테 죽을 줄 알아라!"

반금련은 말없이 듣고만 있다가 그런 이야기를 왕노파와 서문경에게 일일이 고하면서 깔깔거리고 웃었다. 서문경은 그 말을 듣고 냉수를 등에 끼얹은 것처럼 등골이 오싹했다.

"큰일이군. 무송이란 놈이 오면 좀 성가시게 굴겠지. 허지만 그놈이 아무리 무서운들 이렇게 깊이 정이 들었는데 죽은들 끊을 수 있을까?"

왕노파는 태연한 태도로,

"나리는 선장이고 나는 뱃사공으로 알고 왔는데 선장이 그렇게 겁을 집어 먹으면 어쩔 작정이세요."

"나는 남자이지만 이럴 경우에는 어떻게 하면 좋을지 묘안이 없구료.

할멈 좋은 의견이 있으면 말해 보구요."

"호호호…… 걱정 마세요. 아주 쉬운 방도가 있어요. 도대체 두 분은 정말 부부가 되시려우? 아니면 한 때의 외도로 그치려는 거요?"

"할멈, 그게 무슨 말씀이요? 한 때의 오입으로 그치다니!"

"백년을 두고두고 정말 부부가 될 생각이 없거들랑 오늘 당장이라도 단념하고 서로 헤어지시오. 무대가 몸이 회복되고 부인께서 사과만 한다면 무송이가 돌아온다 하더라도 아무 일이 없을 겝니다 그러다가 무송이 또 다른 데로 떠나가면 그 때 다시 만나면 되지 않게수. 만일 그렇지 않고 두 분이 정말로 영원한 부부가 되겠다면 또 다른 좋은 묘안이 있습니다만 말하기는 좀 곤란한데요."

"할멈, 우리 둘은 영원한 부부 되기가 소원이오. 무슨 방법인지 가르쳐 주구료."

반금련과 서문경은 어떠한 수단과 방법을 가리지 않겠다고 다짐을 하였다.

"그럼 우선 마음을 다구지게 먹어야해요."

"죽느냐 사느냐 하는 판인데 무슨 짓인들 못하겠어요."

"그럼 좀 비상한 물건이 필요한데…… 마침 나리댁에 있어요."

"그게 뭔데?"

"지금 무대의 병세가 위독하니 안성맞춤이어요. 나리댁 생약장에서 비상을 조금 가져오고 부인은 다른 약방에서 가슴 아픈데 먹는 약을 지어 그 약에 비상을 넣는단 말이에요. 무대가 죽은 뒤 시체를 화장해 버리면 감쪽같으니까 무송이 돌아온들 어쩔 수 없는 게 아니겠어요. 부인은 오륙 개월 지나면 상복도 벗게 될 테니 그 땐 나리께서는 금련 부인을 댁으로 모셔 가면 정정당당하지 않아요."

"할멈, 그거 참으로 묘안이오. 선에 강하려면 악에도 강해야만 하니까."

서문경은 무대 하나쯤 독살하는 것은 문제가 아니었다. 그날로 서문경은 남몰래 약장에서 비상을 꺼내 가지고 왕노파의 집으로 와서는,

"두 분이 잘 처리하구료. 나는 내일 어떻게 되었나 보러 오겠소."

하고 서문경은 가버렸다.

왕노파는 비상을 가루로 만들어 반금련에게 주었다. 반금련이 약을 갖고 집으로 돌아오니 무대는 거의 죽을 상이 되어 숨을 헐떡이고 있었다. 반금련은 곧 침대 옆으로 달려가서 슬픈듯이 우는 시늉을 하였다.

"왜 그렇게 울고 있어? 어디 아픈가?"

마음 착한 무대는 뜻밖에 반금련이가 슬퍼하는 행동을 보고 적이 위로 되는 성싶었다.

반금련은 손등으로 나오지 않는 눈물을 닦으며

"내가 모두 잘못 했어요. 그 서문경이란 악당에게 그만 속았어요. 그놈이 당신 가슴에 발길을 할 줄을 몰랐어요. 좋은 약을 먹고 어서 일어나세요. 당신만 회복된다면 나도 개과천선해서 몇 갑절 더 착한 아내가 되겠어요. 실상 나는 가슴앓이에 좋은 약을 구하려고 수소문했는데 아직도 당신이 나를 의심할까 망설이고 있었어요."

"여보, 임자가 그렇게 개심해 준다면 나도 모두 잊어버리고 말겠어. 동생이 와도 잠자코 있을테니 그 약을 얼른 사다가 나를 치료해 주구료."

반금련은 무대가 보는 앞에서 동전을 꺼내들고 밖으로 나갔다. 왕노파의 집에서 약 한 첩을 가져온 반금련은 그 약 봉지를 무대에게 보이면서,

"의원 말이 이 가슴앓이 약은 밤에 먹어야 한 대요. 이 약을 먹은 뒤에 이불을 푹 쓰고 땀을 내래요."

"거참 좋은 약인가 보군. 오늘 밤중에 약을 먹게 대려 주오."

반금련은 어두워지자 주방으로 내려가서 약을 달였다. 두어 시간 후 건성으로 달인 약을 짜지도 않고 겉물만 탕기에 따른 뒤에 비상을 넣고서 곧 이층으로 올라갔다.

"여보 약 대려왔으니 어서 잡수세요."

반금련은 무대를 껴안아 일으키는 한편 약을 입에 넣어줬다.

"어, 이 약 냄새가 고약한데."

"이 약은 먹기가 힘들지만 병에는 꼭 듣는다잖아요."

반금련은 억지로 약탕기를 기울여 모두 삼켜 내려가게 했다. 그리고 무대를 다시 침대에 눕힌 뒤 아래층으로 내려갔다. 무대는,

"아이구 나 죽는다! 약이 들어 가더니 뱃속을 쥐어 뜯는구나!"

하고 소리를 쳤다. 반금련은 이층으로 다시 올라와서 큰 이불로 무대를 덮어 씌웠다.

무대는 그때 두 번 소리쳤으나 밖에 들리지 않았다. 반금련이 이불을 들쳤을 때는 이미 뻣뻣하게 죽어 있었고 일곱 구멍에서는 피가 흐르고 있었다.

반금련의 신호로 달려온 왕노파는 끓여 놓은 더운물에 수건을 적시더니 시체를 깨끗이 씻기고 의복을 모두 갈아입힌 뒤에 자기 집으로 돌아갔다. 그제서야 반금련은 목을 놓고 건성 울음을 터뜨렸다. 이웃집에다 초상난 것을 알리려는 것이다.

이튿날 날이 밝기도 전에 서문경은 왕노파의 집으로 달려왔다. 자세한 애기를 듣고나자 그는 돈을 왕노파에게 내주어 관을 사서 장례를 치르게 하고 반금련을 불러오게 했다.

"무대는 죽었어요. 이젠 영감 밖에 의탁할 데가 없으니 저를 버리시지 말아 주세요."

"쓸데없는 걱정을 말라구."

이때 왕노파는 옆에서,

"나리, 그런 한담할 때가 아니어요. 검시(檢屍)가 까다로워서 비밀이 드러나면 야단이에요. 검시인 하구(河九)란 자는 세밀한 위인이니까 눈감고 입관을 시켜 주지는 않을 거에요."

왕노파의 말에 서문경은 그런 문제쯤은 염려없다는 듯이 웃으며,

"하구는 문제 없어. 그놈이 내말 안 들으면 모가지가 달아날려구 내가 하구에게 부탁할게."

소설 金瓶梅

6

하구(河九)가 뇌물을 먹고 하늘을 속이고
왕파(王婆)는 비를 만나 생쥐같이 되다

날이 밝아오자 이웃집의 조상(弔喪)꾼들이 몰려왔다. 반금련은 얼굴을 두 손으로 가리고 건성으로 울고 있었다. 이웃 사람들은 무대가 무슨 병으로 갑자기 죽었느냐고 물었다.

"가슴이 아프다고 요새 며칠 드러눕더니 마침내 어젯밤 삼경에 운명했어요."

그러나 이웃 사람들은 죽은 원인이 분명치 못하다고 서로 눈짓을 하며 수군댔으나 시비를 하는 사람은 없었다.

왕노파는 장례에 소용되는 물품을 완비해 놓고는 절에 사람을 보내어 중 두 사람을 불러왔다. 무대가 죽었다는 소문을 들은 검시인 하구는 자석가까지 왔을 때 서문경을 만났다.

"하구 나으리 어딜 가시오?"

"찐빵장수 무대가 죽었다기에 검시하러 가는 길이라오."

"말씀 드릴 일이 있으니 나좀 보고 가시구려."

서문경은 하구를 데리고 길 모퉁이 조그만 요리집으로 들어갔다. 하구는 술을 마시면서도 마음 속으로 이상하게 생각했다.

'서문경이 나에게 술을 사다니 알 수 없는 일이야?'

한참 술을 마시던 서문경이 문득 소매 속에서 은전을 꺼내 하구 손에

쥐어 주며,

"하구 나리, 이거 얼마 안 되오만 받아 주시면 다시 예를 올리겠소."

라고 하니 영문을 모르는 하구는 손을 비비며

"대관인께 지금까지 아무런 일도 못해드렸는데 이렇게 대관인의 덕을 봐서 되겠습니까. 혹 저한테 무슨 부탁하실 일이 있어도 이런 걱정까지 하시면 황송해서 어떻게 하겠습니까."

"좌우간 받아 두시오. 뭐 어려운 청은 안할 테니까……"

"대관인 나리, 하실 말씀이 있으면 툭 터놓고 얘기 하시지요."

"나중에 수고하신 댓가를 보답할 테니 무대 시체를 입관할 때 만사를 잘 부탁하겠소. 여러 소리 안 하겠으니…… 하구 나리만 믿으오."

"나는 또 무슨 큰 일이나 부탁하시는 줄 알았어요. 뭐 그까짓 것쯤야 염려하실 것 없습니다."

서문경과 하구는 밖으로 나왔다. 서로 작별 인사를 나누면서,

"하구 나리, 잊지 마시오. 누구에게든지 누설하면 안 되오!"

하는 말을 남긴채 다른 데로 총총이 사라졌다.

하구는 마음 속으로 이상히 생각하며, 무대 집까지 와보니 이미 자기가 보냈던 검시인 두 사람이 기다리고 있었다.

"이 집 주인은 무슨 병으로 죽었다더냐?"

하구가 자기 부하들에게 이렇게 물으니,

"이 집 애기로는 가슴앓이로 죽었다고 합니다."

하구는 울고 있는 반금련에게,

"부인, 너무 상심 마셔요. 무대 양반은 착하신 분이었으니까 꼭 천당으로 가실 겁니다."

반금련은 울음을 참는 체하며,

"뭐라 말씀드려야 할지 모르겠어요. 가슴을 앓던 양반이 저꼴이 되고 말았으니 꿈결만 같아요."

하구는 무대의 부인이 미인이란 소문을 들어온 터였지만 소복을 입었어도 그녀의 용태는 과연 놀라운 미인이었다. 그리고 은전을 쥐어 준 호색가 서문경과 이 요염한 반금련의 사이에는 무슨 관계가 있구나 하는 생각

을 하면서 무대의 죽은 얼굴을 보려고 영전으로 갔다.

중의 불경이 끝나자 시체 얼굴에 덮은 흰명주 수건을 벗겨보니 얼굴빛은 누렇고 입술은 검붉게 상했고 두 눈은 툭 튀어나왔으며, 손톱은 새파랗지 않은가! 확실히 독을 먹고 죽은 시체였다. 옆에서 같이 검시하던 하구의 부하는,

"시체는 왜 이렇죠? 얼굴은 누르고 검붉지 않아요. 입속은 피투성이구요."

"쓸데없는 소리말아. 요새의 더위로는 시체가 그럴 수 밖에 없을 게다."

하구는 부하를 나무라며 황급하게 간단한 검시를 끝내고 시체를 입관시켜 관 뚜껑에 못질을 하였다.

검시인 하구의 일행은 돌아갔다. 삼일되는 날 새벽에 검시인들이 와서 관을 들고 나갔다. 반금련은 상복을 입고 가마를 타고서 성밖 화장터로 향했다.

반금련은 화장이 끝난 뒤에 집으로 돌아 오자 「亡夫 大之靈」이라는 위패를 상청에 모셨다. 이것도 세상 사람에게 보이기 위한 수작이었다.

무대의 위패를 모신 영전에는 금종이로 만든 기와 돈으로 장식하고 유리등을 달았다. 반금련은 그날도 서문경과 만났다. 왕노파도 일을 마치고 집으로 돌아갔으므로 둘이는 이층에서 꺼릴 것 없이 껴안고 희희낙락하였다.

지금까지 왕노파의 집 구석방에서 좀도둑 같이 지냈으나 이젠 무대도 죽고 집에 딴 사람이 없으니 서문경은 반금련의 집을 터놓고 다니게까지 되었고 반금련의 집에서 사오일씩 묵기가 일쑤였다. 그러니 집안 일은 엉망으로 내버려두므로 집안 사람들은 모두 불평이 대단했다.

이와 같이 서문경과 반금련이가 불의의 정을 통한지도 어느덧 두어 달이 지났다. 마친 단오절이 되어 그날 서문경은 악왕묘(岳王廟)에 갔다가 돌아오는 길에 왕노파의 찻집에 들렀다. 왕노파는 부산스럽게 차를 권하면서,

"대관인 나리, 어디를 갔다 오세요? 금련 부인께는 어째 안 들르시고……"

"단오절이라 악왕묘에 갔다가 오는 길이라오."

"아까 금련 부인의 친정 어머니가 온 모양인데, 가서 보고 올 테니 대관인은 좀 기다리고 계세요."

왕노파가 반금련의 집 뒷문으로 들어가니 반금련은 어머니와 앉아서 술을 마시고 있었다.

"어머니, 마침 잘 오셨네요. 친정 어머니 모시고 한 잔 드는 중이에요. 어머니도 석 잔만 드시면 옥동자를 순산할 거에요."

"사내 하나가 없는 내가 어떻게 옥동자를 낳는단 말이요! 부인이야 젊고 건강하니까 이번에 꼭……"

왕노파는 술을 몇 잔 마시고 그들과 수작을 하다가 반금련에게 서문경이 와서 기다린다고 눈짓으로 알리고 자기 집으로 돌아왔다. 그래서 반금련은 친청 어머니를 속히 가도록 하고 방을 깨끗이 정돈하고 주안상도 준비하였다.

반금련은 남편이 죽었는데도 상복을 입으려 하지 않고 매일 화장을 하고 화려한 옷만 입고 서문경과 낙을 누려 온 터인데 서문경이 이틀 동안이나 찾아오지 않자 성이 난 김에 원망스러운지 바가지를 긁었다.

"또 어떤 년이 생겼기에 거기서 재미 보느라고 날 혼자 내버려 두고 얼씬도 하지 않는단 말에요!"

"내가 널 잊다니…… 요즘 바쁜 일이 있어서 그랬어. 여기 선물을 사왔지."

반금련은 선물을 보자 그때서야 웃는 낯을 나타냈다. 그녀는 무대의 전실 딸 영아를 시켜서 서문경에게 차를 올리게 하는 한편 자기는 주안상을 차려왔다.

"이 바보년아! 손님이 오셨으면 얼른 밖으로 나갈 것이지 무얼 꾸물대느냐!"

반금련이 꽥 소리를 지르니 영아는 질겁을 하고 밖으로 나갔다. 반금련은 술잔을 들어서 서문경의 입에 먹여준다.

"그렇지 않아도 왕파 할멈에게 술과 안주감을 사오라고 내보냈으니 오늘같은 명절에 진탕 먹고 진탕 놀아볼까."

"영감, 진탕 노는 건 어떻게 노는 건가요? 영감께서 날 주물러 터뜨릴

듯이 다루는 솜씨엔 그냥 땅이 꺼져드는 듯한 황홀감에 취해 버리지만 영감께서 또 다른 계집도 그런 솜씨로 귀여워 해 줄 것을 생각하니 질투가 나서 못 견디겠어요."

"헛헛헛…… 내 솜씨는 임자의 솜씨에 비하면 아무것도 아니잖아."

서문경과 반금련은 얼굴에 얼굴을, 어깨에 어깨를, 다리에 다리를 맞대고 비비면서 술을 마셨다.

왕노파는 거리로 술과 요리감을 사러 나갔다가 소낙비를 만났다. 다급해서 남의 집 처마 끝에 들어섰으나 옷은 물에 빠진 생쥐같이 젖었다. 비가 좀 멎자 급히 돌아온 왕노파는 물건을 주방에 두고서 이층으로 올라가니 서문경과 반금련이 잔을 들고 있었다.

"나리와 부인께서는 즐겁게 술잔을 나누시지만 나는 이 꼴이 됐어요. 나리께 이 분풀이를 할 테니 배상을 하셔야 해요."

반금련이 왕노파에게 청포 한 필을 주기로 약속하니 그제야 아래층으로 내려가 옷을 말려 입었다.

이 때 서문경의 눈에는 벽에 걸린 비파가 눈에 띄었다.

"임자는 비파의 명수라는 소문은 들었지만 실상 한 번도 들어본 일이 없으니 오늘은 한 곡조 들려 주구려."

하고 청하니 반금련은 할줄 모른다고 사양했다. 그러나 서문경이 일어서서 비파를 내려 금련의 무릎에 놓아 주자 반금련은 섬섬옥수로 비파줄을 퉁기면서 낮은 목소리로 노래를 부르기 시작했다. 서문경은 반금련의 비파와 노래를 들으며 무릎 장단을 치면서 좋아했다.

"임자가 이렇게 노래까지 잘하는 줄은 몰랐어. 기생집에 많이 가 보았지만 이런 명창은 처음인걸."

반금련은 웃으며,

"그렇게 치켜주시니 오늘부터 영감의 분부는 무엇이든지 복종하겠어요. 그러니 죽을 때까지 저를 버리지 마세요."

서문경은 간드러지게 조잘대는 반금련의 앵두같은 입술에 자기의 입술을 포개면서,

"내가 님자를 버릴리가 있소."

　서문경과 반금련은 운우(雲雨)를 한참 일으키다가 서문경은 반금련의 신발 한짝을 벗겨 손에 들고 거기에 술을 따라서 꿀같이 마셨다.

　"내 발이 작다고 조롱하시나봐."

　두 사람은 이제 술이 얼큰해져서 방문을 닫아 걸고 침대 위로 올라갔다. 눈치 빠른 왕노파는 대문까지 걸고 주방에서 맛있는 음식을 꾸역꾸역 먹고 있었다.

　서문경과 반금련은 물고기가 물 속에서 노는 듯 흥취가 극도에 달하였다. 서문경은 그날 밤으로 반금련의 육체에 넋을 잃고 말았다. 그대로 그 밤을 새우다가는, 은근히 겁까지 날 정도로 녹초가 된 서문경은 옷을 다시 입고 갖고 있던 돈을 좀 내어 용돈으로 쓰라고 반금련에게 주었다. 반금련은 교태를 짓고 녹일듯한 추파를 보내면서 서문경을 전송하였다.

7

설수(薛嫂)가 맹옥루(孟玉樓)의 뚜쟁이가 되고
양파(楊婆)가 장사(張四)에게 봉변을 주다

서문경의 집에 무상 출입하며 꽃비녀를 파는 설수(薛嫂)라는 노파가 있었다. 노파는 꽃비녀 상자를 들고 이리저리 찾아다녔으나 서문경을 만날 수가 없었다.

그러던 차에 서문경의 어린종인 대안을 간신히 만나자 반색을 하면서 물었다.

"대관인은 어디 계시니?"

"약포에서 집사 부이숙(傅二叔)과 장부를 적고 계신데 왜 그러우?"

설수 노파가 곧 약포 사무실로 달려가서 들여다본즉 과연 서문경이 지배인 부이숙과 머리를 맞대고 수판을 놓고 있었다.

설수는 서문경을 눈짓해서 조용한 뒷골목으로 끌고 갔다.

"무슨 좋은 얘기가 있는가?"

"아주 좋은 여자가 있는데 선을 보시지 않겠어요. 작고하신 삼호 부인 자리에 적당한 신부를 소개하려는 거에요. 그 신부감은 남문 밖에서 비단 장사를 하는 양(楊)씨네 젊은 과부인데 남편은 멀리 장사를 나갔다가 객사하고 그 큰 재산도 과부가 차지하였으니까 꿩 먹고 알 먹을 혼담이지요. 그 과부는 슬하에 자식 하나 없이 일 년 동안이나 쓸쓸히 과부로 지냈어요. 단지 열 살난 시동생 하나가 있을 뿐에요. 그러니 청춘 과부로 늙을 수야 있겠어요. 이 과부는 올해 스물 다섯 살로 몸매는 날씬하고 화장을 하면 인형같이 어여쁜 미인이랍니다. 부잣집 맏며느리였던 만큼 인품이 고상하고 살림범절이 놀랍지요. 바느질도 잘할 뿐 아니라 장기, 쌍륙에도 뛰어나다고 합니다. 영감께서는 한 번 보시면 당장에 반해 버리실 거에요. 이름은 맹옥루(孟玉樓)인데 지금 남문밖 취수항(臭水巷)에서 살고 있지요. 월금(月琴)도 썩 잘 타요."

서문경은 설수 노파가 말하는 그 과부의 재산에는 전혀 욕심이 동하지 않았으나 인물이 빼어났다는 것과 월금을 잘 탄다는 데에 구미가 당겼던지 당장에 내일이 일진도 좋으니 내일 그 과부를 만나 보자고 하였다.

"다만 성가신 존재는 그 과부의 시고모이지요. 외삼촌 장사(張四)가 있으나 그는 시고모에 비하면 집안에서 세력이 떨어져요. 그 고모는 출가했다가 과부가 되었으나 자식 하나 없는지라 친정으로 돌아온지가 벌써 삼십 년이 넘어요. 장수를 잡으려면 먼저 그의 말을 쏘라고 하지 않아요. 그 시고모가 가장 좋아한 게 돈이니까, 조카 며느리가 개가해서 누구에게 가건 상관않고 그저 돈만 두둑히 내놓으면 좋아할 거에요. 영감, 그 노파에게 돈을 쥐어 주어요. 그리고 그 집에 없어서가 아니라 선물로 비단 한 필과 뭐든 사가지고 가서 얘기해 보시자구요."

서문경은 빙그레 웃으며 아직 보지도 않은 인물 곱고 월금 잘 탄다는 맹옥루 과부에게 침을 삼켰다.

이튿날 서문경은 의관을 정제하고 하인에게 선물 한 짐을 지워가지고 설수 노파를 앞세워 양노파의 집으로 향했다.

설수는 양씨 집으로 먼저 들어가고 서문경은 대문 밖에서 기다렸다.

"요 근처에 사는 어떤 부자가 혼담일로 마님을 만나 뵈러 오셨어요. 이 댁에서는 노마님이 제일이시라 뵈오러 온 거에요. 먼저 마님께 사연을 여쭙고 남문 밖으로 가서 아씨 선을 보려고 하지요."

"그런 손님을 왜 미리 기별도 없이 갑자기 데리고 오는 거야. 집안도 못 치우고 대접할 준비도 없는데…… 공연히 우리 집 흉을 보일려는가?"

서문경을 안으로 안내한 뒤에 설수는 선물 꾸러미를 주인 노파에게 내놓았다. 서문경이 객실에 들어오며 노파에게 사배(四拜)의 예를 하려니까

노파는 한사코 사양했다,

한참 동안 서로 사양하다가 절을 받은 뒤에 주객이 자리에 앉았고 설수는 옆에 앉았다.

"이 분은 현청 앞에서 약재 도매상을 하시는 유명한 서문경 대관인이세요. 그런데 젊은 아씨가 돌아가셔서 얌전한 후취를 고르고 있던 참에 마침 마님의 조카가 같은 사정이란 소문을 들이시고…… 마님께 혼담을 가지고 이렇게 찾아 오셨답니다."

설수는 한참 서문경을 추켜세우더니 말을 이어

"그러니 마님께서 무엇이나 사실대로 말씀해 주세요. 그러면 저같은 뚱쟁이가 근거없는 허튼 수작을 아니해도 좋을게 아니겠어요. 이 댁에서는 마님이 제일 어른이시니까 혼담은 마님께 먼저 아뢰는 것이 순서이지요."

설수의 말에 양노파는

"그런데 이런 선물까지 가져오시다니…… 우리 조카 며느리 일이라면 그냥 오셔도 괜찮을 텐데."

"변변치 못한 물건이오나 저의 정성이오니 받아 주시오."

양노파는 몇 번 사양하다가 서문경의 선물을 받았다.

"사실대로 말하자면 조카가 살아있을 때는 돈을 잘 벌었으나 제 복이 그만이라 그만 객지에서 세상을 떠났군요. 다행이 그 아이의 몫으로 돈 천 냥을 남기고 갔어요. 영감이 그 아이를 맞아다가 어떻게 하든지 나는 참견 안하겠지만 다만 조카를 위해 불경이나 읽어주면 하는 소원이어요. 나와 그 아이는 시가로 친척일뿐 육친도 아니지만 내가 죽으면 들어 갈 관재라도 하나 마련해 준다면 그것으로 족할 거에요."

양노파의 말을 듣고 서문경은 껄걸 웃었다.

"마님의 말씀 잘 들었습니다. 서로 인연을 맺게되면 관재 하나 뿐이겠습니까? 그 보다 더한 것이라도 거절 않겠으니 안심하십시오."

"많지 않은 돈이라 아무 데도 소용이 없겠지만 용돈으로 쓰시기 바랍니다. 혼사가 성립되면 은전 일흔 냥과 비단 두 필을 올리겠으며 계절 따라 찾아 뵙고 이번 은혜를 잊지 않겠습니다."

양노파는 눈앞에 은전 서른 냥이 놓이자 금방 얼굴이 기쁨으로 가득 찼다.

"영감, 이 늙은 것을 욕하지는 마시오. 어쩌면 이렇게 늙은이 사정을 잘 알까? 영감은 마음이 이다지도 크니 큰 그릇이 분명해."

이 때 옆에 있던 설수가,

"마님은 천하의 호걸이신 이 나리 소문도 모르시나봐. 현지사님까지도 이 서문 대관인의 신세를 지고 있는데요. 교제가 넓고 인망이 높으신 분이시니 마님께서 얼마쯤 폐를 끼쳐 드린다 해도 아무 문제가 되지 않습니다."

현지사까지 신세를 진다는 설수의 얘기를 들은 양노파는 크게 기뻐하였다. 차를 서로 권하다가 서문경은 만류하는 것을 마다하고 작별하였다. 문밖에 나와서 서문경이 말을 타려고 할 때에 설수는 노파에게,

"오늘은 이렇게 혼담이 잘 되었으니 내일은 남문 밖으로 가서 당사자를 만나 보는 것도 상관 없겠지요?"

"그럼요, 언제든지 좋아요. 그러나 서문 대관인께서 친히 가실 것까지야 있겠소. 중매장이가 가서 내가 혼인을 찬성하더라고 전하면 될 터인데. 이런 댁에 시집을 안 가면 어떤 데로 재가 하겠냐구."

양노파의 작별하고 거리로 나온 설수는 서문경에게,

"그것 보세요! 내 말대로 척척 되지 않아요. 나리는 먼저 가세요. 나는 여기서 양씨 마님과 좀더 얘기할 게 있어요. 내일은 남문 밖으로 꼭 선보러 가시죠?"

"그래"

서문경은 돈 한 냥을 설수의 손에 쥐어 준 후 집으로 돌아갔다.

이튿날 서문경은 납채로 물품을 준비하여 말에 싣고 하인 두 명을 거느리고 남문 밖 양씨 집으로 향하였다. 문앞에서 서문경은 기다리고 설수는 안으로 들어갔으나 얼마 동안이 지나도록 설수는 나오지 아니했다. 서문경은 말에서 내려와 문안으로 들어갔다. 이 때 설수가 사리짝 문을 열고 나오더니,

"이 댁 아씨가 아직 화장 중이니 조금만 기다리세요."

서문경이 고개를 끄덕이니 설수는 그를 객실로 끌어들였다. 조금 뒤에

몸종 계집애가 살구씨가 든 차를 끓여 내왔다. 서문경의 찻 그릇을 계집애가 가지고 나가자 중매장이로 늙은 설수는 몸짓 손짓으로 애교를 부렸다.

"이 댁에서는 그 아씨가 제일 어른이에요. 시동생이 하나 있지만 아직 어리기 때문에 아무것도 모르고 있어요. 주인이 살아 있을 때에는 하루의 매상고가 은전은 말고도 동전만 몇 섬이나 됐대요. 그러니 은전까지 합하면 얼마나 큰 돈을 모았겠어요. 언제나 이삼십 명의 하인을 부렸는데 그 많은 식사를 이 댁 아씨가 손수했다니 살림을 여간 잘하지 않았기에 그렇지요."

설수는 말을 계속한다.

"들어오실 때 보셨겠지만 이 댁 상점은 큰 길가에 면한 점방에 많은 돈을 들였다고 해요. 이 집만 하더라도 칠팔십 냥은 받을 거에요. 이 집은 아마 아씨의 시동생이 차지하게 되나 봐요."

이 때 하인이 나와 설수를 안으로 불러갔다. 들어간지 한참만에 옷을 스치는 소리와 더불어 집주인 맹옥루가 나타났을 때 그녀의 황홀한 인상에 서문경의 눈은 아찔했다. 설수는 맹옥루와 서문경을 마주보고 앉게 했다. 서문경은 얼빠진 사람모양 멍하니 바라다보고만 있었다.

"만복(萬福=당시 여성들의 남자에 대한 인사)!"
하고 맹옥루는 서문경에게 첫 인사를 하고 얼굴을 숙였다.

"집의 여편네가 죽은지 오래 되었으므로 집안 일을 걱정하던 차였습니다. 이제 부인을 맞아 가사를 맡기려고 하니 의향이 어떠신지요?"

서문경의 말에 맹옥루는 그를 흘끔 쳐다보고 서문경의 인물, 풍류에 마음이 끌리는지 얼굴을 들어 설수 노파를 바라보면서,

"대관인의 연세는 지금 어떻게 되시나요?"
하고 물었다.

"지금 스물 여덟입니다."

"그러면 부인은 언제 작고하셨나요?"

"전처가 죽은지 이미 일 년이 되었습니다."

이번에는 서문경이 맹옥루에게,

"부인께서는 지금 몇이십니까?"

"네, 저는 서른이 됐어요. 이젠 늙었죠."

"그럼 나보다 두 살 위시군요. 여자가 두 살 위면 황금이 날마다 불어 나고, 세 살 위면 황금이 산같이 쌓인다고 하지 않아요."

서문경은 농 비슷하게 정다운 음성으로 말하였다. 이 때 몸종이 밀감차 석 잔을 들여왔다. 맹옥루는 얼른 일어서서 섬섬옥수로 찻종을 서문경 앞에 놓으면서,

"만복!"

하며 다시 머리를 숙였다.

설수가 맹옥루 옆으로 가서 그녀의 치마끝을 들어 올렸다. 꼭 세 치 되는 조그만 전족한 발이 보였다. 발이 작을수록 좋아하던 시대였는지라 서문경은 만족한 표정을 지었다.

서문경은 수행한 하인을 불러 함에 담아왔던 비단 손수건 두 개, 옥비녀 한 쌍, 금가락지 여섯 개를 꺼내서 은쟁반에 놓았다.

이렇게 남녀가 선을 보고 둘의 뜻이 합하여 예물까지 받게 되니 중매장이 설수 노파는 기다렸다는 듯이 혼인 날짜를 물었다.

맹옥루가,

"저, 준비 관계도 있고 해서……"

하고 말하자 서문경은,

"부인만 찬성하신다면 돌아오는 스무 나흘에 약간의 예물을 마련해 보내고 유월 초이튿날을 혼인날로 정했으면 합니다."

"그럼 한 분 계신 고모님게 여쭙고 알아보겠어요."

설수 노파는 맹옥루가 이렇게 말을 하자

"대관인 나리를 모시고 어제 노마님을 만나 뵈었어요. 그래서 얘기는 다 되었지요."

"고모님께서는 뭐라고 말씀하시던가요?"

"대관인께서 혼담을 꺼내시니까 마님께서는 기뻐하시며 즉시 허락을 하지 않겠어요. 그래서 지금 이렇게 나리를 모시고 아씨의 선을 보러 온 거에요. 노마님께서는 이런 대관인 댁에 시집을 안가고 어떤 데로 갈 것이

냐고 하셨어요."

설수는 자신만만한 안색으로,

"아씨께 제가 듣고 온 대로 여쭈었어요. 제가 거짓말을 할 이치는 없어요. 그리고 노마님은 날짜고 뭐고 모두 새 서방님한테 맡기시라고 했어요."

서문경은 맹옥루가 예물을 받아 주었으므로 성사가 된 것을 생각했다. 맹옥루와 작별을 하고 서문경이 일어서니 설수 노파도 따라왔다.

"나리, 맹부인 선을 보니까 어떠세요?"

"할멈 수고가 많았소."

"나리 맘에 꼭 드는가 보군요. 그만한 인물, 그만한 재산이 천하에 또 있겠어요."

"하여간 할멈이 애썼소. 뒷일도 잘 처리해 주구료."

"그럼 나리는 먼저 가세요. 저는 부인과 애기를 하고 가겠어요."

서문경과 작별한 설수는 다시 맹옥루의 집안으로 들어갔다.

"아씨, 그런 남자를 맞아서 행복하시겠죠?"

맹옥루는 설수의 말에 얼굴을 붉히면서 서문경의 집안에 대해 여러 가지로 물었다.

"그 대관인 댁에 사람이 많다고 하지만 주인 노릇할 사람은 없어요. 그분은 청하현에서 첫째가는 부자이고, 유명한 생약포 주인이라 그의 명성은 자자해요. 현지사니 주지사니하는 높은 양반들과도 가까운 사이로 지내시기 때문에 이 대관인은 아무도 함부로 건드리지 못해요."

설수는 장황하게 서문경을 소개하였다. 설수는 얼마 후 맹옥루에게서 떡과 과자를 받아가지고 그녀의 집을 나섰다.

한편 맹옥루에게는 장사(張四)라고 하는 시외숙이 있었다. 만일 맹옥루가 시집을 가더라도 재산을 양씨 집에 남겨야 어린 시동생 양종보(楊宗保)의 장래가 있을 것이라고 장사는 생각하고 있었는지라 재가를 해도 재산을 뺏기지 않을 혼처를 골랐다. 마침 대가방(大街坊)에 사는 상추관(尙推官 = 判事)의 아들과 혼담을 진행시키고 있는 중이었는데 뜻밖에 서문경과 혼인을 한다는 소식을 듣게 된 장사는 어떤 수를 써서든지 파혼을 시키려고 결심하였다.

서문경은 당대 굴지의 금력가이고 세도가 있는지라 양씨 집 재산을 빼앗아 가도 그를 상대해서 싸울 수 없는 처지이기 때문에 맹옥루와의 혼인을 막으려고 한 것이었다.

장사는 맹옥루를 찾아가서,

"내가 듣건대 서문경과 정혼을 했다더구나. 나는 너를 상추관의 아들 후실로 보내려고 했는데…… 그 집은 본래 선비 집이고 토지도 많이 갖고 있다. 서문경이란 자는 파락호이고 관가에도 드나들어 행실이 나쁜 자로 소문이 나 있다. 또 자기의 집에는 오천호의 딸 오월랑이 있으니 너는 가면 본실이 될 수도 없고 거기에다 첩이 서너 명, 또 첩이 미처되지 않은 하녀들도 많이 있다. 그런 곳에 들어가면 여자들 입방아감이 될 것이고 가정 분란이 일어날 게다."

시외숙 장사의 말에 맹옥루는,

"배가 많아도 바닷길에 방해가 안 되듯이 남편만 생각해 주면 그만 아니겠어요. 나도 처녀가 아닌 이상 본실은 생각할 수도 없어요. 좌우간에 내 일은 내가 알아서 처리할 테니 너무 참견 마세요."

"하지만 서문경이란 자는 사람을 팔아먹기도 한단다. 처첩을 두었다가 자기 비위에 거슬리면 때리고 소개소에 팔아 넘기기도 한다. 너는 그런 봉변을 자청하려고 하느냐?"

"듣기 싫어요! 벌써 승낙하고 예물까지 받았는데 장래에 불행이 있건 없건 상관마세요."

아무리 달래봐도 맹옥루는 듣지 않고 오히려 몰아대기만 하니 불쾌한 장사는 얼굴이 붉어졌다.

맹옥루에게 봉변만 당한 장사는 집으로 돌아오자 아내와 상의하여 맹옥루가 출가를 할 때 생질 양종보를 두둔해서 재물을 못 가져가게 하기로 결심하였다.

드디어 맹옥루가 양씨 집에서 출가를 하는 날이 돌아왔다. 장사는 결심대로 동네 사람들을 모아놓고, 맹옥루가 시집의 재물을 모두 지참하여 재가를 하려고 하는데 지금 전 남편의 시동생 양종보는 나이가 어려 장래가 염려되므로 여러분이 보는 앞에서 짐짝을 열고 양씨 집 재산만은 못 가져 가게 하겠다고 일장의 연설을 했다.

그러나 맹옥루는 눈물을 흘리면서,

"내가 지금 가져 가려는 문건은 내가 이 집으로 시집 올 때 친정에서 가져왔던 물건이에요. 이 집 재산은 어린 시동생 몫으로 그냥 놓고 가요. 제가 오늘 재가하는 것도 수치스러운 일인데 나를 도둑년으로 몰아대니 너무 억울해요."

"그럼 짐짝을 열어보면 돈이 있는지 없는지를 알게 아냐!"

"내 신바닥이라도 보시려는 거요?"

이 때 맹옥루의 시고모 양노파가 지팡이를 짚고 들어왔다.

"나는 이 집 고모로 출가외인이지만 내 친정 일에 말참견 하지 말라는 법은 없소. 죽은 조카도 내 조카, 산 조카도 내 조카요. 죽은 주인의 재산이 없으면 그만이고 설사 수만금이 있다손 치더라도 외숙은 참견할 일이 못 되어요."

모였던 이웃 사람들은 양노파의 말이 옳다고 떠들어 댔다.

양노파는 말을 계속하여,

"내 조카 며느리가 이 양씨 집에 들어올 때 가져온 재물도 놓고 가라고 할 수는 없지 않은가."

"나는 성은 다르지만 생질임에는 틀림이 없소. 불질러 놓은 이 집에 물을 끼얹을 사람은 나 밖에 없는데 왜 상관을 아니한단 말이오? 늙은이는 망녕 피지 말고 저리 비키시오!"

"이런 고연놈 봐라! 이 젊은 여자를 방안에 몰아넣고 어찌할 셈이냐! 색정(色情)이 아니면 돈을 울거 내자는 수작이 아니냐."

"이 엉터리 늙은이야, 돈 모으기에 엉덩이가 터졌을 걸. 그러니까 새끼 한 마리 못 낳았지."

"이 도둑놈아! 갈보 가랭이에서 빠져 나온 장사야! 내가 자식은 없어도 네 어멈처럼 중 서방질은 안했다. 그걸 모르고 지낸 네 애비가 불쌍하다."

장사와 양노파가 언쟁을 한참 하다가 난투가 생길 듯하니까 이웃 사람들이 떼어 말렸다. 두 사람의 언쟁이 그쳤으므로 설수가 데리고 간 군졸들은 짐짝을 끌어내다가 마차에 실었다. 그러나 누구 하나 그것을 제지하지 않았다. 유월 초이틀, 성대한 행렬로 맹옥루는 가마를 타고 서문경의 집으로 들어왔다.

　서문경은 신부 방을 서상방(西廂房) 삼칸으로 정하고 옥루라 호를 칭했으나 집안 사람들은 맹옥루를 삼이(三姨=셋째 첩)라고 불렀다. 서문경은 서상방에서 사흘 밤을 지냈다.

8

반금련(潘金蓮)이 매일 밤 서문경(西門慶)을 기다리고
무송(武松)이 서울에서 돌아오다

서문경과 맹옥루는 그야말로 금장막 아래서는 신랑 신부라 하지만 비단 이불 속에서는 새로운 것이 아니었다. 그러나 서문경은 옥루에 대한 애정이 마치 아교나 칠과 같아서 밤낮으로 들어붙어 있었다.

서문경은 맹옥루의 새로운 정과 또 딸의 혼사 문제로 반금련에게는 달포 동안이나 발걸음을 돌리지 못하였다. 반금련은 날마다 문간에서 눈이 빠지도록 서문경을 기다렸고, 왕노파를 서문경 집에 몇 번이나 보내왔다. 그러나 그런 눈치를 아는 하인들은 왕노파에게 상대도 하지 않았고 대관인이 매우 바쁘다고만 말할 뿐이었다.

반금련은 할 수 없이 전실 딸 영아를 보내 보았으나 더욱이 어린애가 어떻게 대궐같은 서문경의 집안으로 들어갈 수가 있겠는가. 마침내 간이 타오른 반금련은 애매한 영아만 못살게 달달 볶았다. 그러나 반금련은 날마다 서문경이 와 주려니 하는 기대만은 버리지 않았다.

마침 삼복 염천이지라 방안에서 더위를 못 견뎌 반금련은 영아에게 물을 끓이라 하고 자기는 서문경이 오면 대접할 고기만두를 빚고 있었다. 생삼팔 적삼의 앞깃을 터놓고 작은 의자에 앉아서 부채바람으로 타오르는 가슴의 울화를 식혀보려고 조바심하였으나 기다리는 서문경은 도무지 보이지 않았다. 반금련은 원망 끝에 미워까지 하였으나 결국은 한숨만 쉬는 수 밖에 없는 일이었다.

반금련은 섬섬옥수로 자기가 신고 있던 조그만 신발 두짝을 벗어가지고 점을 한패 쳐 보았다. 반금련은 상사점을 한 번 쳐보고는 신세 한탄만 하는 동안에 잠이 들고 말았다.

"어머니, 목욕물 데웠는데요. 지금 목욕하시겠어요?"

낮잠에서 깨어난 반금련은 심사가 몹시 불쾌했다. 이때 영아가 목욕물이 데웠다고 알려왔다.

"목욕은 나중에 할 테니 만두가 쪄졌거든 가져 오너라."

영아가 얼른 만두를 큰 그릇에 담아 전부 가져왔으나 아무리 세어봐도 한 개가 모자랐다.

"내가 두 번이나 세었는데 한 개 없어졌다!"

"전 몰라요, 다시 세어 보세요 어머니."

"이년아 분명히 한 개가 모자라는데 네가 훔쳐 먹지 않았니? 먹었으면 먹었다지 왜 거짓말을 하는 거냐? 베가 터지도록 먹고도 뭐가 모자라서 아버지가 오시면 드리려고 한 만두를 훔쳐 먹냐?"

반금련은 얼굴이 붉으락 푸르락 하면서 영아를 발가벗기고 채찍질을 하기 시작했다. 호된 매를 못 견뎌 영아는 자지러질 듯 비명을 질렀다.

"이년아 어서 바른대로 말해라. 바른말 안하면 백 대라도 때리겠다."

"어머니 용서해주세요. 배가 고파 견딜 수 없어 한 개 먹었어요."

"그래 네년이 나를 속이고 견딜줄 알았더냐? 요 앙큼한 년아!"

반금련은 영아의 턱을 한 손으로 쳐 올리고 손톱으로 두 곳을 할퀴니 두 줄기의 피가 흘렀다. 반금련은 영아의 얼굴에서 흐르는 피를 보고서야 매질을 멈추었다.

반금련은 영아를 매질하는 동안에 흐트러진 머리를 고쳐 빗고 경대 앞으로 가서 화장을 한 다음에 아래층으로 내려가서 발을 쳐들고 거기를 내다보았다.

이 때 서문경의 하인 대안이 무슨 물건을 팔에 끼고 말을 타고 지나가는 것이 눈에 띄었다.

"아니, 우리 대안이 아닌가? 왜 모른척하고 그냥 가는 거야!"

하고 큰 소리로 외쳤다.

대안은 원래 서문경의 수행인으로 반금련의 집에 많이 출입했고 가끔 반금련이가 몇 푼씩의 돈을 집어 주곤 하였기 때문에 둘 사이는 원만히 지나온 터였다.

"지금 대관인께서 이 선물을 큰 벼슬을 한 양반한테 전하라고 해서 빨리 가는 길이에요."

반금련은 대안을 잡아 끌었다.

"그런데 요새 나리께서는 통 우리 집에 안 오시는데 아마 또 미인 하나가 생긴가 보군."

"그런 일은 없어요. 요샌 일이 바쁘시니까 못 오시는 거에요."

"아무리 바쁘기로 이렇게 달포 동안이나 안 오신단 말이냐? 내가 마음에 없어서 그런 모양이지."

반금련의 말에 대안은 입을 이죽거렸다.

"난 벌써 다 알고 있는데 자네까지 날 속일 작정인가?"

"아녜요. 아무 일도 없었어요."

"이봐, 그러지 말고 말좀 해 주게. 나는 기가 막혀 죽을 지경이야."

"그렇다면 말씀드리지요. 허지만 대관인께는 제가 알려 줬다고 하면 정말 안돼요."

"절대로 안할게."

"그런데 지금 탄식하는 부인들은 육이(六姨=금련은 형제중 여섯째이므로 그렇게 불렀음) 뿐만 아니라 댁에서도 오월랑 첫째 부인, 이교아 둘째 부인이 모두 대관인 나리의 얼굴을 못 보고 있어요."

"다른 것들이야 어쨌든 나하고 죽어도 같이 죽겠다고 굳게 맹세를 했는데⋯⋯"

"하하하⋯⋯ 어떤 여자에게는 그런 맹세를 안 하신 줄로 알았어요?"

반금련은 대안에게서 그동안 맹옥루를 맞아들인 애기의 자초지종을 듣게 되었다. 반금련은 이 말을 듣자 구슬같은 눈물을 흘렸다.

"육이, 너무 걱정 마세요. 머지않아 대관인 생신날이 되니까 그날 축복을 핑계로 편지를 쓰세요. 제가 아무도 모르게 대관인께 전해 드릴 테니까요."

풀이 죽었던 반금련은 얼굴에 희색을 나타내면서,

"그래 됐어! 어쩌면 이렇게 영리할까."

하고 영아를 불러 만두와 차를 내다가 대안을 대접하게 한 뒤에 반금련은
자기 방으로 들어가서 편지를 썼다.

반금련은 편지를 대안에게 건네 주면서,

"나리께 꼭 전해 주게나. 생신날 꼭 오시기를 고대고대하더라고 여쭈어
주게."

반금련은 대안에게 동전 몇 푼을 쥐어 주었다. 대안이 일어나 가려고
하자 반금련은,

"집에 돌아가거든 나리께 육이가 매우 골이 나 있더라구해요. 나리께서
아니 오시면 육이가 나리한테 쫓아가겠다고 하더라고 전해 줘."

대안이 편지를 갖고 간 뒤에 반금련은 눈이 빠지도록 기다렸으나 서문
경의 그림자는 찾아볼 수 없었다.

어느덧 칠월도 그냥 지나가버리고 서문경의 생일날이 왔다. 반금련은
하루를 천추같이 그날 종일 기다렸지만 아무 소식이 없었다. 그녀는 이를
깨물고 눈물을 참았으나 마음은 안정이 되지 않았다.

저녁이 되어 왕노파를 청해다가 저녁 식사를 같이 하면서 서문경을 어
떻게 해서든지 데려오라고 간청을 했다. 왕노파는 내일 아침에 가보겠다
고 약속을 하고서 반금련의 머리에 꽂았던 금비녀 한 개를 받고, 술이 얼
큰해서 집으로 돌아갔다.

반금련은 왕노파가 돌아간 뒤에 주안상을 다시 준비하고 침대며 이불
자리에 향수를 뿌리고 은촛대에 촛불을 밝게 켜고 서문경을 기다렸으나
그는 좀체로 오지 않았다. 그녀는 밤새도록 전전긍긍하며 한잠도 이루지
못했다.

왕노파는 이튿날 아침 일찍 서문경 집 문앞까지 와서 하인에게 서문경
이 댁에 계시냐고 물었으나 모두 모른다 하여 건너집 담밑에 우두커니 서
있었다.

"대관인은 어째서 이렇게 이른 아침부터 찾고 있소? 첩들도 대관인 일

은 잘 모른단 말이야. 어제는 생신 날이라 종일 집에서 손님 대접하고 밤에는 그 손님들과 함께 요리집에 갔다가 거기서 그대로 밤 새우고 아직 안 들어오셨어요. 정 만나시겠다면 요리집에 가서 만나 뵈셔요."

이 때 서문경 집의 지배인 부이숙이 상점문을 열고 나오므로 왕노파는 얼른 그에게로 달려가서 서문경의 행방을 물었던 것이었다. 지배인이 가르쳐주는 대로 왕노파가 기생촌으로 이름 있는 동가(東街) 입구 골목으로 들어 오려니까 이 때 서문경이 하인 두 명을 데리고 오는 것이 보였다. 그러나 아직도 술이 깨지 않아 몸을 비틀비틀 가누지 못해 하인 둘이 양편에서 부축하고 있었다.

"대관인 나리 여길 좀 보세요!"

왕노파가 큰 소리로 외치며 서문경 앞으로 달려 들었다. 취안이 몽롱한 서문경은,

"어! 할멈이 아닌가? 어찌 된 일이야? 우리 금련이가 날 기다리겠지?"

하고 혀꼬부라진 소리를 했다.

"우리 대안이가 전하는데 금련이가 매우 성이 났다면서?"

"왜 요샌 통 안 오시우? 나만 봐도 외나무 다리에서 만난 원수 같으신가요?"

"하여간 지금 갑시다. 가 보면 용서하겠지, 안 그래 할멈."

서문경 일행이 반금련의 집 앞까지 왔다. 왕노파가 안으로 뛰어 들어가서 서문경이 왔음을 알리자 반금련은 허둥대며 영접을 나왔다. 서문경은 천연덕스럽게,

"그동안 별일 없었어?"

반금련은 볼멘 원망 섞인 목소리로,

"훌륭하신 분이라 얼굴도 자주 뵐 수가 없군요. 나를 여기 처박아두고 그림자도 안 보이시니 대관절 어떻게 된 일이에요. 새로 신부를 맞아 들이시더니 찰떡같이 달라붙으신가 보군요. 나같은 것쯤야 잊어버리시는 것도 무리는 아니겠지요."

"그런 공연한 소리 하지말아. 내가 새로 신부를 얻을 처진가. 딸년을 시집 보내느라고 눈코 뜰 새가 없었어."

"어쩜 영감은 그렇게 거짓말을 하세요. 만일 새것 좋아하고 낡은 것을 내버리는 게 아니라면 또 다른 데에 하인을 둔 게 아니겠어요. 영감께서 정말 나를 잊지 않았었다는 증거를 보여 주세요. 그럼 나도 믿겠어요."

"내가 금련이를 잊어서 그랬다면 천벌을 맞아도 좋아. 그리고 사오 년 동안 황달병에 걸려 앓다가 죽어도 좋아"

"계집만 보면 사족을 못 쓰면서 천벌이나 황달이 무서워서 오입을 못하겠어요. 오늘이야말로 눈앞에서 내가 죽는 걸 보시든지 결말을 내겠어요. 내 신세가 영감 때문에 이렇게 된 게 아니겠어요."

반금련은 푸념을 하며 서문경에게 덤벼 들었다. 그리고 서문경의 머리에서 모자를 벗겨서 팽개쳐버렸다. 다시 서문경의 금등곳을 뽑아보니 그것은 여자용이었다. 반금련은 그것을 어떤 기생집에서 얻은 선물로 알고 시기하여 자기 소매에 집어 넣었다.

"영감 마음이 변하지 않았다면서 내가 드린 등곳은 어쩌구 이런 등곳을 꽂고 다니세요? 이 등곳을 준 옥녀란 어떤 화냥년이야요?"

"금련이가 준 등곳은 요전에 술 취했을 때 어디다 빠뜨렸어."

"그따위 핑계로 내가 속을줄 아나봐."

서문경과 반금련이가 싸우는 옆에서 왕노파는,

"부인 그렇게 영감을 책망마세요. 이 영감은 십 리 밖에서 벌이 똥 누는 것을 보시면서도 문 앞에서 문둥병 걸린 코끼리가 뛰어나오는 것은 못 보시고 부딪치고 마는 안력이시오. 그래서 옆에 떨어진 등곳을 못 찾으신 모양이죠."

반금련의 눈에는 서문경의 손에 든 부채가 또 거슬렸다. 그녀는 그것을 빼앗아 절반을 뚝 꺾어 화로에 던졌다.

"아니 그 부채는 친구의 선사품으로 아껴 두었다가 요사이 집안에 잔치도 있고해서 들고 다닌지가 며칠 안 됐는데……"

서문경은 자못 아쉬워 했다.

반금련은 기생집의 풍습을 잘 알고 있는 터라 그 부채에 이빨 자국이 많은 것을 보고 역시 어떤 계집의 선물이 틀림없다는 시기심으로 꺾어버린 것이었다.

서문경도 반금련의 지나친 강짜에는 화가났다. 그러나 더 떠드는 것이 창피해서 참았다. 왕노파는,

"이젠 그만하면 두 분께서 진정하실 때도 됐으니 그만해 두세요."

하고 왕노파가 돌아가자 반금련은 서문경의 생일 축하로 준비한 음식을 가져오라고 영아에게 분부했다. 그리고 그녀는 상자안에서 생일 축하하는 물품을 꺼내어 서문경 앞에 내어 놓았다.

서문경은 여간 기뻐하지 않았다. 반금련을 덥썩 안아 당겨서 입을 맞추었다. 반금련과 서문경이 술을 마시다 보니 해는 이미 기울어져 어두워오기 시작했다.

그럴 즈음 세월은 쉬지 않고 자꾸 흘렀다. 그러나 죽은 무대의 동생 무송은 그동안 소식이 없었다.

현지사의 명령으로 예물과 편지를 갖고 서울로 떠난 무송은 무사히 서울까지 도착하여 그 예물을 전달하고 며칠간 서울 구경을 한 다음 일행을 거느리고 다시 서울을 떠났다.

여름 장마 때문에 거의 삼 개월이나 되어서야 산동땅에 발을 디뎠다. 무송은 형 무대의 안부에 대하여 웬지 불안한 생각이 들었다. 그래서 날랜 군졸 한 명을 앞서 가게 하여 서울까지 무사히 가서 물품을 전달했다는 보고와 무대에게 편지 한 장을 전하도록 하였다.

그 군졸은 먼저 달려와서 현지사에게 보고를 한 뒤에 무대의 집을 찾아갔다. 마침 왕노파가 문밖에 있다가 이집저집을 넘겨보며 서성대는 군졸을 보고 누구를 찾느냐고 말을 건넸다. 군졸의 얘기를 들은 왕노파는 대경실색했으나 태연스럽게,

"그 댁은 이 옆집이지만 오늘 산소에 갔기 때문에 아무도 없으니 그 편지를 내게 맡기고 가시면 그들이 돌아오거든 전해 주겠소."

군졸이 편지를 맡기고 돌아가자 왕노파는 뒷문으로 반금련의 집으로 들어갔다. 그러나 아직도 서문경과 반금련은 침상에서 일어나지 않고 있었다.

왕노파가 급한 목소리로 떠들어 대니 그제야 반금련이 얼굴을 문밖으로 내밀었다. 왕노파의 얘기를 들은 서문경은 그렇지 않아도 늘 마음에 무송

이 돌아오면 어쩌나 하고 걱정을 해왔는데 무송의 군졸이 편지를 가져 왔다고 하니 등골이 오싹했다. 편지의 내용은 무송이가 추석절까지는 돌아온다는 사연이었다. 반금련과 서문경이 당황한 눈을 뜨고 겁을 집어먹는 듯하니까 왕노파는,

"나리 걱정 마세요. 병으로 죽었다면 그만 아녜요. 지금까지 그렇게 돼있지 않아요. 그리고 무대가 죽은 지도 벌써 석 달이 됐잖아요. 그러니 무대 위패를 불살라 버리고 나리는 가마를 보내서 부인을 댁으로 모셔다가 앉히세요. 무송이란 자가 돌아오면 내가 말할 것이니 그 자가 어찌 하겠어요. 따지고 보면 시동생과 형수는 남이니까요."

"그것 참 좋은 애기로군."

얼마 후 무대의 백일기가 돌아오면 그날 무대의 위패를 불 태우고 반금련을 본집으로 데려 오기로 세 사람은 합의를 보았다.

9

서문경(西門慶)이 반금련(潘金蓮)을 맞아 들이고
무송(武松)이 잘못하여 이외전(李外傳)을 죽이다

팔월 초엿새 날은 무대의 백일기였다. 서문경은 무대의 위패까지 시원히 태워버린 이튿날 다시 술자리를 베풀고 왕노파를 청해다가 의논을 했다. 반금련만 데려가고 전실 딸 영아는 왕노파가 맡기로 했다.

무송이가 돌아오면 반금련은 무대가 죽은 뒤 살림을 유지할 수가 없어 친정 어머니의 권고로 어느 지방의 상인에게 재가했다고 하자는데 합의하고, 그날 밤으로 반금련은 짐을 꾸려 가지고 서문경 집으로 데려다가 화원 안에 정자처럼 구민 아담한 세칸짜리 집에 살림을 차려 주었다.

본실 오월랑에게는 전부터 춘매(春梅), 옥소(玉簫)라는 몸종 둘이 있었는데 그중 춘매를 반금련의 몸종으로 내주었고 그 대신에 소옥(小玉)이라는 소녀를 사다가 오월랑에게 붙여 주었다. 반금련에게 또 하나 사준 계집애 추국(秋菊)은 부엌 일을 시켰다.

반금련은 이 집에 들어 와서 서문경의 다섯째 부인이 되었다. 반금련은 이 집에 들어 올때는 셋째 부인이 되는 줄 알았지만…… 셋째 부인은 맹옥루요, 맹옥루를 데려온 뒤에 또 하나 전처가 데리고 온 하녀였던 손설아(孫雪娥)가 예쁘장했으므로 그의 머리를 얹어주고 넷째 부인으로 삼았기 때문이었다.

그날 밤 서문경은 또다시 새로운 여자를 대하는 기분으로 자기 왕국 안에서 아무 제한도 받지 않고 반금련과 낙을 보았다. 이튿날 아침이 되자 반금련은 새로 화장을 하고 큰부인 오월랑에게 네 번 절한 뒤에 예물로 신발 한 켤레를 올렸다. 그리고 이교아, 맹옥루, 손설아 등 부인들과 차례 차례 상명하였다.

"너희들은 이 아씨를 오랑(五娘), 다섯째 아씨라고 부르거라."

오월랑은 몸종과 하녀들에게 일렀다.

반금련은 매일 아침 일찍 일어나서는 오월랑의 방으로 가서 바느질을 해주거나 비단 신을 만들었다. 비위를 잘 맞추는 통에 오월랑은 반금련에게 그만 홀딱 반해 버리고 말았다.

한편 팔월 초순에 무송은 청하현에 돌아와서 즉시 현청에 나가 현지사에게 보고를 올린 뒤에 그 길로 자석가를 향해 발길을 빨리 했다. 무송이 형의 집에 와서 문에 걸린 발을 들치고 머리를 기웃해 보니 마침 영아가 실을 뽑고 있었다.

"애, 아버지 어머니는 어디 가셨니?"

무송은 영아 앞으로 가서 이렇게 물었으나 영아는 울기만 하고 아무 말이 없었다. 이때 거리가 수군대므로 왕노파는 무송이 돌아온 것임을 짐작하고 얼른 무대의 집으로 달려왔다.

"할머니는 이 옆집에 사는 분이시죠? 우리 형님 내외분은 어디 가셨나요?"

왕노파는 손을 비벼 대면서 반갑게 맞는 듯이 수선을 떨었다.

"아이구 대장님께서 오셨군요. 언제 돌아오셨어요? 그런데 실상은 대장님께서 출발하신 뒤에 형님은 이상한 병을 앓다가 작고하셨어요."

"형님은 아무 병이 없었는데…… 어디다 매장했습니까?"

"대장님, 형님은 돈 한 푼 남기지 않아서 형수님이 자기 패물을 팔아서 겨우 장례를 치를 수가 있었으나 묘지가 있어야죠. 그래서 화장을 지내는 도리밖에 없었어요."

"형수는 지금 어디 있소?"

"부인은 아직 나이도 젊으니까 먹을 것도 없는 셋집에서 살아갈 수 있어야죠. 그래서 친정 어머니의 권고로 다른 곳으로 개가했어요. 나는 이웃에 사는 죄로 어린 조카님을 맡아가지고 무송 대장님이 돌아오시기만을 기다렸어요."

무송은 왕노파의 말을 듣고 반신반의했으나 우선 자기 숙소로 돌아갔다.

그날 밤, 무송은 의상을 갈아입고 음식을 차려다가 무대의 제사를 정성껏 지냈다. 제사를 지낸 뒤 잠을 자려고 자리에 누었으나 무송은 좀처럼 잠이 안왔다. 잠이 오지 않고 해서 무송은 벌떡 일어나 앉아보니 위패 앞에 켜놓은 촛불이 아직도 반짝이고 있었다.

"형님은 살아 계실 때도 나약하시더니 돌아가신 사연도 똑똑하지 않다."

하고 마치 살아있는 사람에게 말하듯이 무송이 중얼대니 이때 위패를 모신 상 아래서 싸늘한 바람이 불어왔다. 그 찬 바람에 무송의 머리 끝이 쭈뼛해졌다.

비몽사몽간에 무송이 눈을 똑바로 뜨고 보니 무엇이 나타나며,

"동생, 나는 비명횡사했네."

하므로 무송은 다가가 보았으나 아무것도 보이지 아니했다. 아무래도 형님이 죽은 까닭이 있나 보다고 직감한 무송은 날이 새기를 기다렸다.

날이 밝자 무송은 군졸을 데리고 이웃 사람들을 찾아가서 형님이 죽은 사연을 들려달라고 졸랐으나 그 사정을 아는 이웃 사람들이지만 서문경이 두려워 아무도 상대를 해주지 않았다.

그러나 어떤 사람이,

"왕노파가 무슨 흉계를 꾸몄는지 몰라요. 과일 장수 운가 소년과 검시인 하구한테 물어보면 알 수 있을 텐데."

하고 입바른 소리를 해 주었다.

무송은 그 길로 운가와 검시인 하구를 찾아나섰다. 어떤 골목에서 운가를 만난 무송은 정다운 목소리로 물었다. 운가도 무송을 보고 반가워 하며,

"대장님, 때가 늦으셨어요. 지금은 손을 댈 수가 없어요. 그러나 나는 늙은 아버지를 봉양하고 있기 때문에 형님께서 억울하게 죽으신 증인은

설 수가 없군요. 내 형편으로 증인을 섰다가 잡혀가면 늙은 아버지는 누가 모시게요."

무송은 우선 운가를 요리집 이층으로 끌고 올라갔다. 음식을 시켜놓고,

"자네는 아직 나이가 어린데도 효성이 갸륵한데."

하고 돈 닷 냥을 꺼내 운가의 품에 넣어 주었다.

"자네의 효성이 기특해서 주는 돈이니 아버지 용돈이라도 쓰시게 하라구. 그리고 자네가 우리 형님이 왜 죽었는지를 숨김없이 말해 주면 열 냥을 더 줌세."

운가는 돈 닷 냥을 받아들고 이 돈이면 사오 개월은 아버지께서 지내실 수 있을 테니까 그동안 무송의 일을 보아 주어도 괜찮겠다는 생각을 하였다.

"수비 대장님, 내 말을 듣고 너무 화를 내시면 아니 되어요."

운가는 그동안의 자초지종을 자세히 말했다. 무송은 끝까지 듣고 있더니,

"음, 그리고 형수는 어디로 갔지?"

"부인은 서문경의 다섯째 첩으로 들어갔어요."

"그게 모두 정말이냐?"

"대장님 앞에서 감히 거짓말을 하겠어요. 현청에 나가서도 나는 지금 말한 대로 모두 증언해도 좋아요."

"그렇다면 어서 음식이나 먹세."

요리집에서 나온 무송은 운가에게 내일 아침에 현청으로 와서 증인이 돼 달라고 부탁한 뒤에 다시 검시인 하구가 어디서 사느냐고 물었다.

"그자는 한 삼일 전 대장께서 오신다는 소문을 듣고 숨어 버렸어요."

무송은 이튿날 일찍 소송장(訴訟狀)을 써가지고 현청으로 달려갔다. 운가도 벌써 와서 기다리고 있었다.

현지사는 무대의 소송장을 받아들고 자세한 사연과 운가의 증언을 들은 다음,

"우선 물러가거라. 관에서 충분히 조사한 뒤에 협의하여 사실이라면 그들을 처벌하겠다."

하고 말했으나 현지사를 위시하여 관리들은 모두 서문경과는 전부터 연락이 있었는지라 이 송사 사건은 심리하지 않기로 합의를 보았다.

이튿날 다시 무송은 현청으로 나와서 현지사에게 억울한 사정을 밝혀달라고 요구했으나

"이 소송은 증거가 없다. 또 증거를 수집할 방도가 없어서 각하하기로 결정되었다. 단지 어린 소년의 증언 하나로는 성립이 안되니 공연히 말썽을 부리면 도리어 무고죄로 처단을 받을테니 그리 알아라!"

할 수 없이 물러나온 무송은 운가 소년을 자기 곁에 두고서 돌려보내지 않았다. 숙소로 돌아온 무송은 목놓아 통곡하면서 맹세코 서문경과 반금련을 죽여 형의 원수를 갚으리라 결심하였다. 돈에 매수당한 관리에게 호소해서는 형의 원수를 갚기는 글렀음을 깨달았기 때문에 자기 손으로 직접 때려 죽일 결심을 한 것이었다.

참다 못한 무송은 서문경의 생약포를 찾아갔다. 마침 지배인 부이숙이 나왔으므로 공손하게,

"서문 대관인은 지금 댁에 계시죠?"

하고 물었다. 부이숙은 즉각 무송임을 알아차리고 서문경은 지금 외출하여 집에 없다고 시침을 떼었다.

무송은 갑자기 지배인 부이숙의 멱살을 붙들고 눈을 부릅떴다.

"이놈 너는 죽고 싶으냐? 살고 싶으냐? 살고 싶거든 바른 대로 말하거라."

무송의 위협에 눌린 부이숙은 벌벌 떨며 무송의 묻는 말에 고분고분 대답을 했다. 부이숙의 말에 의하면 서문경은 지금 사자가의 어느 기생집에 있다는 것이었다. 무송이 그 기생 집으로 달려가니 서문경은 현청 하급 관리인 이외전(李外傳)을 상대로 술을 마시고 있었다. 이때 이외전은 이미 각하된 그에 대한 무송의 송사 사건을 알리고 마치 자기의 힘으로 된 듯이 공치사를 하면서 술을 얻어먹고 있는 판이었다.

서문경은 주흥을 못이겨 노래를 하고 있다가 우연히 창밖을 내다보니 무송이 그 집을 향해 달려오는 것이 보였다. 서문경은 뒷간에 가는 척하고 재빨리 방에서 나와 지붕을 타고 옆집 뒤뜰로 내려가 숨어버렸다.

무송은 숨을 몰아쉬며 요리집 주인에게,

"서문경이 와 있지?"

하고 물었다.

"네, 지금 이층에서 손님과 술을 마시고 있어요."

무송은 이층으로 뛰어 올라갔다. 방의 정면에 한 사람이 앉았고 양편에 기생이 하나씩 앉아 있었다. 무송은 그 사람이 현청에 근무하는 이외전임을 알고,

'이놈이 소송장이 각하되었다고 서문경에 알리려 왔구나.'

하고 생각하니 더욱 울분이 치솟았다.

이외전도 벌써 무송이 누군줄 알고 있었으므로 마음이 떨려 아무 말도 못했다. 무송은 발길로 술상을 걷어찼다. 그리고 이외전을 주먹으로 내려 쳤다. 기겁을 한 이외전은 도망치려고 했으나 무송에게 팔을 꽉 잡히고 말았다. 동석했던 기생들은 비명을 지르며 방구석으로 몰려갔다.

무송은 이외전을 번쩍들어 창문으로 내던지니 이외전은 길가에 떨어져 기절하고 말았다. 무송이 내려와서 명맥이 좀 붙어있는 이외전을 두어 번 발길로 차니 영영 죽고 말았다. 그때 구경꾼들이 수군댔다.

"서문경을 죽이려 왔다가 그가 없으므로 홧김에 그런 모양이지. 서문경 밑구멍만 씻어 주다가 결국 제명에 못 죽었군 그래."

이 살인 사건이 일어나자 기생촌은 떠들썩했고, 달려온 포졸들이 무송을 현청으로 잡아갔다.

10

무송(武松)은 맹주(孟州)에 유배(流配)되고
처첩(妻妾)이 부용정(芙蓉亭)에서 주연(酒宴)을 벌리다

한편 서문경이 다급하여 숨었던 곳은 호(胡)의원 집 후원이었다. 마침 그 집에 있는 돼지같은 여자 하인이 뒷간에서 커다란 볼기짝을 드러내고 앉아서 변을 보고 있으려니까 웬 사내가 담 밑에 숨어 있는 것이 보였다. 여하인은 겁이 나서 도둑이야 하고 고함을 질렀다. 주인 호의원이 달려와 보니 도둑이란 자는 이미 잘 알고 지내는 서문경이었다.

"누군가 했더니 서문 대관인이시군요. 지금 무송이란 놈이 포졸에게 잡혀서 현청으로 끌려갔으니 염려마십시오. 아까 대관인과 같이 앉았던 그 사람을 때려 죽였기 때문에 살인죄로 사형을 받을 것이니 이제 아무 일 없을 겝니다. 하하하…… 이런 봉변을 당하시다니 어디 체면이 되겠소."

서문경은 호의원에게 사과를 한 뒤에 안심하고 집으로 돌아갔다. 그래서 반금련에게 그동안 지낸 일을 얘기하고 원수 같은 무송이 없어졌으니 다리를 쭉 뻗고 살게 되었다고 무한히 기뻐했다. 자기 때문에 죽은 이외전에 대해서는 조금도 측은한 생각을 하지 않았다.

"영감 이젠 돈을 아끼지 말고 현청 관리들에게 뿌려 다시는 무송이가 살아나오지 않도록 운동하세요."

반금련의 말에 서문경은 즉시 하인을 불러 현지사에게는 금으로 만든 술병과 술잔 그리고 돈 오십 냥을 보냈고, 하급 관리들에게도 각각 돈을 주어 무송을 꼭 사형에 처해 달라고 부탁을 했다.

현청에서는 검시 조서와 서문경에 의한 허위 문서를 만들어 동평부(東平府)에 보고하고 살인범 무송에 대해 처치할 명령을 기다렸다.

동평부 부지사(府知事)는 진문소(陳文昭)라고 하는 하남(河南) 출신의 인물로서 청렴결백한 관원이었다. 동평부 청하현에서 발생한 살인 사건에 대한 보고가 들어왔다하여 진문소는 곧 등청을 하였다.

청하현에서 올라온 보고서를 한 번 훑어본 부지사는 여러 사람을 심문하기로 하고 사건 관계자 일동을 호송시켜 놓고 법정을 열었다.

부지사는 문서를 한 번 읽고 나더니 무송을 불러 꿇어 앉히고 심문하였다.

"너는 무슨 일로 이외전을 죽였느냐?"

무송은 머리를 땅에 숙이고,

"인자하신 사또께 아뢰나이다. 억울하던 소인이 이제 사또의 재판을 받게 된 것을 천만 다행으로 생각하오니 소인의 거짓없는 말씀을 들어 주시옵소서."

부지사 진무소가 머리를 끄덕이자 무송은 서문경이 반금련을 꾀어 첩으로 삼은 사실 등등 자초지종을 자세히 아뢰었다.

그리고 형의 원수를 갚으려고 서문경을 찾다가 이외전을 오살하기까지의 전후의 경위를 낱낱이 말했다.

무송의 호소를 끝까지 듣고 난 부지사는 무송을 영솔하고 왔던 관리들을 불러내어 호통을 쳤다.

"너희 현지사는 관원될 자격이 없구나. 왜 이렇게 법을 어겨서 양민을 괴롭히느냐!"

하고 관계자를 일일이 불러 조사한 기록을 만들고 청하현에서의 무도한 처리를 인정하지 않고 전혀 새로운 심리를 하기로 하였다.

"이 자는 형의 원수를 갚으려는 충정에서 나온 동기이니만큼 보통 살인범과는 성질이 좀 다르다. 이 사건에는 동정할 여지가 있다."

하고 무송의 목에 채운 긴 칼도 벗겨 가벼운 죄에 씌우는 칼로 바꿔 씌웠다. 또 증인으로 끌려온 청하현 사람들은 돌려 보내는 한편 현지사에게 서문경, 반금련, 왕노파, 운가, 검시인 하구를 전부 옥에 가둬 충분히 조사하라고 통고하였다.

무송은 그 후에 동평부 감옥에 있었으나 억울한 사정이 알려져서 옥리들도 매우 동정을 하고 호의를 보여 주었다.

이러한 소문은 서문경이 보낸 염탄꾼에 의해서 곧 청하현에 알려졌다. 서문경은 청렴한 진문소를 매수할 가망이 없자 새로 사돈이 된 진씨집에 청을 넣을 수 밖에 없었다. 그래서 하인을 서울로 급파하여 양제독(楊提督)에게 청을 넣었다. 양제독은 내각(內閣)의 채태사(蔡太師)에게 청했다. 채태사는 자기와 친분이 각별하고 이해 관계가 깊은 청하현 지사의 지위가 위태할까 두려워서 지급으로 동평부 지사에게 편지를 보내 서문경과 반금련만은 용서하도록 부탁을 하였다. 동평부 지사 진무소는 본래 대리사(大理寺)의 사정(寺正)으로 지사가 된 사람으로 채태사의 제자이기도 하였다 상관의 이러한 부탁을 받았으니 강직한 진무소도 어쩌는 수가 없었다.

그러나 진무소는 서문경을 법대로 처벌하지 못한 대신에 무송의 목숨도 구해 주리라 마음 먹고, 무송을 옥에서 불러내어 볼기 사십 대를 치고 이천 리 밖 맹주(孟州)의 뇌성으로 귀양을 보내는 판결을 내렸다. 무송은 귀양을 가는 길에 청하현의 자기 숙소에 들러서 가재도구를 모두 팔아 여비에 보태고 조카딸 영아는 가깝게 지내던 요이랑(姚二郎)에게 맡겨두어 만일 조정의 은사를 입고 돌아오면 은혜를 갚겠다고 맹세했다. 무송은 가까이 지내던 사람들과 눈물을 뿌려 작별을 하고 맹주를 향해 귀양길을 떠났다.

무송이 멀리 맹주로 귀양을 갔다는 말을 들은 서문경은 무사히 사형이 집행되지 않고 추방된 데 대해서 일말의 불안과 불만이 없지 않았지만 그래도 유쾌한 기분을 갖게 되었다.

하루는 이웃 화태감(花太監＝官宦) 집에서 꽃다발을 보내왔다. 곁들여진 상자에는 대궐 안에서 쓰는 과실이 섞인 산초병(山椒餠)이 가득 들어 있었다.

기쁨에 찬 오월랑은 서문경에게

"이웃집 부인은 인사성이 바른 여자에요. 이런 선물을 보내어 인사를 치르지 않아요. 우린 아직 아무런 답례도 못해서 안 됐어요."

"옆집 화자허(花子虛) 자신도 그 부인을 자랑하였어."

"사실 나는 얼굴은 잘 보지 못했어요. 오래 전에 태감께서 작고하시어 출상할 때 잠깐 뵌 일은 있지만요. 몸이 날씬한 데다 얼굴이 달덩이 같던데, 아마 스물 대여섯밖에 안 되는 가 봐요."

"담 하나 새에 두고 그렇게 왕래가 없어서야 되겠나. 부인은 본래 대명부 양중서(梁中書)의 첩이었는데 화자허에게 개가할 때, 지참금을 흠뻑 가지고 왔다더군."

화태감의 집 부인은 이(李)씨로 탄생한 날 금어병(金魚瓶)의 선사가 들어왔다 하여 어렸을 적에는 이름을 병저(瓶姐)라고 불렀다. 처음에는 대명부 양중서의 첩이었는데 그는 채태사의 사위로서 그 정실부인은 질투가 심하여 첩과 하인을 때려 죽인 뒤에 뒤뜰에 묻어 버리는 끔찍한 짓을 예사로 하는 여자였다.

이병저가 양중서의 첩으로 있을 때 양산박(梁山泊) 적도가 온 집안 식구를 몰살한 참변이 생겼다. 양중서는 간신히 도망해서 목숨만 건졌다. 이병저는 진주 백 개와 두 냥쭝 되는 흑보석 한 쌍을 가지고 유모와 함게 서울로 피난을 했다.

때마친 화태감이 광남(廣南)의 진수(鎭守)로 승진하였는데 그 때 자기 조카인 화자허에게 부인이 없으므로 이병저를 정실로 중매하였던 것이다. 그 후 화태감은 병을 얻어 세상을 떠나매 그 많은 재산은 화자허가 차지하였다. 큰 재산을 물려받은 화자허는 매일 친구들과 어울려 화류계에서 살았고 서문경과도 교분이 좋은 사이였다.

응백작, 사희대 따위의 파락호들은 화자허 한테서 용돈을 얻어 쓰고 술 대접을 받았기 때문에 반반한 기생을 그의 품에 안겨주고 자기들도 기생집에서 보내곤 하였다.

본래 서문경은 의형제 열 사람 중에 맏형이고 그 다음은 응백작, 셋째는 사희대, 다음은 축일념, 손과취, 오저은, 운이수, 상치절, 복지도, 백뇌광 등 열 사람이었는데 복지도가 죽자 그 대신 화자허가 들어왔던 것이다.

서문경은 처첩을 데리고 부용정(芙蓉亭)에서 하루종일 질탕하게 놀고서 반금련을 데리고 그녀의 숙소로 들어갔다. 서문경은 반금련을 번쩍 들어다 침대 위에 뉘이더니 은어같은 금련의 몸을 꼬집고 물고 간지르고 주물러 댔다. 반금련은 눈을 흘겼다. 그 흘기는 눈을 입술로 눌렀다. 그리고 팔과 다리로 말처럼 기어 다니게 하고 한 손으로 그녀의 머리채를 잡아서 고개를 젖혔다.

한참 뒤에 서문경은 목이 말라 춘매를 불러 차를 가져오게 하였다. 반금련은 몸종에게 들킬까 하여 장막으로 가리려 했다.

"무얼 그렇게 겁내지? 그년도 좀 보고 배우라고 하지."

이 때 몸종 춘매가 문을 열고 들어왔다. 춘매는 침실의 모든 비밀을 보아 온 터라 이번에도 안 보는 척하며 차를 놓고 나갔다.

"이웃집 화자허의 침방에 소녀 둘이 있는데 그 애들을 화자허는 벌써 그냥 두지 않았어. 고것들 얼굴이 꽤 고왔지!"

서문경의 말에 반금련은 눈을 흘기면서,

"아이구! 망칙해라. 옳지, 영감이 춘매한테 이 꼴을 일부러 보인 것도 그런 생각에서였군요. 다 알았어요. 영감도 춘매를 이웃집 주인 모양 하고 싶단 말이죠! 정 그렇다면 바른대로 대요. 나는 그렇게 강짜만 부리는 여자는 아니니까요. 더구나 춘매는 본시 내 몸종도 아니었구요."

서문경이 춘매를 건드리려는 것을 반금련이 승낙하자 고마워서 갖은 감언을 늘어놓았다. 다음 날 반금련은 약속대로 맹옥루의 방으로 놀러가서 서문경이 춘매와 정을 통하도록 충분한 시간을 주었다.

그런 뒤로 반금련은 춘매에게 주방 일은 시키지 않고 자기 방안의 잔심부름만 시켰다. 의복과 머리 단자에도 자신이 아끼던 것을 나눠 주고 발도 좀더 맵시나는 전족을 시켰다. 반금련은 춘매를 서문경에게 제공하므로써 자신의 지위를 한층 높이려는 계략이었지만 마음 한 구석에 타는 질투의 불길은 애꿎게도 또 하나의 몸종인 추국에게 분풀이를 하는 것으로 식히곤 하였으니 때로는 매질까지 하였다.

반금련(潘金蓮)이 손설아(孫雪아)를 타박하고
서문경(西門慶)이 이계저(李桂姐)를 설득(說得)하다

반금련은 서문경에게 춘매를 제공하는 너그러운 아량을 보이므로써 도리어 서문경을 손아귀에 넣고 그의 총애를 독점하는데 성공했다. 그렇게 총애를 받을수록 반금련은 차츰 교만한 태도로 참견 않는 것이 없었다.

그런데 의외로 춘매의 태도가 당돌해지기 시작하였다. 하루는 반금련이 사소한 일로 춘매를 꾸짖었다. 춘매는 주방으로 들어가서 식기를 팽개쳐 깨드리는 것으로 분풀이를 했다. 참다 못한 손설아가,

"별년의 계집애를 다 보겠다! 공연히 사내에 미쳤는지 부엌에서 야단들을 치고."

"어떤 년이 그래요? 언제 내가 사내하고 희롱대는 것 봤어요?"

손설아는 춘매의 심경이 불쾌함을 알고 다시는 아무 말도 하지 않았다.

오월랑은 이 집의 주인이나 진배 없으나 늘 신병으로 누워있는 때가 많았으므로 밤자리에 서문경을 모실 생각은 거의 단념하고 손님 접대, 방문, 외출만을 맡고 금전 출납은 기생 출신인 이교아가, 주방일과 여자 하인들을 지휘하는 일은 손설아가 맡아 보았다. 이를 테면 서문경이 어느 방에서 잠을 자든지 음식물은 모두 손설아의 손을 거쳐야만 했다. 그리고 보니 반금련만 편한 상팔자였다. 그 뿐만 아니라 서문경의 총애를 독차지하고 밤낮으로 술만 먹고 놀았다.

다음. 날은 절에서 큰 불공을 올리는 날이었다. 절 근처에는 사방에서 장사꾼이 모여들어서 굉장한 저자가 벌어졌다. 이 날 서문경은 반금련에게 진주를 사다 주기로 약속한 날이다. 서문경은 저자로 가기 위해 아침밥을 재촉했다.

서문경이 춘매에게 주방에 갔다 오라고 했으나 춘매는 꼼짝도 하지 않았다.

"춘매는 이제 주방에는 안 가겠대요. 내가 보고도 못본 체하여 이 애를 영감이 건드리게 해 놓고는 둘이 한 덩어리가 돼서 영감을 속인다고 말하는 사람이 있대요."

"누가 그따위 소릴 해!"

"말해야 별 수 있나요. 춘매 대신 추국을 시키세요."

서문경은 추국을 보내 식탁을 준비케 했으나 해가 거의 한낮이 가까워도 추국은 돌아오지 않았다. 참다 못한 반금련은 춘매에게

"네가 갔다 오너라. 뭘 하길래 이렇게 더딘가."

춘매가 주방에 가보니 추국이 기다리고 있었다. 춘매는 추국에게

"넌 빨랑 오지 않고 뭘 하고 있니? 영감께서 성화가 나셨다."

그 소리를 들은 손설아는

"이년아 음식 만드는데 시간이 걸리니까 그렇지 조반을 준비하는데 딴 음식을 갑자기 해오라니 더딜 수 밖에 없지. 도대체 누가 이걸 시키더냐?"

"영감 분부가 아니면 누가 일부러 당신한테 오겠어요."

하고 춘매는 추국의 손을 붙잡고 가자고 했다. 손설아에게 욕을 먹은 춘매는 퉁퉁 부어 돌아왔다. 춘매는 분개한 목소리로 손설아가 입에 담지 못할 욕을 하더라고 반금련에게 일러 바쳤다. 반금련의 말을 묵묵히 듣고 난 서문경은 주방으로 쫓아가서 손설아를 발길로 두어 번 차더니

"이년아, 내가 먹고 싶어서 주문을 하고 재촉했는데 그게 나쁘단 말이냐! 연놈들이라고 욕질을 했다는데 그놈이 누구란 말이냐!"

서문경은 손설아에게 뭇매질을 하고는 주방에서 나갔다. 손설아는 몸도 아프고 분해서 소리 내어 울었다.

이 때 오월랑이 막 일어나서 머리를 빗고 있으려니까 주방쪽이 소란했으므로 몸종 소옥에게 물었다.

"주방이 왜 저리 시끄러우냐?"

"나리께서 손설아 작은 마님을 때리셨다나봐요."

하고 그 사연을 설명했다.

손설아는 서문경에게 매를 맞고 분해서 오월랑의 방으로 들어가 호소했다.

손설아는 오월랑에게 춘매가 요즘 서문경과 놀아 먹었다는 말과 반금련의 가증스러운 꼴을 꼬치꼬치 고자질했다. 그러나 그 때 반금련도 오월랑의 방으로 가다가 손설아가 오월랑과 이교아 앞에서 고자질 하는 얘기를 모두 밖에서 엿들었다.

손설아는 본실 오월랑의 비위를 맞추면서 반금련에 대한 욕을 마구 퍼부었다. 이 때 소옥이가 눈짓으로 반금련이 오고 있다는 신호를 했다.

반금련은 오월랑의 침소로 들어오자 손설아에게 덤벼들었다. 지금까지 문밖에서 손설아의 욕을 다 들었으므로 얼굴엔 살기가 등등하였다.

"내가 본 서방을 독살했다고 큰 마님께 일러 바칠 것이 아니라 진작 나를 이 집에 들어오지 못하게 했으면 그만 아니요. 그랬으면 내가 영감을 껴안고 당신이 차지할 몫을 빼앗거나 하는 일은 없을텐데…… 그리고 춘매는 당신 몸종도 아니지만 미웁다면 다시 큰 마님께 돌려 드리면 되지 않아요. 누가 서방을 일부러 죽이고 시집을 온단 말에요. 지금도 별로 어려운 일이 아니니 영감이 돌아오거든 내가 이 집을 나가면 되잖아요."

반금련의 말에 오월랑은

"나는 자네들에 대해서 자세히 모르지만 서로가 말을 삼가는 게 좋겠네."

오월랑은 어느 편도 두둔하지 않았다.

반금련은 자기 방으로 와서 얼굴의 화장끼를 지어버리고 머리는 풀어 헤친대로 침대 옆에 쓰러졌다.

저녁 때가 되어서 돌아온 서문경은 약속대로 넉 냥짜리 진주를 사가지고 반금련의 방으로 들어왔다. 반금련은 서문경을 본 척도 하지 않고 새

삼스럽게 엉엉 소리내어 울었다.

"아니 왜 우는 거야?"

"나는 재산이 탐나서 이 집에 들어 온 것이 아니고 서로 좋아서 이렇게 된 것인데 웬일인지 사람들은 날 들볶아만 대니 이 집에 더 있을 수 없어요. 입만 열면 서방을 죽인년이라고 하니 오늘이라도 나가야겠어요. 그리고 춘매년 때문에도 말썽이 일어나니까 그애를 큰 마님께 도루 돌려 보내세요."

반금련의 하소연을 들은 서문경은 괘씸한 생각이 끓어올라 손설아의 침소로 쫓아가서 매질을 시작했다.

"그만 두세요. 여러 사람이 한 집에서 살려면 이런 일 저런 일 있지 않아요. 너무 역정 내시지 마세요."

마침 오월랑이 달려와서 시문경의 팔을 붙잡고 만류했다. 서문경은 그제야 손설아의 머리채를 놓으면서 욕설을 퍼부었다.

서문경은 오월랑이 만류하므로 다시 반금련의 방으로 와서 그녀를 달래느라 품안에서 진주를 꺼내 주니 반금련은 매우 기뻐했다. 그때부터 서문경은 반금련이 하나를 달라고 하면 열을 주어 총애는 더욱 깊어만 갔다.

하루는 화자허 집에서 잔치가 벌어졌다. 의형제 아홉 명이 모였는데 서문경은 마침 볼일이 있어 좀 늦게 참석했다. 서문경이 들어오자 이제는 술을 먹게 됐다는 기쁨으로 손뼉을 치며 맞이하였다. 기생 둘이 비파와 거문고를 타며 주흥을 돋구어 주었다.

술이 서너 순배 돌았을 때 노래는 두어 번 불렀다.

서문경은 주인 화자허에게

"어디서 부른 기생인데 이렇게 춤들을 잘 추나?"

하고 물으니 주인이 대답하기도 전에 응백작이

"형님은 잘도 잊으시는군요. 쟁을 타던 아이는 화자허 형님이 홀딱 반한 오은아(吳銀兒)이고 비파를 타던 아이는 이계경의 아우 계저(桂姐)가 아녜요. 이교아 작은 아주머니의 조카딸인데 공연히 모르는 척하시네."

"육 년 동안 만나지 못한 사이에 어른이 됐군."

주석이 거의 다 되어 가므로 기생들이 다시 나와 술을 부었다. 이계저는 기생의 애교를 피우며 잔을 권했다.

주연이 파하자 서문경은 응백작과 사회대를 끌고 집으로 가지 않고 이계저를 당나귀에 태워 보낸 뒤에 그 길로 여춘원(麗春院) 이계저의 집으로 향하였다.

서문경의 일행이 기생촌의 여춘원 문앞에 도착하니 마침 이계경이 나와서 일행을 맞이했다.

방에는 홍사등의 불이 켜졌다. 계저가 화장을 새로 하고 안으로 들어간 동안 계저의 어머니인 노파가 차를 권하였다. 곧 술상이 마련되자 계저는 술잔을 권했다. 계저의 노래가 끝난 뒤에 술잔을 또 돌렸다. 서문경은 이계저의 손을 꼭 쥐고 주물러 댔다.

"오늘은 내 손님이 두 분이나 계시니 계저는 이 두 분을 위해 남곡(南曲)을 한 곡조 부르면 어떠냐?"

서문경의 말에 응백작이 나섰다.

"참 그래. 그 곡조 한 마디 안 듣고서야 그냥 갈 수가 있나."

그러나 이계저는 생글생글 웃기만 하고 노래는 부르려 하지 않았다. 그것은 서문경이 자기를 탐내어 자기 머리를 얹어 주려는 생각으로 그 노래를 청한줄 짐작한 때문이었다.

이계경과 노파도 그 눈치를 알아 차렸으므로 이계저를 부추겼다.

"나리께서 하라시는 노래를 얼른 불러드려라."

"아무래도 그 노래는 비싼 모양이군."

서문경은 돈 닷 냥을 술상 위에 놓았다.

이계저는 벌떡 일어나 날아갈 듯이 절을 하고 서문경이 청하는 남곡을 불렀다. 서문경은 이계저의 노래를 듣고 만족하여 하인 대안을 불러 말을 집으로 보내고 그날 밤은 계경의 방에서 계저의 머리를 얹어 주기로 하였다.

이튿날 서문경은 대안을 집에 보내어 돈 오십 냥을 가져다가 비단 옷 네 벌을 포목상에 주문시켰다. 이교아는 자기 조카딸이 머리를 얹었다고 기뻐하여 은비녀 한 개를 보내 주었다.

사흘 동안이나 이계저의 머리 얹는 호화로운 잔치가 벌어졌다. 이렇게 하여 이계저는 서문경의 것이 되고 말았다.

12

반금련(潘金蓮)이 금동(琴童)과 간통(姦通)하고
유맹인(劉盲人)이 점(占)을 쳐서 재물(財物)을 얻다

서문경은 이계저의 색향(色香)에 혹하여 반 달 동안은 집에도 돌아오지 않고 장사도 소홀히 하였다. 오월랑은 하인을 몇 차례 보내보았으나 그럴 때마다 이계저는 의복과 신을 어디다 감추어 두고 돌려보내지 않았다. 서문경의 집에는 다섯이나 되는 처첩들이 모두 고적한 나날을 보내야만 했으나, 나이 서른도 못 되고 정욕의 불길이 이글거리는 반금련은 참을 수가 없었다.

반금련은 매일같이 화장을 하고 문밖에 나가서 서문경을 기다렸다가 어두워서야 자기 방으로 들어갔다. 밤에는 상대자도 없어 잠을 이룰 수 없고 해서 뜰로 나와 화원을 홀로 거닐다가 연못 속의 달 그림자만 보아도 수심에 잠겨버리곤 하였다. 그럴때 암내 난 고양이가 극성을 부려대면 잡아서 목을 비틀어 죽이고 싶기도 했다.

그 때 맹옥루가 데리고 온 금동(琴童)은 나이 열 여섯으로 겨우 머리를 길게 땋아 내리기 시작했으나 이목이 수려한 미소년이었다. 서문경은 금동에게 화원의 열쇠를 맡기고 화원 옆의 정자에서 자도록 하였다. 반금련은 맹옥루와 가끔 그 정자에서 바느질도 하고 바둑도 두었는데 반금련은 금동을 귀엽게 생각했다.

그러던중 서문경이 이계저한테 빠져서 반 달이나 집에 돌아오지 않으므로 금동을 방으로 불러들여 술도 먹이며 조석으로 접촉하는 가운데 딴 생각이 나기 시작하였다.

칠월달로 들어서자 서문경의 생일이 가까웠다. 오월랑이 서문경을 이계저의 집에서 불러 오려고 대안을 보내려 할 때 반금련은 그에게 은밀히 편지 한 통을 써서 주면서

"몰래 대관인께 드려라. 그리고 내가 죽도록 기다린다고 꼭 여쭈워다오."

대안은 오월랑의 명을 받고 따로 반금련의 편지를 품안에 넣고 서문경을 찾아갔다. 이계저의 집에서 서문경은 응백작 등 여러 의형제 건달패를 데리고 술을 마시고 있었다.

"넌 또 왜 왔니?"

"나리께 오시라고들 하셔서요."

"그런 걱정은 말라고들 해라. 그런데 이 댁에 가져올 옷은 어쨌냐?"

"네, 여기 가지고 왔습니다."

이계저는 웃는 낯으로 옷보자기를 반갑게 받은 뒤에 대안을 데리고 가서 음식을 대접했다. 다시 연석으로 올라온 대안은 서문경의 귀에 입을 대고 다섯째 마님의 편지를 가져 왔다고 하면서 편지를 내어 주었다. 이때 이계저가 그 편지를 보고 날쌔게 가로챘다. 반금련이 밤낮을 가리지 않고 님 오시기를 기다린다는 내용의 편지를 읽고 이계저는 샐쭉한 안색으로 자기 방으로 들어갔다. 서문경은 이계저가 화가나서 달아나므로 편지를 찢어버리는가 하면 대안을 두어 번 발길로 차니 대안은 아무 말도 못하고 눈물만 흘리다가 돌아갔다. 서문경은 이계저의 방으로 들어가서 그를 위로했다. 얼마쯤 지나 이계저의 기분이 풀리고 술잔이 또 몇 차례 돌았다.

한편 서문경의 발길에 쫓겨서 말만 끌고 돌아온 대안을 본 오월랑, 맹옥루, 반금련은 입을 모아

"또 영감님을 못 모셔왔구나!"

"대관인 발길에 얻어 맞기만 했어요. 누구든지 마중가면 혼이 날 거에요. 집에 돌아오시면 모두 때려 죽이시겠대요."

대안은 분이 풀리지 않아 퉁명스럽게 말했다.

행여나 오늘은 돌아 오겠지 하는 기대감을 가졌으나 도리어 매만 맞고 대안이 돌아오자 반금련은 아무도 없는 쓸쓸한 자기 방으로 들어갔다. 반금련은 몸종 춘매가 코를 골자 바람을 쐬는 척하고 후원으로 나갔다. 그녀는 금동을 자기 방으로 데리고 들어와 술을 같이 마시고 금동이 주기가 오르기를 기다렸다. 그리고 방문을 잠금 후에 금동의 옷을 벗기고 자신도 벗고 그날 밤을 지샜다.

반금련은 그 후로는 날마다 금동을 밤중에 자기 방으로 끌어들여서 술을 잔뜩 먹이고 회포를 풀다가 남의 이목을 피하여 첫새벽에 돌려보냈다. 그리고 금동에게 누설 말라는 다짐으로 자기의 금비녀와 속치마 끈에 찼던 향주머니를 소매속에 품게하였고 용돈까지 줘어 주었다.

그러나 꼬리가 길면 밝힌다던가. 용돈께나 생긴 금동은 길거리에 나가면 술을 마신다, 노름을 한다 하는 추태를 부리기 시작하니 저희 동복(童僕) 사이에 비밀이 누설되었다. 이 소식을 들은 손설아와 이교아는 오월랑의 침소로 가서 고자질을 했으나 오월랑은 좀처럼 믿지 않으려고 했다.

그 후 어느날 반금련은 여늬 때처럼 금동을 끼고 잤는데 추국의 눈에 띄고 말았다. 추국은 오월랑의 몸종 소옥에게 이 사실을 얘기하고 소옥이 다시 손설아에게 전했다. 그래서 손설아와 이교아는 다시 오월랑에게 이 일을 알리려고 안방으로 들어갔다. 마침 그날은 서문경의 생일 날이라 오래간만에 서문경이 집에 돌아온 날이었다.

오월랑은 이 사실을 서문경이 알면 집안에 소동이 날 것이므로 만류했으나 손설아와 이교아는 서문경이 방에 들어오자 반금련과 금동과의 사이를 고했다. 화가 치민 서문경은 즉시 금동을 불러오게 하였다. 그러나 벌써 반금련은 이 낌새를 눈치채고 금동을 먼저 불러들여 아무 소리도 절대로 하지말라 하고 금비녀를 전부 빼앗았다. 그러나 너무 서두는 통에 그만 소매속에 들어 있는 향주머니는 미쳐 생각을 못했다.

성이 머리 끝까지 미친 서문경은 불려온 금동이를 마당에 꿇어 앉힌 뒤에 하인들에게 몽둥이를 들리고 호령을 했다.

서문경이 노기를 띠고 호령을 했으나 금동은 아무 대답을 하지 않았다.

서문경은 금동의 몸을 뒤져 증거가 될 반금련의 금비녀를 찾게 했으나 나오지 않았다.

"그놈이 바른대로 대지 않으니 옷을 벗기고 볼기를 때려라!"

하고 서문경이 하인들에게 명하자 하인들은 금동의 옷을 벗겼다. 금동의 속바지에는 비단으로 접은 향주머니가 달려 있었다. 서문경이 그 주머니를 자세히 보니 분명히 반금련의 것이었다.

"이런 증거품이 나왔는데도 바른대로 말 못하겠느냐!"

반금련은 방안에서 발발 떨며 밖으로는 나오지 못하고 들려오는 소리만 듣고 있었다.

"언젠가 뜰을 소제하다가 주운 것이지 결코 누구한테서 받은 것은 아니어요."

서문경은 하인에게 명하여 금동을 때리게 하니 잠시 동안에 살이 터지고 피가 흘렀다. 뒤이어 아주 죽은 듯이 축 늘어졌다.

"그놈을 아주 내다 버려라. 다시는 집에 들이지 말라."

서문경은 추상같은 호령을 내리고 그 길로 반금련의 방으로 들어가서 그녀는 거들떠 보지도 않고 번개같이 손을 내돌려 뺨을 후려 갈기니 그만 방바닥에 쓰러졌다. 춘매를 시켜 안팎 문을 닫아걸고 아무도 들어오지 못하게 하고서 반금련을 벌거벗긴 다음에 채찍을 들었다.

"이 화냥년아 바른대로 말해라! 내가 잠시 집을 비웠기로서니 그런 종놈 새끼와 붙어먹다니…… 그래 나 없는 동안에 그놈을 끼고 이 침대를 몇 번이나 더럽혔니?"

반금련은 우는 목소리로 애걸했다.

"영감님, 그런 무정한 말씀은 마세요. 전 낮에는 옥루 언니와 바느질을 하고 밤이면 방문을 꼭 닫고 혼자 잤어요. 춘매에게 물어 보세요."

그러나 서문경은 다시 묻지도 않고 채찍으로 반금련을 내려쳤다.

"아이구머니! 춘매야 너 좀 와서 영감께……"

반금련은 춘매에게 구원을 청하였다.

"그럼 왜 네 향주머니가 그놈의 몸에서 나왔니?"

"그 향주머니는 언젠가 옥루 언니와 후원을 거닐다가 띠가 풀어져 떨어뜨린 거에요. 아무리 찾아도 발견이 안되었는데 그놈이 집었으리라고는 전혀 생각을 못했어요."

반금련의 이 말은 금동의 말과 부합되는 말이었다. 더구나 색을 좋아하는 서문경으로서 눈 앞에 나체의 미녀가 달콤한 음성으로 처량하게 애원하니 화가 사르르 풀리기 시작했다.

"춘매야, 그래 이년이 그놈과 아무 일도 없니? 네가 아니라고 하면 나는 네 말을 믿겠다."

"영감님, 저는 금련마님 곁에 떠나본 적이 없어요. 남들이 우리 마님을 모함하느라 꾸며댄 얘기에요. 이런 터무니 없는 소문이 퍼지면 영감님 체면이 뭐가 되겠어요."

춘매는 반금련이 서문경에게 아양떨던 것을 보고 배운대로 서문경의 무릎에 안긴채 속삭였다.

서문경은 춘매의 이런 말에 손에 들었던 채찍을 버리고 춘매에게 옷을 입히라고 했다.

"오늘은 용서하지만 앞으로 또 무슨 소리가 들리면 용서 않겠다."

서문경은 추국을 불러 술상을 차려오게 한 다음 반금련과 술을 마셨다.

그날 밤 서문경은 맹옥루의 방에 들었다. 맹옥루는

"영감, 다섯째의 마음을 너무 상하게 하지 마세요. 손설아와 이교아가 공연한 말을 만들어 내가 데려왔던 어린 종놈까지 내쫓기지 않았어요. 다섯째는 정말 아무 일도 없었어요."

"춘매도 똑같이 억울하다고 그러더군."

"내일은 다섯째 한테 가보세요. 지금 얼마나 기가막혀 있겠어요."

"알았어. 내일 그리로 감세."

이튿날은 서문경의 생일잔치가 벌어졌다. 높은 관리들을 비롯하여 여러 친척, 친구들이 축하를 왔고 이계저와 기생 둘이 와서 종일 흥을 돋구었다.

이교아는 이계저를 오월랑에게 끌어들여 자기 조카라고 인사시켰다. 서문경과의 관계를 은근히 자랑하면서……

그날 밤 서문경은 반금련의 방으로 갔으나 그녀는 빗지않은 머리에 쑥 들어간 눈으로 자리에 누워 있었다. 그 모양을 보자 서문경은 가엾기도 하고 그럴수록 귀여워 보이기도 했다.

반금련은 자리에서 일어나 서문경을 반겨 맞이했다. 탕자와 음부가 반달 동안 떨어졌다가 다시 만나매 그들은 물을 얻은 물고기와 같았다. 반금련은 서문경의 얼굴에 자기 얼굴을 비벼대면서 아양을 떨었다. 이날 밤 반금련은 서문경에게 여러 가지로 베개 밑 송사를 한 것은 물론이었다.

그러나 사흘 뒤에는 서문경의 발길은 이계저의 집으로 향하고 있었다. 그 때 손님을 맞아서 상대하고 있던 이계저는 서문경이 온다는 전갈을 받고 얼른 자기 방으로 가서 화장을 지우고, 머리를 풀어 헤친 뒤에 이불을 푹 뒤집어 쓰고 드러누웠다.

서문경은 객실에서 오랫동안 기다렸으나 이계저가 나타나지 않았으므로 수상하게 생각했다. 얼마 뒤에 이계저의 어멈이 나오므로 서문경은 이계저의 행방을 물었다. 서문경의 말에 노파는, 이계저는 서문경의 생일 잔치에 갔다오던 날 퉁퉁 부어 오더니 계속 자리에 누어 있다고 수선을 떨었다.

서문경은 이계저의 방으로 들어갔다. 그러나 그녀는 꼼짝도 않고 누워서 서문경을 바라보기만 하였다.

"어디가 아파서 그러느냐?"

그러나 이계저는 아무 대답이 없었다. 다만 눈에서 눈물이 주르룩 흘러내렸다. 한참 있다가 이계저는 입을 열었다.

"흥, 댁의 월랑이와 금련이는 참 도도하던데요."

"무슨 오해를 했기에 그러느냐?"

"월랑이와 금련이는 도도해요. 얼굴도 천하일색이고, 말도 청산유수구요. 그렇게 훌륭한 부인을 댁에 두시고 어째 기생추넘을 다니세요. 그날 내가 영감댁에 간 것을 화대를 받으려고 간 것이 아니라 영감 생신을 축하하러 간 것이에요. 그런데 다섯째 부인 금련이는 내가 문안을 드리러 갔는데 방문을 닫고 내다보지도 않더군요. 그 일을 생각하면 아직까지도 분해요. 사람을 업신여겨도 분수가 있지……"

"너무 고깝게 생각할 게 있나. 그날 그 사람은 다른 일로 불편했다. 다른 때 같으면 그가 먼저 나와서 너를 맞았을 것이다. 그리고 나한테도 버릇이 없어서 요전에는 매질까지 한 일이 있단다."

이계저는 손바닥으로 서문경의 뺨을 어루만지며

"영감, 왜 그런 거짓말을 하세요. 금련이가 영감께 매를 맞을 사람이어요."

"어허, 너는 나를 모른다. 큰 마누라 빼놓고 어떤 계집이건 하인놈이건 채찍질을 하고 족치지 않으면 머리털을 잘라낸다."

"아이구 망칙해라. 목을 자른다는 말은 들었어도 머리털을 자른다는 말은 처음 듣는데요. 그게 참말이라면 금련의 머리털을 한 주먹 잘라다가 내 눈에 보여주세요. 그렇지 않으면 영감의 말을 못 믿겠어요."

서문경은 이계저의 환심을 사기 위해 반금련의 머리를 베어다 보이겠다고 약속했다. 서문경은 그날 이계저의 집에서 지내고 이튿날 저녁 때 집으로 돌아왔다. 술에 얼근히 취한 서문경이 반금련의 방에 들어가니 그녀는 취침할 준비를 하고 있었다. 서문경은 반금련을 품에 안고서, 망건을 만드는데 필요하니 머리털을 잘라 달라고 감언으로 꼬였다. 반금련은 흐느끼며 서문경의 분부라면 죽는 시늉도 할 테니 마음만은 변하지 말라고 호소했다.

이튿날 서문경은 반금련의 머리털 한 줌을 품에 넣고서 기생촌으로 갔다.

이계저는 곁눈으로 흘겨보면서

"영감, 어제 약속한 일은 잊지 않으셨겠죠."

"암, 여기 가져왔다."

서문경은 호기스럽게 머리털 뭉치를 내 놓았다.

"어제 이것을 베느라고 갖은 위협과 설득을 다했으니 본 다음에는 돌려다오."

"무엇이 그다지 대단하다구 그러세요. 그렇게 겁이 나시면 아예 잘라오시지 않아도 좋았을 텐데."

"무서울 것은 없으나 그 주둥아리엔 당해낼 재간이 없다."

이계저는 계경에게 술을 따르게 한 뒤에 자기는 가만히 뒤로 가서 반금련의 머리털을 자기 신바닥에 깔고 신고 다녔다. 서문경은 다시 이계저의 집에서 묵으며 여러 날 동안을 집에 돌아가지 않았다.

반금련은 머리털을 잘리고서 기분이 불쾌하여 자리에 누워만 있었다. 더구나 서문경이 그 뒤로 자기를 찾아오지 아니하므로 물도 목을 안 넘어 가도록 분하였다. 식음을 전폐하고 자리에 누운채 며칠을 보냈다.

오월랑은 반금련이 음식도 먹지않고 자리에 누워 있으므로 걱정하던 나머지 집에 드나드는 침장이겸 점장이 유(劉)노파를 불러왔다.

"마님, 이건 귀신이 붙어서 그래요. 이 귀신을 쫓아내야 다섯째 마님은 일어나실 거에요."

유노파는 환약 두 개를 꺼내어 주면서 생강 달인 물에 풀어 먹으라고 일러 주었다.

"아무래도 내일은 나보다 용한 우리 영감을 청해다 댁내 운수를 보아 드려야겠어요."

"할멈 영감은 할멈보다 점을 더 잘 치나요?"

오월랑이 이렇게 물었다.

"그럼은요. 제 영감은 앞 못 보는 맹인이지만 세 가지 술은 잘 해요. 첫째로 주역팔패의 음양법으로 운명을 점치고, 둘째로 침을 잘 놓고, 셋째로는 비밀로 사람에게 액막이를 한답니다."

"내외의 금실을 좋게하는 묘방도 있나요?"

반금련이 이렇게 물으니 유노파는

"우리 영감이 써 준 부적을 불살라서 술에 타 마시면 소박 맞았던 아내도 귀염을 받게 되고, 서로 반목하던 본부인과 첩 사이도 의가 좋아져요."

유노파는 신이 나서, 자기 내외의 생업을 침이 마르도록 열심히 선전했다. 유노파의 이 말을 들은 반금련은 귀가 솔깃해져서 약값으로 돈 세 푼과 따로 사례금조로 닷 푼을 유노파에게 주었다.

이튿날 유노파는 자기 남편인 소경의 손을 끌고 반금련의 방으로 들어 갔다. 소경이 자리에 앉자 반금련은 자기의 사주 팔자를 일러 줬다. 소경은 손가락으로 무엇을 계산하더니,

"아씨 운수는 아주 털어놓고 말씀드리자면, 물이 방죽을 넘는 패입니다. 그 넘는 물은 여간 흙으로는 막을 수가 없어요. 아씨 팔자는 깨끗하지만 일생동안 남편과 해로할 수 없는 패입니다."

반금련은 소경의 점괘를 들으면서 여간 불안하지 않았다. 그녀는 머리의 비녀 두 개를 뽑아 소경에게 주었다. 소경은 보이지 않는 눈을 껌벅이면서 비녀를 받아들고 소매 속에 넣었다.

"영감과 금실을 좋게 하려면 버드나무를 갖다가 그것으로 남녀 두 사람의 형체를 새기고 영감님과 아씨의 사주 팔자를 써서 마흔 아홉 올의 붉은 실로 동이고 붉은 비단으로 남자의 눈을 가리며 가슴은 쑥으로 막고, 손에 못을 박고 발에 아교를 칠해서 그것을 몰래 영감님 베개 밑에 넣어 두시오. 그 다음에 부적을 불에 살라서 그 재를 찻물에 타서 영감님께 드리시오. 사흘 안으로 반드시 그 효험이 드러날 것입니다."

이튿날 유노파는 부적과 버드나무 목상을 가져왔다. 반금련은 그것을 소경이 지시한 대로 했다.

서문경은 그날 밤에 반금련의 방에서 지냈고, 다음 날 아침 반금련은 부적을 태운 재를 차에 타서 서문경에게 먹였다. 자신을 얻은 반금련은 그 뒤로부터 애정을 쏟아 놓았고 서문경도 반금련의 품에서 떠날 생각을 하지 않았다.

이병아(李甁兒)가 담너머로 밀회(密會)를 약속하고
영춘(迎春)이 방안의 비밀(秘密)을 엿보다

하루는 서문경이 오월랑의 숙소로 들어가니

"화태감 댁에서 초청장이 왔어요."

하고 초청장을 내 놓았다.

서문경은 그 길로 화자허 집에 들렸다. 그러나 화자허는 없고 그의 부인 이병아(李甁兒)가 더운 계절이라 가벼운 차림으로 둘째 문 섬돌 위에 서 있었다. 서문경은 서슴지 않고 들어서다가 그 부인과 마주쳤다. 서문경은 오래 전부터 마음에 있었으나 지금까지 이렇게 맞대놓고 상면한 일은 없었다. 일부러 이병아가 피하지 않은 성싶었다.

가까이서 본 이병아의 얼굴은 생각 이상으로 빼어난 미인인지라 서문경은 정신을 못 차리고 황홀감에 빠져 들어갔다.

가까스로 정신을 차린 서문경은 실례했다는 한 마디로 첫 인사를 어색하게 했다. 이병아도 수줍은 듯이 답례한 뒤에 안으로 들어가더니 몸종을 보내어 서문경을 객실로 맞아들였다. 이병아는 문을 반쯤 열며,

"대관인, 조금만 기다려 주세요. 주인은 잠깐 나갔으나 곧 돌아오실 거에요."

잠시 후 하녀가 차를 내왔다. 서문경이 차를 마시고 있자니까 이병아는 다시 문앞으로 와서

"우리 주인이 대관인을 청하신 모양인데 어디 좋은 데 가시죠? 제가 혼자 집에서 쓸쓸하게 지내는 것을 가엽게 여기시거든 주인을 일찍 보내 주세요. 하인은 늘 주인이 데리고 다니기 때문에 주인이 없을 땐 몸종 계집애와 단둘이 있게 되니깐요."

자기가 쓸쓸하다는 것과 주인이 없을 때는 몸종 하나만 데리고 있다는 말을 이병아가 하는 게 이상하다고 서문경은 생각했다. 그러나 그 길에 능숙한 서문경은

"지당한 말씀이시오. 부인 말씀도 받았으니 댁의 주인을 모시고 갔다가 일찌감치 모시고 오겠습니다."

이 때 화자허가 들어오니 이병아는 어느 틈에 안으로 사라졌다. 주객이 자리를 정하고 차를 마신 뒤에 그들은 각각 말을 타고 기생촌으로 향했다.

기생집에서 먹고 마시고 노래와 춤으로 하루를 보냈는데 어두워서야 서문경은 이병아의 부탁이 생각났다. 그러나 화자허는 술에 만취되어 몸을 가누지 못하므로 서문경은 그를 데리고 집으로 갔다.

이병아는 몸종과 같이 술에 취해 인사불성이 된 화자허를 안으로 부축해 들여갔다. 이병아는 서문경이 돌아가려고 하자

"우리 주인은 언제나 저렇게 과음하는게 탈에요. 오늘은 대관인 덕분으로 일찍이 집에 돌아오긴 했어요. 저 모양이니 너무 흉은 보지 마십쇼."

서문경은 허리를 구부리며

"별 말씀을 다 하십니다. 아닌게 아니라 부인의 부탁대로 주인을 댁까지 모셔왔지만, 중간에 아는 기생을 만났는데 꼭 붙잡고 놔주지를 않아서 혼났어요. 만일 그 기생집엘 들렀으면 오지 못했을 거에요. 이런 말은 실례이지만 부인같은 젊은 미녀를 홀로 큰 집에 남겨두고 왜 그런 썩은 계집들 한테 빠지는지 모르겠어요."

"아유 말씀 마세요. 그러니까 제가 속이 썩어서 이렇게 늙은이가 되어가고 있잖아요. 오늘밤은 참 고마웠어요."

이병아는 넌지시 서문경에게 추파를 던지고 있었다. 서문경은 또한 이병아와 접촉하는 길이 열린 것을 마음 속으로 여간 기뻐하였다.

그렇지 않아도 서문경 자신이 탐을 낸 이병아가 도리어 그에게 추파를 던지니 그 뒤로 서문경은 그녀를 어떻게 하면 차지할까 하고 궁리를 했다.

서문경은 응백작, 사희대 등을 시켜 화자허를 끌어내어 기생집에서 술이 만취가 되도록 권하게 하고 자기는 슬쩍 빠져나와 화자허 집 앞에서 서성거리는 것이었다. 그러면 이병아도 주인을 기다리는 척하며 문간을 나왔다. 이병아는 서문경이 가까이 오면 숨고 지나가면 머리를 대문 밖으로 내밀었다. 두 사람은 서로의 마음을 눈으로 나타내니 기분이 서로 통했다.

하루는 서문경이 문밖에서 서성거리자 이병아는 몸종을 시켜 그를 집안으로 들어오게 하였다. 서문경은 바라고 원하던 일이라 기쁨을 감추고 안으로 들어섰다. 객실로 인도되어 자리에 앉으니 이병아가 나와서 절을 했다.

"대관인게 여러 가지로 신세를 끼쳐 송구스러워요. 우리 주인은 어제 나간 뒤로는 아무 소식이 없으니 대관인께서는 혹시 알고 계시는지요?"

"어제 서너 명이 낙서당(기생집)에 모여서 술을 마셨지만 나는 볼일이 있어서 일찍 돌아왔습니다. 내가 늦게까지 있었더라면 주인을 빨리 오게 했을 텐데……"

"우리 주인은 기생집에 가기만하면 며칠씩 묵는 양반이예요."

이튿날 화자허가 집에 들어오니 부인 이병아는 바가지를 긁었다. 화자허가 며칠씩 기생집에 빠져 돌아오지 않으므로 옆집 서문경이 몇 차례나 하인을 시켜서 걱정을 했다고 하면서 이병아는 서문경에게 답례를 하여야겠다고 말했다. 화자허는 술 네 병을 사서 서문경에게 보냈다. 이렇게 여러번 화자허의 집에서 선물을 보내므로 오월랑은 서문경과 상의하여 화자허를 초대하기로 했다. 어느날 서문경은 주석을 차리고 화자허를 초청했다. 그는 종일 마시고 어두워서야 집으로 돌아갔다.

"영감, 서문 대관인 댁에서는 우리집 선사품을 받고서 즉각 영감을 초청했으니 이젠 우리가 서문 대관인을 초청해야겠어요."

이병아의 말에 화자허는 좋아라고 했다. 세월은 쉬지 않고 흘러 구월 중양절(重陽節)이 되었다.

화자허는 중양절을 핑계하여 기생을 부르고 서문경을 초청하여 주연을 베풀었다. 응백작, 사희대, 축일념, 손과취 네 사람도 초대를 했다. 그들은 종일 술을 마시고 놀다가 등불을 켤 때쯤 되었을 때 서문경이 소피를 보려고 밖으로 나갔더니 이병아의 몸종이 다가와서 귓속말로

"나리께서 댁에 잠깐 가 계시면 이 댁 영감께서는 곧 기생집으로 가실 테니까 그 뒤에 나리께서 오시라고 우리 마님께서 말씀하셨어요. 나리께 꼭 여쭐 말씀이 있다고요."

서문경은 이 말을 듣고 마음 속으로 대단히 기뻐했다. 그는 주석으로 돌아가서 꽤 취한척하고 잔을 들지 않았다. 밖은 어느덧 캄캄한데 손님들은 돌아갈 생각은 하지 않았다. 이병아는 어서 손님들이 돌아가기만을 기다렸다. 서문경이 먼저 일어서자 화자허가 그를 붙잡았다. 그러나 서문경은 일부로 만취된 모양으로 몸을 비틀거리며 대안에게 의지하여 집으로 돌아갔다.

응백작은

"서문경 형님은 오늘 얼마 마시지도 않았는데 몹시 취했어. 그러나 화자허 형님이 모처럼 우리를 초대했으니 몇 순배 더 돌리지."
하고 말하니 문밖에서 엿들은 이병아는 하인을 시켜 화자허를 불러냈다.

"저런 거지떼들 하고 더 술타령을 할 작정이세요? 차라리 요리집으로 끌고 가세요. 저는 더 시중을 못하겠어요."

"요리집으로 갔다간 오늘 밤엔 돌아올 수가 없을 텐데."

"저, 술 거지떼들이 가기만 하면 저는 아무래도 좋아요."

화자허는 일행을 데리고 기생촌 요리집으로 갔다. 하인들도 화자허를 따라가니 집에는 이병아와 몸종 수춘이 밖에 남지 않았다.

한편 서문경은 이병아가 시킨대로 자기 집에 돌아가자 술에 취한 척하고 반금련의 방으로 들어가서 옷도 벗지 않고 자리에 쓰러졌다. 얼마 후 서문경은 머리가 터질 것 같이 아파 바람을 쐬야겠다고 하면서 화원으로 나갔다. 서문경은 정자에 앉았다 섰다 마음 초조히 때를 기다렸다. 화원의 뒷 담너머가 바로 화자허의 집이었다. 서문경이 화자허 집의 동정을 살피

고 있으려니까 화자허의 일행이 어디로 가는 모양인지 왁자지껄하였다.

얼마 뒤 저쪽에서 고양이 소리가 났다. 그것은 서문경에게 알리는 수춘의 신호였다. 서문경은 앉았던 의자로 발판을 삼아 담위로 올라갔다. 담밑에는 벌써 사다리를 준비해 놨기 때문에 서문경은 어렵지 않게 담을 넘을 수 있었다.

이병아는 남편 화자허를 기생집으로 쫓아보낸 뒤에 머리의 쪽을 풀어 삼단같은 검은 머리를 늘어뜨리고 목욕을 한 다음 흰 살색에 진한 화장을 하고 약속한 사내, 서문경이 담을 넘어 오기만 기다렸다.

서문경이 담을 넘어 오는 것을 보자 이병아는 그를 급히 맞아 자기의 침실로 끌어들였다. 그리고 미리 준비했던 술잔을 두 손으로 받쳐 올리면서 인사를 했다.

"대관인께 여러 가지로 신세를 지고 있어 감사를 올립니다."

"주인은 오늘 밤에 돌아오지 않는다고 하셨나요?"

"기생집에서 밤을 새운다고 했어요. 집에는 수춘과 영춘 두 계집애와 유모 뿐이예요. 문도 모두 잠갔어요."

이병아와 서문경은 둘만의 세계에서 희희낙락했다. 비단 장막 속에는 향을 피우고 산호베개가 나란히 놓였다.

그러나 벽에도 눈이 있다던가. 열 일곱 살의 계집종 영춘은 방안의 비밀이 보고 싶은 호기심에 머리에 꽂았던 비녀를 뽑아 문창을 뚫고 방안에서 벌어지는 해괴한 광경을 들여다보았다.

"이건 제가 맹세하는 정표로 드리는 것이니 우리 집 주인한테 들키지 마세요."

하고 이병아는 자기 머리에서 금빗치개 두 개를 뽑아서 서문경에게 주었다. 서문경과 이병아는 한잠도 자지 않고 운우(雲雨)를 일으키며 밤을 새웠다. 이 광경을 엿본 계집 아이도 얼굴이 확확 달아오르고 가슴엔 무언가 짜릿하여 잠을 잘 수가 없었다. 날이 밝기 시작하자 서문경은 담을 넘어 집으로 돌아갔다. 그 후로도 서문경은 남의 눈을 피해가며 이병아와 밀회를 계속하였다.

어느날 반금련과 맹옥루가 정자에서 바느질을 하고 있었다. 이 때 무엇이 담너머로 날아와 눈앞에 떨어지므로 집어 보니 기왓장 조각이었다. 반금련이 이상스럽게 생각하고 있으려니까 담위로 계집아이 얼굴이 솟아올라 정자쪽을 넘겨다보더니 질겁을 해서 쏙 내려가고 말았다.

하루는 서문경이 술에 취해 밤늦게 반금련의 방으로 왔다. 그러나 그는 자리에 누울 생각은 않고서 어정어정대더니 뒤뜰로 나가는 것이었다. 눈치 빠른 반금렴은 서문경의 거동이 아무래도 수상하여 그의 뒤를 밟았다.

서문경은 정자로 가서 그 앞에 놓인 의자에 앉았다. 얼마쯤 있으려니까 언젠가 본 담위로 내민 계집아이의 얼굴이 쏙 나왔다. 서문경은 얼른 의자를 들고 담밑으로 가서 의자를 발판 삼아 담으로 넘어가는 것이었다. 반금련은 이 광경을 보고나니 자리에 누웠어도 좀처럼 잠이 오지 않았다.

새벽녘에 서문경은 다시 반금련의 방으로 들어왔다. 반금련은 아무것도 모른 척하고 누워 있었다. 시치미를 뗀 서문경은 반금련의 곁으로 다가갔다. 이 때 반금련은 벌떡 일어나며 서문경의 귀를 붙잡고

"난 알고도 모른 척할 수는 없어요. 바른대로 말씀하세요."

"무얼 바른대로 말하란 말이냐?"

"지금까지 몇 번이나 화태감 부인과 만났는지 낱낱이 고하란 말이에요!"

"아니, 별아간 무슨 미친 소리야!"

"오입에 미쳤다고 해도 글쎄 친구를 기생집으로 보내고 그 부인과 간통을 하다니 죽어도 묻힐 땅이 없을 게요."

서문경은 모든 비밀이 폭로된 것을 알고

"이봐, 조용조용히 얘기해. 실상은 그가 월랑과 금련이 한테 신을 한 쌍씩 지어 선사하고 동생이 되겠다고 하더군."

"흥, 서방질 하는 년의 형이 되란 말이죠. 아니 제 서방의 눈이 시퍼렇게 살아 있는데 남의 여섯째 첩 노릇을 하겠다는 거에요? 그래 영감은 유부녀를 데려올 생각이오?"

반금련은 앙탈을 부리며 서문경의 바지를 붙잡고 매달렸다.

그러나 서문경은 맥없이 풀이 죽어 있었다.

"간밤에 무얼 했소?"

"밤을 새웠어"

"밤을 새웠으니 그렇지요."

하고 빈정댔다.

서문경은 자기 머리에 꽂았던 이병아의 금 빗치개를 반금련에게 주면서 용서를 받으려고 비위를 맞추었다.

"그럼 나는 아무 말도 않겠어요. 영감이 이병아 한테 가신다면 나는 이 쪽에서 망을 보아 둘이서 마음놓고 방아를 찧게 하겠어요."

서문경은 반금련이 양해를 하자 마음 속으로 매우 기뻐했다.

그러나 반금련은 서문경에게 세 가지 조건을 요구했으니 첫째로 이병아를 보는 대신에 다른 기생 오입은 하지 않을 것, 둘째로 반금련이 하자는 말은 다 들어 줄 것, 셋째로 이병아하고 동침한 뒤에는 모든 얘기를 숨기지 말 것 등이었다. 서문경은 반금련의 세 가지 요구를 다 들겠다고 맹세를 하였다.

14

화자허(花子虛)는 분통이 터져 죽고
이병아(李瓶兒)는 서문경(西門慶)의 잔치에 참석하다

서문경의 본실 오월랑은 항상 앓고 있었는데 하루는 친정 큰오라범 댁이 문병차로 찾아왔다. 오월랑과 그 부인이 얘기를 하고 있을 때 서문경이 돌아왔으므로 그 부인은 자리를 피해서 이교아의 방으로 들어갔다. 오월랑이 남편의 얼굴을 보니 어딘지 우수가 감돌았다.

"오늘은 잔치에 가시더니 왜 벌써 오셨어요? 어디 편찮으세요?"

"응, 오늘은 영복사에서 절놀이를 하는 날인데, 돌아오는 길에 화자허 영감이 기생집으로 초대하기에 기생집에 가서 술을 마시고 있자니까 관청에서 포졸들이 몰려와서 화자허를 잡아 갔어. 서울로 끌려간다는 말이고 보니 아마 서울 사는 화자허의 형제가 재산문제로 소송을 건 모양이야."

"그런 팔난봉꾼과 어울려 다닌다간 영감도 무슨 봉변을 당할지 모르니 조심하시구려."

"허허, 어떤 놈이 내게 손을 대!"

서문경은 자만심을 뽐냈으나 역시 마음은 언짢았다. 그 때 대안이 들어오며

"화태감댁 마님이 보낸 하인이 와서 영감님께 아뢸 말씀이 있다고 와 줍시사고 여쭤워요"

서문경은 얼른 일어났다.

"영감, 남의 가정 송사에 말려들지 않도록 하세요. 공연히 시비나 듣지 않게요."

하고 오월랑이 걱정하니

"별 걱정을 다 하누. 영감이 잡혀 가서 무슨 부탁이 있는 모양인데 잠깐 다녀옴세."

서문경은 그 길로 화자허 집으로 갔다.

화태감에게는 조카가 넷이 있었다. 그런데 광동에서 돌아온 화태감은 재산을 고루 분배하지 않고 전부를 자허에게 물려주어 그들이 서울 부사에게 고소했던 것이다.

이병아는 서문경에게

"작년에 대감께서 돌아가시자 조카 셋이 와서 가구를 팔아 나누어 가졌으나 집 주인께서는 현금은 내 놓지 않았어요. 나는 골고루 나누라고 권했으나 집 주인은 밖으로 오입이나 일삼고 그런 말은 듣지 않더니 끝내 이런 변을 당하고 말았어요."

"무슨 큰 죄나 저질렀나 했더니 유산 쟁탈 싸움이군요. 그건 큰 문제거리가 못 됩니다. 내가 무사히 만들테니 염려 마세요."

"예, 그럼 안심입니다. 모든 비용은 얼마든지 아끼지 않겠어요."

"하기야 뇌물진상에 안 될 일이 없습니다. 서울 양부윤은 채태사의 문하생이고, 채태사와 우리 친척 양제독과는 막역한 중신(重臣)들이니까 그 두 분의 얼굴을 보아서도 양부윤은 간단히 처리할 것이에요. 글쎄 뇌물은 얼마나 해야 할지?"

이병아는 곧 방안으로 들어가더니 은전 삼천 냥이 든 돈 궤짝을 들고 나와서 서문경에게 주었다.

"이렇게 많은 돈을?"

"쓰시고 남거든 영감께서 맡아 주세요. 태감께서 생전에 제게 은밀히 주신 보물이니까 우리 집 주인이 돌아와도 문제가 되지 않아요."

"그럼 집에 돌아가서 하인을 보내지요."

서문경은 집으로 돌아가서 오월랑과 상의하였다. 오월랑은 금은 보석을 집에 맡겨둔다는 말에 귀가 솔깃했다.

곧 하인 네 명을 보내 돈과 보물상자를 가져오도록 했다.

서문경은 화자허의 부인 이병아의 몸까지 마음껏 향락한 데다가 생각지도 않던 일로 금은 재보를 손에 넣게 되었다. 그러나 이런 비밀을 아는 사람은 이웃에는 없었다.

서문경은 뇌물 꾸러미와 편지를 양제독에게 보냈다. 서울의 양제독이 그 뇌물을 채태사에게 전하니 양부윤에게 채태사의 명이 하달되었다.

마침내 판결을 내리는 날이 되었다.

서문경의 청탁을 채태사의 소개로 알고 있는 양부윤은 화자허를 꿇리고 문초를 시작했다. 화자허는 이미 서문경으로부터 연락을 옥중에서 받았기 때문에 답변할 요령을 알고 있었다.

"태감께서 세상을 떠난 후 재산을 정리해 보니 저도 어처구니가 없었습니다. 청하현에 단지 집 두 채와 전답이 한 떼기가 남았을 뿐이었습니다. 그밖의 가구 집물은 집안끼리 의논해서 나눠 가졌습니다. 그래서 지금은 아무것도 없습니다."

"화태감 생전엔 범절있게 행세하던 집안이었는데 이제와서 재산을 가지고 집안끼리 싸우다니 말이 안되고…… 그러니 이제 남아 있는 집 두 채와 전답을 팔아서 그 돈을 세 조카에게 똑같이 분배하도록 판결한다."

이렇게 간단히 판결이 났다는 급보를 받고 서문경은 지체없이 이병아에게 전했다.

"대관인의 힘으로 우리 집 주인이 무사하게 됐는데 그 은혜를 무엇으로 갚아야 할지…… 그리고 어차피 이 집을 팔아야만 할 테니 영감께서 아주 사주세요. 나중에는 저도 영감 사람이 될 것이 아니겠어요."

이병아의 말을 듣고 서문경은 돌아와서 오월랑과 상의했다. 오월랑은 화자허의 집을 사면 집 주인이 의심을 할 테니 아예 관청에서 팔게 하는 것이 좋겠다고 말했다. 서문경도 오월랑의 의견이 옳다고 고개를 끄덕였다. 얼마 뒤 화자허는 무사히 풀려 집으로 돌아왔다.

그리하여 화자허의 한 집은 칠백 냥에 팔리고 또 한 집은 육백 오십 냥에 팔렸다. 남은 집은 바로 서문경 옆집으로, 오백 사십 냥이라는 가격은 나왔으나 서문경의 집과 가깝다 하여 누가 얼른 사려고 하지 않았다. 그래서 화자허는 누차 사람을 보내어 집을 사라고 요청했으나 서문경은 돈이 없다는 핑계로 사지를 않고 있었다.

이렇게 되자 이병아는 서문경에게 자기 유모를 보내어 전에 맡겨둔 돈 가운데서 오백 사십 냥만 꺼내 자기 집을 사도록 부탁했다.

며칠 후 서문경은 화자허에게 사람을 보내 집을 사겠다고 승낙을 했다. 이렇게 화자허의 전재산은 처분되어 세 조카에게 분배되었으나 화자허는 한 몫도 끼지 못해서 졸지에 빈 털털이가 되었다. 또한 은전 삼천 냥을 넣어 두었던 궤짝도 없어졌으므로 부인 이병아에게

"이봐, 그 돈 궤짝 어디다 두었소?"

하고 물었다. 그러나 이병아는

"아니, 당신이 무사히 나온 것은 무슨 덕인지 아세요. 서문경 영감께 청탁할 때 운동비로 쓰라고 주어버렸어요."

"운동비로 그 많은 돈을 다 썼단 말야!"

화자허는 어이가 없었다. 그 돈으로 집칸이라도 장만하려고 했었는데…….
그러나 이병아는 도리어 며칠동안 계속 바가지를 긁었다.

"지금까지 술타령으로 돈을 물쓰듯한 천벌이예요. 기생 추념만 다니더니 결국 감옥 구경까지 하고 와서 집 한 칸 땅 한 뙈기 없는 이 마당에 도리어 마누라만 들볶는단 말이예요! 서문 대관인이 발벗고 나서 주지 않았더라면 아직도 감옥에서 나오지 못했을 거에요."

이병아가 발악하듯 떠들어 대니 화자허는 말문이 막히고 말았다.

다음 날 서문경은 화자허가 풀려나오게 된 것을 축하하는 선사품을 보냈다. 화자허는 더욱 그냥 있을 수가 없어서 주석을 차려 기생을 부르고 서문경을 청해다 감사한 뜻을 표하고 그러면서도 삼천 냥 중에서 남은 돈을 찾아서 집 한칸이라도 사볼 생각이었다. 그런 눈치를 알아차린 이병아는 유모를 서문경에게 보내어 돈 문제로 화자허가 무슨 말이 있을테니 주석에 초청을 하더라고 참석하지 말고 돈 회계는 이리저리 말하라고 미리 일러 두었다.

이러한 사정을 모르는 화자허는 서문경에게 몇 번이나 하인을 보냈으나 집에 없다고 하므로 은근히 울화가 치밀었다.

그 뒤 화자허는 자기 집을 서문경에게 내어주고 가까스로 이백 오십 냥을 변통하여 작은 집 한 채를 사서 살게 되었다. 그러나 이사하자마다 울적한 나머지 술만 먹고 지내더니 결국 열병에 걸려 자리에 눕고 말았다. 이병아는 의원을 부르려고 하였으나 화자허는 돈이 없다고 약도 못 쓰게 하였다.

화자허는 자리에 누운지 이십여 일만에 마침내 세상을 이별하니 나이 스물 네 살이었다. 남편이 죽자 이병아는 유모를 서문경에게 보내 청해다가 장례 일체를 치르게 하였다. 장례식을 치르고 돌아온 그날부터 이병아의 마음은 서문경에게로만 기울었다. 지금은 주인도 없어졌으므로 서문경은 거리낌 없이 이병아에게 드나들었다.

어느덧 해도 바뀌어 정월 초아흐레가 되었다. 이 날은 반금련의 생일날이었으므로 이병아는 남편이 죽은지 삼십오 일이 지나지 않았은데도 사복을 입고 선물을 들고 왔다.

이병아는 먼저 오월랑에게 네 번 절했다.

"과부가 된 후 여러 모로 위로해 주셔서 감격하오이다."

이어 이교아, 맹옥루에게 인사를 하고 반금련의 앞에 나가서

"이 분이 다섯째 마님이신가요? 그럼 형님 절 받으세요."

이병아가 정식으로 인사를 하려고 하자 반금련은 좀처럼 인사를 받으려 하지 않아 결국 둘이 서로 마주 절을 하였다.

여러 처첩들과 인사가 끝난 뒤에 오월랑은 이병아를 자기 방으로 데리고 가서 차를 대접했다.

"부인이 멀리 이사하시더니 통 뵐 수가 없어서 여간 섭섭하지 않아요. 좀 자주 놀러오세요."

오월랑이 이렇게 말하니 맹옥루가 참견을 했다.

"오늘도 우리 다섯째 생일이 아니면 오시지 않으셨겠지요."

"여러분이 그렇게 돌보아 주시니 저도 와서 뵙고 싶은 생각은 많아도 아직 상중이기도 하고 집볼 사람도 마땅치 않고 해서……"

반금련이 옆에서

"부인, 오늘은 하룻밤 여기서 주무시고 노시다 가세요."

"늦게까지 있고 싶지만 집에는 하인도 없고 다만 소년 하나에 쉰 여섯 먹은 유모 한 분밖에 없어요."

금련은 입빠르게

"유모가 집을 보니 염려말고 하룻밤쯤 우리와 같이 지내요."

"부인 그렇게 하셔요."

여자들이 이렇게 말하니 이병아는 아무 말도 않고 웃기만 했다. 여자들만의 모임이라 얘기가 많았다.

날이 어둡자 서문경이 돌아왔다.

"화태감댁 부인께서 오셨군요!"

서문경은 반가운 바람에 자기도 모르게 음성이 커졌다. 서문경은,

"오늘은 옥황묘 참배를 갔다가 얼른 돌아온다는 것이 늦었습니다. 집에서 생일잔치가 있는 것을 알면서도 비용 계산을 하느라고……"

하고 좌석을 둘러보며 말했다. 서문경은 다시 이병아에게

"부인, 오늘은 댁에 안 가셔도 괜찮으시게겠죠?"

하고 말하자 옆에 있던 맹옥루가 이병아는 부득부득 돌아가겠다는 것을 우리가 겨우 말렸다고 말했다.

잠시 뒤 주석을 다시 차려 일동은 늦도록 술을 마시며 놀았다. 오월랑의 큰오라범 댁은 술이 약하다고 이교아 방으로 들어가니 단지 서문경, 오월랑, 맹옥루, 반금련, 이병아 네 사람만이 취하도록 술을 마셨다.

오월랑은 서문경과 이병아가 취할수록 차츰 수상한 눈길을 주고받는 것을 보니 앉아 볼수가 없어 친정 오라비 댁이 있는 방으로 가고 나머지 사람은 삼경까지 술을 계속했다. 술이 끝난 뒤 서문경은 맹옥루 방으로 가서 자고, 반금련은 몸도 가누지 못하게 취한 이병아를 자기 방으로 끌고 가서 침대에 눕혔다.

다음 날 이병아가 반금련의 방에서 일어나서 화장을 시작하자 춘매가 옆에서 시중을 들어줬다. 이병아는 춘매가 서문경이 건드린 소녀인줄 알고 있었으므로 그녀에게 금으로 만든 귀이개 갑을 주었다. 전일과 별로 다름없이 주식으로 유쾌히 하루를 또 보낸 다음 저녁 때 이병아는 가마를 타고 집으로 돌아갔다.

15

가인(佳人)이 누상(樓上)에서 등롱(燈籠)을 구경하고
기생집 여춘원(麗春院)이 흥겨워하다

등불을 켜고 달맞이를 하는 정월 대보름날인 원소절(元宵節)이 되었다.
여나흘날 서문경은 대안을 시켜 보름날 이병아의 생일을 축하하기 위해
복숭아 한 바구니, 국수 한 채반, 술 한동이, 비단 옷 한 벌을 오월랑의
이름으로 전달하였다. 복숭아와 국수는 생일을 축하하는데 가장 숭상하는
당시의 풍습이었다.

"지난번에는 월랑 부인한테 많은 신세를 졌는데 이번에는 또 이런 선물
을 보내주시니 천만번 감사하단 말씀을 전해 줘요."
하고 대안에게 음식을 대접한 뒤 돈 두 푼을 손에 쥐어 보냈다.

이튿날인 정월 대보름날에 오월랑, 이교아, 맹옥루, 반금련은 이병아의
초대를 받고 가마를 타고서 사자가 이병아의 집으로 갔다. 서문경의 처첩
네 명이 화려한 단장으로 등불구경겸 자기의 생일을 축하하러 올 것을 예
상한 이병아는 그럴듯한 장식과 음식을 장만했다.

손님들이 오자 우선 객실로 안내하여 먼저 차를 끓여 대접한 뒤에 주석
을 차렸으며 기생들이 비파를 타며 노래했다. 술이 몇 순배 돌자 모두를
이층으로 올라가 대보름 등불놀이를 관망했다. 무수한 등불 아래 길거리
는 대낮과 같이 밝았으며 장사꾼들은 야시를 벌렸고 많은 사람들의 떠나
는 소리에 천지가 떠들썩했다.

오월랑은 요란한 길거리를 한참 구경하다가 아래층으로 내려와 다시 술을 마시며 기생의 노래를 듣다가 이교아와 먼저 집으로 가려고 일어섰다.

"아니 벌써 가세요? 모처럼 오셨는데 아무 대접도 못해서 죄송해요. 아직 저녁도 드시지 않았는데."

"천만에요! 흡족히 마셨고 유쾌히 놀았어요. 이 이상 더 큰 대접이 어디 있겠어요."

오월랑은 마지막으로 권하는 이병아의 잔을 받은 뒤에 기생에게 두 푼씩 주고서 이교아와 먼저 집으로 돌아갔다. 반금련과 맹옥루는 눌러 앉아 술을 마시며 멋대로 기생들과 노래까지 부르면서 놀아댔다.

한편 서문경은 그날 저녁 응백작과 사희대를 청해다 저녁을 대접한 뒤에 대보름 등롱(燈籠)구경을 하러 거리로 나섰다. 사자가 어귀에 이르자 이병아의 집에 놀러온 자기 처첩들에게 들킬까 염려한 서문경은 큰 길거리를 통과하지 않고 입구에서 관등놀이를 보다가 발길을 돌렸다. 그러나 거기서 우연히 손과취와 축실념을 만났다.

"자, 우리 이렇게 만났으니 요리집으로 가서 한 잔 하세."

서문경이 이렇게 말하니 손과취가

"요리집에 가느니보다는 여춘원(麗春院) 이계저의 집으로 갑시다. 우리 둘이 이계저한테 들렀더니 영감이 안오신다고 울고있어 보기에도 안됐어요."

"오늘밤은 빨리 집에 가야 할 일이 있으니 계저네 집은 다음으로 미루고 아무데서나 한잔씩 하세."

서문경은 이병아와 약속했기 때문에 이계저에게로 가는 것을 거절하였다. 그러나 그들은 한 번 서문경을 물고 늘어지면 기를 쓰고 놓지 않는 패들이었다. 서문경은 할 수 없이 일행을 이끌고 여춘원 이계저의 집으로 갔다. 일행이 도착하니 계경이 나와서 이들을 영접하여 방으로 안내했다.

이 때 노파가 지팡이를 짚고 나오며 서문경에게 그 사이 왜 한 번도 들리지 않았느냐고 항의 비슷하게 입을 열었다. 축실념이 옆에서 서문경 형님은 요사이 절세미인이 생겨서 거기에 빠졌기 때문에 여기에 올 정신이 없다고 말하니 응백작도 부채질을 하였다.

"말이 났으니 아주 털어 놓자면 우리 형님이 이번에 얻으신 미인은 화류계 여자가 아니고……"

손과취도 한 마디했다. 서문경은 그렇게 말하는 손과취의 머리를 주먹으로 쥐어 박았다.

"이놈은 미친 소리만 하는 놈이니 곧이 듣지들 마세요."

하면서 껄껄 웃어댔다. 응백작은 노파의 귀를 끌어다 자기 입에 대고 소곤대었다.

"사실인즉 서문경 형님은 요즘 화자허의 부인이었던 과부 이병아를 슬쩍 해 버리고, 또 화자허의 전 애인 오은아 집에 자주 나가신다우. 그러니까 할멈의 딸 계저 아가씬 미끄러져 나가는 수 밖에 없어요. 오늘도 우리들이 아니면 이 집에는 아니 왔을 거에요."

"공연히 날 또 충동이는구료. 그 말은 믿을 수 없는데요. 우리 계저는 자랑이 아니지만 오은아 보다는 훨씬 위인데. 그리고 또 얼마나 시중을 들었다고 머리를 얹어준지 얼마되지 않아서 소박을 맞는단 말에요."

얼마뒤 주안상이 들어오고 뒤이어 곱게 화장한 이계저가 들어왔다. 계경과 계저 형제는 술을 따라 일행에게 한 잔씩 권했다. 이계저가 술을 따를 때는 그녀의 소매가 나비처럼 팔랑 거렸다. 술이 두 순배 돌자 계저는 비파를 타고 계경은 저를 불어 흥을 돋구면서 노래를 불렀다.

술이 취한 뒤에 한 패 춤을 추고 또 한 패는 쌍륙을 치기 시작했다. 서문경은 그동안 집에 기별을 해서 대안이 말을 가져오자 소피를 본다는 구실로 주석에서 일어나 뒷문으로 빠져나가 말을 타고 달아났다.

이계저의 집에서는 서문경이 오은아의 집으로 갔으리라 생각했고, 응백작 일행은 밤중까지 계속 술을 마시며 흥겹게 놀았다.

16

서문경(西門慶)이 길일(吉日)을 택하여 이병아를 맞이하고
이병아는 화자허(花子虛)의 위패(位牌)를 불사르다

여추원 이계저의 집에서 빠져나온 서문경은 그 길로 사자가 이병아의 집으로 갔다. 문이 꽉 닫혀 있으므로 자기의 처첩들이 이미 돌아갔음이 분명하였다.

"영감 이제 오세요. 조금만 일찍 오셨더라면 댁 마님들과 만났을 거에요. 지금 막 가셨어요. 큰 마님은 좀 먼저 가셨지만."

"응, 오늘은 응백작 사희대 두 사람과 등롱 구경을 나갔다가 또 다른 친구를 만나 기생집에 끌려 갔었어. 그놈들이 어찌나 찰거머리 모양 달라붙는지 빠져 나오느라 애태웠어."

이병아는 서문경에게 술잔을 올렸다. 서문경은 잔을 비우고 이병아에게 한 잔 따라 주었다. 둘이는 술 몇 잔을 더 마신 다음 골패를 꺼내서 탁자 위에 놓고 둘이 골패를 던졌다.

"영감댁의 집 건축은 언제 시작하셔요?"

"내달부터 하기로 했어. 담을 헐어 버리고 정원을 넓힌 뒤에 이층을 세울 작정이야."

서문경의 말에 이병아는 계산을 하면서,

"그럼 이 침대 뒤에 침향(沈香) 사십 근, 백랍 이백 근, 호초 팔십 근, 수은 두 통이 있으니 모두 가져다 팔아서 역사(役事)에 보태 쓰세요. 저는 영감 댁에 들어가서 몇 번째가 된들 상관 않겠어요. 다른 것은 아무것도 소원이 없으니, 지금부터 영감의 자리도 펴고 시중을 들어 다른 마님들과 자매를 맺고 싶어요."

하고 눈물을 흘렸다. 서문경은 손수건으로 눈물을 닦아 주면서,

"집 건축이 준공되면 부인 상복도 벗게 되겠지. 지금은 있을 만한 방이 없어서……"

"영감께서 저를 맞아 주시면 다섯째 마님과 같이 지내게 해 주세요. 또 셋째 마님도 참 친절하던데요."

"큰 마누라는 더욱 사람이 좋다오. 그렇지 않고서는 어떻게 한 집에서 여럿이 살 수 있겠나. 새로 건축하는 이층에는 출입하기 편하게 일각문 두 개를 세울 참야."

"그럼 좋아요. 내 생각하고 꼭 같아요."

서문경은 새벽까지 미친 듯 애욕에 취하였다.

늦게야 눈을 뜬 이병아의 얼굴에는 피곤한 빛이 서려 있었다.

이병아는 머리도 매만지지 않고 있는데 영춘이 죽을 가져왔다.

서문경은 겨우 죽 반 그릇 밖에 들지 않고 술잔을 또 들었다.

둘이서 말놀이를 하고 있었는데 이때 대안이 말을 가져왔다고 문을 두드렸다.

"급한 일이 없거든 오늘 집에 안 가겠다."

"사천과 광동에서 상인 세 사람이 와서 귀한 약재를 흥정 중이랍니다. 큰 마님께서 대관인께서 오셔서 직접 결정하시라고 합니다."

"약은 지배인이 흥정하면 된다고 해라!"

"사업이 소중하지 않겠어요. 또 안 가시면 큰 마님이 이상히 여기실 것 아니에요."

이병아의 말에

"남쪽 상인들은 물가가 떨어져 팔기 어려운 때라야 갖고 와서 흥정을 한단 말야. 하지만 청하현에서는 우리 집 말고는 다른 데로 가져갈 데가 없지."

"그렇지만 대안이도 일부러 왔으니 돌아가셔요. 일이 끝나거든 다시 오

시면 되잖아요."

서문경은 이병아가 재촉하므로 대안이가 끌고 온 말을 타고 집으로 달렸다.

서문경은 남방에서 온 장사꾼과 홍정을 끝내고 반금련의 방으로 들어갔다. 아니나 다를까 반금련은 어제 밤에는 어디서 자고 왔느냐고 바가지를 긁었다. 바른대로 대지 않으면 큰 소리를 치겠다고 엄포를 놓으면서…….

서문경은 반금련이 이미 짐작하고 있는 듯해서 이병아의 집에 갔던 것을 토설하고 말았다.

"어제는 친구들과 등롱을 구경갔다가 술집에 들러 몇 잔씩 하고 헤어진 뒤 이병아의 집으로 갔더니 우리 집 식구들은 막 돌아간 뒤였어. 이병아는 술을 따르면서 신세타령을 하더군. 그러면서 자기 집에 있는 물건을 가져다 팔아서 집을 건축하는데 보태 쓰라는 거야. 그리고 다섯째와 자매가 되어 같이 살게 해달라고 애원하더군. 금련이 생각은 어떠한가?"

"내가 그 사람 오는 걸 반대한다면 그가 초대했을 때 아예 가지 않았을 거에요. 큰 마님 의견도 들어보시지요."

반금련이 서문경의 저고리를 벗기려니까 소매 속에서 무엇이 떨어졌다. 그녀가 집어보니 묵직한 게 새알 만했다. 반금련이 그것을 한참 들여다보았으나 알 수가 없어 서문경에게 물으니 그는 빙그레 웃으면서,

"하하하…… 금련이도 이것만은 모를 거야. 면령(勉鈴)이란 미약(媚藥)인데 미얀마 나라의 특산으로 음조(淫鳥)의 똥으로 만든 방울인데 한 개에 열 냥이나 하지."

"어디서 어떻게 쓰는 건가요?"

"먼저 이 면령을 거기에 집어넣어 두고 시작하면 참 훌륭하지."

"그럼 영감은 이병아 년하고 벌써 실험해 봤겠군요."

지난 밤에 이병아하고 지낸 일을 생각하고 얼굴이 붉어진 서문경은 반금련에게 면령의 효험을 애기했다. 그 말을 들은 반금련은 자기도 그것을 실험해 보려고 대낮인데도 불구하고 침대 위로 올라가 누웠다.

하루는 하인을 시켜 이병아의 집에 있는 침향(沈香)과 백랍 등을 가져다가 파니 삼백 팔십 냥이나 되었다. 서문경은 그 돈에서 백 팔십 냥을

이병아의 용돈으로 떼어놓고 나머지 이백 냥은 건축비에 충당하였다.

역사(役事)를 시작한지 한 달이 되어 춘삼월이 돌아왔다. 화자허의 백일기가 가까워 오므로 이병아는 서문경에게 화자허의 위패를 태우자고 의논했다.

"이젠 참 시원하게 됐어요. 백일 제사만 형식으로 지내고 나면 난 영감 댁으로 가도 세상에 떳떳하니까요."

"그 때는 이 집은 어떻게 할 셈이야?"

"팔수 있으면 팔고 아니면 세를 줘도 되어요. 난 영감의 몇째 첩이 되건 영감을 곁에 모시고 시중만 들어도 좋아요."

"병아 염려말아, 이미 큰 마누라와 다섯째 한테 양해를 받았으니까 새 집만 완성되면 즉시 데려갈게."

"아이구 좋아라! 하지만 집이 미쳐 안돼도 화자허 영감 위패만 불사르면 우선 다섯째집 위층에 임시로 들었다가 집이 완성되면 옮겨도 좋지 않겠어요. 미리 다섯째 마님께 의논하세요."

다음 날 서문경은 어제밤 이병아와 의논한 일을 일일이 반금련에게 이야기했다.

"정 그렇다면 반대 않겠어요. 내가 쓰는 방 두 칸을 나누어 주고 싶은데 큰 마님 의향도 한 번 들어보세요."

반금련과 상의한 서문경은 그 길로 오월랑의 방으로 갔다. 서문경의 얘기를 다 듣고난 오월랑은 이병아를 데려오는 것에 난색을 표시했다. 그것을 이병아가 아직 상중에 있고, 둘째 서문경과 화자허는 가까운 친구였고, 셋째 이병아와 짜고 화자허의 집을 샀고, 이병아가 맡겼던 재물을 많이 차지했으니 이 소문이 화자허 삼형제의 귀에 들어간다면 문제가 시끄럽기 때문이었다.

오월랑의 얘기를 들은 서문경은 전에 무송에게 한 번 당해본 경험이 있는지라 아무 말도 못하고 객실로 나왔다. 서문경은 한참 궁리하여도 묘안이 없었다. 이병아에게 대답을 하기도 곤란하고 그렇다고 아니 할 수도 없어 결정을 내리지 못하고 다시 반금련의 방으로 갔다. 서문경은 오월랑의 말을 반금련에게 전하니 그녀도 오월랑의 의견이 옳다고 말하는 것이었다.

"오늘 이병아에게 대답해 주기로 했는데 어떻게 한담."

"그럼 다섯째와 의논을 했더니 이층엔 약재가 가득 쌓여서 가구를 들여 놓을 수가 없고 또 새집이 얼마 안가서 완공될 터인즉 그 때엔 상복도 벗어버리게 되니 조금만 더 기다려 달라더라구 하세요. 그리고 지금 맞아들이면 거처할 데가 없고, 도망꾼이 숨은 곳 같은 곳은 서로간에 체면도 안서는 일이라고 말씀하세요. 그럼 그도 이해가 가겠죠."

반금련의 말을 들으니 답답하던 가슴이 확 트이는 것 같아 서문경은 크게 기뻐하며 이병아 집으로 달려갔다.

"큰 마님과 다섯째 마님은 뭐라고 하셔요?"

서문경은 역시 반금련이 전하라던 의견이라고, 새집이 완성될 때까지 기다리라고, 자기 의견은 말하지 않고 시침을 딱 떼었다.

이병아는 그 말을 듣고, 화자허의 형제들은 뒷 말이 없을 것이니 그것만은 안심하라고 말했다.

"새집은 언제 완성되나요?"

"오월 초면 끝나겠지."

"그럼 아무쪼록 독촉해서 빨리 낙성시키세요. 전 그 때까지 기다리겠어요."

이렇게 하여 서문경의 입장이 난처했던 문제는 쉽게 해결을 보았다. 그는 그날 밤 이병아와 보냈고, 사흘 동안이나 계속하여 서문경은 이병아의 집을 찾아왔다.

이병아는 오월 단오가 되자 음식을 차려 놓고 서문경을 청하였다. 그것은 화자허의 위패를 불사르는 날짜와 새살림 꾸밀 날짜를 정하려는 생각에서였다.

서문경은 위패 불사르는 날짜를 그 자리에서 오월 보름날로 정했다.

"오월 보름날! 앞으로 꼭 열흘 남았어. 그날 절에서 중을 데려다가 경을 읽고 위패를 태우고 곧 새집으로 이사를 하도록 하지."

"호호호…… 영감 그건 내가 얼마나 기다린 말씀인데요."

이병아는 이제는 마음이 놓이는지 가볍게 한숨을 내뿜었다.

"위패를 불사를 땐 생전에 싸우던 형제들이지만 부를 셈인가?"

"미운 놈 떡 한 개 더 주랬다고, 세상의 이목도 있어 청하긴 하겠지만 오고 안 오는 것은 그들의 자유지요."

마침내 오월 보름날이 되었다. 서문경은 대안에게 돈 두 푼을 주어 응백작 생일 축하로 보내는 한편 주식을 장만하여 이병아 상복 벗는 축하 연회를 열어 주려고 준비했다.

이병아는 절에서 중 몇 명을 불러다가 경을 읽고 위패를 불살랐다. 남편의 위패를 사르는 불길은 그대로 서문경을 향하는 이병아의 애욕의 불길이었다. 밤에는 서문경이 이병아의 탈상하는 술자리를 마련하였다.

밤이 되자 이병아는 상복을 벗은 몸에 화려한 옷을 입고 쪽에 들였던 흰 댕기를 떼어버렸다. 곱게 화장한 얼굴에는 희색이 넘쳐 흘렀다.

"영감, 오늘은 제가 새출발을 하는 날이예요. 위패까지 불사르고 나니까 속이 시원해요. 이 순간부터 저는 영감의 사람이예요. 그러니 평생 사랑하셔서 버리지 마세요."

밤이 깊도록 산해진미로 배를 불리며 술을 마신 서문경과 이병아는 술이 점점 오르자 본능을 나타내기 시작했다. 이병아가 옷 매무시를 풀어헤치고 처녀 같이 희고 탐스러운 젖가슴을 드러내니 서문경은 그를 품안에 끌어 안았다. 그들은 밤새도록 안고 안긴채 운우(雲雨)을 일으키며 짧은 밤을 아쉬워 하였다.

17

우급사(宇給事)가 양제독(楊提督)을 탄핵(彈劾)하고
이병아(李瓶兒)가 장죽산(蔣竹山)에게 시집을 가다

오월 스무날은 청하현 수비부(守備府)의 주(周) 수비대장의 생일이었다.

서문경은 은 닷 푼과 손수건 둘을 예물로 갖고 축하하러 갔다. 석상에는 하제형(夏提形) 장단련(張團鍊), 형천호(荊千戶) 등 무관들이 술을 마시고 있었다.

대안은 말을 끌고 집에 갔다가 저녁 때 다시 수비대장의 집으로 가던 중 서가 입구에서 이병아의 유모 풍노파를 만났다.

"할멈 어딜 가시오?"

"마님 심부름으로 서문 대관인을 뵈러 가는 길이야. 은방에서 비녀를 만들어 왔기 때문에 영감께 보여드리고 또 마님께서 할 말씀도 있다고."

"대관인 나리는 오늘 주 수비대장 생일 잔치에 가셔서 술을 마시고 계시오. 지금 내가 모시러 가는 길이니 할멈은 댁으로 돌아가시오. 내가 대관인께 말씀 올리리다."

하고 주 수비대장 집에 가서 서문경에게

"길에서 이병아 아씨의 유모를 만났습니다. 은방에서 비녀를 만들어 왔다고 병아아씨께서 오십사고 하더랍니다."

서문경은 바쁘다는 핑계로 좌석의 용서를 구한 뒤 일어나서 이병아의 집으로 향했다. 이병아는 반기어 맞으며 상자에서 머리에 꽂을 여러 가지

은장식을 꺼내놓아 서문경에게 보였다.

서문경은 스무 나흘 날 함을 보내고 다음 달 초나흘 날 맞아들이기로 결정을 하였다.

이병아는 크게 기뻐하여 준비한 주식을 내어 서문경과 같이 마시며 흥겨워했다. 이병아는 하녀를 시켜 침상에 사향을 피우게 한 후 서문경을 금침 비단 장막 속으로 끌어들이니 두 남녀는 환락의 밤을 보냈다. 그리고 이병아는 자리에 누워 통소를 불었다.

서문경은 취중에,

"죽은치 하고도 이렇게 지냈던가?"

"그렇질 못했어요. 죽은 영감은 매일 방탕한 생활로 부부가 같이 즐길 여가가 없었어요. 집에 돌아오면 상대도 안 했지요. 또 화태김께시 살아 계셨을 때는 우리 부부는 방을 따로 썼어요. 그는 인간이 아니라 목석이었어요. 내 마음에 드는 이가 없다가 지금 자나깨나 생각한 사람은 영감밖에 없어요."

하고 화자허를 헐뜯었다. 환락의 밤이 이슥했을 때 밖에서 누가 대문을 요란스럽게 흔들었다. 유모가 나가서 문을 열고보니 대안이었다.

"너 내일이나 오랬더니 왜 이렇게 늦게 또 왔는가?"

하고 서문경은 혼잣말로 이렇게 중얼대고 있는데 대안은 방 앞까지 와서 서문경과 이병아가 침대에 있으므로 방문 발 밖에 서서

"대관인 나리, 다른게 아니오라 사위 양반과 따님이 별안간 이삿짐을 가지고 오셨습니다. 그래서 큰 마님께서 얼른 대관인 나리를 모셔 오시라 하십니다. 나리께서 곧 오셔서 처리하셔야 할 문제랍니다."

이 전갈을 듣고 서문경은 머뭇머뭇하면서

"이렇게 밤늦게 무슨 일로 그럴까. 하여간 곧 가겠다."

하고 돌아갈 차비를 하자 이병아가 의복을 입혀주니 서문경은 허둥지둥 말 위에 올라앉았다. 집에 돌아가서 본즉 과연 오월랑 숙소에 딸과 사위가 와 있었고 침대와 가재 도구가 문앞에 잔뜩 쌓여 있었으므로 여간 일에는 놀라지 않는 서문경도 가슴이 내려 앉았다.

"왜 기별도 없이 갑자기 왔느냐?"

하고 물으니 사위 진경제(陳經濟)는 엎드려 절을 하고 눈물을 흘리면서 곡절을 말했다.

"근자에 우급사(宇給事)가 양제독을 탄핵(彈劾)해서 칙명으로 형부(刑部)감옥인 남로(南牢)에 갇히셨습니다. 그리고 도형(徒刑)을 받으리라는 소문입니다. 온 가족과 친척 기타 사용인까지 모두 체포하여 목에 칼을 씌우고 심문해서 멀리 귀양을 보낸답니다. 그래서 양간판(楊幹瓣)이란 사람이 급히 와서 그런 사정을 아버님께 알렸습니다. 아버님께서는 크게 걱정하시고 우선 저희 내외는 가재 도구를 가지고 임시로 장인댁으로 가라는 분부를 내리시고 아버님은 벌써 동경 아주머니께로 떠나가셨습니다. 그래서 우리 내외는 염치없이 장인댁으로 왔습니다. 일이 잘되면 은혜를 갚겠습니다."

"그럼 사돈 어르신네의 편지라도 있을 듯한데."

"편지는 여기 가져왔습니다."

하고 진경제는 편지를 장인 앞에 내놓았다.

서문경은 사돈의 편지를 자세히 읽고 수족이 떨렸다.

오월랑에게 주식을 준비하여 딸과 사위를 먹이는 한편 하인들을 시켜 동상방(東廂房) 세 칸을 소제하고 사위와 딸 내외가 거하도록하고 우선 세간들은 오월랑의 침소에 들여놓게 했다.

진경제는 돈 오백 냥을 장인 서문경에게 전하고 청하현 관리들에게 운동비로 써달라고 했다.

서문경은 사태가 긴급함을 알자 지배인을 불러 돈 닷 냥을 주고 현청 서기실에 가서 밤을 새워 상부로부터 내려온 비밀 서류를 베껴오게 하였다.

그 관보(官報)에는 탄핵문이 게재되어 있었다. 그리고 탄핵문에 대하여 성지(聖旨)가 내린 것을 역시 게재했다.

서문경은 장황하며 엄정한 상주문을 읽고 나자 만사는 이미 끝난 것으로 알았다. 그러나 서문경이 믿는 것은 언제나 힘있는 무기인 황금의 마력이었다.

서문경은 뇌물로 쓰려고 황급히 금은 보물을 싸서 궤짝을 만들어 그날 밤으로 내보(來保)와 내왕(來旺) 두 하인을 급히 서울로 보냈다.

그래서 진영감을 찾을 것은 물론 형편에 따라 잘 운동하고 빨리 회보하라고 부탁하고 그 두 사람에게 노자로 스무 냥을 주었다.

서문경은 밤이 새도록 잠을 이룰 수 없었고, 아침이 되자 역사를 맡아 하는 내소와 분사를 불러 건축 공사를 당분간 중지하라고 했다.

그리고 매일 대문을 꼭 닫아 걸고 하인들도 일이 있기 전에는 출입을 금했다.

밖에 누가 와서 문을 두들겨도 일체 문을 열어 주지 않았다.

서문경은 좌불안석으로 이 방에서 저 방으로 왔다갔다 하고 초조하여 잠시를 편안히 앉아있을 수 없는 심경이니, 이병아를 첩으로 맞아들이겠다는 생각은 아예 품을 수가 없었다.

오월랑은 남편이 평생 처음으로 큰 걱정에 싸여 있는 것을 보고,

"사돈댁 이번 사건은, 각기 억울하면 꾸며낸 자가 있고, 빚진 자가 있으면 빚준 자가 있을 것이니 영감은 사돈댁 불행에 그렇게까지 걱정할 거야 없지 안겠어요."

하니 서문경은,

"여자가 무엇을 안다고 참견야. 사돈댁은 우리 사돈이고 딸과 사위가 지금 우리 집에 피신해 와 있는데 왜 걱정이 안된단 말야. 평상시에 이웃 사람들이 우리를 미워하고 시기하는 자가 많이 있단 말야. 흔히 말하기를, 베틀은 빠르지 않아도 북은 빠르다 하고 덤불을 두들기면 뱀이 나온다 하니 만약 나쁜 놈이 있어 나무를 뽑는데 뿌리를 들추어 낸다면 우리 집안은 파멸 뿐이야. 털면 먼지 안날 방석이 어디 있기에?"

서문경은 뇌물을 갖고 서울로 간 하인들 한테서 하루속히 좋은 소식이 오기만 기다리며 가슴을 태웠다.

한편 이병아는 그날 밤 서문경과 죽자사자 갖은 음탕한 짓을 다하던 중 대안이 와서 서문경을 불러간 뒤에 하루 이틀 기다려도 아무 소식이 없으므로 서문경의 집안에 어떤 변이 생긴줄은 꿈에도 모르고 풍노파를 두어번 보내 보았으나 서문경의 집 대문은 밤낮으로 철통같이 닫혀 있고 아무리 기다려도 사람은 커녕 개 한 마리 얼씬하는 것을 볼 수가 없었다.

어느덧 스무 나흘 날이 되었다. 함을 보내기로 서문경이 약속한 날이다.

이병아는 유모 풍노파를 보내봤다.

서문경의 집 대문을 아무리 천 번 만 번 두드려야 인기척도 없으므로 그래도 돌아갈 수 없어 건너집 처마밑에 우두커니 서서 기다리고 있을 때 대안이 말을 끌고 나와서 물을 먹이는 것이었다.

대안은 풍노파를 건너다 보고,

"할멈 어째 오셨소?"

하고 물으니 풍노파는,

"그동안 아무 소식이 없어 마님이 나더러 이 머리 장식품을 갖다드리고 영감을 뵙고 오라고 하셨소."

"요즘 우리 대관인께선 바쁘신 일이 있어 틈이 없으십니다. 할멈은 그대로 돌아가시오. 내가 대관인께 자세히 말씀 드릴테니."

하였으나 풍노파는,

"무슨 일이 정해 놓은 혼인보다 중하단 말이오? 서문 영감께 말씀올리고 나오시오. 그럼 나는 여기서 나올 때까지 기다리겠소."

대안은 말에 물을 먹인 뒤에 집안으로 들어가더니 반 나절이나 돼서야 나왔다.

"대관인 나리께 말씀올리고 장식품을 드렸소. 할멈이 부인께 전하시랍니다. 다시 며칠 기다리면 영감께서 가신다고요."

대안의 말을 들은 풍노파는 돌아가서 그 말을 이병아에게 전달했다.

이병아는 서문경이 이제나 저제나 올까 매일 기다렸으나 소식이 없이 오월은 다 지나고 유월 초가 되었다.

아침 저녁으로 생각은 있으나 소식이 묘연하니 환락의 꿈은 깨어지고 마음만 피곤할 뿐이었다.

이병아는 매일 기다려도 서문경은 오지 않으므로 식욕도 없어지고 정신이 혼란해졌다. 어느날 밤이 되자 독수공방으로 침대에서 전전반측(輾轉反側)하고 있을 때 밖에서 문을 두들기는 소리가 들려왔다.

뜻밖에도 서문경이 찾아오자 이병아는 기쁨을 감추지 못하고 그를 영접하여 방안으로 끌고 들어가서 약속을 지키지 않은 사연을 묻고 서로 가슴에 사무친 회포를 풀었다. 꼭 껴안고 밤새도록 운우(雲雨)를 치르다가 닭이 울 때 서문경은 급히 일어나서 돌아갔다. 이병아가 눈을 뜨고 소리를 몹시 지를 때는 이미 정신을 잃고 있었다.

밖에 있던 유모 풍노파는 이병아의 큰 소리를 듣고 급히 방안으로 들어갔다.

"서문 대관인이 지금 가셨으니 대문을 잠그세요."

"마님, 너무 그 분을 생각해서 그러신가 봐요."

서문경은 그림자도 보이지 않았다.

이병아는 그 후 괴물이 와서 달라붙는 꿈을 꾸었고, 밤마다 귀신이 인간탈을 쓰고 와서 그의 정수를 빨아 먹으므로 얼굴은 마르고 식욕이 쇠하여 마침내 자리에 눕게 되었다.

"대가(大街) 어귀에 있는 장죽산(蔣竹山) 의원께 진단해 보시는 것이 좋겠어요."

하고 풍노파가 권했다. 이 장죽산 의원은 나이가 젊고 키가 조그마했으며, 인물이 표표하고 허풍을 떠는 위인이었다. 부름을 받고 이병아의 침소에 들어와 보니 병자는 머리를 헝크리고 이불을 안고 누워 근심과 걱정에 싸인 상사병자와 같았다. 장죽산은 침상 옆에 앉아 맥을 보았다.

이병아가 뛰어난 미인임을 발견한 장죽산은

"부인, 병환의 원인은 간맥(肝脈)의 줄이 몹시 뛰며 음맥이 또 손에 나타나서 그것이 엄지손가락 밑에까지 뻗쳤습니다. 이것은 육욕칠정(六慾七情)에 기인하는 것으로 음양이 서로 싸워 추웠다 더웠다 하니, 하여간에 가슴 속에 맺혀 풀리지 않는 생각이 있는 모양으로 학질 같은데 학질이 아니고 상한(傷寒) 같은데 상한도 아니지요. 낮에는 기운이 없어 몸이 축처지고 밤에는 혼이 몸에서 떠나가 꿈속에 귀신과 어울립니다. 빨리 치료하지 않으면 해소로 변하여 생명이 매우 위독하게 될 것입니다."

"선생님, 수고스러우시나 좋은 약을 처방해 주십시오. 병이 쾌차하면 답례를 아끼지 않겠습니다."

"힘을 들여 약을 지어 드리겠습니다. 내 약을 잡수시면 완쾌하실 테니 염려마십시오."

장죽산 의원의 진단이 끝나자 풍노파는 돈 닷 푼을 갖고 약을 지으러 따라갔다.

이병아는 그날부터 약의 효험이 나서 잠도 자고 식욕도 회복되어 엿새만에 완전히 치료가 되었다.

어느날 이병아는 주석을 준비하여 풍노파를 보내서 장죽산 의원을 청했다. 장죽산을 아직 젊은이로 이병아를 진단할 때부터 그의 미색에 탐을 내고 있던 터라 초청을 받자마다 만사 전폐하고 달려왔다.

이병아는 은장에 술을 따라 장죽산에게 주면서

"요전엔 제 죽을 병을 선생님의 용하신 의술 덕택으로 속히 낫게 되어 감사한 마음 이를데 없습니다. 이 술은 예로 드리는 정표입니다."

하니, 장죽산은

"천만에요. 그것은 제 본직이므로 염려해 주실 것까지는 없습니다. 이러시면 도리어 송구스럽습니다."

하고 술잔을 받았다. 조금 뒤에 소녀 수춘을 시켜 은 세 냥을 꽃쟁반에 담아 올리며,

"선생님, 변변치 못하나 저의 정성이니 이걸 받아주세요."

이병아의 말에 장죽산을 여러 번 사양하다가 못 이기는 체하고 받아 넣었다. 술이 서너 순배 돈 뒤 장죽산이 이병아를 자세히 뜯어보니 단장한 태도는 사람의 간장을 홀리고도 남음이 있으므로 우선 말로 건드려 보았다.

"실례입니다만 부인께선 연세가 몇이신가요?"

"스물 네 살을 헛되이 보냅니다."

"그러십니까? 참 젊게 뵈는데요. 규중에 깊이 계시고 부유한 댁에서 무엇이고 부족하신 것이 없으실 텐데, 어떻게 병환이 울결증(鬱結症)에 걸리셨는지 알 수가 없습니다."

이 말을 듣고 이병아는 애교를 떨면서,

"남편이 죽은 뒤에 집안이 텅비고 쓸쓸해서 마음도 자연 울적해지고 속을 썩이자니까 자연 그런 병이 안날 수가 있나요."

"저런, 그러십니까. 댁 영감께서 세상 떠나신지는 얼마나 되셨나요?"

"주인은 작년 여름에 열병으로 작고 했어요. 지금 여덟 달이 되었어요."

"그 때 어느 의원의 약을 쓰셨습니까?"

"큰 길거리 호(胡) 선생이예요."

"저 대가(大街)의 유대감 댁에서 셋방살이하는 호로군. 그는 허풍쟁이로 유명합니다. 그자는 우리 태의원(太醫院) 출신도 못되고, 맥이 무엇인지 그 문앞에도 못 가본 아주 엉터리예요. 부인께선 어째 그런 돌팔이 의원을 부르셨던가요?"

장죽산은 결국 자기 자랑을 늘어놨다.

"이웃 사람들이 추천을 했어요. 그러나 주인은 천명이었던게죠."

"자녀를 몇이나 두었습니까?"

"없어요."

"이렇게 젊으신 분이 자녀도 없이 혼자 사시니 더욱 고적하시겠습니다. 그러니 방침을 바꾸실 생각은 없으신지오. 쓸쓸한 데서 심지가 불편하고 따라서 몸에 울결증병이 생깁니다."

"혼자 살기도 뭣하던 차에 혼담이 있어 머지않아 재가 하기로 했어요."

"실례지만 어떤 분하고 혼인을 하십니까?"

"현청 앞에서 생약포를 경영하는 서문경 대관인입니다."

장죽산은 짐짓 놀라는 척하면서

"부인, 그건 안 됐는데요. 어째서 그런 나쁜 사람에게 시집을 가십니까. 저는 늘 그 집에 진맥을 가기 때문에 잘 압니다만 그 사람은 현청에 출입을 하며 소송을 맡아 보기도 하고 고리대금업도 하며 집 사람을 팔아도 먹습니다. 집안에는 계집종년은 말할 것도 없이 처첩이 대여섯 사람이 있어 조금만 비위를 거슬리면 두들겨 주고 또는 소개소에 내다가 팔아 버립니다. 말하자면 그는 여자 때리는 두목이요, 계집 장수라 할 말합니다. 당장이라도 파혼을 하십시오. 그렇지 않고 그 집에 들어가시면 불에 날아드는 여름 벌레같이 옴짝달싹 못하게 되지요. 그 때는 후회 막급입니다. 그리고 며칠 전 소문에 그 집 친척이 역적으로 몰려서 그 집에 와서 숨었다더군요. 화가 그에게도 미칠까봐 문을 꼭 닫고 나오지 않은지가 여러 날이 되었고 그 집 공사도 중지해 버렸다고 해요. 서울서 언제 체포장이 날

아올런지 모르는 판국이니 집을 새로 건축했자 관청에서 몰수할 것이지요. 부인께서 아무 생각없이 남의 말만 믿고 그 집으로 들어 가셨다가 어쩌시려고 그러세요. 신세를 망치십니다."

이병아는 입을 다물고 아무 말도 하지 않았다. 서문경이 어째서 아니오는 사정을 장죽산의 얘기로 이제야 알 수 있었다. 하지만 허다한 가재도구를 벌써 서문경에게 맡겼으니 이를 어쩔 것인가. 이병아는 한편으로 장죽산은 구변도 좋고 인물도 상냥하여 이 사람이면 괜찮은데 부인이 없는지 궁금하다고 혼자 말로 중얼댔다.

"그런 사정을 알려 주시니 감사합니다. 어디 혼처가 있으면 중매나 서 주시겠어요? 말씀대로 따르겠어요."

"혼인을 하시려면 어떤 남자를 원하십니까? 사정을 확실히 말씀하셔야 중매할 형편이 좋지요. 부인은 미인이신데다가 젊은 나이시니 혼처는 많을 것입니다."

장죽산의 말에 이병아는 눈웃음을 치며 대꾸했다.

"글쎄요…… 누구든지 좋아요. 선생님 같은 분이시라면."

장죽산은 이병아의 말을 듣고 바로 이 때라고 생각했는지 아니면 갑자기 용기가 났는지 미친 사람과 같은 행동을 시작했다. 그는 앉은 자리에서 벌떡 일어서더니 두 무릎을 공손히 꿇었다.

"부인, 사실인즉 저는 상처를 하고 자식 하나 없이 오랫동안 홀아비로 지냈습니다. 부인께서 거절 않으시고 부부의 인연을 맺어 주시면 얼마나 다행일지 모르겠습니다."

이병아는 웃으면서 손을 내밀었다.

"일어나세요! 선생님이 언제 상처하시고 연세가 얼마이신지도 모르지 않아요. 혼담을 꺼내시면 중매도 없이 하면 예의상 안되지 않겠어요."

장죽산은 다시 무릎을 꿇고서,

"나이는 스물 아홉이고 정월 스무 이렛 날에 묘각(卯刻)에서 태어났고 불행하게도 작년에 상처하였습니다. 집은 본래 빈한합니다만 지금 천금보다도 더욱 귀중한 혼인 승낙을 얻었으니 월하빙인(月下氷人)의 말이 무슨 소용이 있겠습니까?"

  "돈이 없으시면 우리 유모 풍노파를 중매로 해서 혼인 증인이 되면 예물 보낼 것도 없이 황도길일(黃道吉日)이나 택하여 그날 우리 집으로 오시면 어때요?"
하니 장죽산은 엎드려 절하며,
  "부인은 내 아내지만 죽을 때까지 누님처럼, 어머님처럼 섬기겠습니다. 부인과 나와는 전생 인연이고, 삼생의 대행(大幸)입니다."
  이병아와 장죽산은 술잔을 다시 들어 약속을 굳게 했다.
  장죽산은 저물어서야 돌아가자 이병아는 풍노파와 의논을 했다.
  "서문경 집엔 큰 사건이 생겼고 나는 혼자 살아갈 수 없어 장선생과 혼인하는 것이 상책일 듯한데 할멈은 어떻게 생각하세요."
  풍노파는 이병아가 하는 대로 쫓을 뿐이었다.
  이튿날, 장죽산에게 풍노파를 보내어 유월 열 여드렛 날로 택일을 한 뒤에 장죽산은 이병아의 집으로 와서 부부가 되었다.
  삼일을 치른 뒤에 돈 삼백 냥을 마련하여 정월 대보름에 불꽃 놀이를 구경하던 이층의 아래층 정면을 헐고 두 칸짜리 약포를 내어 장죽산이 간판을 거니 집 모양이 별안간 변했다.
  처음에는 장죽산이 도보로 왕진을 다녔으나 나중에는 노새 한 마리를 사서 타고 다녔다.

18

상부(相府)에 뇌물을 보내 서문경(西門慶)은 죄를 면하고
반금련을 보고 진경제(陳經濟)는 혼(魂)을 빼앗기다

서문경의 명을 받은 내보와 내왕 두 하인은 양제독이 중범인으로 수감된 사건에 관하여 운동할 뇌물 보따리를 말에 싣고 급히 서울로 달리고 있었다.

머나먼 길을 천신만고(千辛萬苦)하면서 발걸음을 재촉했다.

두 하인은 낮과 밤을 가리지 않고 부지런히 달려서 서울에 도착했다.

그들은 만수문(萬壽門)을 들어가서 숙소를 정하고, 이튿날 길거리로 다니며 세상물정을 살폈다. 내보와 내왕은 벌써 이런일로 서울에 여러 번 왔었으므로 초행이 아니어서 돌아다니기에 서투르지 않고 유행하는 풍설을 듣는 수완도 가지고 있었다.

귀를 기울이고 여기저기서 지껄이는 소리를 들으면, 병부의 왕상서(王尙書)는 어제 심문에서 죄상이 드러나서 가을에는 사형을 집행한다는 결정이 내렸다는 것이다. 단지 양제독의 친척들은 아직 체포되지 않았고, 판결도 안 나왔으나 오늘쯤은 결말이 나리라는 소문이었다.

내보와 내왕은 뇌물을 들고 태사 채경의 집으로 갔다. 전에 두어 번 왔었기에 집을 찾는데 곤란하지 않았다.

용덕가(龍德街)의 패루(牌樓)아래 서서 우선 채태사 댁의 소식을 알아보려 하였다.

잠시 뒤 채태사 댁에서 검은 옷을 입은 사람이 나오니 그 사람은 바로 양제독의 측근자인 양간판(楊幹辦)이었다. 내보는 그를 알아보고, 만나서 사정을 말하려다가 서문경의 지시가 없었으므로 그만 두었다. 또 한참 있다가 그 둘은 문앞에 가까이 가서 문지기를 보고 허리를 굽혀 공손히 인사를 했다.

"태사대감께옵서 지금 댁에 계시온지요?"

"외출하시고 안 계시오. 궁중회의에서 아직 돌아오지 않았소. 왜 그러시오?"

"총집사 곽영감을 좀 뵙게 해 주십시오. 그 분을 면회하고 말씀드릴 일이 있습니다."

"집사님도 안 계시오. 대감을 뫼시고 대궐로 들어가셨소."

눈치 빠른 내보는, 혼자 생각에 이 문지기가 과연 참말로 하는지 또는 무엇을 받으려는 미끼로 모두 안 계시다고 거절을 하는지 판단할 수가 있었다.

그래서 내보는 소매에서 돈 한 냥을 꺼내어 문지기에게 주었더니 그는 받아가지고,

"태사대감을 뵈려는가? 아니면 아들 되는 학사대감을 뵈려는가? 태사대감이면 총집사 영감을 만나야하고, 젊은 대감이면 고안(高安) 집사를 만나야 하지. 그런데 태사대감은 아직 돌아오시지 않고 젊은 대감은 집에 계시니 거기 볼일이 있다면 고집사를 만나뵙게 해 주리다."

"우리는 양제독 댁에서 왔습니다. 뵈옵고 아뢸 말씀이 있습니다."

내보의 말을 듣고 문지기는 안으로 들어갔다. 얼마 후에 고안 집사만이 나왔다. 내보는 인사를 하고 얼른 돈 열 냥을 내어주며

"저희는 양제독 각하의 부하입니다. 양간판과 함께 댁으로 오려고 하였으나 저희가 식사를 하는 동안에 그가 먼저 왔으므로 이렇게 뒤에 오게 된 것입니다."

채태사의 집사는 돈을 받고나서

"양간판은 벌써 돌아갔고 태사대감께선 아직 대궐에 계시고 안 오셨으니 잠깐 기다려라. 내가 안내해서 젊은 대감을 만나 뵙도록 할 테니."

하고 고안은 내보 등을 태사 채경(蔡京)의 아들 채유(蔡攸)가 거처하는 학사금당(學士禁堂)으로 안내했다.

고안 집사는 내보와 내왕을 문밖에서 기다리게 하고 안으로 들어가더니 한참 뒤에 나와서 그들을 안으로 데리고 들어갔다. 학사 채유는 관복을 입지 않고 평복을 입고 있었다.

"너희들은 어디서 왔느냐?"

채유가 이렇게 묻자, 내보는 양제독의 친척 진흥(陳興)의 하인으로 양간판과 함께 대령하려고 했는데 그가 먼저 오는 바람에 뒤늦게 왔다고 아뢰면서 소매 속에서 예물목록을 꺼내 그에게 바쳤다.

옆에 대령했던 고안 집사가 그 뇌물의 목록을 받아 아뢰니 채유는 그 목록에 백미 오백석이 먼저 눈에 띠었다. 그는 내보를 가까이 부르더니,

"태사대감께서도 이번 사건으로 여러 가지 입장이 거북해서 걱정하고 계시다. 어제 삼법사(三法司)에서 그 사건을 이우상(李右相)께서 심의하기 시작했는데 양제독 사건은 성상 폐하의 너그러우신 성지(聖旨)로 특별한 처분이 내리셨다. 그리고 양제독의 부하로 관련된 자들은 면밀히 심리한 뒤에 죄를 정한다고 하니까 네가 이우상 대감께 직접 가서 호소하는 게 빠를 것이다."

하고 운동 방법을 일러주는 것이었다.

"소인은 이우상 대감댁이 어디인지 알지를 못합니다. 학사님께서 하해와 같은 은정을 베푸시어 양제독을 구하도록 힘써 주시기를 간절히 바라옵니다."

"이 대감댁 집이야 곧 찾을 수 있어. 천한교(天漢橋) 옆에 큰 문루가 있는 집인데 우상(右相) 댁을 찾으면 모르는 사람이 없을 게다. 그럴 것 없이 내가 사람 하나를 너희와 함께 딸려 보내겠다."

채유는 이렇게 말하고 자기가 손수 편지를 쓴 뒤에 고안 집사에게 주며 내보를 데리고 우상 이방언(李邦彦) 댁으로 가서 이리저리 하게 말을 하라고 일렀다.

우상 이방언이 퇴궐하여 청지기가 아뢴다.

"채태학사께서 집사를 보내셨습니다."

내보와 고안 집사는 우상 이방언 앞에 나아가 채유의 편지와 뇌물을 바치고 무슨 말이 있기를 기다렸다.

채학사의 부탁도 있는 데다가 양제독으로부터 이런 물건을 받을 수 없다고 이방언은 사절하면서,

"양제독 문제는 그동안에도 애쓴 보람이 있어서 어제 폐하께옵서 용서하시기로 분부를 내리셨으니 염려없게 되었어. 다만 어사의 탄핵이 엄격해서 그 밑에서 움직인 몇몇 사람은 심문을 꼭 받게 되지."

우상 이방언은 병부(兵部)에 보냈던 문서를 가져오게 했다. 그 서류에는 서문경의 이름도 올려 있었다.

"실상 저희는 서문경의 하인들입니다. 아무쪼록 대감의 자비로 저희 주인의 생명을 구해 주시옵소서."

이방언은 서문경이 바친 뇌물인 오백 냥의 돈을 보았으므로 이름 하나 고치기는 어렵지 않았다.

이방언은 그 문서에서 서문경의 이름을 지우고 가렴(賈廉)이라 고치고 뇌물을 받았다. 이것으로 서문경의 이름은 지워지고 엉뚱한 자의 신세만 결단난 것이었다.

내보와 내왕은 이 소식을 가지고 개선장군 같은 기분으로 곧 청하현으로 돌아오자 서문경에게 경과의 자초지종을 자세히 아뢰었다.

그날부터 서문경은 이젠 살았다는 듯이 철옹성 같이 잠갔던 대문을 활짝 열고 중단했던 건축공사도 다시 시작하고 기생집 출입도 마음놓고 하였다.

어느날 대안이 말을 타고 사자가에 있는 이병아의 집을 지나가다가 약국 간판이 붙은 것을 보았다. 전방 안에는 약재가 많이 쌓였고 매우 번창한 것 같았다. 대안은 곧 그것을 서문경에게 보고했으나 아마, 이병아가 사람을 두고 약장사를 시작한 모양이지 하는 정도로 반신반의하였다.

칠월 중순 어느날 서문경은 말을 타고 거리를 지나다가 응백작과 사희대를 만났다.

"형님! 그동안 통 뵐 수가 없었으니 웬일이요? 내가 여러번 찾아가도 문이 죄다 잠겨서 들를 수도 없었고요. 그간 병아는 맞아왔소? 한잔 있을

줄 알고 고대했더니만……"

"자네들 한테 미안하게 되었네. 사돈 진씨댁에 좀 걱정거리가 생겨서 골치를 앓았지. 그런 법석통에 병아를 데려 올 수가 없어 혼인은 연기했네."

"형님이 그런 사건으로 걱정하신 줄은 몰랐군요. 이젠 만사가 해결되셨다니 오래간만에 오은아 집에 가서 축배나 한 잔 듭시다."

하고 응백작은 서문경한테 또 술을 얻어 먹으려고 강제로 그를 기생 집으로 끌고갔다.

서문경은 응백작과 사회대에게 끌려서 오은아 집에서 종일 술을 마시고 저녁때 간신히 기생집을 빠져나왔다. 마침 동가(東街) 입구까지 말을 타고 왔을 때 이병아의 유모 풍노파를 만났다. 풍노파는 서문경에게 그동안의 경과를 자세히 얘기했다.

그동안 이병아가 서문경을 기다리다가 지쳐서 병이 났고 그것이 도져서 실성까지 했다가 장죽산 의원이 진맥하고 약을 바로 써서 나은 뒤로 그를 데려다 남편을 삼고 돈 삼백 냥을 내어 생약포를 개업한 얘기를 한바탕 늘어놨다.

서문경은 화가 나서 말에 채찍을 가하여 빨리 집으로 돌아가서 술김에 반금련에게 화풀이를 하였다.

그 때 반금련은 앞뜰 넓은 마당에서 오월랑, 맹옥루, 서문경의 전실 딸인 진경제의 아내와 줄넘기를 하고 있었다.

"이년들아! 할 일이 없어 줄넘기를 하고 있는 거냐."

오월랑, 맹옥루, 딸은 서문경이 나타나자 얼른 피해가고 혼자 남은 반금련에게 생트집을 잡으면서 발길로 두세 번 걷어찼다. 서문경은 이병아가 장죽산을 맞아다가 살림을 한다는 얘기를 듣고 홧김에 공연히 역정을 냈으나 아무도 무슨 영문인지를 몰랐다.

"영감, 어디서 취하시고 공연한 사람을 들볶아요!"

반금련이 톡 쏘아주자 서문경은 오월랑의 방으로도 가지 않고 서상방(西廂房) 서재로 들어가서 하녀들을 때리고 큰 소리로 꾸짖었다. 서문경의 처첩들은 벌벌 떨며 오월랑의 방으로 모여 들었다.

"영감이 돌아오실 때 우리와 같이 얼른 피했으면 좋았을 걸. 우리만 가지고 역정을 내신다면 또 모르겠는데 따님한테 까지 화를 내시니 어디 꼴이 됐어. 하여간 다섯째가 잘못이야."

"이 집에서는 나만 볶아대니 어디 살 수가 있담!"

오월랑의 말에 가뜩이나 기분이 언짢은 반금련은 발끈 성미를 냈다. 오월랑은 서문경에게 전실 딸까지 욕먹은 것이 한편으로는 고소하기도 하였으나 모두 반금련의 탓으로 돌려 버리려는 것이었다.

"세 사람이 모두 거기서 줄넘기를 했는데 그것이 눈에 거슬렸다면 줄넘기한 사람들을 모두 때리든지 하지 왜 나만 가지고 야단이야! 까닭없이 맞은 것도 억울한데 형님까지도 모두 내탓이라고 하시니……"

"그런 나도 발길로 차라고 하지 않고 그랬어. 내가 너무 말이 없으니까 함부로 대하긴가?"

반금련은 오월랑의 성을 내는 것을 보고 수그러지면서 말을 돌렸다.

"형님, 그런게 아니야요. 영감은 어디서 무슨 일이 있었는지 몰라도 내게 공연한 화풀이를 하잖겠어요."

이 때 맹옥루가 옆에서 서문경이 왜 화가 났는지 대안에게 물어보라고 했다. 대안이 들어오자 오월랑은 대안에게 바른대로 말하지 않으면 볼기를 치겠다고 호령을 한 뒤 어째서 오늘 서문경이 화가 났느냐고 물었다. 대안은 무슨 일이 있었는지는 몰라도 오월랑의 야무진 소리에 버럭 겁이 났다.

대안은 오늘 일어났던 일을 낱낱이 오월랑에게 말했다.

"그런 화냥년이 어떤 놈하고 붙어 살기로서니 집에 와서까지 화풀이를 할게 뭐람!"

"제가 대관인께 그런 말씀을 일전에 드렸는데도 믿지 않으시더니 오늘 풍노파의 애기를 들으시고 그러시는 겁니다. 더욱이 장죽산이란 빈털터리 의원한테 시집을 간게 아니라 자기 집에 불러들이고, 자기 돈을 들여서 약포까지 내었다고 합니다. 그래서 울화가 더하신 모양입니다."

대안의 말을 들은 맹옥루는 아직 상복도 벗지 않았는데 재가를 하다니 될 소리냐고 이병아를 핀잔하면서 혀를 찼다. 오월랑은 맹옥루의 말에 상복도 안 벗고 시집가는 여자가 이병아 하나뿐이 아닌 세상인데, 그녀라고 수절할 이유가 어디 있겠느냐고 말했다. 오월랑의 이 말은 한 마디로 맹옥루와 반금련을 은근히 비꼰 말이니 맹옥루와 반금련은 둘이 모두 상복 중에 재가를 했던 것이다.

반금련과 맹옥루는 오월랑의 그 말을 듣고 아무 말도 못하고 각각 자기 방으로 가버렸다.

이튿날 전실 딸의 사위 진경제를 집 건축동사 감독으로 삼고 하인 내보를 시켜 대문을 철저히 지키도록 하였다. 아직도 진경제는 숨겨 두어야 한다는 생각으로 일체 외인의 출입을 금하였다. 진경제의 아내는 낮에는 오월랑의 방에서 기거하다가 밤에는 자기 방으로 가서 자고, 진경제는 공사 감독으로 식사를 내다가 먹었으므로 서문경의 여러 처첩들도 좀처럼 진경제의 얼굴을 보지 못했다.

하루는 서문경이 옥리로 있는 하천호가 멀리 길을 떠나게 되어서 그를 전송하러 출타한 사이에 젊은 청년이 숨도 못 쉬고 공사 감독에 애만 쓰고 주식 한번 대접 못했다고 오월랑은 주방에 명하여 주식을 차려 사위 진경제를 대접했다.

"저는 장인 장모님 덕으로 편히 지내는데 고생이 무슨 고생입니까."

진경제는 고맙다고 오월랑에게 인사를 했다. 오월랑은 몸종에게 진경제 아내를 불러오게 했다. 이윽고 들어온 전실 딸을 남편의 맞은편 자리에 앉히었다.

"진서방은 골패를 잘 할줄 아오?"

"네, 좀 할줄 압니다만……"

진경제의 아내가 대답했다.

오월랑은 진경제의 외모가 참한 청년인지라 무슨 유희나 잡기는 전혀 모르는 줄만 알았다. 식사가 끝난 뒤 오월랑은 맹옥루와 전실 딸을 데리고 골패를 뜨고 진경제는 옆에서 구경만 했다.

이러할 때 반금련이 방으로 들어와서 진경제와 서로 인사했다.

"사위님인데 서로 인사나 해요."

오월랑이 반금련에게 이렇게 말하자,

"오랫동안 와서 신세를 지면서 이제야 인사를 드리게 되어서 죄송합니다."

하고 진경제가 반금련에게 인사를 했다.

한참 골패에 골몰할 때에 대안이 와서 서문경이 돌아온다고 전갈하자 진경제는 자기 숙소로 돌아갔다.

서문경은 건축 공사를 한 번 돌아보고 반금련의 방으로 들어갔다.

서문경은 오늘 하천호가 새로 신평채(新平寨)의 수비대장으로 영전하는데 현청 사람들과 교외까지 전송을 나갔다가 돌아오는 길인 것이다.

서문경이 자기 방으로 들어오자 반금련은 춘매에게 술상을 차려오게 하였다. 서문경은 반금련이 권하는 술을 연방 마시면서 기분이 매우 좋았다. 밤이 되자 춘매가 등불을 들고 자기 방으로 간 뒤에 서문경과 반금련은 곧 침대에 누웠다. 그러나 서문경은 종일 말을 탔기 때문에 피곤한지 금방 잠이 들어 코를 골기 시작했다.

때는 마침 칠월 스무날이라 밤에 더위가 심하여 반금련은 잘 수가 없었다.

불을 켜고 보니 서문경은 잠옷도 입지 않고 자고 있었다.

서문경은 아무리 흔들어도 꼼짝도 하지 않았다.

반금련은 그를 마구 흔들어 잠을 깨웠다.

"요런 여우같은 것 같으니, 모처럼 곤하게 자는데 못 살게 굴어!"

하면서도 반금련의 장난을 중지시키지는 않았다. 서문경은 춘매를 불러 술상을 가져오게 한 뒤에 침대 앞에 술병을 들고 서게하고 등불은 침대 뒤에 옮겼다. 그리고 그 앞에 말처럼 등을 굽히게 하고서 술을 마시며 놀았다. 반금련이 하녀 앞에서 그런 꼴을 보이는 서문경을 망칙하다고 핀잔을 주었다.

"영감, 언제 어디서 또 이런 걸 배우셨어요?"

"가르쳐 줄까, 모두 이병아년한테서 배웠지. 그년의 하녀 영춘이 년도 다 알고 있어."

"이병아는 갈보같은 년이니 말도 마셔요. 영감을 그렇게 골려 먹더니……벌써 다른 놈과 붙어 먹지 않았어요."

"허긴 그년 괘씸한 년야. 딴놈과 놀아난 것 뿐인가, 내 눈앞에서 약포까지 차리지 않았겠어."

"영감은 내 말을 안 듣고 큰 형님 말씀만 신용해서 그런 봉변을 당하신 거에요."

반금련은 이런 기회를 이용해서 오월랑과 서문경과의 사이를 이간시키려고 했다. 제아무리 현숙하고 관후한 본부인이라 할지라도 잠자리에서 음해하는 소첩의 농간에는 안 넘어갈 남자가 없는 법이라 서문경도 반금련의 앞에서 오월랑에게 욕을 퍼부었다.

그후로 서문경은 오월랑을 대해도 말을 하지 않았다. 남편이 그런 태도를 취하자 오월랑은 오월랑대로 볼이 부어서 입술만 깨물었다. 그리고 남편 서문경이 어느 첩의 방으로 들어가건 일찍 나가고 들어오건 일체 물어보지도 않았다. 그러자 서문경과 오월랑의 사이는 점점 싸늘하게 식어갔다.

반금련은 서문경이 오월랑을 미워하도록 이간질을 하고서 그에 성공하자 더 한층 자신을 얻어 서문경의 총애를 차지하려고 우선 온갖 교태로써 그의 마음을 사로잡기에 골몰하였다.

반금련이 여자로서 남자를 홀리는데 자신을 얻게 된 것은 남편 서문경에 대해서만이 아니었다. 더구나 그녀의 육욕(肉慾)은 산뜻한 병아리의 맛에 구미를 당기고 있었다.

욕심을 낼만한 사람이 나타난 것이다.

지난번 반금련은 오월랑의 방에서 진경제를 처음 본 뒤로 좀 건드려 보고픈 마음을 갖고 잔뜩 눈독을 들였으나 서문경이 두려워 여간해서는 손댈 기회가 없었다. 그러나 서문경이 외출한 틈을 타서 진경제를 자기 방으로 불러다가 차를 마시기도 하고 바둑을 두기도 하고 골패를 치기도 하였다.

마침내 건축 공사가 끝나고 낙성되는 날 친구들을 초대하여 낙성식을 한 뒤 서문경은 술취한 몸이 피로해서 정자에 가서 낮잠을 자고 있었다. 그 때 마침 진경제는 반금련의 방으로 들어와서 차를 청했다.

"낙성 잔치에선 술도 들지 않았수?"

"실은 새벽부터 일어나서 이것저것 시중을 들다보니 먹을 틈이 없었소."
"그럼, 장인 어른은 어디 계시오?"
"정자에서 주무시는 모양입니다."

반금련은 춘매에게 다과를 내놓게 하는 한편 진경제에게 은근한 추파를 던졌다. 춘매가 은접시에 과자와 차를 내오자 진경제는 사양치 않고 맛있게 먹으면서 비파타는 반금련에게 농을 걸었다.

"그건 무슨 곡인가요? 다시 한 번 들려주실 수 없으세요?"

"호호호, 진서방은 내 애인도 아닌데 어째 들려달라고 하오. 또 그런 소릴하면 장인 어른께 말씀드려 경을 치게 해야지."

반금련의 말에 진경제는 당황히 무릎을 꿇고 애원했다.

"다시는 그런 버릇없는 말은 안 할 테니 이번만은 눈감아 주시오."

반금련은 그러는 진경제의 꼴이 귀여워서 웃고 말았다. 그 후로부터 진경제는 반금련의 방에서 못하는 농이 없었고 제집을 드나들 듯 무상 출입을 하게 되었다.

반금련의 장단에 맞추어서 그녀가 시키는 대로 진경제는 아주 순진한 척하면서 엉큼한 행동을 하였다. 반금련도 그러한 진경제가 싫지 않아 떨어지려고 하지 않았으니 마침내 그들은 젊은 남녀가 맛볼 수 있는 비밀한 쾌락까지 훔치는 사이가 되고 말았다. 오월랑은 진경제를 자기 자식같이 여기고 있었으므로 반금련과 그런 사이가 되었으리라고는 꿈에도 생각지 못한 일로서 그저 순진한 소년 사위라고만 생각했을 뿐이었다.

19

초리사(草裏蛇)가 장죽산(蔣竹山)을 협박하고
이병아(李瓶兒)는 서문경(西門慶)에 다시 반하다

반금련의 이런 행심도 모르고 서문경은 팔월 중순 어느날 하제형(夏提形)이 청하는 생일 잔치에 갔다. 하제형은 얼마 전에 사들인 농장에서 생일 축하 연회를 열기로 한 것이었다.

오월랑은 서문경이 없는 틈을 타서 새로 만든 정원에서 집안 사람끼리 한 잔 들고 놀자고 원유회를 준비케 하였다. 오월랑은 이교아, 맹옥루, 손설아, 반금련, 전실 딸을 불러서 새로 꾸민 정원에서 유쾌히 놀도록 했다. 정원에는 춘하추동 네 철을 따라 꽃이 항상 피도록 만들어진 정원이었다.

"아참, 진서방도 부르거라."

술이 한 순배 돈 뒤에 오월랑은 갑자기 생각이 난 듯이 진경제를 불러 오게 했다. 술이 어지간히 취하자 오월랑은 이교아와 전실 딸을 상대로 바둑을 두기 시작했고 손설아와 맹옥루는 이층으로 올라가 전경을 구경하였다. 다만 반금련은 혼자서 조산(造山) 앞의 연못가에서 비단 부채로 나비를 날리고 있었다. 그 때 뒤를 밟아온 진경제가 반금련의 허리를 끌어 안으면서,

"부인께서 나비를 잡을 수가 없습니다. 제가 잡아 드리지요."

"진서방, 이러다 남의 눈에 띄면 어찌 하려구 어디서 함부로 이래!"

하고 반금련은 눈을 흘겼다. 진경제는 웃으며 덤벼들어 그녀의 입술을 눌

렸으나 반금련이가 팔을 뿌리치는 바람에 나동그라지고 말았다.

그 때 마침 이층 위에서 멀리 보고 있던 맹옥루가 반금련을 이층으로 올라오라고 불렀다. 그래서 반금련은 진경제를 내버려 두고 이층으로 올라갔다.

서문경은 성문 밖 하제형의 농장에서 생일 술에 취해 돌아오던 중 남와자(南瓦子) 화류계 거리를 지나치게 되었다. 그 화류계 거리에서 파락호로 유명한 초리사(草裏蛇)라는 별명을 가진 노화(魯華)와 과가서(過街鼠)라는 법명을 가진 장승(張勝)을 만났다. 그들은 서문경을 보자 반색하며 땅에 무릎을 꿇고 인사를 했다.

"나리, 어디 행차하셨습니까?"

"하제형 영감댁 생신축하에 초대받아 갔다 오는 길인데 마침 자네들 잘 만났네."

"네? 무슨 하실 말씀이 있으신가요?"

"자네들한테 부탁할 일이 있는데 들어 주겠나?"

"나리께선 원 별 말씀을 다 하십니다. 저희들은 늘 신세만 져왔는데 나리의 분부만 계시면 끓는 물 속이나 불길 속에라도 뛰어들어갑지요. 듣다 뿐이겠어요."

노화와 장승은 먹을 것이 생기나 보다 하고 좋아했다.

서문경은 그들에게 할 얘기가 있으니 내일 집으로 오라고 하니 쇠뿔도 단김에 빼랬다고 내일까지 기다릴 것 없이 지금 당장에 분부하라고 졸라댔다. 서문경은 말에서 내려 거기서 그들 귀에 입을 대고 이병아를 가로챈 장중산의 이야기를 하고 혀를 찼다.

"자네들이 내 분풀이를 해 주게나."

노화와 장승은 신이 났다. 서문경은 얼른 돈 닷 냥을 꺼내서 주며,

"이걸로 우선 술잔이나 마시게. 그 죽일놈을 보기좋게 혼내 주고 일이 제대로 되면 또 한 턱 쓰겠네."

그러나 노화는 받으려고 하지 않고, 우리들은 여지껏 신세만 지고 왔는데 이런 일쯤야 쉬운 일이니 돈을 받을 수 없다는 것이었다.

"안 받는다면 나도 부탁을 않겠네."

서문경은 대안에게 돈을 간수하게 하고 훌쩍 말을 타더니 그냥 가려고 했다. 그러자 장승이 말 머리 앞을 막고 나서면서

"나리 그런게 아니라…… 노화, 자네는 뻔히 아는 나리 기분을 상하게 하려는가? 안 받으면 거절한 거나 진배없는 일이지."

하며 돈을 받고 땅에 엎드렸다.

"나리는 댁에서 안심하고 계십쇼. 이틀이 안가서 껄껄 웃으시게 해 드리겠어요. 단지 여쭐 말씀은 저희들을 하제형 영감께 추천해 주시면 그것으로 충분합니다."

"그것쯤은 염려말게."

그들과 헤어진 서문경은 한결 마음이 후련했다. 서문경이 집에 돌아왔을 때는 이미 날이 어둑어둑할 무렵이었다.

서문경이 돌아온다는 전갈을 받은 오월랑과 다른 여자들은 얼른 안으로 들어갔고 반금련만이 하녀들이 정자에서 식기를 치우는 것을 보고 있었다.

서문경은 반금련의 마중을 받으며 방으로 들어가자 춘매에게 술을 가져오게 했다. 서문경이 반금련을 바라보니 머리에는 은실로 쪽을 틀었고, 비취 꽃비녀도 꽂았으며, 빨간 향기로운 입술과 희고 윤나는 얼굴이 한층 돋보였다. 서문경은 그런 반금련이 귀여워서 두 손을 꼭 잡고 입을 맞췄다. 얼마 후 춘매가 술을 가져왔다. 서문경과 반금련은 술잔을 서로 주거니 받거니 하면서 혀를 빨고 빨면서 큰 소리를 냈다. 반금련은 치마를 걷어올리고 서문경의 무릎에 걸터앉아 술을 머금었다가 서문경의 입속으로 옮겨주고, 호도를 씹어서 역시 입으로 먹였다.

서문경은 호도를 씹으면서 반금련을 끌어 안았다.

그녀의 백옥같은 젖가슴을 매만지며 희롱했다.

그는 만족한 듯이

"내일 내 좋은 구경을 시켜 주겠다."

"무슨 재미있는 일이 있나요?"

"장죽산이란 놈이 병아년을 가로 채서 생약포를 차렸다지만 이제 그놈 얼굴에다 똥을 퍼부어 준단 말야."

"건 또 어찌되는 일인데요?"

반금련이 흥미있다는 듯이 다그쳐 묻자 서문경은 오늘 성밖에서 돌아오다가 노화와 장승 두 파락호에게 부탁한 얘기를 들려 주었다. 서문경과 반금련은 어느 정도 취기가 오르자 주안상을 물리고 침상으로 들어갔다.

한편, 이병아가 장죽산을 자기 집으로 맞아들여 남편으로 삼은지도 어느덧 두 달이 지났다. 장죽산은 이병아한테 들어오자 처음에는 의술을 이용해서 미약(媚藥)을 먹여가며 이병아의 육욕을 만족시켜 줄 수 있었다. 그러나 그런 약의 효험도 오래 갈 수는 없었고 서문경의 정력과 그 기교에는 멀리 미치지 못하였다.

그래서 이병아는 차츰 서문경과 지내던 생각이 간절해졌고 장죽산 따위의 솜씨는 마음에 차지 않았다. 장죽산이 밤이면 쓰던 상사두(想思套) 같은 잠자리 노리개도 처음에는 신기하였으나 이제는 그것마저 꼴보기 싫어서 돌로 깨뜨려 버렸다.

"영감은 뱀장어 같이 허리 힘이 없으니까 공연히 이런 것으로 나를 희롱하는군요. 사내구실도 제대로 못하고 그렇다고 아기자기한 사랑도 없는 허우대 뿐인 못난이야!"

하루는 이병아의 가슴을 파고드는 장죽산을 발길로 차버리고 점방에서 혼자 자게 하였다. 그 후로 이병아는 서문경만 생각하였고 장죽산을 자기 침실에는 얼씬도 못하게 하였다. 그렇게 수모를 받는 장죽산은 마치 바늘방석에 앉은 것처럼 고통스러웠다.

어느날 장죽산이 약포 점방에 앉아 있으려니까 느닷없이 점포 문을 부슬듯이 열고서 두 남자가 거드럭대며 들어오더니 구황(狗黃)이 있느냐고 묻는 것이었다.

장죽산이 우황(牛黃)은 있으나 구황이라는 약은 처음 들을뿐더러 그런 약은 없다고 하니까 두 남자는 빙회(氷灰)는 있느냐고 했다. 그들의 말에 장죽산은 빙그레 웃으면서 빙편(氷片)은 있지만 빙회라는 것은 없다고 말했다.

그때 같이 들어왔던 또 한 사람이 새로 개업한 이까짓 점포에 약이 제대로 있을리 만무하니 서문경의 약포로 가자고 빈정댔다.

　장죽산의 약포로 들어온 술취한 두 남자는 바로 장승과 노화였다. 그들이 공연한 트집을 잡으니 장죽산은 겁을 집어 먹고 어떻게 해서든지 그들을 돌려보내려고 했다.

　"장가한테 좀 따질 일이 있어서 왔우다."

하고 장승이 시비조로 입을 열면서 노화에게 눈짓을 한다.

　"남의 과부를 속여서 장가를 든 장의원 선생! 잊어버리지는 않았겠지? 네가 삼 년 전에 네 본마누라가 죽었을 때 이 노(魯) 형님에게서 꾸어간 돈 삼십 냥 말이다. 이제 원금과 이자를 합하면 상당한 금액이 될게다. 오늘 그 돈을 받으러 왔다. 그래서 우선 우린 쓸데없는 말을 꺼내 네게 눈치채게 했는데도 너는 나를 모르는 척했겠다."

　노화의 말에 장죽산은 어안이 벙벙했는지 눈을 비비며 그들을 쳐다봤다.

　"난 노형께 돈을 꾼 적도 없고, 성씨도 얼굴도 모르는데 무슨 돈을 받아 가겠다는 말이오?"

　"이런 고연놈 봤나! 나를 모르겠다고 딱 시침을 떼다니…… 생각 좀 해 보게. 그 때 너는 방울을 흔들고 고약을 팔러다니다가 내 도움으로 오늘 이만큼 잘 되지 않았느냐 말이다."

　"난 노형한테 돈을 꾼 적이 없다는데도 무슨 억지요! 돈을 빌려왔다면 그때 증인이 있을게 아니요."

　장죽산의 말에 장승은 바로 내가 증인이라고 하면서 소매에서 증서를 꺼내어 장죽산의 눈앞에 펼쳤다. 장죽산은 안색에 노기를 띠면서 노화와 장승에게 호령을 하니 노화의 주먹이 장죽산의 얼굴로 날아 들었다. 장죽산의 비명에 이병아의 하인 천복이가 약포로 뛰어들어 왔으나 그도 노화의 발길에 채여 쓰러지고 말았다. 노화와 장승은 약장에 쌓인 약재를 집어헤치며 장죽산에게 이삼일 더 기다릴 테니 그땐 변통해 줄 것을 요구했다.

　그러나, 장죽산은 돈을 쓴 적도 없고 가령 썼다고 하더라도 순순히 말할 수도 있는데 왜 난폭하게 대하느냐고 따지고 들었다.

　"장죽산 의원선생, 처음부터 순순히 말을 들을 것이지…… 사정을 했더라면 이자라도 감하게 됐을 테고…… 그런데 이건 도리어 잡아떼고 있으니 적반하장이군요."

장승의 말에 잔뜩 화가 난 장죽산은 어디든지 가서라도 이 문제를 해결하자고 대들었다. 이 때 노화의 주먹이 또 면상을 치니 장죽산은 거꾸러졌다. 장죽산이 죽는다고 큰 소리를 치니 이웃 사람들이 몰려와서 이 광경을 보고 있을 때 순라꾼이 오더니 장죽산을 묶어서 끌고 갔다. 이병아는 장죽산이 묶여 가는 것을 보고도 모른 척했다. 구경꾼들이 헤어진 뒤에 이병아는 풍노파를 시켜 약포 간판을 떼어 버리게 했다. 길바닥에 흩어졌던 약재는 이미 구경꾼들이 모조리 주워가서 씻은 듯이 깨끗했지만 이병아는 그런 것에는 아랑곳 하지 않고 약포 문을 닫아버렸다.

노화한테서 자초지종 보고를 받은 서문경은 즉시 하제형(夏提形)에게 편지를 쓰고, 현청에 사람을 보내서 장죽산을 제형원(提形院)으로 송치시키도록 계략을 세웠다.

이튿날 하제형은 장죽산을 제형원으로 끌어내어 심문을 시작했다. 아무리 장죽산이 억울한들 이미 서문경의 계략에 얽혀들고 말았으니 그로서는 용빼는 재주가 없었다. 가짜 증서와 가짜 증인들을 내세운 이 재판은 하제형의 편파적인 판결로 끝났다.

하제형은 형리를 시켜 장죽산을 집에 호송해서 서른 냥을 노화에게 갚게 하고 만일 갚지 않을 때에는 감옥에 집어 넣으라는 판결을 내렸던 것이다.

형리는 장죽산을 묶어 앞세우고 이병아의 집으로 끌고갔다. 장죽산은 우는 소리로 돈 서른 냥만 도와 달라고 이병아에게 애걸하였다. 그러나 이병아는 욕설만 퍼부었다. 지금까지 먹여 살린 것도 분하다는둥, 제 마누라 장사 지내는데 진 빚을 염치 좋게 갚아달라느냐는둥, 겉모양만 번드레하고 맛대가리 없는 못난 놈이라는둥, 이러다간 이번에는 제 애비 죽었을 때 쓴 빚까지 갚게 될지 아느냐고 욕설을 늘어놓으면서 땅에 가래침을 탁 뱉았다.

"돈을 갚지 못하겠으면 도로 감옥으로 가자!"
하고 형리가 말하니 장죽산은 애걸복걸 살려달라고 울부짖었다.

이병아는 마지못해 돈 서른 냥을 노화에게 내 주었다. 노화는 가짜 차용증서를 찢어버리고 형리는 제형원으로 돌아갔다.

이렇게 서른 냥을 거저 뺏은 노화와 장승은 곧 서문경에게 전말을 얘기하고 축배를 들었다. 그 서른 냥을 서문경한테 내놓았으나 그는 받을리가 없었다. 그 돈은 당연히 노화와 장승의 술값, 노름밑천이 되었다.

한편 이병아가 서른 냥을 내놓아 무사하게 된 장죽산은 이병아에게 욕을 당했다. 그 돈 서른 냥은 병을 고쳐준 치료비로 받고 자기 집에서 당장에 나가 달라고 이병아는 장죽산에게 소리를 질렀다.

할 수 없이 장죽산은 자기가 가지고 왔던 약품, 도구, 의상을 챙겨 가지고 이병아의 집에서 나와버렸다. 동네 사람들은 장죽산을 삼일천하의 기둥서방이라고 수군거리며 비웃었다.

이병아는 장죽산과의 일이 마치 악몽과 같이 생각되었고, 그와 동시에 서문경 생각이 간절하였다. 이병아는 혹시나 서문경이 자기를 찾아올까 하고 문에서 기다렸으나 서문경은 끝내 나타나지 않았다.

팔월 보름날은 오월랑의 생일이었다. 집에는 청한 손님과 축하온 여자 손님으로 집안이 떠들썩했다. 아직도 서문경과 오월랑은 불화중이라 모르는 척하고 이계저의 집으로 갔다. 서문경은 응백작과 사희대를 불러오게 하고서 이계저를 품에 안고 종일 술을 마셨다.

밤이 되자 대안이가 말을 가지고 왔다. 서문경이 집에는 별일이 없느냐고 묻자, 손님들은 모두 돌아가셨는데 이병아 집의 풍노파가 오월랑 생일 축하로 과일과 국수를 가져왔고 오월랑은 풍노파에게 돈 한 푼을 줬다고 대안이 대답했다.

서문경은 대안의 얼굴빛이 붉은 것을 보고

"너 어디서 술을 마셨느냐?"

"실상, 아까 풍노파가 자꾸 오라고해서 이병아 마님댁을 갖더니 술을 주셨습니다. 술은 못한다고 사양해도 자꾸 권하셔서…… 억지로 먹었습죠. 이병아 마님은 대관인께 죄송하였다고 여간 후회하고 있지 않더군요. 소인을 보고 울으셔요. 지금도 대관인께 오려는 생각을 하고 있습니다. 그리고 대관인께서 마음을 푸시고 빨리 오셔 주시기를 고대하시더군요."

"흥, 남에게 갔던 계집을 누가 탐탁스럽게 생각하겠니. 들어올 생각이라면 택일이고 뭐고 가리지 말고 아무 날이나 오라고 해라."

대안은 서문경의 말을 듣자 즉시 사자가로 달려가서 이병아에게 이 말을 전달했다. 대안의 말을 들은 이병아는 좋아서 어쩔줄을 몰랐다.

며칠후 이병아는 가재 도구를 전부 서문경의 집으로 운반했다. 서문경은 오월랑에게도 얘기하지 않고 이병아의 짐을 모두 새로 지은 집 이층에 쌓으라고 지시했다.

팔월 스무 날은 마침내 이병아가 사인교 가마를 타고 하인들의 수종으로 서문경 집으로 왔다. 그날 오후에 혼례식이 거행되었는데 서문경은 이 여섯째 첩을 정식으로 맞으려고 아무데도 나가지 않고 이층 새집에서 예복을 입고 기다렸다.

오월랑은 화가 나서 내다보지도 않고 있었는데 맹옥루가 와서 달랬기 때문에 할 수 없이 마음에 없는 정성을 내어 대문까지 나가서 영접했다.

그날 밤 영춘과 수춘이가 신방 채비를 빈틈없이 해 놓았지만 서문경은 이병아가 장죽산과 한동안 동거한데 대한 분이 아직도 가셔지지가 않아서 심술로 이병아의 방으로 들어가지 않았다.

다음 날 오월랑의 숙소에서 서문경의 처첩들이 모여 차례를 정하니 이병아는 여섯째 마님이 되었다. 그리고 초삼일되는 날에는 범절에 따라 연회를 벌리고 여자 손님을 초대해서 축하하였다.

첫날인 스무 날 밤에 서문경이 이병아의 방에 들어가지 않고 반금련의 방에서 잘 때 반금련은 도리어 어색한 표정을 지으면서 말했다.

"어째 여섯째 한테 아니 가시고……"

"내게도 생각이 있어. 병아는 색에 환장한 여자야. 그러니 버릇을 고쳐 주어야 한다."

초삼일 되던 날도 서문경은 이병아의 방에는 들어가지 않고 맹옥루 방에서 지냈다. 서문경이 맹옥루와 술을 마시면서 이병아에 관해 얘기를 하고 있을 때 밖에서 다급한 춘매의 목소리가 들려왔다.

"왜 그리 서두느냐?"

"영감님, 여섯째 마님이 목을 맸어요?"

"어머나! 어쩜 목까지 맨담. 독한 여자에요. 사흘 밤이나 혼자 내버려 뒀으니 안 그러겠어요. 어서 가보세요."

이병아는 사흘 밤이나 내리 서문경이 찾아오지 않으므로 절망 상태에 빠져 밤새도록 울면서 새웠다. 사흘째 되는 밤에는 더 참을 수가 없어 들보에 발 조리 띠를 걸고 목을 맸던 것인데 조금만 늦었더라면 죽었을 것이나 마침 영춘의 눈에 띠어 목숨을 구하게 된 것이었다.

이튿날 오정에야 이병아는 죽을 좀 먹었다. 서문경은 이병아를 둘러싼 처첩들에게

"너희들은 그애의 죽는 시늉을 그대로 믿으면 안돼. 또 한 번쯤 목을 매라고 하지! 잘못을 알 때까지는 죽든말든 내가 상관하지 않을테다."
하며 처첩들을 방에서 내보냈다. 서문경이 말채찍을 가지고 이층으로 들어가자 처첩들은 모두 문밖에서 엿들었다.

"이 화냥년아! 너는 네 잘못을 뉘우치지 않고 나한테 와서 목을 매다니 무슨 분란이냐. 그 장가놈 하고 살지 않고 누가 오라더냐. 어디 내 눈 앞에서 목을 매거라. 네년이 죽는 꼴을 좀 보자."

서문경은 이병아에게 채찍질을 하기 시작했다. 이병아는 무슨 업보로 이런 지경을 당해야 하나 생각하니 더욱 슬퍼져서 목놓아 울었다. 이에 더 화가 치민 서문경은 채찍을 휘둘러 이병아를 벌거벗긴 뒤 무릎을 꿇리었다.

"이년아…… 내가 집에 무슨 사건이 생겨서 좀 기다리라고 했다. 그 동안을 못참고 장가란 놈과 놀아나다니…… 게다가 약포를 냈으니 나와 경쟁을 하려고 했더냐?"

"할말이 없습니다. 영감께서 오랫동안 발을 끊이시니까 버리신줄 알고 그런 경솔한 짓을 한 것인데 알고보니 그 장가 녀석한테 저도 속았어요. 뒤늦게나마 잘못을 깨닫고 그놈을 쫓아 버렸으니 용서해 주세요."
하고 이병아는 슬피 울었다. 그 가련한 모습을 본 서문경은 기분을 돌렸다.

"그럼, 말해봐라 내가 좋더냐? 장가놈이 좋더냐?"

"물으나 마나한 말씀이세요. 영감은 어디를 보나 사람 위에 서십니다.

그 녀석은 비루먹은 개야요. 그리고 그전 서방 화자허도 영감께 비하면 해 앞의 달이에요. 그러니까 화자허가 살아 있을 때도 영감께 정을 바친 게 아니겠어요."

그제야 서문경은 기분이 완전히 달라져 이병아를 가슴에 꼭 껴안았다.

'20

맹옥루(孟玉樓)가 오월랑(吳月娘)을 위로하고
서문경이 여춘원(麗春院)에서 큰 소동을 일으키다

서문경이 이병아의 방으로 들어가자 큰 불벼락이 떨어지는 걸로 짐작한 반금련과 맹옥루는 방안의 동정을 엿들었으나 문이 꼭 닫혀있고, 들여다볼 수도 없어 공연히 안타깝기만 하였다.

이 때 춘매가 밖으로 나오므로 반금련은 궁금증이 나서 방안의 동정을 물었다. 춘매는 그 동안 방안에서 벌어진 전말을 자세히 전했다.

춘매의 말을 듣자 반금련은 맹옥루에게 이번 서문경이 이병아에게 대한 태도는 마치 태산동명서일필(泰山動鳴鼠一匹) 격이라고 말했다. 그리고 반금련은 강짜가 나서 춘매가 열심히 이병아의 시중을 들고 있는 것이 눈에 거슬렸다.

"저년은 그런 심부름을 신이 나서 우쭐댄단 말야."

춘매가 술상을 주방에서 가지고 이병아의 방으로 들어가니까 이렇게 빈정댔다. 반금련은 이어서

"춘매야, 얼른 가져다 주고 그 방 계집애더러 상심부름을 하라고 해라. 너는 내 일이 있으니까 빨리 나오너라!"

춘매는 싱글벙글 웃으면서 술상을 들고 이병아의 방으로 들어갔다. 춘매가 방에서 나오자 맹옥루는 몸종 옥소와 자기 방으로 돌아가고 반금련은 춘매를 데리고 자기 방으로 들어가서 홀로 적적한 밤을 보냈다.

한편, 서문경과 이병아는 서로 오래간만에 만나서 육욕의 잔치를 한껏 벌리고 있었다. 알맞게 취기가 오른 두 남녀는 발정난 동물과도 같이 침상에서 뒹굴며 환희에 몸을 떨었다.

서문경과 이병아는 이튿날 해가 높이 뜬 뒤에야 겨우 잠에서 깨어났다. 밤새도록 첫날 밤을 즐긴 그들은 새벽녘에야 겨우 눈을 좀 붙였던 것이었다. 서문경은 축 늘어진 몸을 가다듬고서 지난 밤에 마시다 남은 술로 해장을 하였다.

술상을 물린 후 이병아는 화장을 하고 나서 머리에 꽂는 여러 가지 장식품과 각가지 의복을 궤짝에서 꺼내어 서문경에게 보이고, 백 개나 되는 진주도 꺼내 보였다.

이병아는 서문경에게, 자기가 갖고 있는 귀중품을 은방에 부탁해서 자기 마음에 드는 다른 장식품을 만들어 달라고 요청을 했다.

조반을 먹은 뒤 서문경은 이병아의 요청대로 금붙이를 가지고 은방으로 가려던 중 반금련에게 들켰다. 반금련은 머리를 풀어헤친채 협문에 서 있었던 것이다.

반금련이 무슨 할 말이 있다면서 서문경을 자기 방으로 끌어 들이므로 서문경은 잡아 뗄 수가 없어 반금련의 방으로 들어갔다. 서문경은 바쁜 일이 있어서 외출을 해야 하니까 할말이 있으면 나갔다 와서 하자고 달래면서 나오려고 하는데 반금련이 소매에 매달리니 묵직한 것이 손에 잡혔다.

반금련은 당장에 그것이 무슨 물건이냐고 다구쳐 물었고, 서문경은 능청스럽게 자기 금붙이라고 말했다. 그러나 그 말을 믿을 반금련이가 아니었다. 마지 못해 서문경은 꺼내 보이고 이병아가 부탁해서 은방에 가지고 가는 길이라고 실토를 했다.

반금련은 그 금붙이로 자기 것도 한 가지 해달라고 애교를 떨었다. 서문경이 웃으면서 방에서 나오려고 하자,

"영감, 끝내 일을 치르셨군요."

"무슨 얘기야?"

"흥, 죽일년이라고 노발대발 하더니 하룻밤 사이에 꼬리를 치는 흘레개

가 되고선 뭘 시침을 떼세요."

"공연히 주책떨지 말아."

서문경은 눈을 흘기며 반금련의 방을 나가 버렸다.

이 때 오월랑은 이교아와 맹옥루를 데리고 이병아에 대한 얘기를 하고 있었는데, 평안이 내왕을 찾는 소리가 들려왔다. 서문경이 내왕을 찾기 때문이었다. 그러나 내왕은 아침 일찍 오월랑의 분부로 서문경 몰래 향유(香油)와 쌀을 가지고 암자로 떠났다.

"실은 내가 심부름을 보냈다."

오월랑의 말에 평안은,

"그럼 대관나인께 큰 마님께서 심부름을 보내셨다고 말씀 드리겠습니다."

"저런 죽일놈이 있나. 네 맘대로 가서 지껄여라."

평안은 오월랑에게 꾸중을 듣고 머리를 긁적이면서 밖으로 나갔다. 오월랑과 맹옥루는 다시 이병아의 얘기를 계속하였다.

얼마 후에 이병아는 단장을 하고 여춘과 수춘에게 차를 드려 가지고 오월랑의 방으로 들어왔다. 오월랑이 여러 첩들과 차를 마시며 얘기를 하고 있을 때 반금련은 이병아에게 요즈음 영감과 큰 마님은 사이가 좋지 않아 말도 않고 지내는데 그것을 이병아 당신 때문에 그렇게 된 것이니 큰 마님께 두 분이 화합하시도록 충고하라고 말했다.

이병아는 그렇게 하겠다고 오월랑에게 네 번 절을 하니 오월랑은 그것을 반금련이가 놀리는 소리라고 하면서, 서문경과는 백 년 가도 같이 살지 않겠다는 것이었다.

어느덧 이병아가 시집온지 스무 닷새째 되는 날이 되자 서문경은 회친연(會親宴)을 열어 친족을 이병아와 상면시켰다. 이날 잔치에는 기생 네 명과 가수 일단을 불러와서 주흥을 돕게 했다.

손님이 이윽고 다 모이자 모두들 대청으로 모였다. 가수들이 창(唱)을 뽑은 뒤 기생들은 나는 듯이 나와서 춤을 추었다.

"형님, 오늘은 형님의 경사로운 날로서 내가 참석할 자리는 아닙니다만 새 형수님의 얼굴을 보여주지 않으시니 술맛이 나지 않습니다. 더구나 우리보다도 친척되시는 분들을 위한 잔치인데……"

응백작의 말에 서문경은,

"이번의 소첩은 변변치 못한 위인이라 여러분 앞에 나와서 인사드리기가 부끄럽습니다. 그런대로 용서하시구려."

"형님, 우리는 새 형수님 뵈러왔지 묵은 신랑아닌 구랑을 보러 온 것은 아니에요."

사희대가 이렇게 말하니 서문경은 웃기만 하였다.

서문경의 친구들은 짓궂게도 이병아가 좌석에 나오기를 요구하므로 할 수 없이 서문경은 대안을 안으로 보냈다.

그러나 얼마 뒤 대안이 나오더니

"새 마님께신 용서해달라고 하십니다."

대안의 말에 응백작은 거짓말로 속인다고 하면서 자신이 직접 들어가서 모시고 나오겠다고 호령을 했다.

대안이 서문경의 눈치만 보고 있으려니까 견디다 못한 서문경은

"새 마님 더러 준비가 끝나거든 잠깐 인사나 오라고 여쭈어라."

하고 대안에게 분부하였다.

대안이 한참 있다가 나오더니 이병아가 나온다고 서문경에게 알렸다. 이어서 맹옥루와 반금련이 마치 들러리 모양으로 이병아를 데리고 나와서 대청에 세웠다.

이병아는 오색 비단 큰 소매 상의와 녹색 바탕에 금줄의 치마를 입고 허리에 벽옥 띠를 매고 팔에는 금팔찌를 끼고서 꽃속의 나비 모양으로 사뿐사뿐 걸어나오니 손님들은 모두들 황급히 일어서서 답례를 했다.

응백작, 사희대는 이병아가 인사하러 나온 것을 보고, 세상에 둘도 없는 미인이라는둥 형수님을 오늘 뵈었으니 내일 죽어도 한이 없다는둥, 형님은 팔자도 좋다는둥 아첨의 말을 늘어놨다.

초대받은 기생 이계저, 오은아, 동옥선, 한금천 등 네 명을 이병아가 돈이 많다는 사실을 알고 정성껏 시중을 들어주며 이병아의 비위를 맞추었다. 뒷방에서 광경을 엿본 맹옥루, 반금련, 이교아는 입을 삐죽대면서 질투의 눈길을 보냈다. 이병아는 인사를 끝내고 자기 방으로 들어갔다.

잔치는 해가 저물어서야 파하고 손님들도 등불을 켜들고 자기 집으로 돌아갔다. 기생 넷은 이병아가 비단 수건과 돈 닷 푼씩을 주니 매우 기뻐하면서 돌아갔다.

서문경이 이병아를 여섯째 첩으로 맞아들인 뒤 여러 날 계속하여 이병아의 방에서 지냈으나 다른 처첩들은 당연지사로 생각했다.

그러나 반금련만은 밸이 꼴려 가만히 있을 수가 없었던지 오월랑과 이병아 사이를 이간 시켜서 이병아를 궁지에 몰아넣을 계책을 꾸몄다.

이병아가 서문경의 집으로 온 뒤로는 가운이 더욱 틔었다. 우선 이병아의 재물이 굴러 들어왔고, 또한 부정축재를 해서 곡식은 창고에서 썩고, 우마(牛馬)는 떼를 지었으며, 여러 명의 하인들도 더 늘었다.

서문경은 또 전당포를 개업하고 분사를 주임으로 시켰으며 사위 진경제로 하여금 물품의 출입을 맡아 보게 하였다.

진경제는 아침부터 밤늦게까지 금전 출납, 물품 출납의 일을 열심히 보아 서문경의 마음을 흡족케 하였다. 하루는 서문경이 진경제에게 내가 영영 아들이 없이 된다면 재산을 물려주겠다고 말했다.

진경제를 참하게 본 서문경은 대소의 사무 일체를 그에게 맡겼다. 그러나 진경제는 솜 속에 들어있는 바늘이오, 생선 속에 가시 노릇을 할 줄이야.

어느덧 동짓달도 하순으로 접어 들었다. 하루는 서문경이 상치절 집에서 응백작, 사희대, 축실념과 어울려 차를 마시고 나오니 눈이 부슬부슬 내리고 있었다.

"형님, 벌써 집에 들어가서 뭘하시겠어요. 눈오는 밤에 술 한 잔 하는 흥취야말로 비할데 없지요. 어디 가서 한 잔 합시다. 당나라 시인 맹호연(孟浩然)은 눈을 밟고 매화를 찾았다니 우리도 설중계(雪中桂)를 찾아 갑시다."

응백작이 이계저의 집에 가서 놀자고 서문경을 충동질하였다.

그 길로 서문경 일행은 여춘원(麗春院)으로 갔으나 계경만이 나와서 맞이했고 이계저는 보이지 않았다. 어디 갔느냐고 서문경이 물으니 노파는 능청스럽게 거짓말로 대답했다.

　실상 요사이 이계저는 항주(杭州) 비단장사의 아들 정이관(丁二官)을 녹이는 판이었다. 이날도 그와 더불어 술을 마시는 중에 서문경의 일행이 들이닥치므로 뒷방으로 숨어버린 것이었다.

　이계저의 언니 계경은 그런 속내를 숨기려고 거문고를 탄다, 창을 부른다 하여 흥을 돋구려고 애썼다.

　얼마 뒤에 서문경이 소피를 보러 나갔다가 뒷방에서 웃고 노는 소리가 나서 가보니 그 방에 이계저가 어떤 사내와 놀고 있는 것이 아닌가.

　슬그머니 화가 치민 서문경은 술상을 둘러 엎고 이계저의 머리채를 잡아끌어 내다 족쳤다. 그리고 이계저의 집 문이고 세간이고 마구 부셔버렸다. 응백작과 사희대가 말려도 듣지 않고 야단을 치니 뒷방에 있던 정이관은 소심한 사나이라 겁을 먹고 침대 밑으로 숨어 버렸다. 노파가 나와서 서문경에게 대어들었으므로 서문경은 더욱 분통이 터져 노파까지 구타를 하려고 했으나 응백작이 만류하므로 분을 참았다.

　"두 번 다시 이 집에 아니 오겠다!"

　서문경은 이렇게 내뱉고 이계저의 집에서 나와 말에 올라 눈길을 밟고 집으로 돌아갔다.

21

오월랑(吳月娘)이 북두칠성께 기도드리고
응백작(應伯爵)이 이계저(李桂姐)와 화해시키다

서문경이 이계저의 집 여춘원에서 집으로 돌아왔을 때는 자정이 넘었다.

이때 오월랑은 남편이 바람을 잡고 집안 일에 충실하며, 얼른 옥동자를 점지해 달라고 북두칠성에게 기도를 올리고 있었다. 오월랑은 매달 세 번씩 기도를 드렸는데 이날도 기도를 드리는 날이었다. 몸종 소옥이 향로에 불을 가져오고 오월랑이 나와서 분향 사배하고 손을 비비며 빌기 시작했다. 서문경은 그러한 오월랑의 눈물겨운 정성은 전연 알지 못했던 것이다.

서문경은 오월랑이 기도드리는 것을 보고, 또 빌면서 읊으는 소원을 듣자 가슴이 뭉클하여 지금까지 오월랑에게 행한 일을 스스로 뉘우쳤다. 자기를 그만큼 오월랑이 생각해주다니…… 잘못을 깨달은 서문경은 슬금슬금 오월랑의 곁으로 가서 오월랑을 포용하려고 했다.

오월랑은 북두칠성에게 막 빌고서 발을 옮기려고 하는데 뜻밖에도 ―눈을 밟고 오는 남편의 발소리를 듣지 못했으므로― 누가 자기를 껴안으려고 하므로 질겁을 해서 도망치려고 했다. 그러나 서문경은 오월랑의 두 손을 꼭 쥐었다.

"여보 부인, 지금까지 내가 잘못했어. 이렇게까지 나를 위해 정성을 드리는데…… 부인은 역시 이 집안의 어른이야."

"오늘 눈이 많이 와서 눈에 홀린 모양이군요. 가실 방을 잘못들어 이리로 오신가본데 나는 당신과 아무 관계도 없으니 어서 기다리는 방으로 가세요. 우리 둘은 언제나 만나 볼 필요가 없을 거에요."

서문경은 달아나려는 오월랑을 방으로 끌고 들어갔다. 서문경은 오월랑 앞에 머리를 숙이면서

"여보, 옥을 돌로 보는 수도 있으니 용서해 주구려. 오늘밤 당신의 정성을 내 눈으로 보고서 느낀 바가 많소."

서문경은 토라진 오월랑의 마음을 달래느라 애를 쓰며 끼어 안았다.

"난 오늘 정성을 드린 몸이니 얼른 나가 주세요. 공연히 그런 소리로 날 속이려고 드는데 내가 속을줄 알아요."

"부인, 나는 오늘 밖에서 매우 언짢은 일이 있었어. 그래서 눈이 쏟아지건만 당신께 얘기하려고 이렇게 들어온 건데……"

"그런건 다 내가 알 필요도 없고 나는 당신을 상대하기 싫으니 어서 당신을 상대하는 사람의 방으로 가서 말씀하세요."

서문경은 오월랑의 마음이 돌아서지 않으므로 방바닥에 무릎을 꿇고 애원을 했다. 서문경의 그런 태도를 차마 볼 수가 없었는지 어쩐 계집한테 또 속고 왔느냐고 비로소 온순한 말로 물었다.

오월랑은 소옥을 시켜 차를 끓여오게 했다. 서문경은 차를 마시면서 그날 상치절 집 다과회에 갔다가 응백작 등과 이계저 집에 들려 소란을 피운 전말을 자세히 얘기하고 다시는 이계저의 여춘원에 발을 들여 놓지 않겠다고 말했다.

"이계저를 찾아가시든 아니 가시든, 그건 내가 상관 않겠어요. 그런 화류계 이계저를 첩으로 맞아들이든 간에 여자는 영감이 아니 가시면 다른 사내를 볼 것은 뻔한 일이죠. 그것이 화류계 여자들의 근성인데…… 그들의 몸은 차지해도 마음을 뺏지 못하실 거에요."

"허허, 당신 말이 옳소."

서문경과 오월랑은 주위를 물리치고 침대 위로 올라갔다. 오월랑은 서문경에게 내 침상에서 자는 것까지만 허락하니 다른 마음은 아예 갖지 말라고 못을 박았다.

그런 말에 물러설 서문경이 아니었다.

"응 기분 좀 내 봐."

"맥이 없다니."

"당신이 기분을 맞추어 주지 않기 때문에."

"당신은 너무해요."

서문경은 백설같은 그녀를 껴안고 말았다.

으스러져라 하고.

그날 밤, 오래간만에 서문경과 오월랑은 장막 안에서 정담을 속삭이고 운우를 통하여 밤을 지샜다. 서문경은 오래간만에 오월랑을 포옹하게 되자 지금까지의 긴장이 풀리고 딴 사람같은 정다운 소리로 속삭이며 오월랑의 몸을 애무했다. 오월랑도 서문경의 가슴을 파고 들며 환희에 몸을 바르르 떨며 흐느꼈다.

다음 날 새벽에 맹옥루가 반금련의 방으로 들어가니 반금련은 머리를 빗고 있었다.

"다섯째 한테 할 얘기가 있네. 어제 밤 일을 아는지?"

"무슨 일이 있어나요? 이런 구석에 박혀 있으니 알 수가 있어야죠."

"아 글쎄 어젯밤엔 늦게 들어온 영감이 큰댁과 화해하고 한방에서 주무셨다잖아요."

"그렇게 화해를 시키려고 애써도 월랑은 영원히 영감과 상종않겠다고 하더니 어떻게 자기네들끼리 떡방아를 찧고 화해를 했을까."

"글세 말야. 나도 오늘 아침에야 알았는데 아이들이 그러는데 어제 이계저의 집을 때려 부수고 그 길로 돌아온 영감이 향불을 피우고 북두칠성에게 빌고 있는 큰댁을 보았다는 거야. 영감은 큰댁을 안고 방으로 들어가더니 밤새도록 얘기하드래요. 영감은 큰댁을 엄마 엄마 부르고 큰댁은 영감을 오빠 오빠 부르면서 어찌나 홍홍대는지 애들까지 잠을 못 잤다더군."

맹옥루와 반금련은 오월랑을 헐뜯고 빈정대면서 어젯밤의 서문경과 오월랑의 사이를 못마땅하게 생각했다. 그러나 맹옥루는 입으로만 강짜를 하는 편이지만 반금련은 속으로 꽁하여 분을 참느라고 색색댔다.

"다섯째, 어서 단장을 하고 이병아 한테로 가자구. 영감과 큰댁이 틀어졌던 것도 그 때문이었으니까…… 이병아 더러 돈 한 냥 내라 하고 우리도 닷 푼씩 내가지고 설경이나 보면서 한 잔씩 들고 마음이나 풀어보자구요."

반금련은 맹옥루를 따라서 이병아에게로 갔다. 이병아는 아직까지 자리에 누워있었다.

반금련이 이병아의 이불 속에 손을 넣어 더듬으니 은으로 만든 향방울이 손에 잡혔다.

"어머, 여섯째가 웬 방울을 낳았나봐."

반금련이 이병아의 이불을 걷어 올리니 이병아의 하얀 아랫도리가 드러났다.

이병아가 얼른 일어나 옷을 입자 맹옥루는 서문경괴 오월랑이 화해한 일과 한 잔 마시고 설경 구경도 할겸 축하회를 열자고 말했다. 이병아도 찬성하고 당장에 돈 한 냥을 내놓았다. 맹옥루와 반금련도 추렴을 해서 대안에게 돈을 내어주고 잔치 준비를 시켰다.

대안이 나가서 오리고기, 닭고기, 술 등을 사가지고 들어오는데 마침 서문경과 마주쳤다. 서문경이 웬 것이냐고 대안에게 묻자 대안은 오늘 여러 마님이 추렴을 해서 대관인과 큰마님께 축하를 드릴겸 설경 구경을 할 작정이라고 말했다.

안대청에 병풍과 장막을 치고 아침부터 상설연(賞雪宴)이 벌어졌다.

서문경과 오월랑이 상좌에 앉자 이병아가 꿇어앉아 잔을 올리고 반금련과 맹옥루는 번갈아 술을 따랐다.

"허허허…… 오늘은 아침부터 여러 딸년들의 효성이 지극하구나!"
하고 서문경이 말하자, 오월랑도

"여러분이 이렇게 대접을 하리라곤 생각 못했어요."
하고 여러 첩들에게 각각 술잔을 돌렸다. 그리고 사위 진경제와 딸을 불러 한 자리에 앉히고 온 가족이 주연을 즐겼다.

서문경은 상설연(賞雪宴)을 벌인 날 밤에도 오월랑의 방에서 자고 이튿날 일어나니 눈도 멎고 청명한 겨울날 햇빛이 빛났다. 조반을 막 먹으려고 하는데 응백작과 사희대가 찾아왔다고 대안이 알려왔다. 응백작은 사희대와 같이 전날 이계저 집에 초대를 받고 서문경과 화해를 시켜달라는 청탁을 받고 찾아온 것이었다.

응백작은 이계저를 만나서 호통을 쳤더니 잘못했다고 엉엉 울면서 영감한테 사죄를 올릴테니 모셔와 달라고 부탁을 해서 이렇게 일찍 찾아온 것이라고 그간의 전말을 이야기했다. 그러나 서문경의 태도는 완강했다.

"나는 월랑에게 맹세하고 다시는 여춘원에 안 가기로 했어. 자네들이 이계저 보고 걱정말라 더라고 전해주게."

응백작과 사희대는 무릎을 꿇고 자꾸 졸라댔다. 잠깐만 다녀 오시면 된다고 하면서. 둘이서 죽기로 기를 쓰고 졸라대므로 서문경은 마지 못해 조반을 먹고 외출할 채비를 차렸다.

오월랑은 서문경이 외출하려고 하자 대안에게 오늘은 셋째 마님의 생신일이니 일찍 모시고 오라고 당부했다.

그날은 바로 맹옥루의 생일날이었다. 그러니 서문경의 집에서는 잔치가 벌어질 것이다. 허지만 서문경은 응백작과 사희대의 간청에 못이겨 이계저의 집으로 갔다. 주안상이 놓인 좌석으로 들어가니 이계저와 계경 자매가 술을 따르며 가무를 보여줬고, 이노파는 코가 땅에 닿도록 사죄를 했다.

서문경의 집에서는 오월랑이 어제 상설연의 답례겸 맹옥루의 생일 잔치를 성대히 준비하여 손님들도 많이 초대했으나 서문경이 아직 돌아오지 않았으므로 여자들은 초조히 기다렸다.

"영감은 눈이 이렇게 쌓였는데 어딜 가서서 여태 돌아오시지 않는담!"

"아마 이계저의 집에 가서 술타령을 하시나봐. 아까 응백작과 사희대가 와서 영감을 끌어내어 갔으니까……"

"이계저의 집에는 다시 안 가겠다고 맹세까지 했다는데 가셨을 리가 만무지."

반금련과 맹옥루가 이렇게 지껄이고 있을 때 서문경이 돌아와서 큰 잔치가 벌어졌다.

그날 밤 서문경은 맹옥루의 방으로 가서 신방을 차렸고 반금련은 술에 만취가 되어 이병아의 부축을 받고 자기 방으로 가서 쓰러졌다.

22

서문경이 몰래 송혜련(宋蕙蓮)과 간음(姦淫)하고
이명(李銘)이 춘매(春梅)에게 수작을 걸다

서문경의 심복 하인 내왕(來旺)의 아내는 불행히도 폐병으로 사망해서 얼마 전에 오월랑이 새로 장가를 보내 주었다. 그 여자는 관(棺) 장수 송인(宋仁)의 딸로 채통판(蔡通判)이라는 관리집에 종으로 팔려 갔었는데 그 집의 요리 만드는 장충(蔣聰)과 눈이 맞아서 그의 아내가 되었다. 그녀의 이름을 송금련(宋金蓮)으로서 남편 장충은 서문경의 집에도 출입하였고 내왕도 역시 장충의 집을 왕래하는 사이였다.

그러는 동안에 내왕과 금련은 어느덧 정을 통하게 되었는데 어느날 장충은 같은 요리만드는 사람과 돈 관계로 시비 끝에 칼에 찔려 죽고 말았다.

마침 내왕은 상처한 몸인데다가 벌써부터 정을 통하고 있던 송금련이가 갑자기 과부가 되자 이것은 하늘이 준 기회라고 생각하였다. 엉큼스런 내왕은 오월랑에게 송금련이가 바느질 솜씨가 놀라우니 침모로 두라고 권하였다. 그래서 서문경의 집으로 오게 되었고 그 뒤 서로 부부가 되겠다고 청하므로 오월랑은 그것을 허락하였던 것이다.

그러나 송금련의 이름이 주인 첩인 반금련과 이름이 꼭 같으므로 송금련의 이름을 혜련으로 고쳐 부르게 했다. 송혜련은 반금련보다 두 살 아래인 스물 네 살로서 중키에 알맞은 몸매, 게다가 살결이 육감적이었다.

그리고 화장 솜씨도 뛰어났고 영리했으며 더구나 남자를 호리는 솜씨가 놀라웠다.

이러한 여자가 자기 집 하인한테 시집와서 자주 눈에 띄게 되므로 반반한 여자라면 그냥 놔 두지를 않는 서문경으로서 가만 있을리가 만무였다.

하루는 서문경이 계교 하나를 생각해냈다. 서문경은 돈 오백 냥을 내왕에게 주면서 채태사 생신축하에 보낼 관의(官衣) 일습과 집안 식구들이 입을 비단을 장만해 오라고 항주까지 갔다올 것을 지시했다. 항주까지 가서 이런 일을 해가지고 돌아오는데는 반 년은 넉넉히 걸린다. 내왕은 육로로 동짓달 보름께 말을 타고 출발케 했으니 그동안 송혜련을 마음 놓고 희롱하려는 속셈이었다.

어느날 낮이 좀 지나서 외출했던 서문경이 집으로 돌아오다가 중문 앞에서 송혜련과 마주쳤다. 술취한 서문경은 송혜련의 목을 끌어다가 아무 말도 없이 입을 맞추고 난 뒤 내 말에 순종하면 비단옷과 패물 등 뭐든지 사주겠다고 소곤댔다. 송혜련은 그 자리에서 좋다 싫다 아무 대꾸도 하지 않고 몸을 빼어 달아났다.

서문경은 방안으로 들어오자 그 길로 하인편에 비단 한 필을 송혜련에게 보냈다. 송혜련은 그 윤나고 부드러운 상등 비단을 보자 자기 가슴과 허리에 대어 보면서 좋아했다.

"영감 말씀이 허락만 하신다면 뭐든 원하는 대로 들어주시겠다고 하시던데요. 그리고 마침 오늘은 큰 마님이 안 계시니 좀 만나 뵙자던데……"

하인은 서문경의 속셈을 알고 있는지라 얼굴을 붉히며 말했다.

송혜련은 하녀 옥소가 돌아가자 화장을 새로 하고 방을 부산하게 정돈했다. 조금 뒤에 다시 옥소가 와서 하는 말이 집안 사람들 눈이 거북하니까 후원 뒤에 조산이 있는데 그 곳에 동굴이 있으니 그 동굴에서 만나잔다고 했다.

송혜련과 약속하고 돌아온 옥소는 곧 서문경을 이끌고 동굴까지 나갔다. 송혜련이 동굴속으로 들어가자 이어서 서문경이 들어가고 옥소는 밖에서 망을 보았다.

한편 반금련과 맹옥루는 이병아의 방에서 바둑을 두고 있었다. 이때 하녀 난향이가 서문경이 들어왔다고 하므로 바둑은 깨지고 모두 일어났다. 반금련이 방문을 나와 난향에게 서문경이 어디 있느냐고 묻자 난향은 손으로 조산쪽을 가리켰다.

반금련은 얼른 눈치채고 조산까지 통하는 문턱까지 가보니 거기에 옥소가 있었다. 반금련은 생각하기를 서문경이 여기서 옥소를 범하려고 하는가 싶어 동굴로 들어가려고 했다. 그러나 옥소는 반금련을 가로 막으면서 대관인께서 이 안에 볼 일이 있어 들어가니 아무도 들어오지 못하게 하셨다고 말했다.

"뭣이! 영감이 그렇게 무섭더냐!"

반금련은 옥소를 뿌리치고 동굴 속으로 들어가니 서문경과 송혜련은 막 일을 끝낸 참이었다. 송혜련은 인기척이 나므로 치마를 얼른 입고 밖으로 나오다가 반금련과 마주쳐 얼굴이 붉어졌다. 여기서 무엇을 했느냐고 반금련이 묻자 화동(畵童)을 부르러 왔었다고 대답하면서 송혜련은 달아났다. 반금련이 장춘오(藏春塢)로 들어간즉 서문경은 바지 끈을 매고 있었다.

"대낮에 이런데서 무슨 짓이람! 염치도 없이 그런 것을 데리고 놀다니 고년의 뺨따귀를 좀 갈겨줄걸 쑥 빠져 달아나는 바람에 그만. 그래 고년과 몇 번이나 밀통을 했수? 바른 대로 말하지 않으면 큰 마님께 일러 바치겠어요."

"이봐, 떠들지 말아. 정말 오늘 한번 뿐이야."

"영감, 한번 두번이 문제가 아니라 사람을 속이는 것이 야속하단 말에요."

반금련에게 현장을 들킨 서문경은 멋쩍게 웃으면서 밖으로 나왔다. 앞으로 반금련의 강짜를 어떻게 막아낼 것인가를 생각하면서…….

그 후부터 송혜련은 반금련의 방에 매일 와서 음식도 만들고 바느질도 해 주었고 이병아의 방에도 따라가서 바둑을 두어 반금련의 환심을 사려고 애썼다.

섣달 초여드렛날. 서문경은 응백작을 대동하고 대가방의 상추관 집 장례에 문상을 가기로 약속되어 있으므로 말 두 필을 준비하여 응백작이 오기를 기다렸으나 그는 도무지 나타나지를 않았다. 그러던 중 몸종 소녀들에게 가무를 가르치는 이명(李銘)이 들어왔다. 서문경은 대청화로 옆에 앉아서 춘매, 옥소, 난향, 영춘 등이 이명에게 음곡 배우는 것을 보고 있었고 사위 진경제가 옆에서 장인을 모시고 있었다. 이 때 응백작이 들어왔다. 서문경은 응백작과 진경제와 더불어 조반을 먹으며 은잔에 금화주(金華酒)를 따라 마셨다. 술병에 술이 남았으므로 화동을 시켜 이명에게도 술을 대접토록 하였다.

서문경과 응백작이 말을 타고 상추관 집으로 가자 서문경을 전송한 소녀들은 서문경의 전실 딸 방으로 들어가고 춘매 혼자만 이명에게 비파를 배웠다. 이명은 한 잔 했으므로 취기가 몽롱한 탓인지 엉큼스런 생각을 품고 슬며시 춘매의 손을 잡고 힘을 주었다. 춘매는 질겁을 하고 소리를 벌컥 지르며 욕설을 퍼부었다. 춘매의 주둥이가 어찌나 걸고 발악이 이만저만이 아닌지라 이명은 줄행랑이 제일이라고 의복을 끌어안고 밖으로 달아났다.

이명이 허겁지겁 달아난 뒤에도 춘매는 분이 풀리지 않아 입속으로 이명에게 욕을 하면서 여자들이 바둑을 두고 있는 방으로 들어갔다. 춘매가 이명에게 당한 일을 애기하니 그들도 한 마디씩 이명을 헐뜯었다. 그날 저녁 서문경이 돌아온 뒤에 반금련은 춘매가 수작을 받았던 일의 자초지종을 상세히 알렸다. 반금련의 말을 들은 서문경은 당장에 하인 내흥을 불러 이제부터 이명을 절대로 문안에 들여놓지 말라고 명을 내렸다.

23

이병아(李甁兒)가 내기 바둑에 지고
반금련(潘金蓮)이 장춘오(藏春塢)에서 엿듣다

새해가 되었다. 서문경은 신년 축하로 외출하고 오월랑도 친정집에 가고 없었다. 맹옥루와 반금련은 이병아 방에서 내기 바둑을 두고 있었다.

바둑에 지는 이가 돈 닷 푼을 내어 술과 돼지머리 하나를 사기로 돼 있었다. 이것은 반금련의 제안인데 돼지머리는 내왕의 아내 송혜련이 맛있게 삶는다고 하니 그에게 부탁하자고 말했다.

바둑 내기는 결국 이병아가 지고 말았다. 그래서 돈 닷 푼을 내놓아 내흥을 불러 돈을 주고 술 한 병과 돼지머리 하나를 사다가 송혜련더러 삶아달라고 해서 가져오라고 당부했다.

송혜련은 자기의 음식 솜씨를 남이 알아주는데 다소 기분이 좋았고 자긍심도 생겨서 돼지머리를 삶아 달라는 것을 처음에는 거절하려고 했지만 주방으로 들어가 민첩하게 일을 했다. 송혜련은 돼지머리를 삶은 뒤에 생강과 마늘을 곁들여 이병아의 방으로 들여보냈다.

이 바둑 내기가 계기가 되어 서문경의 처첩들은 순번대로 돌아가면서 그날 그날 비슷한 주연을 베풀었다.

열흘 날은 이병아 순번이었다.

이병아의 방에서 오월랑과 친정 어머니 오대구 부인까지 모여 일곱 여자가 술을 마셨다. 외출했던 서문경이 오후에 돌아왔으므로 옥소는 서문경에게 이병아의 방에 모두 모여서 술을 마시고 있다고 말했다.

서문경은 옥소를 시켜 세말에 응백작이 가져온 술을 그리로 가져 가도록 했다. 송혜련은 술을 따르고 있다가 옥소가 가져 온 술을 받을 때 옥소가 눈짓을 하므로 벌써 알아차렸다.

얼마뒤 송혜련은 핑계를 대고 좌석에서 빠져나와 안으로 들어갔다. 발을 들고 방으로 들어가니 서문경이 혼자 술을 마시고 있었다. 송혜련이 서문경의 무릎 위에 앉자 서문경은 술잔을 들어 송혜련의 입에 대주었다.

"영감, 요새 내가 빚을 졌는데 갚아 주셔야겠어요."

"응, 아직 주머니에 한두 냥 있을 테니 가져가거라."

하고 서문경이 송혜련의 치마를 벗기려고 하니 송혜련은 안된다고 고개를 흔들었다.

"넌 오늘밤 안에서 자고 가라."

"안에서라면 여섯째 마님이 걸리니까 다섯째 마님 방이 좋아요."

이와 같이 옥소가 방문 앞에서 망을 보고 서문경과 송혜련은 서로 부둥켜 안고 희롱을 했다.

저녁때 불을 켤때가 되어 서문경은 이병아의 방으로 들어와 웃으면서

"아직도 술을 마시고 있군."

"영감은 안방으로 가셔서 약주를 드세요. 여자놀이에 남자가 끼어드는 것도 좋지 않아요."

"그렇다면 돌아가지. 어서 재미있게 놀이나 하게."

서문경은 반금련의 방으로 갔다. 반금련은 곧 서문경의 뒤를 따랐다.

"이봐 금련이, 내 할말이 있는데 들어주겠나. 다른게 아니라 오늘밤 혜련이를 집에서 재우려는데 마땅한 방이 없으니 금련의 방에서 하루밤 재워 주도록 하지."

"영감, 농담 그만 두세요. 왜 하필 내 방에서 재운다고 하세요. 내가 허락을 해도 춘매가 말을 듣지 않을 거에요. 그애가 좋다면 영감도 들어오시고 그 사람도 들어오도록 하겠어요."

"승낙하지 않는다면 나는 혜련을 데리고 조산 동굴에서 하룻밤 지내겠다. 계집애들 시켜 이부자리를 보내고 불을 피우게 해라."

"호호호…… 원, 기가 막혀 말이 안 나오네. 그래 돌 침대에 눕고 얼음 위에서 잔단 말이야요."

"잔소리 말고 하여간 시키는 대로 불을 피우라고 시키지."

그날 밤 주연이 끝나자 반금련은 하녀 추국을 시켜 서문경의 지시대로 이불을 조산 뒤 동굴 장춘오(藏春鳴)로 내가게 하고 불을 피우게 하였다.

송혜련은 오월랑, 이교아, 맹옥루가 자리를 뜨자 중문 앞에 한참 섰다가 사람이 없는 것을 보고야 얼른 후원 조산으로 달려갔다. 그녀는 장춘오 입구까지 갔다가 서문경이 아직 오지 않은 듯해서 협문은 잠그지 않고 동굴로 들어갔다. 그러나 서문경은 벌써 와서 기다리고 있었다. 서문경은 활활 피는 숯불을 쬐고 있었지만 얼음 같은 냉기가 몸에 배어서 벌벌 떨렸다. 송혜련은 침대 위에 이불을 펴고 털두루마기를 벗어서 굴문에 치고 싸늘한 이불 속으로 들어갔다.

반금련이 얼마동안 지난 뒤에 가만히 장춘오로 가니 마침 협문이 열렸으므로 밀고 들어가서 안의 동정을 살피며 엿들었다.

"아이 추워, 이렇게 얼음 굴속으로 끌어다 얼려죽일 작정이세요? 첫 번도 여기 이번도 여기, 따듯한 방에서 다리 쭉 뻗고 영감을 모시고 싶어요. 신발도 다 해져서 발이 시려서 죽겠어요."

"조금만 참아라. 내일 좋은 신을 사주마. 네 발은 다섯째 보다도 작구나."

서문경은 송혜련의 발을 주물러 주면서 칭찬을 하는 모양이었다. 송혜련은,

"어제 다섯째의 신을 신어 봤더니, 좀 크긴 하지만 모양이 퍽 좋더군요."

송혜련의 말소리에 반금련의 눈은 샐쭉해지며 질투의 불길이 눈에 이글거렸다.

"저 다섯째 금련아씬 언제 왔어요? 댁에 처음 온 건가요? 두 번째인가요?"

"허허, 정만 들면 됐지, 초혼이건 재혼이건 무슨 상관이야. 너도 이렇게 귀엽잖아. 헌 계집이지만 서두. 다섯째도 한 번 갔던 여자다."

“그럼 가다오다 만난 부부인 셈이군요. 그러면서도 왜 그리 강짜가 심한가요?”

송혜련의 이 말을 들은 반금련은 분해서 온 몸이 부들부들 떨렸다. 화가 난 반금련은 송혜련을 혼줌 내줘야겠다고 생각하고 머리에 꽂았던 은비녀로 협문고리를 걸어 놓고서 자기 방으로 돌아갔다.

다음날 아침에 송혜련이 옷을 입고 협문까지 나와서 본즉 문이 밖으로 걸려 아무리 열려고 해도 안 열려졌다. 할 수 없이 동굴로 들어간 송혜련은 서문경에게 얘기했다. 서문경은 담너머로 영춘을 불러 겨우 문을 열게 해서 협문을 나와보니 문고리에 비녀가 꽂혀 있었는데 그 비녀는 반금련의 것이 분명했다. 송혜련은 반금련이가 다녀 갔음을 알자 겁을 집어먹고 밖으로 나왔다.

이 때 뒷간에 다녀오던 평안이 송혜련을 보고 싱글벙글 웃으면서 어제는 집에 안가셨느냐고 빈정댔다.

“이녀석아, 내가 언제 집을 비웠더냐?”

“시치미 떼지 마세요. 아까 누님 집 문이 걸린 것을 내 눈으로 보았는데도……”

“이놈아 나는 아침 일찍 다섯째 마님 방에 갔다가 지금 나오는 길이다. 너는 어디 있었느냐?”

“흥, 거짓말 잘 하는군. 금련아씬 누님보고 뭐라고 하셨는데……”

“그래 뭐라고 하드냐?”

송혜련은 몸이 달아서 평안에게 다구쳐 물었다.

“다섯째 아씬 누님에게 게장을 담으라고 했더니 가랑머릴 쫙 벌리더라면서요. 하긴 다리 벌리는 솜씨가 굉장하다는 소문이니까. 그리고 다섯째 아씬 누님을 대문에 내보내서 키장수를 부르라고 했다면서. 그것도 당연하지 누님이 혀를 잘 빤다고 소문이 나 있으니까. 후후후……”

“요놈 어디 두고 보자, 날 그렇게 놀리면 영감께 일러서 주리를 틀어줄 테다!”

송혜련이 발을 구르면서 화를 내고 둘이서 옥신각신 할 때 대안이 나와서 그들을 말렸다.

송혜련은 머리를 빗고 아침을 먹은 뒤 오월랑의 방으로 가서 아침 인사하고 다시 반금련의 방으로 들어갔다. 반금련은 화장을 하고 있었는데 송혜련이 이것저것 시중을 들어도 본체만체 하였다.

그 뒤에 송혜련은 화장품을 많이 사들여 여러 처첩들 방에 있는 종들에게 나누어 주어 환심을 사고, 장차 자기 세력을 펴보려는 속셈이었다.

송혜련은 어느 처첩 못지않게 날로 몸치장을 화려하게 꾸미고 누구의 앞에서도 거리낌 없이 나서며 매일 돈도 풍성풍성하게 썼다. 그러한 모든 비용은 물론 서문경에게서 타냈던 것이다.

그러나 이러한 모든 비밀을 반금련만은 잘 알고 있으므로 송혜련은 그녀에게는 고분고분히 굴었다. 반금련도 비밀을 알고 있으면서도 오히려 송혜련을 다른 처첩들 보다 두둔해 주었다. 그것은 송혜련을 좋아하는 서문경의 환심을 사는 동시에 송혜련이까지도 자기 마음대로 손아귀에 넣으려는 계교에서였던 것이었다.

24

원소절(元宵節) 밤에 진경제(陳經濟)는 미녀와 희롱하고
내왕(來旺)은 취(醉)중에 서문경(西門慶)을 헐뜯다

또 한 해가 저물어 새해가 왔다. 그리고 정월 대보름이 되었다. 서문경은 집안 대청에 등롱(燈籠)을 많이 달고 주연을 베풀어 원소절(元宵節)을 즐겼다. 온 집안 식구들이 모여 술을 마시며 주흥이 도도할 때 반금련과 옆에 앉은 진경제는 남의 눈을 피해 서로 눈길을 보내며 남몰래 손과 발로 희롱을 했다. 그러나 둘이서 이렇게 희롱을 하는 것을 벽 뒤에서 송혜련이 모두 보고 있었다.

송혜련은 마음 속으로 옳다구나 하고 좋아했다. 그것은 반금련의 약점을 잡았기 때문에 그녀에게 따끔한 맛을 보일 수 있으리라는 생각에서였다.

서문경은 한참 술을 마시다가 응백작 집에 초대를 받아 나가고 여자들은 대낮 같이 밝은 달을 구경할겸 불꽃놀이를 보려고 밖으로 나왔다.

서문경의 사위 진경제는 불꽃놀이를 나가면서 반금련과 희롱을 하고 또 송혜련에게도 은근히 추파를 던졌다.

한편 항주에 보냈던 내왕은 채태사에게 선사할 비단과 그 밖에 여러 가지 물품을 사가지고 돌아왔다. 내왕은 안으로 들어오다가 손설아를 만나자 서문경과 오월랑이 지금 어디에 있느냐고 물었다.

"영감께서는 오늘 응백작 댁에 초대받아 가셨고 큰 마님은 집안 식구를 데리고 후원에서 그네를 타고 있어요."
하고 손설아는 주방에서 차를 내왔다.

내왕이 다시 자기 부인 송혜련을 찾자 손설아는,

"당신 부인 송혜련이는 이젠 옛날 부인이 아니어요. 훌륭한 부인이 되어 매일 마님들과 바둑과 골패로 세월을 보내고 있어요."

이렇게 내왕과 손설아가 이야기하고 있는 동안에 소옥이 후원으로 달려가서 오월랑에게 내왕이 돌아왔음을 알렸다.

오월랑이 급히 안으로 들어오자 내왕은 그에게 인사하고 항주에 갔던 얘기를 간단히 했다. 내왕은 송혜련을 데리고 자기네 방으로 갔다가 서문경이 저녁때 돌아오자 항주갔던 얘기를 자세히 했다. 서문경은 기뻐하며 내왕에게 돈과 물건을 주고 그를 위로했다.

내왕은 손설아에게 항주 토산인 손수건과 분 몇 갑을 남모르게 주고서 자기가 없는 동안의 일을 물었다. 손설아는 옥소가 서문경과 송혜련의 심부름을 했으며 동굴과 반금련의 방이 그들의 밀회장소였다고 꼬치꼬치 고자질했다.

손설아로부터 자기가 없는 동안에 아내 송혜련이가 서문경과 밀통한 사실을 듣자 불같은 분이 타올랐다. 그러나 서문경에게 따질 용기가 없었고 그럴 처지도 못 되어 벙어리 냉가슴 앓듯 혼자 속을 썩였다.

내왕은 홧김에 술을 잔뜩 먹고 그날 밤에 송혜련을 족칠 생각으로 송혜련의 옷 궤짝을 열어 비단 한 필을 꺼내어 이 비단은 어디서 생겼느냐고 따지기 시작했다.

그러나 남편이 아무것도 모르는줄 알고 송혜련은 오월랑이 주었다고 거짓말을 그럴 듯하게 늘어놨다. 그 말에 내왕은 더욱 화가 나서 속이지 말고 바른대로 대라고 호령했다.

허지만 송혜련은 도리어 발악을 했다.

"이년아 얼토당토 않은 핑계만 늘어 놓으면 내가 속을 줄 아니! 너는 그 색광(色狂)과 붙어 먹었다면서 이 화냥년아, 목격한 증인이 있는 데도 자백을 하지 않아."

내왕이 주먹으로 쥐어박으니 송혜련은 울며불며 어떤 년이 나를 모함하느라 거짓 고자질을 한 것을 장황하게 변명하고 자초지종을 늘어 놓으니 내왕의 분도 차츰 가라 앉았다. 그러자 송혜련은 내왕을 잘 달래서 무사히 하룻밤을 지냈다.

이튿날, 송혜련은 옥소를 붙잡고 누가 내왕에게 고자질을 했느냐고 캐 보았으나 알 수 없었고, 손설아도 물론 자기가 말한 적이 없다고 잡아뗐다.

그러나 비밀은 없는 법. 며칠 뒤에 송혜련의 추행을 내왕에게 고자질한 장본인은 손설아라는 것이 드러났다.

하루는 술에 잔뜩 취한 내왕이 하인들과 동자 앞에서 서문경을 헐뜯고 마구 욕설을 퍼부었다. 곁들여서 반금련의 과거도 들추면서 그녀를 죽여 버리겠다고 별렀다. 그 때 이 광경을 서문경의 심복 하인 내흥이 엿보고 있을 줄이야.

내흥은 그 길로 반금련의 방으로 들어가서 내왕이 하던 얘기를 모조리 알리었다.

"그놈이 나와 무슨 원수가 졌기에 나에게 활을 겨눈단 말이냐! 주인이 제 계집과 붙어 먹었기로서니 왜 나를 끌어넣어 욕을 보이는가. 그 따위 하인을 이 집에 두고선 마님 노릇은 못해먹겠다."

서문경이 밤늦게 집에 돌아와 보니 반금련은 두 눈이 퉁퉁 부었으며 머리도 헝클어져 있었다. 어찌된 일이냐고 반금련에게 물으니 내흥한테서 들은 얘기를 늘어놨다.

"영감이 내왕 녀석의 계집을 몰래 간통하니 그놈은 영감 첩을 겁탈했어. 영감을 죽이겠다고 벼를 수도 있겠지만 나까지 죽인다고 했다니 빨리 서두르지 않으면 그놈이 무슨 짓을 할지 누가 알아요."

반금련의 말에 서문경은 금방 얼굴에 노기를 띠었다.

"그놈이 누구를 겁탈했단 말이냐?"

"나한테 묻지 말고 소옥이에게 물어 보세요. 걔는 다 알고 있으니까요."

반금련한테서 이런 말을 들은 서문경은 내흥을 불러 얘기를 듣고 다시 소옥의 말을 들어보니 반금련의 말이 사실이었다. 서문경은 대노하여 손설아를 때려 주려고 하니 오월랑이 만류하므로 이제부터는 하인 아내들과 같이 빨래나 하고 밥이나 짓게 하고서 다른 사람들과는 상종하지 못하게 하였다.

서문경은 송혜련을 불러 내왕이 취중에 자기를 죽이겠다고 했다는데 그게 사실이냐고 물었으나 송혜련은 극구 변명을 해서 내왕을 두둔했다. 그리고 집안이 무사하자면 지금 내왕에게 돈을 주어 멀리 보내는 것이 상책이라는 말까지 했다.

송혜련의 말에 서문경은 다소 마음이 풀렸고, 내왕을 서울 채태사에게 선물을 가져 가도록 해야겠다고 약속했다.

서문경은 주위에 아무도 없으므로 송혜련을 껴안고 입을 맞추었다. 송혜련은 먼저 혀를 서문경의 입에 넣고 둘이는 빨고 빨리우며 몸부림쳤다.

다음 날 서문경은 내왕을 불러 채태사에게 보낼 선물을 갖고 서울을 다녀오라고 분부했다. 돌아오면 항주로 보내서 장사를 시켜준다는 바람에 내왕은 그저 으쓱해지도록 기분이 좋았다.

이 소식을 들은 반금련은 서문경을 자기 방으로 불러들였다.

"영감, 큰일 날려구 그 많은 물건을 내왕에게 맡긴단 말씀이오? 그놈이 가지고 가다가 만일에 어디로 도망을 친다면 어찌 할려구요. 그년이야 자기 서방을 위해서 영감을 골려 주려고 할 거에요. 영감이 그년을 놓치 않는다면 내왕 녀석을 집에 놔 둘 수도 없는 일이고…… 그러니까 그 서방 놈을 아주 집에서 쫓아버리구 계집년만 빼앗아 두세요. 잡초를 뽑을 때는 뿌리째 뽑는 게 제일 좋으니까요."

반금련의 구워삶는 말에 넘어간 서문경은 그의 말이 그럴듯하다고 고개를 끄덕였다.

25

내왕(來旺)은 서주(徐州)로 추방당하고
송혜련(宋蕙蓮)은 원통하여 목을 매어 죽다

다음 날 내왕은 서울갈 채비를 준비하고 기다렸으나 서문경은 아무 지시가 없었다. 한참 후에야 서문경은 내왕을 불러들였다.

"어제밤에 곰곰이 생각해 보니 너는 항주에 가서 오랫동안 고생하다가 돌아온지도 며칠 안됐고 게다가 서울 길은 네가 좀 서툴 것 같아 내보를 대신 보내려고 한다. 너는 집에서 좀 쉬고 있으면 내가 상점이라도 차려 주겠다."

내보의 일행이 서울로 떠나자 내왕은 서울에 가지 못한 것이 분해서 술을 잔뜩 먹고 들어와서 아내 송혜련을 야단치고 서문경을 죽여버리겠다고 이를 갈았다.

"이런 주책덩어리, 사람 무는 개는 이빨을 드러내지 않는단 말야. 함부로 떠들면 벽에도 귀가 있는데 그러다간 모가지가 달아난단 말야."

다음 날, 송혜련은 서문경을 남몰래 만났다.

"영감, 남자가 왜 이랬다저랬다 하셔요. 내왕을 서울로 보내신다고 하더니 왜 또 바꾸셨어요. 이젠 영감이 무슨 말씀을 해도 곧이 듣지 않겠어요."

"혜련이, 네가 몰라서 그런다. 내왕은 서울 길에 어둡고 채태사댁을 잘 모르기 때문에 내보를 보낸거다. 그 대신 지배인과 공동으로 문밖에 술파는 상점을 개업케 하겠다."

서문경의 말을 들은 송혜련은 기쁜 마음으로 자기 방으로 가서 남편 내왕에게 얘기를 하고 서문경의 지시만 기다렸다.

며칠 후 서문경은 내왕을 불러서 삼백 냥의 은전을 탁자 위에 내놓으면서 이 돈으로 지배인과 함께 집 앞에서 술도가를 차리고 매달 이자를 얼마씩 가져오라고 말했다.

내왕은 뜻밖에 굴러 들어온 복에 뛸 듯이 기뻐하며 서문경에게 이마를 조아리며 고맙다는 인사를 했다. 내왕은 은전 삼백 냥을 들고 자기 방으로 돌아와서 아내 송혜련에게 내보이면서 서문경의 말을 전했다.

그러나 내왕의 마음은 어수선했다. 알은 먹고 싶었으나 그렇다고 암꿩을 내놓기도 아까운 그였다. 그래도 수중에 많은 돈이 생긴 그는 신이 나서 밖으로 나갔다.

"여보, 이젠 술은 마시지 말고 손으로만 다뤄서 한 밑천 잡도록 해요."

"암 그래야지. 돈을 궤짝 속에 넣어 두구려. 나는 밖에 나가서 적당한 지배인을 물색하여 올테니."

이런 말을 남기고 밖으로 나간 내왕은 어두울 때까지 길거리를 헤매었으나 지배인될 마땅한 사람은 만나지 못하고 술만 취해서 돌아왔다. 술에 취해 잔소리를 늘어 놓는 내왕을 간신히 달래서 재우고 났을 때 안에서 도둑이야, 도둑이야 하는 소리가 들려 송혜련은 내왕을 깨웠다.

내왕은 방에 도둑이 들었다는 소리를 듣고 당황히 일어나서 몽둥이를 꺼내 들고 안으로 뛰어 들어갔다

내왕이 상방 협문까지 들어 갔을 때 캄캄한 데서 몽둥이가 날아들어 내왕은 그것을 맞고 쓰러지고 말았다. 이때 칼 한 자루가 내왕 앞에 떨어지는 동시에 동자 사오명이 달려들더니 내왕을 붙들었다.

"나는 이 댁에 있는 내왕이다. 이놈들아 나를 몰라보다니 눈이 멀었느냐!"

하고 내왕이 소리를 치니 서문경의 동자들은 코방귀를 뀌었다.

"흥, 집안 놈이 도둑질 하면 죄가 더 크단 말이다."

내왕은 동자들에게 이끌리어 대청으로 나갔다. 그 곳에는 서문경이 앉

아서 기다리고 있었다. 내왕은 아직 술기운이 가시지 않은 채였다. 내왕은 서문경에게 자기는 잠을 자다가 도둑이라는 소리에 안으로 뛰어 들어온 것인데 자기를 도둑으로 몰아 잡아왔다고 말하자 옆에 있던 내흥이 쑥 나서면서 긴 칼 한 개를 서문경 앞에 내 놓았다.

서문경은 대노하여,

"이놈, 이 칼로 나를 죽이려고 했구나. 나는 네가 항주에 갔다 온 대가로 돈 삼백 냥까지 주어서 술도가를 차리게 했는데 무슨 원한으로 나를 죽이려 들어왔단 말이냐!"

서문경은 내흥이 내민 칼을 보더니 더욱 얼굴에 노기를 띠었다.

"얘들아, 이놈을 끌고나가 그놈의 방에 둔 삼백 냥을 도로 가져 오도록 해라."

하인들이 내왕의 방으로 몰려가니 송혜련은 눈물을 흘리며 도둑을 잡겠다고 나가더니 오히려 도둑으로 몰려 잡히다가 어찌된 일이냐고 넋두리를 늘어놨다. 그녀는 다시 내왕에게 내가 가지 말라고 했는데도 내 말을 안 듣더니 어떤 놈의 모략에 빠졌다고 말했다.

송혜련이 궤짝에서 은전 여섯 뭉치를 꺼내주니 하인들은 그것을 서문경 앞으로 가져갔다. 그러나 그 돈 여섯 뭉치 중에 한 뭉치만 은이고 나머지는 모두 납덩어리였다.

"이 고약한놈 봐라! 어느 틈에 은을 바꿔 감췄구나. 어디다 감췄는지 바른대로 말해라!"

"대관인께서 장사하라고 주신 돈이라 그대로 궤짝에 넣었었는데 바꿈질을 하다니요…… 그건 너무 억울하옵니다."

"밤중에 칼을 빼들고 나를 죽이려는 놈이 무슨 짓을 못할라구. 이 칼이 증거품이니 더 말할 것도 없다."

서문경은 다시 내흥을 불러 세우더니 일전에 내왕이 서문경을 죽이겠다고 하던 얘기가 사실이냐고 다짐했다. 내흥이 당시의 전말을 자세히 아뢰자 서문경은 대노하여 발을 동동 굴렸다. 내왕은 기가 막혀 아무 말도 하지 못했다.

"이제 증거품고 나왔고 증인도 있으니 저놈을 소송장을 써서 제형원(提

形院)으로 보내거라."

하고 호령을 했다. 송혜련은 머리를 흐트리고 옷 매무시도 풀어헤친 채로 나와서 서문경에게 내왕을 변명했다. 서문경은 이놈이 나를 죽이려고 했지만 너는 죄가 없으니 아무 염려말고 방으로 들어가라고 타일렀다.

그러나 송혜련은 그 자리에서 꼼짝도 않고 원망스런 음성으로,

"영감께서도 너무 하셔요. 남의 말만 들으시고…… 제 얼굴을 봐서 용서해 주세요. 이 사람은 술은 마셔도 그런 짓을 할 사람은 아니에요."

서문경은 매우 흥분한 끝이라 대안에게 송혜련을 부축해서 끌어내 가게 하였다.

이튿날 서문경은 오월랑이 말리는 것도 듣지 않고 내왕을 제형원으로 소송장과 함께 넘겨 버렸다. 한편 서문경은 내왕을 제형원으로 넘기기 전에 재빠르게 하제형과 하천호 앞으로 뇌물을 보냈다.

내왕은 모함에 빠져 자기는 억울하다면서 서문경과 자기 아내 송혜련이 간통을 한 얘기를 진술했다. 그러나 하제형은 이미 서문경의 뇌물을 받았고 평소 그와 친한 사이라 내왕의 진술을 무시해 버렸다.

하제형은 내왕에게 태형으로 볼기 스무 대를 때리고 감옥에 가두라는 판결을 내렸다. 매를 맞은 내왕은 살이 터지고 피가 흘러 목불인견이었으나 매정한 옥졸은 내왕을 감옥에 가두었다.

한편 서문경은 일이 자기 뜻대로 착착 진행되므로 매우 기뻐했다. 그러나 송혜련은 내왕이 억울하게 잡혀간 뒤로는 자리에 누워 원망과 수심에 잠겨 있었다. 서문경도 송혜련이 이처럼 상심하는 데는 당황하였다. 그래서 옥소와 분사의 아내를 보내서 송혜련의 마음을 위로케 했다.

송혜련은 내안을 시켜 감옥에 가서 차입케 하고 동정을 살펴 오라고 하였다. 감옥에 갔다온 내안은 보고하기를 내왕은 매 한 번 맞은 일도 없으며 한 사오일 후면 풀려나오게 된다는 것이었다. 내안의 전갈을 받은 송혜련은 비로소 몸을 단장하고 밥을 먹었다.

서문경이 송혜련의 방문 앞을 지나가려니까 그녀가 발 안에서 불렀다.

"영감 아무도 없으니 좀 들어 오세요."

서문경은 송혜련의 방으로 들어가 그녀와 무릎을 맞대고 앉았다.

"너무 걱정말아. 사흘안에 나온다. 그럼 내가 장사를 시켜 주겠다."

송혜련은 기뻐하며 서문경의 목을 끌어 안았다.

"사흘 안으로 나오게 해주세요. 장사를 시키고 안 시키는 것은 영감 처분이죠. 이번에 내왕이 나오면 술을 꼭 끊게 하겠어요. 그리고 어디를 보내시거나 갈 위인이니 계집하나 얻어서 어디로 쫓아 보내세요. 저는 벌써 그 사람의 아내가 아니니까요."

"그것은 좋은 생각이다. 그렇지 않아도 교씨(喬氏) 집을 사서 너를 살리려고 생각 중이다. 그 곳으로 가서 살면 너와 내가 마음대로 놀 수 있지 않겠느냐."

"영감 뜻대로 하시구려."

송혜련은 일어나서 문을 닫았다.

대개 여름에는 여자들이 바지를 안 입고 치마 둘 만을 입고 있는 것이 보통이었다. 서문경은 송혜련의 치마를 걷어 올리고 희롱을 했다.

서문경은 기분이 상쾌해서 주머니에서 돈 세 냥을 꺼내 주었다.

"너무 걱정하면 건강에 해롭다. 내가 하대인에게 편지를 보내서 그놈이 풀려 나오도록 하겠다."

서문경은 송혜련의 몸을 애무하고는 사람의 눈에 띌까 염려하여 곧 나왔다. 송혜련은 서문경한테 들은 말을 들어가서 소녀들한테 자랑삼아 이야기했다. 그 말이 맹옥루 귀에 들어가니 맹옥루는 반금련에게 말했다. 반금련은 노여움으로 얼굴이 금시 변하였다.

"분명히 말하는데 만일에 그 혜련이 년을 영감께서 일곱째 첩으로 둔다면 내 반(潘)자 성을 갈겠어요."

"영감이라고 주책없이 계집만 좋아하고 큰 마님은 모른 체하고, 우리는 걸어 갈 수는 있어도 날을 수는 없소. 그 누가 영감이 하는 일을 막을 수가 있겠소."

"그렇다면 목숨을 내밀고 덤빌 테야. 영감 손에 죽으면 죽었지 그건 용납할 수 없어."

"다섯째, 나는 마음이 약해서 영감에게 덤비지는 못하겠어요. 잘 해보구려. 난 구경이나 하게."

그날 밤에 서문경은 비취헌(翡翠軒)이란 서재로 들어갔다. 서재에서 진경제를 불러 편지를 써서 하제형한테 보내고 내왕을 석방시키려했다. 이때 반금련이 서문경 앞에 나타나서

"사위를 시켜 무슨 편지를 누구에게 보내려는 겁니까?"

반금련의 말에 서문경은 조금도 숨김없이 사실을 말했다.

반금련은 앉으며

"영감께서 매일 매일 아무리 꿀을 이겨서 그년에게 먹여도 그년은 자기 남편만 생각하는 거에요. 그자를 풀어 놔주면 그년에게 손을 대기가 거북하지 않겠어요. 그년을 첩으로 들여 앉히자니 하인의 계집이라 소문이 나쁠 것이고, 영감이 그년과 함께 있는 것을 하인이 보면 영감 체면이 말이 아닐 것이에요. 이웃이나 친척의 웃음꺼리는 물론 집안 대소의 존경심을 잃을 것이에요. 결단을 내려 그 내왕이란 녀석을 아주 처치해 버리는 게 가장 좋을 것이에요. 그래야 그년의 문제도 안심 되지요."

반금련의 말을 듣고 서문경은 편지를 엉뚱하게 고쳐 써서 하제형에게 보냈다. 서문경은 하제형에게 삼 일 이내에 내왕을 끌어내서 따끔하게 매질할 것을 부탁했다. 제형원 관리와 형리까지 모두 서문경에게 매수를 당했는지라 내왕에게 중죄를 주려고 했다. 그러나 이 사건을 담당한 제형원 서기 음(陰)선생은 결백한 사람이었다.

음서기는 내왕의 죄가 중할 수 없다하여 자녀를 기르는 사람으로 남에게 억울한 일을 어찌 하겠는가 하고 빨리 서류를 작성하려 들지 않았다. 지위 고하를 막론하고 제형원 관리들은 서문경에게 매수가 되었으니 음서기는 며칠 지연은 시킬 수 있었으나 사건을 착수하지 않을 수는 없었다. 결국 내왕은 곤장 사십 대를 맞고 서주(徐州)로 추방을 당하게 되었다.

내왕은 벌써 보름 동안이나 옥에 갇혀 있었으므로 수중에 돈 한 푼 없었다. 그래서 내왕은 자기를 압송하는 호송인에게 애원했다.

"사실 나는 죄가 없는데 억울하게도 멀리 서주로 추방당하는 것이오. 그런데 돈 한 푼 없이 먼 길을 어떻게 떠나겠소. 내 아내에게 데려다 주면 노자를 변통해 줄 것이오."

"허허, 이 사람 세상이 어떻게 돌아가는지를 모르고 있군. 네 주인 서문

경은 너를 없앨 계획으로 이렇게 계략을 꾸민건데 네 계집에게서도 노자는 나오지 않을 게다."

"제발 부탁이오. 집 근처에 가서 친히 지내던 사람에게 사정하면 변통해 줄 것이오."

내왕이 자꾸 애원하므로 호송인은 그를 데리고 먼저 응백작에게 갔다. 그러나 응백작이 외출했다고 상대도 해주지 않으므로 이웃 사람을 서문경 집안으로 보내 자기 아내 송혜련에게 연락을 취하려고 했으나 하인들이 들어오지 못하게 할뿐더러 송혜련은 방안에 갇혀서 밖으로 나오지 못했다.

내왕은 할 수 없이 송혜련의 친정으로 가서 겨우 돈 한 냥과 얼마간의 양식을 얻어 가지고 그 길로 서주를 향해 곤장 맞은 몸을 이끌고 간신히 떠났다.

한편, 서문경의 하인들은 송혜련이 보는 앞에서는 내왕에게 음식을 차입하러 간다고 들고 나갔지만 자기들이 먹어 치우는 것이었다. 송혜련이 감옥 형편을 물으면 하인들은 감옥엔 별일없고 조사하느라고 며칠 늦었지만 이제 이삼일 안으로 출옥할 수 있다고 말했다.

또한 서문경은 서문경대로 자기가 제형원에 부탁해 놨으니까 곧 풀려나올 것이라고 말하니 송혜련은 그 말을 꼭 믿었다.

송혜련은 내왕이 풀려나올 것으로 믿고 있었으나 어느덧 내왕이 서주로 추방당했다는 소식을 풍문에 듣게 되었다. 송혜련은 놀랍기도 하고 사실인가를 확인하기 위해 소년 하인 월안을 자기 방에 끌어들여서 캐물었더니 그 풍문이 사실이었다. 송혜련은 하인이 나간 뒤에 방문을 닫아 걸고 나서 푹 엎드려 목놓아 울었다.

송혜련은 한참 울며 넋두리를 하다가 침실 들보에 목을 맸다. 이 때 송혜련의 방에 있는 내소의 아내 일장청(一丈靑)이 송혜련의 통곡을 들었는데 울음소리가 딱 그친 뒤에는 죽은 듯이 숨소리도 들리지 않으므로 일장청은 수상쩍어 황급히 송혜련의 방문을 두드렸으나 안에서는 아무 기척도 없었다.

일장청은 즉시 평안을 불러 창문을 부수게 해서 문을 열고 들어 갔으나 침실 들보에 목을 맨 송혜련은 이미 싸늘했다. 급보를 받은 오월랑, 맹옥루, 이병아, 옥소, 소옥 그리고 서문경의 딸이 달려 왔다 오월랑이 등을 쳐주고 생강차를 입에 넣었으나 송혜련은 말 한마디 없었다. 옥소는 연방 발을 주물러 줬다.

"딱한 사정이 있으면 나한테 얘기할 일이지 이게 무슨 끔찍한 짓이야."

오월랑은 얼굴을 찌푸리고 탄식을 했다. 얼마뒤 입에서 가래와 피가 왈칵 나오더니 송혜련은 겨우 숨을 돌렸다.

숨을 돌린 송혜련은 서문경을 보더니 나를 감쪽같이 속이고 흉계를 꾸몄다고 울며불며 넋두리를 늘어놨다. 서문경은 속인게 아니고 내왕은 잘못한 일이 있어서 벌을 받게 됐다고 그녀를 위로했지만 그녀의 울부짖음은 그치지 않으므로 서문경은 눈길을 피하여 헛기침만 하였다.

서문경은 송혜련의 목숨을 건진것만 다행으로 생각하고 낮에는 분사의 처와 일장청 두 사람이 간호토록 했고 밤에는 옥소가 송혜련과 함께 자게 하였다.

그러나 송혜련은 울기만 하고 매일 죽도 밥도 먹지 않았다. 송혜련의 일로 은근히 겁이 난 서문경은 반금련에게 사정을 말했다.

"영감, 그건 안 돼요. 영감은 또 속으려고 그런 생각을 하세요. 그년은 제서방을 못잊어 목까지 맺잖아요. 내왕이란 놈을 용서해 집에 두면 나중엔 영감이 무슨 봉변을 당할지 몰라요. 하여간 그년이 아직도 그놈을 잊지 못하고 미련을 두고 있으니 문제야요."

"하하하…… 그년이 그렇게 정절부인이었다면 처음 서방 장총이를 버리고 내왕 놈한테 오지도 않았을 게다."

반금련을 아무리 구슬려도 막무가내로 반대하므로 서문경은 다른 수를 생각하고 바깥 대청으로 나와서 집안 하인을 전부 불러 세우고 누가 내왕이 추방당한 것을 송혜련에게 고자질했는가를 심문했다. 월안이가 송혜련에게 알려 주었음이 드러나자 서문경은 크게 노하여 월안을 찾아 오라고 호령했다. 월안은 이 낌새를 눈치채고 얼른 반금련의 방으로 가서 숨었다.

서문경이 채찍을 들고 반금련의 방으로 들어와서 월안을 때리려고 하므로 반금련이 달려들어 말렸다.

"이게 무슨 체통이죠! 그 화냥년이 제 서방을 못잊어서 목을 맨 것이 월안이와 무슨 상관이 있단 말이에요. 공연히 어린놈한테 분풀이를 하시다니……"

하고 반금련은 서문경을 책망했다. 반금련은

"이녀석아 어서 나가봐라! 영감께서 또 걱정하시더라도 내가 말려 줄 테니까."

월안에게 이렇게 말하고서 밖으로 내보냈다.

서문경이 송혜련한테 아직도 마음을 두고 있음을 눈치챈 반금련은 손설아와 송혜련을 이간시키려는 계략을 짜냈다.

"내왕의 처 혜련이란 년이 영감에게 고자질 하기를 설아 형님이 내왕을 꾀어냈다고 해서 전번에도 야단법석이 났지 않았어요. 모두 그년의 농간이에요."

반금련은 손설아를 충동시켜 놓고 다시 이번에는 송혜련의 방으로 갔다.

"손설아 년이 이런 말을 했다더군. 혜련이는 그전부터 서방질을 잘 했고 이번에도 대관인을 유혹해서 놀아 먹었기 때문에 제서방이 쫓겨났다고 하더래"

반금련의 말을 들은 송혜련은 분하여 치를 바르르 떨었다. 그로부터 손설아와 송혜련은 원수가 되고 말았다.

사월 열여드레가 되었다. 이날은 이교아의 생일날이라 여춘원에서 친정 어머니와 이계저가 왔다. 오월랑은 그들과 다른 여자 손님들을 초대해서 잔치를 벌였다. 서문경은 마침 다른 곳에서 초대를 받고 출타 중이었다. 송혜련은 조반만 안에서 먹고 종일 자기 방에서 나오지 않으므로 손설아는 일부러 송혜련의 방으로 가서 왕비 전하가 되어서 뵙기가 어렵다는둥 빈정댔다. 송혜련은 말을 기억하고 벌떡 일어나서 그녀에게 욕을 퍼붓자 둘이는 싸움질을 했다. 싸움이 크게 벌어져서 마침내 물고 뜯고 차고 야단이 났다. 일장청이 뛰어들어 둘을 떼어놓고 손설아를 안으로 끌어가고 오월랑은 송혜련에게 어서 몸단장하고 안으로 들어오라고 일렀다.

오월랑은 다시 좌석으로 돌아가 여전히 손님을 대접하며 날이 저물때까지 즐겁게 이교아의 생일 잔치를 베풀었다.

송혜련은 손설아와 싸움질을 한 뒤 자기 방으로 들어가서 방문을 잠그었다. 그리고 발끈한 자기 성미를 억제하지 못하고 비관한 나머지 다시 침실 들보에 목을 매어 마침내 죽고 말았다. 스물 다섯의 아까운 청춘이 음란했던 행실과 함께 영원히 사라지고 만 것이었다.

손설아는 서문경이 돌아와서 송혜련이 목을 맨 직접 원인이 자기에게 있다는 것을 알게 되면 큰 불벼락이 날 것을 두려워 해서 오월랑에게 애원을 했다. 그리하여 송혜련은 내왕 생각만 하고 종일 울다가 안에서 생일 잔치가 벌어진 틈을 타서 들보에 목을 맨 것으로 서문경에게 전갈했다.

서문경은 현지사에게 돈 서른 냥을 보내고 송혜련의 죽은 이유를 그럴 듯하게 써 보내니 뇌물을 받은 현지사는 검시인을 보내어 말썽이 없게 했다.

그리하여 화장을 지내려고 하인들이 성문밖 절로 시체를 가지고 갔는데 관(棺)장사를 하는 송혜련의 친정 아버지 송인은

"내 딸의 자살은 아무래도 수상하다. 필경 서문경이 내 딸을 욕보이려고 하는 것을 정조를 지키느라 거절했으나 위협에 못 이겨 자살한 게 틀림없다. 그놈을 관청에 고소해서 딸의 원수를 갚아야겠으니 아무도 화장은 못한다."

송인이 펄펄 뛰면서 화장을 못하게 하므로 서문경의 하인들은 관을 절 헛간에 그냥 놔두고 돌아왔다.

26

이병아(李瓶兒)는 비취헌(翡翠軒) 밑에서 재미를 보고
반금련(潘金蓮)은 포도 시렁 밑에서 재미를 보다

절에서 돌아온 분사와 내흥은 송인이 화장을 못하게 하고 서문경을 원망했다고 말했다. 그래서 할 수 없이 시체를 절에 그냥 놔두고 왔다고 말하니 서문경은 대노하여 진경제를 시켜서 현지사에게 편지를 쓰게 했다.

서문경의 편지와 뇌물을 받은 현지사는 즉시 포졸 둘을 보내어 송인을 붙잡아 갔다. 죄목은 시체를 빙자하여 재물을 갈취하려고 했다는 것으로 곤장 이십 대를 맞았다. 곤장에 맞은 송인은 살이 터지고 피가 흘러 몰골이 말이 아니었다.

송인은 볼기짝이 퉁퉁 부어 간신히 집으로 갔으나 송혜련 시체는 이미 재로 변한 뒤였다. 그러나 송인은 딸의 뒤를 따라 목을 매어 자살함으로써 서문경과 현지사의 꿈자리를 뒤숭숭하게 만들어 자기의 억울한 사정을 그들에게 분풀이 하였다.

유월로 접어드니 완연한 여름이었다.

서문경은 날이 더웁자 외출도 아니하고 더위를 피해서 후원 비취헌(翡翠軒)에 올라서 하인들이 화원에 물 뿌리는 것을 바라보고 있었다. 서문경이 활짝 핀 심정화(沈丁花)에 물을 주고 있을 때 화려한 여름 옷을 입은 이병아와 반금련이 웃으면서 달려왔다.

반금련이 심정화를 들여다보다가 꽃 한 가지를 꺾으려고 하니까 서문경은 자기가 공들여 가꾸는 꽃이니 꺾지 말라고 했다. 그러면서도 서문경이 반쯤 핀 심정화 몇 가지를 꺾어서 화병에 꽂자 화병에는 꽂으면서도 자기에게는 한 송이 안 주느냐고 하며 얼른 한 가지를 꺾어 머리에 꽂았다.

서문경은 꽃 한 가지를 더 꺾어 이병아에게 주었다. 이 때 춘매는 거울과 빗, 추국은 물을 대야에 갖고 와서 서문경더러 머리를 빗으라고 채근했다.

서문경은 꽃 세 가지를 꺾어서 오월랑, 이교아, 맹옥루에게 주라고 춘매에게 이르더니 셋째 마님을 불러서 월금(月琴)을 타게 하라고 했다.

반금련은

"내가 옥루 언니한테 갔다 올 테니 꽃 한 가지 더 주세요."

"갔다 오거든 주겠나."

"먼저 주지 않으면 난 안 갈래요."

할 수 없이 서문경은 반금련에게 꽃 한 가지를 더 꺾어주니 그는 맹옥루를 부르러 안으로 들어갔고 춘매와 추국도 돌아가자 비취헌에는 서문경과 이병아 둘이만 남게 되었다.

이병아의 하늘빛 엷은 치마 밑으로 진홍빛 속옷이 비치고 흰 살결이 내보여 서문경의 본능을 충동시켰다. 그러나 맹옥루를 부르러 들어갔던 반금렴은 도중에 무슨 생각이 났던지 춘매에게 꽃가지를 전하게 하고 살금살금 다시 돌아와서 비취헌 정자 뒤까지 와서 난간 너머 동정에 귀를 기울이니 한참 둘이는 운우(雲雨)의 절정을 이루며 재미를 보고 있었다. 반금련이 두 사람의 흥취를 엿듣자니,

"네 오빠는 말이다……"

오빠라는 말은 서문경이 첩들에게 자기 자신을 가리키는 말이다.

"아유! 영감 이젠 그만 하세요. 그렇게 마구 굴면 난 싫어요. 난 몸이 불편하단 말에요, 전에 너무 심하게 당해서 이틀씩이나 앓았어요."

이병아의 자지러질 듯한 소리가 들렸다.

"몸이 불편하다니 어디가 어떻단 말이냐?"

"정말은……"

"무슨 말인지 해 보라니깐."

"사실을 말씀드리자면…… 애기가 생겼어요."

"뭐라고 애를 뱄다고! 이런 기쁜 소식이 어디 있나. 왜 진작 그런 말을 하지 않았지?"

서문경은 이병아의 말에 놀라움과 기쁨을 감추지 못했다. 이렇듯 반금련이 귀를 바짝 세우고 엿듣고 있는데 맹옥루가 달려와서 거기서 뭘 하느냐고 소리를 지르므로 반금련은 조용하라고 손짓을 하고서 사뿐사뿐 발소리를 내지 않고 비취헌 안으로 왈칵 들어갔다.

서문경은 깜짝 놀라 몸을 가눌 새가 없었다. 그러나 반금련은 시치미를 떼고 아직 세수도 안하고 무엇을 했느냐고 물었다. 서문경은 소녀가 비누를 안가져와서 기다리고 있는 중이었다고 성의없는 대답으로 얼버무렸다.

조금 후에 춘매가 돌아와서 주석을 장만하자 네 사람은 모두 의자에 앉았으나 반금련만은 의자에 앉지 않고 돌 위에 걸터 앉았다.

"다섯째 여기 의자에 앉구려. 돌은 냉기가 있어 좋지 못하오."

이병아의 말에 반금련은,

"난 애기를 안 뱄으니까 찬데 앉아도 괜찮아요."

술이 몇 순배 돌자 수춘은 노래를 부르고 맹옥루는 월금을 타고, 반금련은 비파를 탔다. 서문경과 이병아는 듣기만 하므로 반금련이 항의하자 여섯째는 악기를 아무것도 타지 못한다고 서문경이 변명했다.

반금련이 술은 안들고 냉수에 과자만 자꾸 먹으니까 맹옥루는 왜 냉한 것만 먹느냐고 반금련에게 핀잔을 했다.

내 뱃속엔 애가 들어있지 않으니까 냉수만 먹어도 괜찮다는 반금련의 애기를 듣자 이병아는 반금련이 자기를 희롱하는 줄 알고 얼굴이 붉으락 푸르락했다.

어느덧 황혼이 덮일 무렵이 되었다. 서문경은 첩들에게 노래를 시키면서 화원문까지 따라왔다. 거기서 맹옥루는 월금을 춘매에게 주고 이병아와 함께 안채로 가려고 하므로 반금련도 그들을 따라 가려고 했지만 서문경이 손목을 꽉잡고 놓아주지 않았다.

"영감, 모두들 들어갔는데 우리 단둘이 남아서 무얼 한단 말에요."

"이봐, 우리 태호석(太湖石) 밑에서 술좀 더 먹고 투호(投壺) 놀이나 하자."

하고 서문경은 춘매를 불러서 월금을 가져오게 했다. 반금련이 월금을 타며 바라보니 태호석 옆에 모란꽃이 비에 젖어 활짝 피어 있었다.

"아아, 이 고운 꽃도 사흘이 못 가서 시들겠지……"

반금련은 한숨같은 한 마디를 중얼거렸다. 그 말을 들은 서문경은 반금련에게 왈칵 덤벼들어서 그녀의 조그만 발을 덥썩 움켜 잡았다.

"아이 영감, 월금이나 내려 놓거든……"

반금련은 월금을 화단 위에 내려놨다.

"이 양반 봤나. 얼굴이나 닦고 시작하세요. 아까는 병아 아우하고 떡방아를 찧더니……"

"허허, 요것아 무슨 소릴 하는 거야. 누가 병아하고 어쨌다는 거야?"

"흥, 내가 못 본줄 알아요. 내가 꽃을 갖고 옥루 언니한테 갔을 동안 말에요."

서문경은 화단(花壇) 옆 잔디에서 반금련을 얼싸안고 입을 맞추니 그녀의 혓바닥은 서문경의 입속으로 들어가 핥고 빨았다.

반금련은 포도 시렁 아래로 가서 투호놀이를 하자고 서문경에게 제의하여 그들은 포도 시렁 밑으로 갔다. 두 사람이 포도 시렁 밑으로 오니 포도덩굴이 무성한 밑에 돌의자 네 개가 있고 그 옆에 축대가 하나 있었다. 그때 춘매가 술병을 들고 추국이 과일 쟁반을 들고 왔다. 서문경은 반금련과 투호놀이를 시작하니 여러번 지게 되어 반금련은 벌로서 여러 잔의 술을 먹었다. 거나하게 취한 반금련은 복사꽃빛으로 상기된 얼굴로 열띤 추파를 서문경에게 던졌다.

"춘매야, 너 방에 가서 돗자리를 가져오너라. 좀 피곤해서 포도덩굴 아래서 한잠 자야겠다."

"싫어요. 전 손이 열 갠가요? 발이 열 갠가요? 더구나 다섯째 마님 것까지 누가 가져와요."

춘매는 진정 짜증을 냈다.

"그럼 넌 술이나 가져오고 추국이 더러 돗자리를 가져오게 해라."

추국이 가져오자, 반금련은 돗자리에 이불을 펴고 옷을 홀랑 벗어버린 뒤에 발딱 드러누웠다. 서문경은 소피를 보고 와서 자기도 옷을 홀랑 벗고 반금련에게 덤벼들었다.

그리고 허리띠를 풀어서 반금련의 두 발을 포도 시렁에 매달았다.

서문경과 반금련의 해괴한 놀이가 가경에 들어갈 때 춘매가 화원문을 닫으려다 그 망측한 꼴을 보고 몸둘 곳을 몰라하다가 몸을 피하였다.

날이 저물자 서문경은 옷을 다시 입고 춘매와 추국을 불러 이불과 돗자리를 걷게 한 뒤 반금련을 부축하여 방으로 들어갔다.

춘매가 화원의 중문을 닫으려고 할 때 내소의 아들 철곤(鐵棍)이가 꽃밭에서 뛰어 나오면서,

"누나 그 남은 과일 나 주세요."

"요런 깍쟁이, 너 어디 숨었었니? 너 영감에게 들키면 매맞아 죽는다."

하고 남은 과일 몇 개를 집어 주고 얼른 철곤을 쫓아 보낸 뒤 춘매는 화원의 중문을 닫았다.

27

진경제(陳慶濟)가 신 한 짝으로 반금련을 희롱하고
서문경(西門慶)이 노(怒)하여 철곤(鐵棍)을 때려 주다

방으로 돌아온 서문경과 반금련은 춘매가 펴주고 나간 침대 속으로 벌거숭이가 되어 들어갔다. 서문경은 한 팔로 반금련의 흰 목을 끌어안고 금잔 하나로 둘이 서로 술을 마셨다. 반금련은 섬섬옥수로 서문경의 물건을 잠시도 가만 두지 않고 주물러 대며 장난을 치지만 맥없이 늘어져 있을 뿐이었다. 그러나 필경 반금련은 서문경을 충동시켰고 그날 밤은 끝없는 황음(荒淫)으로 날을 밝혔다. 다음 날 서문경이 휘청거리는 다리로 외출한 뒤에야 반금련은 겨우 자리에서 일어났다. 그런데 어제 신었던 분홍신 한 짝이 없어져 아무리 찾아봐도 보이지 않았다.

"춘매야, 너 어제 포도 시렁에 내 신발 한짝 걸려 있는거 못 봤니?"

"전 모르겠는데요. 어저께 대관인과 제가 다섯째 마님을 부축해 왔고 금침은 추국이가 가져 왔으니까요."

반금련이 추국을 불러 분홍신 한짝을 못 봤느냐고 묻자 그도 모른다는 것이었다. 공연한 반금련의 트집에 추국은 온 집안과 후원을 샅샅이 뒤졌으나 찾을 수가 없었다.

반금련의 성화에 못이겨 춘매와 추국은 다시 조산 뒤 장춘오 동굴까지 들어갔다가 거기서 분홍신 한 짝을 찾아냈다. 반금련이 그 신발을 신어 보니 조금 빡빡했다. 그래서 죽은 송혜련의 신발이었음을 알아냈다.

바로 그날 아침이었다. 서문경의 사위 진경제가 일각문을 지나려니까 철곤의 허리춤에 분홍 꽃신 한 짝이 매달린 것이 보였다. 어디서 얻었느냐고 물으니 철곤은,

"어저께 제가 후원에서 놀고 있으려니까 대관인 나리와 다섯째 마님이 포도 시렁 밑으로 오셔서 투호놀이를 하셨어요. 그러더니 대관인 나리께서 다섯째 마님의 다리를 포도시렁에 매달잖겠어요. 저는 두 다리가 바람에 흔들리는 것만 보다가 대관인 나리께서 돌아가시자 춘매한테 과일을 얻어먹고 포도덩굴 밑으로 갔더니 이 꽃신 한 짝이 있더군요."

하고 말했다. 진경제가 그 분홍신을 들고 자세히 보니 반금련의 신짝이 분명하였다.

"철곤아, 이 신짝 날다고 그러면 내일 좋은 것 줄게."

"거짓말 아니죠? 속이면 안 되어요."

진경제는 신 한짝을 소매 속에 넣고서 싱글대며 엉큼한 생각을 가졌다. 진경제는 몇 차례 반금련에게 수작을 걸어 봤지만 그녀는 넘어갈 듯하다가 도망을 치곤 했는데 오늘은 좋은 기회가 생겼으니 유혹을 또 해봐야겠다고 마음 속으로 다짐하고 의미 심장한 웃음을 얼굴에 그렸다.

진경제는 분홍신 한 짝을 품 속에 넣고 반금련의 방으로 갔다. 진경제가 아무 말도 없이 싱글벙글 웃기만 하니까 반금련은 무엇이 그렇게 우습냐고 물었다.

"잃은 물건이 있다면서요?"

"그건 어떻게 아시죠?"

반금련이 퉁명스럽게 쏘아대니 진경제는 잃은 물건을 가져왔는데 그렇게 대하면 도로 가져가겠다고 말했다.

"호호…… 송혜련이가 죽어서 실망을 했을 텐데 오늘은 어째 내 생각이 났단 말이오?"

진경제는 소매 속에서 신발 한 짝을 내어 보이며 이 신짝이 누구의 것이냐고 물었다.

"서방님이 내 신발을 가져 갔었군요. 하녀들은 신발을 찾느라고 온 집안을 헤매었어도 못 찾았는데."

"훔치다니요. 난 요새 여기에 온 일이 없어요."

"그렇다면 영감께 말하겠어요."

"마음대로 하시지."

"서방님은 대담한 사람이에요. 영감이 건드린 줄을 알면서도 송혜련을 희롱하고 그년 한테서 못된 버릇을 배운 모양이에요. 훔치지 않고서 어떻게 이 신발짝이 서방님 손에 들어갔단 말에요."

"허허…… 넘겨 짚지 마시오. 난 절대로 훔친 것이 아니니 신을 가지려면 무엇하고 바꾸기로 하지요. 그렇게 하지 않으면 목에 칼이 들어와도 내놓지 못하겠소."

"그 무슨 말씀, 남의 물건을 가졌으면 주인에게 돌려주는 것이 당연하지 무엇과 바꾸자니 말도 안 되어요."

반금련의 말에 진경제는 반금련의 소매에 끼인 손수건과 신짝을 바꾸자고 제의했다. 그러나 반금련의 소매 속에 끼워둔 손수건은 서문경이 매일 보아온 손수건인지라 선뜻 승낙을 하지 못했다. 반금련이가 다른 손수건을 주겠다고 하니 진경제는 다른 손수건은 백 개라도 소용 없으니 꼭 그 손수건을 주어야만 신짝을 내놓겠다고 말했다.

반금련은 진경제의 끈덕진 요구에 할 수 없이 소매에서 손수건을 꺼내 주면서,

"서방님, 제발 아가씨 눈에 띄지 않도록 조심하세요. 영감 귀에 들어가면 시끄러우니까요."

"잘 알고 있으니 염려 마시오."

진경제는 신짝을 반금련에게 주면서 이것은 철곤이 한테서 얻었다고 자초지종을 늘어놨다.

진경제의 얘기를 들은 반금련은 대노하여 얼굴이 붉으락 푸르락했다.

"고 생쥐같은 녀석이 내 신을 더러운 손으로 주물러 댔구나. 영감께 말씀드려 혼좀 내줘야겠다."

"다섯째 마님, 참으셔야지 그렇게 하면 곤란합니다. 내가 말을 전했다고 그놈이 내게 원망을 할 것이 아닙니까."

반금련과 진경제가 얘기를 주고 받고 있을 때 내안이 들어와 서문경이

대청에서 선사품 목록을 쓰라고 진경제를 찾는다고 전했다. 진경제는 급히 대청으로 들어가고 반금련은 추국을 불러 또 신짝 잃어버린 것에 대해 야단을 쳤다.

대청에서 서문경은 진경제에게 제형원의 하천호에게 보낼 뇌물 꾸러미를 꾸리게 하였다. 서문경은 월안을 시켜 하천호에게 뇌물을 보내고 대청에서 진경제와 식사를 같이 한 뒤에 반금련의 방으로 들어갔다.

반금련은 서문경에게 철곤이가 자기의 신발 한짝을 감추었다고 말하면서 철곤이를 따끔하게 혼을 내주라고 앙탈을 했다. 서문경은 누가 말하더냐고 묻지도 않고 그 길로 뛰어나가 철곤을 불러 세우고 아무데나 갈기며 발길로 차니 어린 철곤은 돼지 목따는 소리만 지를뿐 어른을 대항할 수가 없었다. 한참 때리고 집어 던지니 철곤은 땅에 쭉 뻗고 말았다. 철곤의 비명을 듣고 내소와 일장청 부부가 달려와서 주무르고 어루만져 간신히 반나절이나 되어 소생했다. 내소와 일장청은 철곤이 깨어나므로 해서 사건이 발생한 까닭을 알 수 있었다.

일장청은 반금련과는 원한이 많았던 참이라 이를 갈면서 주방으로 가더니 큰 소리로 욕을 퍼부었다. 물론 반금련의 귀에 들어가라는 것이었다. 주방에서 만이 아니라 여러 사람이 들으라고 밖에서도 떠들었다. 일장청의 욕설은 이틀이나 계속되었지만 반금련의 방에 틀어박힌 서문경과 반금련의 귀에는 들어가지 않았다.

28

오신선(吳神仙)이 서문경 일가(一家)의 관상을 보아주고
반금련(潘金蓮)이 난탕(蘭湯)에서 수전(水戰)을 치르다

다음 날, 서문경이 밖에 나간 후 반금련은 신발 만들 생각이 문득나서 바느질 상자를 들고 비취헌으로 갔다. 신발의 본을 그리면서 춘매를 시켜 이병아를 불렀다.

이병아는 와서

"형님, 무엇을 하세요?"

"무늬 없는 붉은 비단으로 테두리를 하고 흰 바닥 신발을 만드려고 하는데 신발 끝엔 앵무새가 복숭아를 쪼고 있는 수를 놓으려 본을 뜨고 있어."

"저도 붉은 비단이 있는데 같은 모양으로 뒤축이 높은 신발을 한 켤레 만들까 해요."

이병아는 바느질 상자를 가져오게 하여 반금련과 함께 바느질을 시작했다. 반금련은 한짝을 그린 후

"한 쪽을 마져 하고 있어요. 나는 맹 형님을 불러올게요. 어제 그 형님도 신을 만들겠다고 했으니까."

반금련은 맹옥루를 부르러 그의 방으로 갔다. 그도 신바닥을 누비고 있었다.

"오늘 영감은 하천호 전송으로 일찍 나가셨거든요. 그러니 덥기 전에

일을 좀 하려고 병아 아우님도 불렀으니 비취헌으로 형님도 가세요. 우리도 신을 만들던 중인데 형님의 그건 무슨 신이에요?"

"혹 단자."

"수는 무엇으로 하시려고 하세요?"

"수수하게 연두테나 놓으려 하지 수는 무슨 수를 놓아."

"그러세요. 그럼 비취헌으로 가세요."

비취헌에 모인 세 사람은 제 각기 신을 꿰매기 시작하였다.

"어째 굽높은 것을 안 만들고 굽없는 것을 만드오?"

"잠잘 때 신는 신발을 잃어버려서 다시 만드는 거에요."

"응, 그 철곤이란 놈이 매맞은 신 얘기를 나도 듣고 있소. 그놈 어미 일장청이 주방에서 욕설을 퍼부어 나는 저 계집이 누구에게 발악을 하는가 했더니 누구더러는 화냥년이라 하고 누구더러는 자라라고 하던데."

"그래 누구더러 자라라고 해요. 그년이?"

자라라 함은 윤리를 모르는 남자를 욕하는 말이다.

"호호…… 잘은 모르지만 그 잘난 사위 진서방이라고 하던데 아가씨가 그 곳에 없었기에 망정이지 그 욕설을 들었다면 큰 변이 날뻔했지. 큰 마님이 철곤을 불러 물으니까 그놈이 붉은 신을 포도 시렁 밑에서 주웠다는 얘기를 늘어놓지 않겠소."

"그래, 큰 마님은 무어라고 말씀하세요?"

"큰 마님은 다섯째 말을 꽤 했소. 지금 이 집은 난세(亂世)의 임금을 모신 거와 같다는 거야. 그리고 구미호(九尾狐)가 나와 못난 임금님을 홀려 아내고 아들이고 내버렸다는 거야. 내왕이 남장에서 무사히 돌아온 후로는 여기 저기에서 그 아내 송혜련이가 영감과 놀아 먹었느니 그가 칼로 죽이려 했느니 도둑질을 했느니 온갖 구실을 만들어 쫓아내고, 그 때문에 계집은 목매어 죽기까지 했는데, 이제 와서는 신발 한짝 잃어버리고 집안을 시끄럽게 소란을 피우다니…… 신발을 신고 있었다면 조그만 놈이 줏을 리가 없다는 거지. 술이 취해서 사내와 뭘 했는진 몰라도, 엿처럼 찰싹 붙어 있었으니까 발이 벗어진 것도 모르지 않았느냐는 거야. 그리고 죄는 어린 놈에게 씌워 매를 맞게 하다니 안될 일이라고 하더군요."

"아이구 분해라! 그년을 어떻게 하면 이 분풀이를 한담!"

반금련은 분을 못 이겨 입술이 파르르 했다.

반금련은 그날 밤에 서문경이 들어오자 자리 속에서 전말을 모두 말했다. 그 다음 날 서문경은 내소, 일장청, 철곤 이 세 사람을 쫓아 내려고 했으나 오월랑이 만류하므로 사자가에 있는 이병아의 집을 지키게 하였다.

어느날 주수비(周守備)의 소개로 서문경에게 오신선(吳神仙)이라는 관상가가 찾아왔다. 서문경은 오신선이 들어옴을 보자 얼른 대청 객실로 맞아들였다.

서문경은 오신선의 풍채를 자세히 보고 있다가 어떤 음양도와 무슨 관성법을 쓰느냐고 물으니 오신선은 십삼가(十三家)의 자평(子平)을 좀 알고 있고 마의상법(麻衣相法)과 육임신과(六壬神課)도 알고 있으며 약을 써서 사람을 고치기도 한다고 말했다.

서문경은 도가(道家)의 소식(素食)을 내어 오신선을 대접했다. 식사가 끝난 뒤 오신선은 지필을 청해 놓고 서문경의 사주를 물었다. 다음에 오신선은 서문경의 손을 잡고 손금과 지문을 보더니,

"나리는 관(官)을 힘입어 재물을 쌓게 되고 금력이 왕성하니 관운(官運)이 굴러들게 되어 필경은 권력을 잡을 것입니다. 그러니 일평생 세도가 왕성하고 부인이 바뀌면 옥동자를 낳겠으며 임종시에는 두 아들이 머리를 풀 것입니다. 그리고 올해 안으로 등운진관(登雲進官)의 기쁨이 있을 것이오이다."

오신선의 관상과 사주에 서문경은 좋아서 어쩔줄을 몰랐다.

"그 다음 운수는 어떠 하오?"

"그 뒤의 운수는 솔직히 말씀 드리기가 좀 황송합니다."

"상관 없으니 솔직히 들려 주시오."

"사주팔자에 나와 있는 것이니 화는 내지 마십시오. 나리는 앞으로 육년을 더 못가서 피를 토하고 고름을 흘리는 질환이 생기겠고 신골이 수척해질 것입니다."

"그럼 지금의 운세는?"

"먼저 말씀드린 바와 같이 진관(進官)의 영화가 있습니다. 그러나 부디 처실(妻室), 여난지상(女難之相)에 조심하셔야겠습니다."

"허허, 난 여자는 멀리하고 있소."

오신선이 관상을 마치니 서문경은 처첩들의 관상도 청하였다.

맨먼저 오월랑의 관상을 보았다.

"부인의 얼굴은 보름달 같이 복스럽게 둥글어서 가운은 날로 번창하겠고 입술은 붉은 연꽃같이 고와서 의식이 풍족하며 반드시 아들 둘을 낳고 남편을 도와 복을 받을 것입니다. 그러나 눈두덩에 사마귀가 있느니 오랜 병에 걸리지 않으면 남편에게 걱정거리가 생길 것입니다."

다음은 이교아의 관상을 보았다.

"이 분은 이마가 좁고 코가 얕아서 죄송한 말씀이나 소실이 아니면 세 번쯤 개가할 상입니다. 그러나 체구가 육중하여 의식이 풍족하고 영화를 누릴 상입니다. 어깨가 솟았고 음성이 우는 소리니 천한 출신이 아니면 몸둘 곳이 없는 것으로 보입니다. 코가 낮은 것은 명이 짧을까 염려됩니다."

다음은 맹옥루.

"이 부인은 과일로 치자면 아주 무르익은 상입니다. 한평생 의식에 부자유스럽지 않고 만년에는 반드시 영화를 누릴 것이며 평생에 앓지도 않으실 분입니다. 다만 부인의 걸음걸이가 남편에게 걱정을 끼칠 상입니다."

다음은 반금련의 차례로 오월랑이 여러 번 불러도 휘장 뒤에서 웃기만 하고 나오지 않다가 서문경이 재촉하므로 마지못해 오신선 앞으로 킬킬 웃으며 나왔다. 오신선은 반금련의 얼굴을 한참 들여다보더니,

"이 부인은 머리 술이 많고 눈동자는 이채를 발하고 있는 것이 다음(多淫)할 상입니다. 눈썹이 비뚤어지고 몸은 움직이지도 않는데 몸이 저절로 떨리며, 또 얼굴에 기미가 끼어 있는데 이것은 남편을 괴롭힐 상입니다. 그리고 입술이 좁은 것은 단명할 증거입니다."

오신선은 사실을 말하기가 거북한 듯 침음하게 말했다. 그러나 반금련은 자기의 관상이 매우 좋지 않았으나 대수롭게 생각하지 않는 모양이었다.

다음은 이병아가 오신선 앞으로 나왔다.

"이 분은 살결이 고운 것만 보아도 반드시 부자집 며느리 감이고, 용모가 단정해서 청빈한 집 유덕한 며느리 감도 될 상입니다만 안광에 취한 듯이 점이 많으니 그것은 해로하기가 어려운 상입니다만 눈썹이 구불고 눈빛이 자두빛을 띤 것으로 보아 자식복이 있을 상입니다. 살결이 희고 어깨가 둥근 것은 반드시 남편의 총애를 받을 것이나 코가 든든치 못해 병고에 시달릴 때가 있을 것입니다. 이십칠 세 전후에 큰 병이 있을 테니 조심하셔야 할 것입니다."

오신선은 이번에는 손설아의 관상을 보았다.

"이 부인은 키가 작고 목소리가 크며 이마가 좁고 코가 낮으므로 일생에 냉소무정하며 일을 하는데 안으로 깊이 생각하는 상입니다. 그리고 사반(四反)의 상이라 방종하고 원한을 잊지 못하는 고로 결국 남편과 헤어질 것입니다."

오월랑은 전실 딸을 데려 나왔다.

"이 분은 콧날이 낮아 조상을 파하고 패가할 상이며 음성이 곱지 못해 집안 재물에 손을 끼칠 것이고 의식도 박힌 끝에 이십칠 세를 넘기지 못하고 단명할 것입니다."

그 다음은 춘매의 차례.

"이 아가씨는 오관(五官)이 단정하고 골격이 청수하며 머리털은 가늘고 눈썹이 짙으니 성실이 건강함을 말합니다. 눈이 둥근데 꼬리가 긴 것은 급한 성질이며 콧날이 빠른 것은 자식 복이 있을 상이며 이마 양쪽이 온전하니 젊어서 구슬관을 쓸 상입니다. 그러나 한 가지 눈이 유감입니다. 그것은 부모에게 재앙을 끼칠지도 모릅니다."

이렇듯 관상이 끝나자 서문경은 사례금으로 은전 닷 냥을 싸서 오신선을 주니 그는 재삼 사양하면서,

"이 몸은 천하를 운유하는 몸이라 이런 재물을 받아도 아무 소용이 없습니다."

서문경은 할 수 없이 포목 한 필을 내 주고서 그를 대문까지 전송하니 오신선은 표연히 어디론가 사라졌다.

서문경은 오신선을 전송하고 안대청으로 들어가서 오월랑과 관상을 본 애기를 계속했다. 그리고 너무 단순하게 그 관상을 믿어서는 안 된다고 말했다.

식사를 마친 서문경은 부채를 들고서 후원을 산책했다. 대낮이라 녹음 속에서 매미가 구성지게 울고 있고 무성한 여름 화초의 향기는 바람을 따라와서 코를 찔렀다.

서문경이 의자에 앉아서 부채질을 하고 있는데 내안과 화동이 오므로 춘매를 시켜 매탕을 가져도록 분부했다.

서문경이 춘매가 가져온 매탕을 마시고서 반금련의 방으로 들어가니 금련은 알몸뚱이로 젖가슴만 가리고 엷은 청사(靑紗) 홑이불을 두르고 곤하게 자고 있었다. 서문경은 춘매에게 방문을 걸고 밖으로 나가라 이르고 자신도 의복을 벗고 살며시 홑이불 속으로 들어갔다.

깜짝 놀라 눈을 뜬 반금련은 맛있게 자는 잠을 깨웠다고 앙탈을 했다.

반금련은 서문경이 여자의 흰 살결을 좋아하는 것을 잘 알고 있었다. 더구나 일전에 서문경이 이병아의 살결이 희다고 비취헌에서 칭찬한 적이 있으므로 반금련은 말리화 봉오리를 우유에 개어서 몸을 닦고 문질러 살결에 윤을 내었기 때문에 말할 수 없는 향내가 진동했다. 서문경은 그 옥처럼 하얀 살결에 새로 만든 분홍색의 잠잘 때 신는 신을 보고 두 손으로 끌어 안고 들여다봤다.

반금련은 큰 목욕통을 침실로 가져오게 해서 둘이는 침대에서 내려와 목욕통으로 함께 들어갔다. 서로 몸을 씻어 주면서 어수(魚水)의 즐거움을 맛보며 한동안 수전(水戰)을 치른 끝에 몸과 마음이 나른하게 지친 그들은 몸을 닦은 뒤에 침대로 올라가서 다시 술잔을 주고 받았다.

29

서문경에게 채태사(蔡太師)는 지위를 주고
첫아들을 낳고 벼슬에 오르다

한편 채태사에게 보내는 선물을 갖고 서울로 떠난 내보와 오전은(吳典
恩)은 서울에 도착하자 만수성 문밖에 숙소를 정하고서 이튿날 채태사 문
전으로 나갔다. 문지기가 어디서 왔느냐고 캐어 물으므로 내보는 서문경
이 보내는 채태사 생일축하 예물을 가지고 왔다고 말하자 문지기는 거만
스럽게 물러가라고 호령했다.

이때 내보와 안면이 있는 문지기가 나오므로 은전 한 냥을 꺼내 몰래
주고서 척집사를 만나게 해달라고 부탁했다. 다시 내보는 은전 두 냥을
더 꺼내 다른 두 명의 문지기에게 한냥씩 나눠주니 그제서야 문지기는 웃
는 낯으로 척집사를 만나게 해주마고 하면서 안으로 들어갔다.

척집사는 나오며 내보를 보자 반갑게 맞이했다. 내보는 선사물품 목록
을 척집사에게 내주며 따로 돈 서른냥과 남경산 비단 한 필을 그에게 주
었다.

"저번 일에 많은 애를 써주신 척집사 영감께 우리 주인이 변변치 못한
소품을 보내오니 기꺼이 받아 주신다면 감사하겠습니다."

"아닙니다. 이런 선사품을 받을만한 일을 해드리지 못했는데 하여간 모
처럼 멀리 가져오느라 수고했으니 우선 받아 두겠소."

척집사는 내보와 오주관과 선물을 둘째 문안까지 들여가게 했다. 채태

사가 대청에 나와 앉으니 척집사는 내보와 오주관을 불러 들였다. 그들이 서문경이 보내는 서문을 올리니 채태사는 처음 사양하다가 선물을 받았다.

"전번에 창주의 왕사 소금장수 사건은 모두 석방되도록 순부사에게 편지를 보냈는데 잘 되었는가?"

"대감의 하해 같으신 은덕으로 모두 무사히 석방되었사옵니다."

"너희들 주인한테 번번히 많은 선물을 받고 답례도 못했는데 주인의 관직은 무엇이냐?"

"저의 주인은 아직 관위(官位)가 없는 평민이옵니다."

내보는 이제서야 서문경이 오매불망하는 벼슬자리가 생기는가 보다 생각하니 가슴에 흥분의 잔물결이 흘렀다.

채태사는 서문경에에게 금오위의좌소부천호(金吾衛衣佐所副千戶)라는 지위를 주었고 오전은은 청하현 역승(驛丞)에 임명했고 내보에게 산동운왕부교위(山東蕓王府校尉)의 지위를 주었다. 또한 채태사는 척집사에게 돈 열 냥을 내보와 오주관의 여비로 주라고 분부했다.

척집사는 내보에게,

"내 나이 마흔인데 아직 자식이 하나도 없고 여편네는 병석에 누워만 있으니 주인 영감께 말씀드려 십 오륙 세 된 계집애 하나 소개해 주구려."

하고 척집사는 서문경에게 보내는 편지와 따로 돈 닷 냥을 여비에 보태 쓰라고 내놓았다.

내보와 오주관은 이삼 일 걸려 잔무를 처리하고 밤과 낮으로 청하현으로 바삐 돌아왔다.

서문경은 어느날 처첩들을 데리고 후원 취경당에서 술을 마시고 있었다. 다른 처첩들과 몸종들은 모두 모였으나 이병아 한 사람만이 참석치 않았다. 오월랑은 수춘을 보내 이병아도 가정 놀이에 참석토록 종용했으나 수춘이 갔다 오더니, 이병아는 갑자기 배가 아파서 자리에 누워있다고 전했다.

"여섯째는 아마 여덟 달 가량이 됐으니까 애기가 커서 노느라고 배가 아픈 모양이지."

오월랑의 말에 반금련은

"아마 팔월달이 낳을 달일 거에요."

이 때 이병아가 취경당으로 나왔다.

"복통이 났다면서 좀 괜찮은가? 따뜻한 술 한잔 마셔보지. 그럼 복통도 나을 거야."

오월랑은 술을 잔에 따라서 이병아에게 건네주니 그녀는 쭉 단숨에 들이켰다.

서문경이 이병아에게 노래를 부르라고 했으나 그녀는 다시 배가 아프기 시작해서 자기 방으로 돌아갔다.

"아직 순산할 시기가 아니라고들 하는데 하여간 산파를 불러와야겠어."

오월랑의 말에 서문경은 대안을 산파에게 보냈다.

"여섯째, 엎드려만 있지 말고 좀 앉아 있게. 애기가 눌릴지 모르니……곧 산파가 올거야."

오월랑은 이병아의 방으로 와서 복통으로 몸부림치는 이병아에게 주의를 주었다. 서문경은 산파가 빨리 오지 않는다고 대안을 재촉해서 산파에게 다시 보냈다.

서문경의 집안은 신경이 이병아에게로 모두 쏠리게 되니 가정 놀이는 물론 중지되었다.

얼마 뒤에 산파가 오자 출산에 쓰는 종이와 이불 등을 준비시켰다. 맹옥루는 산파가 왔으니 이병아의 방에 가서 구경하자고 반금련에게 말하니 반금련은 고개를 절레절레 흔들었다. 반금련은 자기는 가서 보지 않겠다면서 보고 싶거든 들어가서 보라고 맹옥루에게 말했다.

반금련은 문설주를 한손으로 잡고서 입으로 호박씨를 까먹고 있었다. 이 때 이병아가 순산한다는 소식을 듣고 이병아 방을 향해서 허겁지겁 달려오던 손설아는 층계를 잘못 디뎌 쓰려졌다. 이것을 본 반금련은 맹옥루에게

"저년의 꼴좀 봐요. 무슨 충성으로 저렇게 허둥지둥 나오다가 코방알 찧는지 모르겠군요. 앞이빨이 모조리 부러졌으면 고소하겠다."

반금련은 가뜩이나 이병아가 순산을 하는 것에 배아파 하고 있는데 중이 싫으면 고깔도 보기 싫다는 격으로 손설아의 행동이 밉꽝스러워 독설을 퍼부었다.

이 때 이병아의 방에서 아이 우는 소리가 들려나와 순산한 것을 알렸다.

"어마! 어쩌면 이렇게도 복스러운 옥동잘까! 영감님 옥동자가 탄생했으니 사례금이나 두둑히 주세요."

산파의 말을 들은 서문경은 허둥지둥 소세하고 조상 위패 앞에 가서 향로에 불을 켠뒤 절을 하고서 산모와 갓난애의 평안을 빌고 득남한 것을 아뢰었다.

반금련은 첫 아들을 얻은 기쁨으로 온집안이 떠들썩하므로 더욱 마음이 토라져서 자기 방으로 들어가 문을 걸고 침대 위에 엎드린채 울기만 하였다.

산파는 애기를 받아내자 탯줄을 끊고 옷에 쌓아 놓았다. 그리고 산모에게 보약 한 첩을 끓여 먹인 뒤에 공치사를 늘어놨다. 오월랑은 산파에게 술과 음식을 대접하고 서문경은 돈 닷 냥을 사례금으로 주고 초삼일에는 비단 한 필을 보내주마고 약속했다. 그날 서문경은 이병아 방에서 지내며 하얀 비단 옷에 싸여서 누운 첫 아들을 바라보았다. 이튿날 서문경은 이웃에 득남례(得男禮)로 국수를 돌렸다.

축하객이 답지하여 바깥 대청에서 일일이 국수를 대접하고 유모를 사방으로 구했더니 설수(薛嫂)가 서른 살 가량의 여자를 데려와서 여섯 냥에 사기로 했다.

그녀의 이름을 여의(如意)라 부르고 애기 유모로 정했다. 또 풍노파를 불러서 이병아의 시중을 들게 하였다.

그때 마침 서울 채태사한테 갔던 내보와 오주관이 돌아와서 서문경에게 부천호(副千戶)의 첩지가 내렸다는 소식을 전하니 금상첨화의 경사를 이루었다.

서문경은 청하현 제형원의 이형(理形)으로 하천호의 후임이 되었다. 서문경은 이런 희소식을 빨리 집안 사람들에게 알리려고 급히 안으로 들어

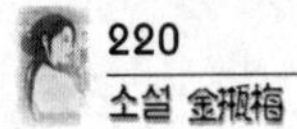

갔다.

"서울서 기쁜 소식이 왔어! 나는 제형원의 부천호 자리에 앉게 되었고 오준관은 역승, 내보는 교위가 되었어. 이건 오신선의 관상이 꼭 들어 맞은 거야."

오월랑에게 이렇게 말하여 서문경은 매우 기뻐했다. 그리고 이어서 아들의 이름을 관가(官哥)라 부르자고 말했다. 우리 아들은 복신(福神)이라고 하면서……

30

이계저(李桂姐)가 오월랑(吳月娘)의 수양 딸이 되고
반금련은 부아가 나서 관가(官哥)를 놀래주다

부천호의 지위를 얻게 된 서문경은 법도 따라 관복(官服)과 관모(官帽)를 지으려고 재봉직공 너댓 명을 불러다가 필육을 만들고 관위를 나타내는 허리띠를 여덟 개나 만들어서 집안에는 활기가 넘쳤다.

그러나 역승의 말직을 맡게 된 오전은은 새 걱정이 생겼으니 그것은 각방면에 자축 선물을 보내지 않으면 안될 형편이라 빚을 내어야만 했다. 그래서 그는 돈 열 냥만 서문경에게 빌려 달라고 응백작에게 애걸복걸하였다.

응백작한테서 오전은의 딱한 사정을 들은 서문경은 오전은에게 이자 없이 돈 백 냥을 선뜻 꾸어주었다. 오전은은 기뻐하면서 집으로 돌아갔다. 그러나 그 누가 알았으랴! 이 오전은이 서문경이 죽은 뒤에 배은망덕 할 줄이야.

청하현 현지사는 서문경의 출세를 축하하는 뜻으로 양고기와 술을 보내왔고 또 따로 편지를 보내 한 소년을 소개했다. 그 소년은 열여덟살의 소장송(小張松)으로 미소년인 데다가 글씨를 잘 썼고 남방 음곡도 능숙했다.

서문경은 소장공이 영리하고 미소년이므로 매우 흡족하게 여겼다. 서문경은 소년을 서동(書童)이라 부르게 하고 서재에서 심부름을 하도록 했다.

또 축실념이 보내준 소년도 열 네 살의 미동이었다. 그의 이름은 기동

(棋童)이라고 고쳐서 금동과 함께 잔심부름과 말시중을 들게 하였다.

서문경이 취임하던 날은 현청에서 큰 잔치를 베풀어 주었고 악사를 불러 여흥을 즐겼다. 그 악사 중에는 춘매에게 추파를 던지다 봉변만 당한 이명도 끼어 있었는데 잔치가 끝난 뒤에 그 악사들이 서문경 후원 어차회까지 왔을 때 이명도 따라왔다.

서문경은 날마다 제형원에서 공무를 보았다. 그리고 관청사무도 있어 서상방 한 칸을 수리하고 서재를 따로 만들었다. 그리고 서동을 그 서재에서 잠을 자도록 하고 서문경은 어느 방에서 잠을 자든지 아침 일찍이 이 서재로 나와서 출근 준비를 했다. 그래서 여러 여종들이 빈번하게 들락날락 했는데 그 중에 옥소는 서동이 영리한데다 미소년인지라 잔뜩 눈독을 들였다.

어느날 아침 서동은 서재에서 일어나자 창가 체경 앞에서 머리를 땋고 댕기를 들이고 있을 때 마침 옥소가 문을 열고 들어왔다.

옥소는 서동의 어깨를 꼬집으면서

"애, 너는 길에서 문신(門神)그림을 팔고 있는 녀석의 흉내를 내는구나."

하고 향주머니 두 개를 잡아떼어 자기 소매에 집어넣었다.

"남의 아끼는 물건을 훔쳐가네."

서동이 핀잔을 주자 옥소는 주먹으로 서동을 밀쳤다.

"어허, 밀치면 어떻게 머리를 빗고 있는데."

"애, 대관인께서 오늘 어디 가신다더냐?"

"오늘은 청하현 화주부 송별회에 가셨다가 오후에나 돌아 오시고 또 응백작 영감과 함께 교대호 집을 사시러 나가실 거야."

"그럼 이따가 또 올테니 어디 가지 말아. 할 얘기가 있어."

옥소는 서문경의 관복을 가지고 안으로 들어갔다.

집안에서는 여자 손님들이 술을 마시고 법석대는 사이에 옥소는 술주전자와 과일 몇 개를 들고 서동을 먹이려고 서재로 들어갔으나 마침 서동이 없으므로 그대로 두고 나왔다. 남의 눈에 들키지 않으려고 옥소는 조심했으나 금동은 옥소가 서동의 방에 들어갔다가 나오는 것을 보았다. 서동이 서재에 있는 줄을 알고 금동은 얼른 서재로 들어갔다. 그러나 서동은 없고 술 주전자와 과일이 놓여 있으므로 금동은 그것을 훔쳐가지고 나왔다.

한편 서문경이 부천호가 되었으므로 이계저 모녀는 계략을 짜내어 과물 섞은 떡 한 상자, 돼지발 한 쌍, 군오리 두 마리, 술 두 병, 부인 신발 한 쌍을 상자에 담아 하인에게 지워 가지고 아침 일찍 서문경 집을 찾아왔다. 이계저는 오월랑을 수양 어머니로 삼으려는 계교가 있었다.

이계저는 오월랑에게 네 번 절하고 그 뒤에 서문경과 그녀의 아주머니 이교아에게 절을 했다.

오월랑이 매우 기뻐하자 이계저는

"어머님 말씀이 이제 영감께서는 관원이신지라 여춘원에 출입하실 체면도 아니라고 하시어요. 그래서 저를 수양딸을 삼으시면 댁의 친척처럼 자유롭게 출입이 될 것이 아니겠어요."

"오은아와 또 두 사람은 언제 올 건가?"

오월랑의 말에

"어제 영감께서 정애향과 한금천을 분부하셨으니까 곧 올 겁니다."

이 때 오은아와 정애향이 들어왔는데 그 뒤를 따라 한금천의 아우 한옥천이 들어왔다. 이계저는 오월랑의 수양딸이 되었으므로 옥소와 함께 호두도 까고 쟁반에 과일 등 담으며 뽐냈다.

"소옥 언니 미안하지만 물좀 떠다 주시구려."

또 조금 뒤에

"옥소 언니 차좀 끓여 내오구려."

오은아와 다른 기생들은 눈이 둥그래져서 아무 말도 않고 보기만 했다.

대안이 과물을 가지러 들어오자 이계저는 그에게 응백작과 축실념도 참석하냐고 물었다.

"그럼요. 의형제 열 분이 하나도 빠짐없이 모인답니다. 응백작 영감은 새벽부터 오셨으나 주인 영감 심부름으로 밖에 나가셨어요."

"그 악당들이 참석한다니 나는 오늘 자리엔 안 나가고 안에서 마님 들으시게 창이나 불러야겠다."

"무슨 말씀. 기생 놀음에 와서도 제멋대로 놀건가."

대안은 이계저에게 핀잔을 주고서 밖으로 나갔다.

얼마후 손님들이 모인 뒤에 기생들은 대청으로 불려나갔다. 정애향은 저를 불었고 오은아는 비파를 타고 한옥천은 창을 부르면서 술잔을 돌렸다. 창은 간드러지고 춤은 선녀같고 술은 폭포같고 안주는 산과 같이 풍부했다. 응백작은 술만 보면 태평세월이었다.

"형님, 그런데 이계저는 어째 안 왔습니까?"

응백작의 말에 서문경은 모른다고 머리를 흔들었다. 술이 몇 순배 돌고 몇 곡조가 연주되자 응백작은

"형님, 저 기생들의 음곡은 들을만한 것이 못되니 술이나 따르게 하시지요."

"허허, 이 사람 벌써 취했군. 손님들 의향에 맡겨야지."

서문경이 이렇게 핀잔을 하니 응백작은 기생 곁으로 가까이 가서 욕설을 퍼부으며 기생에게 주정을 부렸다.

응백작이 자꾸 기생들에게 술을 따르라고 하는 바람에 음곡은 집어치우고 술병을 들고 따르기 시작했다. 오은아가 응백작의 잔에 술을 따르게 되자 응백작이 이계저는 어째 아니 왔느냐고 묻자 오은아는 이계저가 오월랑에게 선물을 주고서 수양딸이 되어 뽐내고 있는 전말을 자세히 들려주었다.

"……계저는 큰마님께 신을 만들어 드렸다나봐요."

"응큼한 년이군. 그런 년은 이 자리에 안 나와도 괜찮다. 너는 여섯째에게 신발을 해드려라. 이전 화자허 영감을 섬기었으니 너나 여섯째 이병아하고는 관계가 있는 사이다. 하여간 내 말대로 하거라."

"그럼 집에 가서 어머니와 의논하겠어요."

하고 오은아는 응백작의 잔에 넘도록 술을 따랐다.

이계저는 안에서 오대구 부인 등 안손님 앞에서 비파를 타고 창을 부르고 있었는데 대안이 서문경의 지시로 불러냈다.

"누가 부르시냐?"

"영감께서 부르십니다."

"난 안손님을 접대해야 하는데……"

"실은 손님들이 자꾸 조르기 때문에 영감께서도 할 수 없이……"

이계저는 단장을 새로이 고치고 바깥 대청의 남자 손님 좌석으로 나갔다. 향수와 분냄새를 피우면서 서문경 앞에 가서 서니 서문경은 손님들에게 술을 권하라고 턱으로 가리키면서 눈을 지그시 감아 보였다. 이계저는 술잔을 높이 들어 먼저 교대호(喬大戶)에게 올리니 교대호는 당황히 일어나서 잔을 받았다.

"영감 앉아 받으시오. 기생년한테 뭘 그러세요. 기생은 술 따르고 음곡을 하는 것이 직업인데 그렇게 위해 주면 버릇이 없어집니다."

응백작의 말에 교대호는 서문 대관인이 귀애하는 아가씨인데 가만히 앉아서 부려먹기가 거북하다고 말했다.

"계저는 이제 기생이 아닙니다. 영감이 부천호가 되시자 수양녀를 지원했답니다."

"하하…… 어젯밤까지 갈보 노릇을 하더니 무슨 생각에 영감댁 수양딸이 됐을까?"

응백작의 말에 이계저는 얼굴이 빨개지며 쓸데없는 소리는 그만두라고 소리쳤다.

이계저의 눈꼴이 여간 사납지 않았으므로 사희대가 천연덕스럽게 말했다.

"우린 그런줄을 전혀 몰랐어. 그럼 우리 십형제가 모였으니 서문경 댁 수양딸된 기념으로 닷 푼씩 내서 한 잔 사기로 합시다."

"형님, 감투는 역시 쓰고 볼 세상이군요, 기생도 설설 기어서 수양딸로 들어오고…… 하기야 관(官)이 무서웁지."

"쓸데없는 소리 작작하라구!"

응백작의 말에 서문경은 톡 쏘았다.

"형님, 옛말에 쓸데없는 쇠라도 두둘기면 훌륭한 칼이 된다잖아요."

이렇게 바깥 대청에서는 응백작이 이계저와 함께 서문경의 벼슬 세도를 놀리며 주연을 벌리고 있을 때 이병아의 방에서는 어린애 우는 소리가 터져 나오고 있었다.

반금련은 아들이 탄생한 뒤로 서문경이 이병아의 방에만 들어가므로 부아가 끓어오르고 질투가 생겼다.

"무슨 놈의 새끼가 밤낮 울기만 하는 거야!"

반금련은 속으로 욕을 퍼부으면서 이병아의 방으로 들어갔다.

"유모, 애기 엄마는 어디 갔어? 그래서 애기가 자꾸 울었군요."

"엄마가 안에 들어갔으니까 엄마 찾아 우나 봅니다."

"호호, 요런 꼬마가 벌써 엄마를 알아보는 모양이지. 내가 엄마한테 데려다 줘야겠군."

반금련이 관가를 안겨 달라고 하자 유모 여의는 반금련이 아기를 안아 보겠다는 뜻밖에 말이 놀랐다.

"다섯째 마님, 애기를 안으셨다가 고운 의복에 오줌이나 싸면 어떻게 하게요. 안으시지 마세요."

"별소릴 다 하는군요. 오줌은 훔치면 될게 아녜요."

반금련은 유모에게 관가를 받아 안고 안으로 들어갔다. 중문까지 왔을 때 별안간 관가를 놀래줄 생각이 들었다.

반금련은 관가를 두 팔로 높이 추켜 올렸다. 꼴보기 싫은 생각같아서는 그냥 땅에 태질을 하고 싶었으나 그 때 마침 오월랑이 낭하에서 여중들이 새 요리 접시 다루는 것을 감독하고 있었으므로 반금련은 애기를 보고 웃으면서

"이것 좀 보세요. 관가가 엄마를 찾고 자꾸 울어대요."

반금련의 소리를 듣고 오월랑은,

"애기 엄마는 여기 없는데 애기를 너무 높이 쳐들었으니 경기하면 어쩌려구."

오월랑은 깜짝 놀라며 안방에 있는 이병아를 불렀다. 이병아는 당황히 뛰어 나와서 얼른 관가를 받아 안았다.

"애기는 유모가 방에서 안고 있었는데 갑자기 왜 나를 찾아 나왔어?"

"어서 방에 갖다 뉘어요. 경기하면 큰일나요."

오월랑이 무척 걱정했다. 이병아는 반금련이 귀엽지도 않은 자기 아들 관가를 안고 나온 것이 못마땅했다.

"애기가 자꾸 울고 있길래 내가 안고 엄마를 찾아왔지요.

이병아는 급히 가슴을 헤치고 관가에게 젖꼭지를 물린 뒤에 자기 방으로 돌아와서 유모를 나무랐다."

그날 밤에도 애기는 자꾸 깨서 울고 깜짝 놀라고 잠을 안 잤다. 그리고 땀을 흘리며 몸이 불덩이처럼 뜨거웠다. 이병아는 그렇게 경기하는 까닭도 알 수 없었고 어찌해야 할지 방도가 없어서 당황하기만 했다.

서문경은 밤늦도록 손님과 술을 먹고 기생들에게 돈과 비단옷감을 주어 보낸 뒤에야 이병아의 방으로 들어왔다. 이때 이병아는 울고 있었다. 이병아는 반금련이 안고 나왔던 애기는 빼고서 관가가 앓는다고 말했다. 서문경은 유모를 책망하고 오월랑의 방으로 갔다. 오월랑도 역시 반금련이 놀래준 사실은 입밖에 내지 않고

"내일 일찍 유산파 할멈을 불러서 보이게 해요."

오월랑의 말에 서문경은

"그런 엉터리 할멈을 부를 건 없어. 고작 뜸질이나 할 텐데. 섣불리 할멈을 불렀다간 큰일나지. 의원을 불러야겠어."

"아직 한 달 밖에 안된 애기를 의원에게 보여야 별 수가 있겠어요."

다음달 서문경이 관청으로 나가자 오월랑은 유산파를 불렀다 유산파가 무슨 약을 젖에 개어 먹이니 관가는 겨우 잠이 들고 울지도 않았다. 유산파는 애기가 놀랜 모양인데 어디서 떨어뜨리지 않았느냐고 물었으나 오월랑은 그런 일은 없었다고 잡아 뗐다. 오월랑은 반금련이 한 짓인줄 알면서도 숨긴 것인데 그런 말을 했다가는 집안에 풍파가 일어날 것을 염려했기 때문이었다.

그날 저녁 퇴청한 서문경이 애기가 어떠냐고 오월랑에게 묻자 유산파가 지어준 약을 먹고 애기는 울지도 않고 지금 잠을 자고 있다고 말했으나 그래도 서문경은 의원에게 보이지 않고 유산파에게 보인 것을 못마땅히 여겼다. 다음에는 유노파를 불러서는 안 된다고 언성을 높였으나 오월랑은 어디까지나 유산파를 두둔했다.

31

진경제(陳經濟)가 열쇠를 잃고서 창(唱)을 부르고
한도국(韓道國)의 아내가 시동생과 정(情)을 통하다

세월은 빨리 흘러 어느덧 팔월 보름이 되었다. 이날은 명절인 동시에 오월랑의 생일날이었다.

오대구 부인, 반금련 친정어머니 등 안손님들이 와서 잔치를 하고, 서문경은 이병아의 방으로 들어가서 밤을 지내려고 했으나 이병아가 반금련의 방으로 가라고 하여 서문경은 처첩들끼리도 자기의 잠자리를 서로 사양하는 미덕을 대견스럽게 여기면서 반금련의 방으로 들어갔다.

반금련은 서문경이 자기 방으로 들어오자 무슨 보물이나 얻은듯이 여간 반가와 하지 않았다. 곧 은촛대에 불을 돋우고 금침을 편 뒤에 향을 피웠다.

반금련은 자기 친정 어머니를 이병아의 방으로 보내고 서문경과 오래간만에 단꿈을 꾸었다.

반금련의 친정 어머니를 맞이한 이병아는 대접을 융숭히 했다. 이튿날 아침 반금련의 방으로 돌아온 친정 어머니는 이병아한테서 받은 옷감 한 벌, 신발감 한 벌, 그리고 돈 몇 냥을 보이면서 좋아하였다.

"어머니 어쩌자고 그런걸 받으셨어요?"

반금련은 못마땅했다.

"모처럼 호의로 준 것을 너무 박절하게 사양할 수도 없지 않니. 너는 관가 어머니한테 옷 한 벌이라도 줄 생각이 있니?"

"어머니가 그렇게 대접을 받았으니까 나도 가만있을 수 없지요. 음식을 대접해야겠어요."

반금련은 서문경이 관청으로 나간 뒤에 춘매를 시켜 요리 몇 접시와 술을 이병아의 방으로 가져오게 했다.

이병아와 반금련 모녀 세 사람이 술을 먹고 있을 때 진경제가 물건을 찾는데 춘매더러 이층문을 열란다고 추국이 와서 춘매를 찾았다. 반금련은 춘매에게 물건을 찾거든 진경제에게 이리와서 술 한 잔 들게 하라고 분부했다.

춘매를 보냈으나 진경제가 오지 않으므르 반금련이 다시 수춘을 보내 진경제를 불러왔다. 진경제는 반금련이 따른 술잔을 단숨에 들이키고 호두 두 개를 입으로 까먹고는 반금련이 한눈을 파는 새에 빠져나갔다.

"이것 보세요. 진서방께서 열쇠를 놓고 나가셨네요."

영춘의 말에 반금련은 얼른 열쇠를 허리춤에 감추고 찾으러 오더라도 모르는 척하라고 당부했다.

가게에 나갔던 진경제는 과연 열쇠를 찾으러 도로 들어왔다. 그가 열쇠를 못보았느냐고 묻자 반금련은 열쇠를 못보았다고 시치미를 뗐다.

"어떤 좋은 사람하고 재미를 보다가 잃어버린게 아니겠어요."

이병아는 참을 수가 없어 픽 웃었다. 진경제는 이병아에게 재촉했다.

"호호호…… 웃으니까 내가 감춘 줄 아는구먼. 난 다른 일로 웃는 건데……"

이병아는 그러면서 웃기만 했다. 진경제는 이리저리 돌아보다가 반금련의 허리춤에 열쇠 끈이 매달려 있는 것이 눈에 띠었다. 진경제는 그것을 잡아당기려 했으나 반금련은 얼른 열쇠를 소매 속에 집어넣고 말았다.

진경제는 열쇠를 달라고 애걸복걸했다.

"이건 내 방 열쇠야요. 정말 진서방 열쇠를 모른다니까요."

"그만 놀리구 어서 줘요."

반금련은 진경제의 얼굴에 추파를 던지면서 창 한 마디 하면 열쇠를 내놓겠다고 했다. 진서방은 창 잘 하기로 소문이 나 있다고 하면서……

"허허, 누가 그래요? 나는 노래라곤 멱따는 소리도 못하는데……"

"진서방은 나를 또 속이려 드시네. 창을 하지 않으려면 열쇠는 찾을 생각 마세요."

"그럼 한 곡조 부르겠어요."

진경제는 하는 수 없이 한 곡조 불렀다. 진경제는 창을 끝내고 반금련에게 빨리 열쇠를 열쇠를 돌려달라고 했다. 지배인이 상점에서 기다리고 있고 또 언제 서문경이 돌아올지 모른다면서.

"호호…… 난 영감이 들어오시면 고자질 하겠어요. 진서방이 어디서 술을 먹고 열쇠를 잊어버렸는지 우리 방에 와서 열쇠를 내놓으란다고 말이에요."

"그만 놀리구 어서 열쇠를 주세요. 사람을 장난감으로 알고 목을 베는 관리와 같으신데……"

옆에서 보고 있던 반금련의 친정 어머니와 이병아는 도로 주라고 권했다. 반금련은 빈정대는 태도로 이 두 분의 권고가 아니면 밤중까지 그 큰 소리하던 백 가지 노래를 다 들어야겠지만 특별히 용서하겠다고 말했다.

진경제는 그럼 창을 더 부르겠다면서 마지 못해 두 곡을 더 불렀다. 진경제가 창을 마치니 반금련은 술잔에 술을 가득 붓고서 술을 권했다.

그 때 오월랑은 안에서 나오다가 유모 여의가 관가를 안고 문밖에 나와 있는 것을 보고 애기가 겨우 나아질만 하니까 또 밖에 데리고 나왔느냐고 힐책하면서 얼른 데리고 들어가라고 하였다.

문밖에서 소란하므로 반금련이 누가 왔느냐고 묻자 큰 마님이 나오셨다고 수춘이 대답했다. 진경제는 오월랑이 나온다는 바람에 당황히 열쇠를 갖고서 밖으로 나가려고 서둘렀으나 오월랑과 딱 마주치고 말았다.

"진서방은 어째 여길 다 오셨어요?"

오월랑이 이렇게 묻자 반금련은 여섯째가 음식을 장만하여 우리 모녀를 대접하고 있는데 마침 이층에 물건을 꺼내러 온 것을 한 잔 들라고 권했다고 변명을 해 주었다.

"큰 형님도 한 잔 드시어요."

"애기가 보고 싶어 잠깐 보고 가려고 나왔는데 어쩌자고 아픈 애기를 또 밖에 내보내고들 있는가."

"음식을 먹고 있는 동안에 유모가 슬며시 안고 나간 것을 몰랐어요."

오월랑은 잠시 뒤에 안으로 들어갔다. 그리고 오래지 않아서 소옥을 내보내 이병아, 반금련, 반금련의 친정 어머니 세 사람을 안으로 불러들였다. 그래서 안에 있던 부인들과 같이 어울려서 어두울 때까지 술을 마신 뒤에 헤어졌다.

부인네 손님들이 돌아간 뒤에 맹옥루는 오월랑에게

"영감께선 오늘밤에두 늦으시는 모양인데 그동안 우리는 건너편 교대호집 구경이나 가봐요."

맹옥루가 제안하자 오월랑은 이교아, 맹옥루, 반금련, 이병아를 데리고 그 집으로 갔다. 대문을 들어서니 앞채는 세 칸짜리 대청으로 되었고 뒤채는 이층이었다. 오월랑은 그 이층을 구경하려고 이층으로 올라가다가 중간쯤 되는 곳에서 발을 잘못디뎌 굴러 떨어졌다. 다행이 두 손으로 난간을 꼭 붙들어 넘어지지는 않았다.

깜짝 놀란 일행은 곧 집으로 돌아왔다. 집에 돌아오자 오월랑은 복통이 나서 참을 수가 없으므로 얼른 유산파를 불러오게 하였다.

"경도가 그치고 놀래셨다니 좋지 않군요."

"그것이 다섯 달이나 없었는데, 층대에서 떨어지는 바람에 배속이 놀란 모양이에요."

"저걸 어쩌나 놀래서 애기가 떨어졌을 텐데. 이젠 약을 써도 소용 없으니 마님 몸이나 빨리 구하셔야 합니다. 이 약을 잡수셔요."

유산파는 환약 두 개를 놓고 갔다. 환약을 먹고 난 오월랑은 그날 밤으로 큰 요강에 핏덩이를 쏟았다. 그것은 이미 사내의 형체를 지니고 있었다.

그날 서문경은 오월랑의 방으로 갔으나 몸이 불편하니 다른 방으로 가라고 하므로 서문경은 다시 맹옥루의 방에서 잤다.

이튿날 아침 맹옥루가 오월랑을 문안했다.

"아직 아무도 모르니까 이런 소문 입밖에 내지 말아요. 공연히 남의 입에 오르내리기 싫어."

"염려마세요. 난 아무한테두 얘기 안하겠어요."

그래서 서문경은 오월랑이 낙태를 한 것을 전혀 모르고 있었다.

사자가 생사(生絲) 점포의 지배인은 원래 건달의 아들로서 역시 돈과 술밖에 모르는 위인이었다. 이름은 한도국(韓道國)인데 백정들이 모여 사는 우피소항(牛皮小巷)에 살고 있었다. 그는 원래 경박하고 허풍을 잘 떠는 사람으로 망나니였다. 그런데 서문경의 생사 점포의 지배인이 되면서부터 돈을 다루게 되니 가겟돈을 속여서 새옷도 지어 입고 큰거리를 뽐내며 돌아다녔다.

한도국의 아내는 백정 왕도(王屠)의 누이동생으로 몸매가 날씬한 데다 갸름한 얼굴이 예쁘장하게 생긴 이십팔구 세의 여자로서 딸 하나와 세 식구가 지냈다.

한도국의 아우 한이(韓二)는 항상 사기와 협잡으로 뜯어먹고 사는 위인이었다. 한도국의 아내는 본래 행실이 좋지 못했으므로 한이는 형 한도국이 상점에서 잠을 자고 집을 비울 때는 형수의 방에 놀러와서 술을 마시고 서로 희롱하고 돌아가지 않았다.

이 우피소항의 백정들이 사는 동네에는 파락호가 떼지어다니는데 한도국의 아내는 항상 짙은 화장을 하고 대문밖에서 지나가는 사람들을 흘깃거리며 희롱하기가 일쑤였다. 그런데 이들 파락호한테 시동생 한이와의 추잡한 관계를 들키고야 말았다.

파락호들은 한이가 한도국의 집으로 들어가는 것을 보고 밤에는 담위에 올라가서 안의 동정을 살피고, 낮에는 소년을 시켜 벌레를 잡는다는 구실로 뒷뜰에 들여보냈다.

어느날 한이가 형이 집에 없는줄 알고 낮부터 형수와 술을 마신 뒤에 문을 잠그고 정을 맺었다. 이 때 파락호들은 일제히 담을 뛰어넘어 방문을 열어 젖혔다.

한이는 당황하여 뺑소니 칠려고 하였으나 파락호 하나가 그를 때려 눕히고 한도국의 아내도 벌거벗은채 끌어내어 한이와 함께 밧줄로 동여맸다. 이때 대문앞을 지나던 사람은 모두 서서 구경을 하게 되었다. 사람들은 한도국의 아내가 대낮에 시동생과 서방질 하다가 붙잡혔다고 떠들어댔다.

자기 집에서 이런 변이 생긴줄도 모르고 한도국은 가벼운 의복에 새 모자를 쓰고 부채질을 하면서 큰길을 으쓱대며 걸어가다가 종이 장사하는 장이가(張二哥)와 은방하는 백사가(白四哥)를 만났다.

한도국은 그들에게 자기가 맡은 생사 점포의 물건 자랑이며, 하루의 거래가 얼마나 많다는둥, 현금과 장부도 자기의 감독을 받게끔 서문경한테 일임을 받고 있는다는둥, 서문경 본댁의 부인들까지 자기를 후하게 대접한다는둥 묻지도 않은 자랑을 늘어놨다.

이렇게 얘기를 하고 있을 때 어떤 사람이 앞을 지나다가 한도국이 있음을 보고 뛰어왔다.

"형님, 여기서 태평으로 계시네요. 지금 여기저기 찾아 다녔어요. 집에서 큰일났으니 어서 가보슈."

그 사람은 한도국에게 부인이 자기 아우 한이와 간통을 하다가 들켜서 동네가 발칵 뒤집혔고 패륜의 년놈이 관청에 잡혀간 사실을 알려줬다. 이 말을 듣고 한도국은 얼굴이 창백해지며 집으로인지 관청으로인지 어디로 급히 달려갔다.

32

척집사가 편지 중매를 부탁하고
채장원(蔡狀元)이 서문경에게 여비를 꾸어가다.

집으로 달려간 한도국은 전해준 사람의 말이 사실인가를 확인하니 한이와 아내는 벌써 제현원으로 붙잡혀 간 것이 사실이었다.

한도국은 할 수 없이 사자가의 생사 점포로 돌아와서 내보와 의논을 했다. 내보는 응백작을 가운데 넣어 서문경의 힘을 빌리라고 말했다.

응백작을 만나 사정을 말하니 응백작은 같이 가서 서문경에게 호소하자고 했다.

응백작과 한도국은 서문경의 비취헌이란 여름 정자로 들어갔다. 서문경은 이 때 이병아의 방에서 관가의 옷감을 내어놓고 옷을 지어 줄 것을 분부하고 있었다.

서문경이 객실로 나오자 응백작은 한도국더러 자초지종을 말씀드리라고 했다. 한도국은 근처의 파락호들이 괴롭히고 있다는 얘기를 늘어놨다.

응백작은 한도국의 말을 가로 막고서

"자네 어려워 할 것 없이 그 억울한 사정을 시원하게 말씀드려 어서 누명을 벗도록 하지."

"지금 응대인께서 말씀하신 대로 억울한 사정을 들어주십시오. 사실을 말씀드리자면 저는 항상 생사 점포에서 자고 집을 비우기가 일쑤였습니다. 저의 집사람은 딸 애 하나만 데리고 있으므로 근처 파락호들은 돌맹

이도 던지고 만만한 집이라고 늘 괴롭혀 왔습니다. 그래서 제 동생 한이가 그들을 야단쳤더니 도리어 여러 명의 파락호들이 달려들어 동생과 제 집사람에게 누명을 씌워 관청으로 붙잡아 갔습니다. 듣자하건데 동생과 집사람을 내일 현지사에게 보낸다고 합니다. 예컨대 영감께서 현지사에게 편지 한 장을 써 주시어 동생은 재판을 받아도 집사람은 제형원에까지 안 가도록 하여 주시기 바랍니다."

한도국은 이렇게 서문경에게 호소하고 소매에서 소송장을 꺼내 들고 꿇어 앉았다.

"소인은 영감께 의탁하고 지내는 신분이오니 하해같은 은덕을 베풀어 주시면 소인 내외는 백골난망이겠습니다."

서문경은 한도국의 소송장을 받아 보더니 한도국 아내의 이름은 빼고 한이의 이름만 쓰는 것이 좋겠다고 말했다. 그리고 다시 응백작에게

"이런 문제를 가지고 관청에 소송장을 올리면 도리어 문제가 시끄럽게 될 터네. 소송장은 그만두고 이런 내용으로 관청에다 편지를 써 보내게. 그런 뒤에 내가 적당히 처리해 줌세."

"형님, 말씀대로 하겠습니다."

응백작은 자기가 나선 보람이 있다는 듯이 한도국을 보고 눈을 찡긋 감았다.

"영감님 황송합니다. 이렇게까지 염려해 주시니."

한도국은 이마를 조아려 서문경에게 절을 연거푸했다.

서문경은 하인을 부르더니, 제형원에 가서 내가 그러더라고 곧 한도국의 아내를 석방하라고 일으라 했다.

"그럼 염려말고 자네도 저놈을 따라가서 욕을 본 아내를 위로해 주게."

한도국은 다시 엎드려 절하고 하인의 뒤를 따라 물러갔다.

이튿날 서문경과 하제형 두 사람이 등청하여 사무를 보고 있는데 한도국의 아우 한이를 위시하여 수 명의 남자가 재판정으로 끌려 나왔다. 하제형이 보고서를 본즉 한이, 차담, 관세관, 유수, 학현 등 다섯 명이 싸움으로 이웃을 소란케 하였다는 죄명이 씌어 있었으나 한도국의 아내에 대해서는 이름 조차 없었다.

재판결과는 파락호들이 남의 담장을 뛰어넘었다 하여 곤장 열 대씩을 때리게 하였다. 그들은 살이 터지고 피가 흘러 우는 소리는 하늘을 움직이고 신음하는 소리는 땅에 차는 듯했다.

그런 뒤에 서문경은 하제형이 무어라 하기 전에 한이는 놓아보내고 네 명만 옥에 가두워 버렸다.

어느날 서문경은 하제형과 함께 교외에 나가서 새로 부임하는 순안어사(巡按御史)를 영접하고 해가 저물어서야 집에 돌아왔다. 늦도록 대문을 지키며 서문경을 기다리던 평안이

"오늘 서울 채태사 대감댁에서 급한 편지가 왔습니다. 채태사 댁에 있는 척집사께서 영감께 보내는 편지라 하여 소인이 받아서 큰 마님께 가져다가 드렸습니다. 가저온 사령은 내일로 돌아가야 하므로 내일 답장을 가지러 다시 오겠다고 했습니다."

서문경은 평안의 말을 듣고 안대청으로 들어가서 오월랑이 받아둔 편지를 읽었다.

서문경은 척집사의 편지를 다 읽은 뒤에 입맛을 쭉쭉 다시며 머뭇거리다가 하인을 불렀다.

"아뿔사! 내가 척집사의 부탁을 잊었구나. 어서 여자 하나를 구해야겠다. 얼른 중매쟁이 하나를 불러와라."

서문경이 편지를 읽고 놀라므로 오월랑이 무슨 일로 그러느냐고 물었다.

"저번에 서울 채태사 대감댁 집사로 있는 척겸한테서 편지가 왔었소. 그것을 내가 깜박 잊었단 말야. 그 사람은 정실 몸에 소생이 없어서 이곳에서 적당한 여자를 소실로 구해달라고 부탁했었거든 그 재촉 편지야. 가난뱅이 딸이든 부잣집 딸이든 상관 없고 돈은 얼마가 들든지 상당한 색시면 좋다는 거야. 단지 아들을 얻으려는 게 목적이지 돈까지 보냈으니 내일로 결정을 지어 답장을 해야겠는데 야단인 걸. 빨리 중매쟁이를 불러다가 물색해야겠어."

"척집사의 일이라면 우리가 돈을 들여서라도 얻어 주어야겠군요."

"암, 그렇지 척집사는 태사 앞에서 내 일이라면 극력 보아주어 내가 벼

슬까지 했는데."

"영감은 자기가 손대기에 바빠서 남의 중매 생각은 까맣게 잊고 계셨지 뭐에요."

"아따 지금 그런 소릴 할 때가 아녜요. 하여간 잘 탐문해서 십 오륙 세나 십 칠팔 세 정도로 적당한 색시를 급히 찾아보게. 만일 적당한 여자가 없으면 수춘이가 영리하고 인물도 그만하면 괜찮으니 걔를 보내게 하지."

"영감은 발등에 불이 떨어져야 허둥지둥 야단이어요. 모처럼 부탁을 받았는데 얌전한 처녀를 골라 보내야 하지 않겠어요. 수춘인 벌써 영감이 손대지 않았어요. 영감 퇴물을 남한테 소개할 셈인가요?"

"허지만 내일 답장을 가지러 올텐데 무어라고 대답하지."

"그 사람이 내일 오거든 여비나 좀 주고 답장을 가지고 가게 하셔요. 그리고 여자는 좋은 사람을 구해 놓았으나 옷이며 기타 혼수를 마련하는 중이어서 끝나는 대로 여기서 사람을 보낼 테니 좀 기다리라면 되지 않아요."

"옳아! 그럼 우선 부인의 말대로 그렇게 답장을 써 보내고 차차 좋은 규수를 구하기로 하지."

다음 날 서문경은 진경제를 시켜 밤새워 쓰게 한 답장을 서울서 온 사령에게 전하고 채태사의 양자 채장원이 언제쯤 청하현을 지날 것 같으냐고 자세히 물었다.

"제가 서울을 떠날 때 채장원은 조정의 허가를 얻어 여행을 곧 떠나신다고 하셨습니다. 그리고 척집사께서 말씀하시기를 채장원은 고향에 가는 여비가 모자랄 것이니 채장원이 만일 댁을 들르시면 여비를 빌려드리라고 하셨고, 편지로 그 액수를 알려 주시면 갚아 드리겠다는 것이었습니다."

서문경은 그런 돈이라면 얼마든지 쓰기를 원하는 판이라 척집사의 처사를 고맙게 여겼다.

"그럼 서울로 가서 척집사께 여쭈어 주시오. 채장원께서 얼마를 쓰시든지 내가 마련해 드릴테니 염려마시라고."

서문경은 진경제를 불러 그 사령에게 술을 권하게 하고 떠나갈 때 돈 닷 냥을 주라고 지시했다.

서문경은 오월랑의 의견에 좇아서 거짓 답장으로 서울서 온 사령을 돌려 보냈으므로 우선 발등의 불은 끄게 되었지만 아직 색시감을 수소문해 본 일이 없어 지금부터 서두르기 시작했다.

서문경은 채장원의 배가 도착한다는 날짜를 미리 탐문하고 그날 내보를 신하구까지 보내서 채장원을 영접하게 하였다. 내보는 채장원이 타고 있는 배위로 올라가서 우선 술, 국수, 닭, 오리, 소금 등 식료품을 채장원에게 선사하고 서문경의 명함을 올렸다.

채장원은 서울을 떠날 때부터 척집사로부터 청하현을 지날 때는 큰 부자이며 채태사가 시켜준 제형원 부천호인 서문경이 후대할 것이라는 귀뜸을 들었으므로 과연 서문경이 미리 자기가 오기를 기다렸구나 하고 이튿날 서문경의 집을 방문하였다.

서문경은 이미 채장원과 안진사 일행을 환영하기 위해 풍성한 잔치를 마련하고 기다리고 있었다. 언젠가 현지사 연회에서 소주(蘇州) 출신의 광대 일행의 연주를 본 기억이 나서 그들을 불러다가 채장원이 방문할 때 여흥을 하도록 준비시켰다.

채장원과 안진사가 서문경의 집에 당도하자 서문경은 예를 갖추어 대청으로 맞아들이고 공손히 인사를 나눈 뒤에 산해진미의 주연을 벌렸다.

저녁 때가 되어 서문경은 광대들을 보내고 서동이만 손님 시중을 들게 하였다. 안진사는 서동의 안내로 소변을 보러 갔으므로 채장원과 서문경 두 사람만 있게 되자 채장원은,

"오늘은 이처럼 융숭한 환대를 받아 미안하오이다."

"원, 별말씀을 다 하십니다. 대접이 부족하여 도리어 송구합니다."

"그런데 미안한 말씀이나…… 소생은 이번 귀향 도중에 노자가 좀 부족합니다만……"

"채장원께서 말씀 않으셔도 벌써 그만한 편의는 소생이 담당해 드리려고 하고 있습니다."

술도 어지간히 취한 뒤에 서문경은 두 사람을 장춘오 동굴로 안내했고 한동안 화원을 산책했다.

이튿날 서문경은 선물 이외에 채장원에게는 은 백 냥을 주었고, 안진사

에게는 은 서른 냥을 주었다. 채장원은 겉으로 사양하면서 십여 냥만 있으면 족한데 이렇게 많은 돈을 주니 도리어 미안하다고 말했고 안진사도 사양을 했다. 그러나 서문경이 은근히 권하여 채장원과 안진사는 마지 못하는 척하면서 받아 넣었다.

"이 은혜는 영원히 잊지 않겠습니다."

"천만의 말씀을, 제가 또 신세질 일이 따로 있을는지도 모르는 데요."

서문경이 채장원과 안진사를 대문밖까지 전송하면서 이제 금력으로 채장원을 손아귀에 넣은 것을 흐뭇하게 생각하였다.

33

풍노파(馮老婆)가 한도국(韓道國)의 딸을 주선하고
서문경이 왕육아(王六兒)의 미색(美色)에 탐닉하다

채장원과 안진사를 보낸 뒤에 서문경은 어느날 말을 타고 길을 가다가 이병아의 유모 풍노파를 만났다. 서문경이 전에 부탁한 계집애를 수소문 했느냐고 묻자

"그렇지 않아도 영감님을 뵈오려고 했어요. 마땅한 여자가 없어 늘 걱정을 하고 있었는데 마침 하나가 눈앞에 나타났어요. 어제 이 늙은이가 그 색시집을 다녀 왔어요."

"그 색시가 누군데?"

"바로 영감님이 개업하신 생사 점포의 한 지배인 딸이에요."

"그럼 서울 척집사한테 시집을 가겠다던가?"

"호호호…… 제가 하는 중매는 틀림없으니 염려마세요."

풍노파는 자신있게 웃으며 대답했다.

이삼일 뒤에 풍노파는 한도국의 딸 한애저(韓愛姐)의 사주를 적어 가지고 서문경을 찾아왔다. 한애저의 나이는 열 다섯, 오월 초닷새 자시(子時)에 출생했다.

"영감께서 중매하시는 데라고 한서방 내외한테 말했더니, 그러면 망설일 것이 무어냐구 즉시 승낙했어요. 다만 워낙 집이 가난해서 어디 서울 같은데 보낼 수도 없고 의복이 첫째 초라해서 걱정이랍니다."

"혼수 일체는 내가 장만해 줄테니 그 집에서는 딸의 신발이나 만들라고 하시오."

"영감께서는 언제 색시 선을 보시러 오시겠느냐고 한서방 집에서 묻더래요."

"언제든지 좋다고 한다면 내일이라도 가겠소."

서문경이 이렇게 말하자 풍노파는 그 길로 한도국의 집에 가서 그의 아내 왕육아(王六兒)에게 서문경을 만나고 온 전말을 얘기했다. 서문경이 하지 않은 말도 살을 붙여 그럴 듯하게 늘어 놓았다.

"영감께서는 내일 퇴청하시는 길로 곧 선을 보러 오시겠다고 합니다."

왕육아는 풍노파에게 저녁밥을 지어주고 수고했음을 치하했다.

다음 날 아침 일찍이 한도국은 우물물을 길어다두고 과일을 장만케 하고는 여느 때와 같이 생사 점포로 나갔고 왕육아는 집에서 화장을 하고 의복을 갈아입었다.

서문경은 관청에서 돌아오자 즉시 평복으로 갈아입고 대안과 금동이를 데리고 한도국의 집으로 향했다. 풍노파는 벌써 와서 기다리고 있다가 서문경을 맞아들였다. 얼마 뒤에 왕육아는 딸 한애저를 데리고 나와서 서문경에게 인사를 시켰다.

서문경은 한애저의 선을 보러갔으나 그녀의 어머니되는 왕육아의 아름다운 자태에 마음이 끌려 정신없이 왕육아만 훑어보고 한애저의 선은 보려고도 아니했다.

서문경은 왕육아를 한번 본 뒤 홀딱 반하고 말았다. 저번에 한도국의 아내에게 파락호들이 덤벼 들었던 것은 우연한 일이 아니라고 서문경은 생각했다.

그러나 언제까지 왕육아 한테만 시선을 줄 수는 없는 일이라 눈을 돌려 한애저를 쳐다보았다. 딸도 역시 어머니를 닮아 혹할 만한 미색이었다.

왕육아는 딸 애저에게 서문경한테 네 번 절을 하도록 했고 풍노파는 차를 내와 한애저를 시켜 서문경에게 올리도록 했다. 서문경은 대안을 불러 예물 꾸러미를 가져오게 한다음 손수건 두 개, 금가락지 네 개, 은 스무 냥을 내어 놓았다. 왕육아가 얼른 가락지를 집어 한애저의 손에 끼워주자 한애저는 밖으로 나갔다.

"이삼일 뒤에 딸을 우리 집으로 데려 오시오. 그 때 옷도 맞추게 할 테니…… 그리고 우선 이 돈으로 여기서 신을 만들도록 하시오."

서문경의 말에 왕육아는 머리를 조아려 인사를 하면서 극구 서문경의 은혜를 고마워 했다. 왕육아는 말끝마다 서문경을 추켜 세우며 비위를 맞추니 서문경의 마음도 흡족했다.

서문경은 왕육아와 이야기를 더하고 싶었지만, 내키지 않는 마음을 억누르며 한도국의 집을 나왔다 서문경은 집으로 와서 곧 오월랑에게 한애저의 얘기를 하였다.

이삼일 뒤에 왕육아는 서문경 집으로 한애저를 데리고 왔다. 한애저는 오월랑을 위시해서 집안 사람들에게 일일이 큰절을 했다.

오월랑은 바느질 집 사람을 불러다가 의복 일습을 갖추게 했고 서문경은 혼수일체를 준비했다.

한애저를 서울로 보내는 채비가 다 되었으므로 구월 열흘에는 서울로 보내게 되었다. 서문경은 현청의 일꾼 네 명과 군졸 두 명을 딸려 보내고 한도국과 내보는 네 필의 말에 혼수감을 잔뜩 싣고 후행으로 가게 하였다.

딸을 서울로 시집보내고 집에 혼자 남은 왕육아는 사흘 동안이나 눈물을 흘리면서 지냈다.

하루는 서문경은 별로 볼 일도 없으면서 사자가 집으로 갔다. 풍노파가 차를 내오자 서문경은 돈 한 냥을 풍노파에게 내어주면서 이번 한애저 시집가는데 수고가 많았으니 옷이라도 집어 입으라고 말했다.

풍노파는 기쁨을 감추지 못하고 연방 고맙다고 인사를 했다. 서문경은 다시 왕육아는 어떻게 지내고 있느냐고 물었다. 왕육아가 매일 울고 있다는 말을 들은 서문경은 풍노파 귀에 입을 대고 소근거렸다. 틈을 내서 왕육아를 만나게 해달라는 부탁을 받은 풍노파는 빙글빙글 웃으면서,

"호호…… 영감은 알먹구 꿩먹을 셈이군요. 딸을 남의 첩으로 시집보내더니 이번에는 그 어미를 탐내시다니…… 하여간 오늘밤에 이 늙은이가 영감의 뜻을 잘 전할테니 내일 꼭 오시도록 하세요."

다음날 풍노파는 왕육아를 찾아가서 서문경이 만나보고 싶어한다는 말을 전하고 복을 차버리지 말라고 중매쟁이 솜씨를 나타냈다. 왕육아는 풍노파의 말에 속으로 좋아하면서 저녁나절에 오시게 하라고 말했다. 왕육아는 풍노파가 돌아가자 방을 깨끗이 치운 뒤에 향을 피우고 요리를 장만했다.

풍노파의 기별을 기다리고 있던 서문경은 남의 눈을 피해 평복으로 갈아입고 대안과 기동을 데리고 왕육아의 집으로 갔다. 말은 기동이 끌고 갔다가 밤이 으슥할 때나 마중오라고 일러 보냈다.

서문경이 대문을 들어서니 왕육아는 곱게 단장을 하고 나와서 날아갈 듯이 절을 하고 반갑게 맞아들였다.

"요전에 어린 딸년이 여러 가지로 대관인께 걱정을 끼쳐드려 무어라 사죄의 말씀을 드려야 할지 모르겠어요."

"갑자기 당한 일이라 부족한 점이 많았겠지만 다음 기회도 있으니 아이 장래를 위해 좀 참아 주시오."

"대관인 은덕을 하해같이 입고 있는 신분인데 무슨 부족이 있을라구요."

왕육아는 코가 땅에 닿도록 서문경에게 절을 하며 생글생글 웃었다.

풍노파는 차를 갖다 권했고 대안은 대문을 닫아걸고 주방으로 들어갔다.

왕육아는 서문경을 안방으로 안내했다. 방안은 향내로 가득했다.

서문경을 의자에 앉힌 뒤에 왕육아는 차를 권하고 자기는 붉은 비단요를 깐 침대에 걸터 앉았다. 서문경은 왕육아가 손수 차를 내왔으므로 심부름하는 애 하나쯤 두어야겠다고 말했다.

"딸애를 보낸 뒤에 모든 일을 제 손으로 하자니까 여간 힘이 들지 않아요."

"그래서야 되겠소. 그럼 내일이라도 풍노파에게 부탁해서 계집애 하나를 구해보소. 돈은 내가 낼테니까."

"그런 신세까지 영감께 끼치게 해서 되겠어요."

서문경은 왕육아의 수작이 능숙함에 속으로 감탄을 했다.

풍노파가 주안을 준비해 가지고 들어오므로 계집애 하나를 구해줄 것을 부탁하니 돈 넉 냥만 내면 내일이라도 데려 오겠다고 말했다.

주안상이 준비가 되자 왕육아는 꿇어 앉아 술잔을 두 손으로 서문경에게 올렸다. 서문경이 왕육아를 붙들어 일으키니 그녀는 빙그레 웃으면서 자리에 앉았다. 술이 몇 순배 돌아가자 어느결에 서문경과 왕육아는 한 덩어리가 되어 침대에 쓰러졌다.

해가 저물어 서문경이 집으로 돌아가려고 하니까

"아니 벌써 돌아가시려구요. 다음부터는 좀 일찍 오세요. 저물기 전에 마음놓고 노시다 가시게요. 네?"

서문경은 이튿날 풍노파에게 돈 넉 냥을 내놓고 소녀를 사서 왕육아의 집으로 데려가게 하고 이름을 금아(錦兒)라고 새로 붙여 주었다. 이틀 후에 서문경은 다시 왕육아를 찾아갔다. 풍노파도 따라와서 주안상을 마련해 놓고 돌아갔다. 이렇게 풍노파가 왕육아 집을 자주 가게 되니 자연 이병아에게는 발길이 뜸해 질 수 밖에 없었다.

이병아가 여러번 사자가 집으로 풍노파를 부르러 사람을 보냈으나 한 번도 집에 붙어있지 않았는데 하루는 화동이가 풍노파를 길거리에서 만나 이병아한테 끌고 왔다.

"요사이 몇 번 사람을 보내두 통 집에 없다던데 어떻게 지내는 건가요? 때때로 와서 애기옷 빨래도 해주고 이불도 좀 꿰매 주지 않고서."
하고 이병아가 쏘아붙였다.

"매일 무엇을 했는지 모르게 바쁘게 보냈어요. 큰 마님이 부처님께 기도드릴 때 쓴다고 방석을 부탁했는데 그것도 깜빡 잊고 어제야 겨우 가보았더니 방석집에서는 아직 일을 시작 안 했어요."

"방석값은 미리 받고 이제와서 그런 말을 하다니 될 말이야."

"돈을 큰 마님께 돌려 드려야겠어요."
하고 풍노파는 오월랑의 숙소로 들어갔다가 다시 이병아의 방으로 나왔다.

"할멈, 큰 마님께 걱정 듣지 않았어?"

"웬걸요, 말씀을 잘 드렸더니 오히려 떡까지 주셨어요."

얼마 뒤에 풍노파가 그대로 가려고 하므로 이병아는 밥을 먹고 가라고 말했으나 먹고 싶지 않다면서 풍노파는 허둥지둥 이병아의 앞을 물러 나왔다. 이날 밤에도 서문경과 왕육아의 시중을 들어야 했기 때문이었다.

34

왕육아(王六兒)가 방망이로 한이(韓二)를 때리고
반금련(潘金蓮)이 설야(雪夜)에 비파만 타다

어느날 한도국의 아우 한이는 왕육아와 간통 사건이 있은 뒤로는 통 나타나지 않더니 그 날 술이 취해 가지고 왕육아를 찾아 왔다.

"형수씨, 형님께선 어디 가셨다더니 아직 돌아 오시지 않으셨군요. 우리 둘이 오래간만에 술이나 나눕시다."

하고 소매에서 안주감을 꺼내 놓았다.

그러나 얼마 안있어 서문경이 찾아올 것이고, 또 풍노파가 주방에 있으므로 한이와는 상대하지 않으려고

"난 술을 안 먹겠소. 서방님이 먹고 싶으면 다른 술집으로 가서 들도록 하소. 형님도 않계신데 공연히 또 남의 입에 오르내리면 곤란해요. 무슨 낮으로 여기에 또 오셨어요."

왕육아가 톡 쏘아댔으나 한이는 돌아갈 생각은 하지 않고 식탁 밑에 놓인 술병을 보더니

"형수씨, 저건 웬 술인데 시치밀 떼시기요? 공연히 혼자만 하려구 그러시는게 아녜요."

"그 술은 서문경 영감이 보낸건데 형님이 돌아 오시면 대접할테니 오늘은 그냥 돌아가세요."

"허허, 형님을 언제 기다려요. 나랏님 술이라도 한 잔 먹고 볼 일이

지.…… 술을 보구서 그냥 있을 수가 있어야죠."

한이가 술통을 꺼내려고 하자 왕육아는 얼른 달려들어 밀치는 바람에 술취한 한이는 땅에 쓰러지고 말았다. 한이는 성이 나서

"이년아! 난 친절히 안주까지 가져왔는데…… 혼자서 적적할 것 같아서 둘이 한잔 하자고 하는데 밀치다니…… 아마 어떤 부자놈을 물었나 본데 난 이판사판 죽어두 좋다. 내가 칼맛을 보여줄테다."

한이의 말에 왕육아는 성이 머리끝까지 북받쳐 욕설을 퍼붓고 방망이를 휘둘렀다. 한이는 차마 입에 담을 수 없는 욕을 하고 밖으로 슬금슬금 도망을 쳤다. 이 때 마침 서문경이 대문 앞에 당도하고 있었다. 서문경을 본 한이는 머리를 푹 숙이고 다람쥐처럼 뺑소니를 쳤다.

서문경이 안으로 들어가니 왕육아는 아직도 숨을 헐떡이고 있었다. 서문경이 지금 뛰어나간 자가 누구냐고 묻자 왕육아는 전말을 자세히 말했다. 서문경은 대노하여 한이를 잡아다가 족쳐야겠다고 대안에게 호령을 했다.

서문경이 왕육아의 안방으로 들어가자 왕육아는 지난번 서문경이 사준 계집애 금아에게 차를 내오게 하고 인사를 시켰다.

"똑똑하게 생겼군... 그런데 할멈은 어디 갔지?"

"주방에서 안주를 장만하고 있답니다."

"아까 기동이 편에 보낸 술은 환관이 보내준 상등 술인데…… 요전에 여기서 먹던 술은 내 입에 맞지 않기에 일부러 보낸 거야."

"감사합니다. 이런 빈촌에선 상등술을 살 수가 있어야죠. 일부러 큰길거리에 나가야 하니……"

"한서방이 돌아오거든 사자가에 집 한 채 사줄테니 곧 이사하도록 하지. 그러면 점포와도 가깝고 장보기도 편리할 테니까."

얼마 뒤에 주안상이 놓이자 서문경과 왕육아는 어깨를 나란히하여 술잔을 주거니 받거니 하였다. 술 기운이 어지간히 몸에 스머드니 서문경과 왕육아 두 사람은 옷을 벗고 침대위로 올라가 서로 껴 안았다. 서문경은 왕육아가 장난치기를 좋아함을 알고 회귀한 규방제구를 넣은 비단 주머니를 가지고 왔다. 주머니에는 일곱 가지의 도구가 들어 있었다.

"난 이 도구를 사용하고 싶어서 가져왔으니 밤새껏 즐겨 보자꾸나. 나는 죽어도 너와는 떨어지고 싶지 않다."

"영감께선 지금은 그래도 나중에는 언제 봤더냐구 차버리겠죠."

"허허…… 차차 지내보면 나라는 사람을 알게 될거야. 내가 너를 버리다니 그러다간 벼락을 맞지."

서문경은 이런 맹세를 하면서 왕육아에게 무엇인가 소리를 내지르게 하고는 향락으로 빠져 들어갔다. 서문경은 왕육아와 밤늦게까지 운우(雲雨)를 치르다가 대안이 마중을 와서 재촉을 하므로 겨우 집으로 돌아갔다.

다음날 서문경은 등청하자 한이를 붙잡아 오게하여 불문곡직 곤장 이십 대를 때리니 살이 터지고 피가 흘렀다.

그런 일이 있은 뒤 수일이 지나서 내보와 한도국이 서울에서 돌아왔다. 한도국은 서문경에게 척집사가 자기 딸을 보더니 매우 기뻐하더라는 말과 온갖 환대를 받은 뒤에 청마(靑馬) 한 필을 영감께 선사하는 것이라면서 내주기에 타고 왔다고 말했다.

"그리고 이번에 든 비용으로 오십 냥을 쳐주고 또 노비에 쓰라고 스무 냥을 주셨어요."

하고 한도국은 서문경에게 척집사의 편지를 내놓았다. 그 뒤로 척집사와 서문경은 친척사이가 되었다.

한도국이 물러가려고 하자 서문경은 그가 내놓았던 오십 냥을 도로 한도국에게 주었다. 한도국은 집에 돌아가서 돈 오십 냥을 아내 왕육아한테 주고 서울 갔던 얘기를 자세히 들려 주었다. 왕육아는 그동안 서문경과의 관계를 대강 이야기했다.

"영감께선 우리 집과 동네가 좋지 못하니 당신이 돌아 오시거든 사자가 점포 근처로 이사를 시키겠다고 약속했어요."

"그래서 대관인이 돈 오십 냥을 기어코 내게 준 것은 그런데 쓰라고 한 것이군."

"아마 우리가 집을 산다면 영감이 돈을 보태 줄 거에요. 이건 모두 내가 몸을 허락했기 때문이죠."

"내가 못난 놈이지, 제 계집 팔아먹는 셈이니까."

"여보, 그런 말씀 마세요. 비록 몸은 허락했지만 돈 때문이지, 당신을 배반할 생각은 추호도 없었으니까……"

"허허, 그놈의 돈이 원수지. 하여간 내일 나는 여전히 점포에 나가도 모르는체 할테니 그 코가 열댓 자 빠진 서문 영감의 맘을 꼭 붙들어 놓게. 꿩잡은 게 매니까 몸은 팔아도 마음만은 팔지 않아야 돼. 마누라 덕분으로 이번 기회에 한 밑천 잡게 되는가보다."

한도국의 말에 왕육아는 웃으며

"이런 쓸개빠진 작자 같으니라고. 계집 파는 서방은 뱃속 편하게 밥을 먹을 수 있어 좋겠지만 난 몸만 팔재두 여간 고통이 아니란 말에요. 영감이 천하의 팔난봉꾼이라 얼마나 애를 써야 하는지를 모를 거에요."

그날 밤 한도국은 오래간만에 마누라의 엉덩이를 토닥거려 주면서 제법 즐겁게 보냈다.

이튿날부터 한도국은 여전히 사자가 생사 점포에 나갔고 한도국이 없는 동안에 서문경은 왕육아의 미색에 미쳐 다녔다.

한편, 반금련은 서문경이 오랫동안 자기 방에 오지 않으므로 그날도 병풍에 기대서 한숨을 쉬면서 서문경을 기다렸으나 밤이 삼경이 지나도 기다리는 그는 자기를 찾아주지 않았다. 비취 금침에는 냉기만 감돌고 투기와 규원(閨怨)으로 몸부림치는 반금련은 잠을 못 이루었다.

반금련은 비파를 무릎 위에 얹고 가볍게 타면서 한숨 같은 창을 부르기 시작했다.

이처럼 반금련이 애태우며 기다리는 사정도 모른 서문경은 하제형의 집에서 하루종일 술을 마시며 즐기다가 밤늦게 돌아와서는 그 길로 이병아의 방으로 들어갔다.

이병아는 서문경을 얼른 맞이하고, 눈을 맞고 와서 젖은 옷을 잠옷으로 갈아입혀 준 뒤에 영춘을 시켜서 술상을 차려오게 했다.

서문경이 술을 마시고 있을 때 어디선가 비파타는 소리가 울려오므로 영춘에게 물으니 반금련이 타는 것이라고 대답했다.

"수춘아, 너 얼른 다섯째 마님을 모시고 오너라. 술을 같이 드시게 내가 청한다고."

이병아의 지시를 받고 수춘이 나가니 영춘은 술자리를 하나 더 마련했다.

"다섯째 마님은 오시지 않겠대요."

수춘이 반금련한테 다녀와서 이렇게 말하므로 이병아는 다시 영춘을 보냈다. 영춘은 곧 돌아오더니, 문이 닫혔고 불도 모두 끄고 주무신다고 전했다.

"아니, 금방 비파를 타던 사람이 그새 잠이 들었단 말이냐? 저년 말을 믿을 것 없이 우리 둘이 같이 가서 끌어다 바둑이라두 두지."

서문경이 이병아와 함께 가서 반금련의 방 덧문을 두르렸더니 얼마 뒤에 춘매가 나와서 문을 열었다. 서문경과 이병아가 방으로 들어간즉 반금련은 비파를 옆에 놓고 침대 한 모퉁이에 앉아 있었다.

"아니, 몇 번씩 사람을 보냈는데도 안오니 그렇게 도도하긴가!"

서문경이 힐책을 해도 반금련은 잠자코 고개만 숙이고 있더니

"영감 눈밖에 난 박복한 계집인데 불러다 무얼하려구. 내 맘대로 이 추운 방에 가만 놔두세요."

"팔십 노파 모양으로 청승떨지 말고 여섯째 방을 가서 바둑이나 두자구."

서문경이 권하자 이병아도 준비해 놓았으니 가서 술내기를 하자고 졸라댔다.

"난 술두 다 싫으니 그냥 내버려 둬요. 내 기분이 바둑을 놓을 수 없으니 두 분이나 노세요. 난 요새 물도 목에 넘어가지 않아서 가까스로 지내고 있어요."

"정 몸이 아프면 의원이라도 부를 것이지……"

서문경이 빈정대는 말투로 말하자 반금련은 곧이 들리지 않으면 내 얼굴을 자세히 보라고 했다. 얼굴이 쪽 빠져서 몰골이 말이 아니라고 하면서.

서문경은 억지로 반금련을 이병아의 방으로 끌고 갔다. 이병아는 반금련이 질투심으로 토라진 것임을 알아채고 바둑이 끝나자 서문경을 반금련의 방으로 가서 잠을 자게 했다.

　오래간만에 한자리에 든 반금련은 서문경의 뱃속에 들어가지 못함을 한탄했다. 베개아래 송사로 서문경의 간장을 녹여주고 천만번 애교를 떨면서 서문경의 마음을 정복하려고 갖은 애를 썼다.

　그러나 왕육아의 미색에 탐닉한 서문경은 그의 남편 한도국에게 사자가 석교 옆의 집을 백 이십 냥을 들여서 사주었다.

　이 집으로 이사한 뒤에 한도국은 생사 점포에서 잠을 자고 아내 왕육아는 거리낌없이 서문경과 잠자리를 같이하였다. 세월이 흐름에 따라 그런 사실을 이웃 사람들도 알게 되었으나 서문경의 금력과 권력이 두려워서 아무 말도 못하고 지냈다. 서문경은 한 달에 서너 번씩 와서 왕육아와 뜨거운 정을 나누었고 그와 더불어 왕육아의 의복과 세간 도구는 점점 화려한 것으로 변해갔다.

35

오월랑이 여승(女僧)과 밀약을 하고
반금련이 하녀(下女)로 변장하다.

섣달 그믐이 닥쳐왔다. 서울과 부현 각 관청에 보낼 연말 세찬을 준비하느라고 서문경은 바쁘게 지내는데 옥황묘의 오도관이 제자를 시켜 선물을 보내왔다. 마침 관가의 법명도 지을겸 오도관의 묘에 치성을 올리려는 참이라 그 제자에게 초 아흐렛 날 옥황상제 탄일에 축원을 가겠으니 오도관에게 그렇게 전하라고 말했다.

정월 초 여드레날 서문경은 대안을 시켜 쌀 한 섬, 초 열 근, 향 닷 근, 비단 열 필과 그밖에 음식물을 오도관에게 보내고 따로 돈 열 냥을 관가 이름으로 예전에 보냈다. 서문경은 그날 관청에는 나가지 않고 백마를 타고 오도관의 묘로 달려갔다.

한편 이날은 반금련의 생일날이기도 하였다. 반금련은 친정 어머니와 다른 친척 부인들을 초대했다. 그중에는 여승도 끼어 있었다.

날이 저물자 반금련은 오늘 자기의 생일 술을 대접하려고 서문경을 대문까지 나가서 기다렸다. 그러나 진경제와 대안만이 돌아오므로 영감은 왜 돌아오지 않느냐고 물었다.

"아직 멀었어요. 오도관이 어디 놓으셔야죠. 그래서 저를 먼저 보내셨어요."

진경제의 애기를 들은 반금련은 뾰루퉁해서 오월랑의 방으로 들어갔다.

"영감은 아마 오도관의 묘 신령한테 홀려서 오늘 밤에 못 오시는가 봅니다."

"그럼 우리끼리 술에 흠뻑 취해서 재미나게 놀아보자."

오월랑의 제안에 여자들은 좋아라고 손뼉을 쳤다.

그런 뒤에 여자들은 여승한테서 불교의 얘기를 들으며 술을 먹기 시작했는데 여승의 얘기를 밤을 새워도 그치지 않을만큼 지루하게 끌어갔다.

그날 밤 오월랑은 여승의 얘기를 듣고 감격을 했다. 그만큼 오월랑은 부처님께 대한 신앙이 두터웠던 것이다.

오월랑은 여승을 자기 침대에서 함께 자게하고 이야기를 계속 나누었다.

"마님은 아직 애기가 없으신가요?"

"아뇨, 말씀드리자면 작년 팔월달에 유산을 했어요. 계단을 올라가다가 미끄러진 것이 원인이었어요."

"아이구, 저런 아까워라 몇 달이나 되었나요?"

"일곱 달이었는데 사내 아이였어요."

"어서 또 애기를 가지셔야 할 텐데."

"웬걸요, 애기야 마음대로 가질 수 있나요. 하늘에서 점지해 주셔야지 좋은 방법을 가르쳐 주시구려."

"염려 마세요. 설사부(薛師父)가 계신데 이 분은 애기 잘 낳는 비상한 약물을 만든답니다. 유산만 하던 부인이 설사부의 약물을 먹고 옥동자를 낳았다고 해요. 그런데 한 가지 구하기 어려운 것이 있어요."

"무엇인데?"

"초산(初産)한 부인의 태가 필요해요. 그 태를 술에 씻어 태운 재를 그 약물에 타서 먹으면 임신이 틀림없이 된답니다. 그리고 영감께서 그 만큼 치성을 드리니 하늘도 감동해서 꼭 옥동자를 점지해 주실 겁니다."

"그 사부님은 남잔가요 여자인가요?"

"여승이에요. 나이도 칩실이 넘었고 불경에 깊은 조예를 갖고서 방방곡곡을 수행(修行)한답니다."

"그 사부님께 한 번 부탁해 주시구려."

"사부님께 말씀드려 그 약물을 만들어 오겠습니다. 그건 산파에게 부탁해서 구해보겠어요."

"다른 사람들에게는 이런 말을 하지 마세요."

"물론이죠. 입밖에 내지 않겠어요."

이튿날 아침 오월랑이 머리를 빗고 있는데 서문경이 오도관의 묘에서 돌아왔다.

"어제는 다섯째 생일인데 돌아오시지 않으면 어떻게요. 얼마나 기다렸다구……"

"나도 빨리 올 생각이었는데 재를 올리는데 시간이 오래 걸렸고 여러 사람이 돌려 보내지 않아서……"

서문경은 그날 관청에 나가지 않고 서재로 들어가서 코를 골고 잠을 잤다.

그날 밤에 반금련은 오월랑의 안대청에서 손님을 접대하게 되었다. 그래서 반금련은 경대 앞에서 공들여 화장을 하고 십 육칠 세의 앳된 처녀로 변장을 하였다. 그리고 하녀처럼 복장을 하고서 오월랑의 침소로 들어가기 전에 이병아를 만났다. 이병아는 반금련을 보고 허리를 안고 깔깔 웃어댔다.

"다섯째, 그렇게 하니까 하녀와 똑같네요. 하녀 하나를 영감께서 새로 구해 왔다고 하면 안식구들은 모두 정말로 알 거에요."

반금련은 다시 춘매를 앞세워 안으로 가다가 진경제를 만났다. 진경제도 껄껄 웃으며 누군가 했더니 다섯째 마님이 변장을 했다고 말하자, 이병아는 진경제에게 먼저 안에 들어가서 이리이리 얘기를 하라고 일렀다.

이병아의 말을 듣고 진경제는 반금련 보다 먼저 안으로 들어가서 안식구들에게 시침을 뚝 떼고

"장인 어른께서 설수에게 돈 열 닷 냥을 주고 사람 하나 사오셨어요. 나이는 스물이고 음곡을 잘 한다나봐요. 일곱째 장모님이 될 사람인가 보죠. 지금 가마를 타고 막 들어오는 중이랍니다."

"그게 정말야 진서방! 설수는 어째서 그런 일을 아무도 모르게……"

"아마 꾸중을 들을까봐 잠자코 있었던 모양이죠."

"이 댁 영감께서는 도대체 여자가 몇이라야 심에 차시기에 그렇게 자꾸만 들여오시나."

맹옥루의 전 시고모 양씨 부인의 말에 오월랑은

"우리 영감은 백사람의 여자도 마다 않을 거에요. 우리는 인원 수효만 채우고 있는 부인 연대인 걸요."

"어디 제가 보고 오겠어요."

옥소는 새로 사온 하녀를 보고 온다고 밖으로 나갔다. 맹옥루와 이교아도 궁금한지 쫓아 나왔다.

반금련이 안방으로 들어와서 머뭇거리자 옥소가 월랑을 가리키며 이 부인이 주인되시는 마님이니 먼저 무릎을 꿇고 인사를 올리라고 말했다. 반금련은 머리에 쓴 붉은 보자기를 벗고 몸이 날아갈 듯 사뿐히 절을 했으나 꾹 참고 있던 웃음이 터져나오고 말았다.

"이런 버릇 없는 여자는 첨 보겠네. 주인 마님께 인사도 않고 웃다니…… "

맹옥루가 책망을 하니 오월랑은 이미 반금련이 변장한 것임을 알고

"호호호…… 다섯째, 변장을 잘도 했구먼. 깜빡 속았어."

하고 허리를 잡고 웃어댔다. 이교아도,

"나도 정말로 알았어요. 머리보만 벗지 않고 웃지만 않았더라면 분간을 못했을 거에요."

오월랑은 책망도 않고 웃기만 했다. 오월랑으로서는 씨앗 하나 보지 않는 것만이 다행이었는지도 모른다.

이때, 서문경이 돌아왔다고 금동이가 들어와 알리자 맹옥루는 반금련에게 저 뒤에 가서 숨어있다가 부르거든 나오라고 일렀다.

서문경이 이윽고 안방으로 들어와서 자리에 앉았으나 오월랑이 잠자코 있으므로 맹옥루가

"영감, 오늘 설수 뚜쟁이가 스무 살 된 여자를 가마에 태워 보냈어요. 영감께서 분부하신대로 거행했다고 하던데 또 여자를 들여다가 어쩔 셈이세요?"

"허허, 무슨 소리야. 난 그 할멈에게 부탁한 일이 없는데 할멈이 제 마

음대로 사람을 보낸 모양이지."

서문경은 자기도 모르는 일이라 별로 대수롭지 않게 여겼다.

"거짓말인지 참말인지 큰마님한테 물어보셔요. 정 시침을 떼시면 당사자를 불러 오겠어요."

맹옥루는 수선을 피면서 옥소에게 새로 들어온 하녀를 데려 오라고 분부했다. 옥소는 웃음을 참으면서 밖으로 나가는 척하고 다시 돌아와서 오지 않겠다 하더라고 전했다.

"그렇다면 내가 데려 오겠다. 그렇게 부끄러우면 어떻게 남의 일곱째 첩으로 온담!"

맹옥루가 이렇게 흥얼대며 밖으로 나가더니 큰 소리가 들렸다.

"아니 왜 이러세요. 가기 싫다는데 강제로 끌고가긴가요."

"아니, 이런 버릇이 어디 있담. 어디서 굴러먹은 하녀길래 뻔뻔스럽게도 주인 영감께 인사를 드리지 않겠다누."

이윽고 그 하녀는 끌려왔다. 서문경이 등불 아래서 자세히 살펴보니 반금련이가 분명했으므로 껄껄 웃었다. 반금련이 의자에 앉으니 맹옥루는

"이런 버릇없는 하녀가 어디서 굴러 들었어! 주인 영감께 무릎 꿇고 절을 올리지 않고 딱 버티고 마주 앉다니……"

오월랑도 옆에서 영감께 인사를 드리라고 부추겼다. 그러나 반금련은 인사도 않고 오월랑의 방으로 가더니 비녀를 뽑고 머리에 쪽을 얹고 나왔다.

"이런 염치없는 하녀는 처음 보네. 누가 쪽을 얹으라고 허락을 했단 말이냐!"

오월랑의 말에 좌석은 웃음꽃이 활짝 피었다.

"허허허…… 내가 또 속았어. 금련이두 장난꾸러기지만 알고보니 모두들 짜구서 나를 골려주려고 했군."

서문경도 흥겹게 웃으면서 술을 마셨다. 그리고 처녀로 꾸민 반금련의 얼굴을 새로운 감흥을 갖고 바라보았다. 서문경은 딴 생각이 나서 반금련에게 눈짓을 하니 그녀도 알아차리고 슬그머니 자리를 뜨고서 자기 방으로 들어와 화장을 다시하고 주안상을 준비했다. 그날밤 서문경과 반금련은 미친듯이 육체를 향락했다.

36

서문경(西門慶)은 교대호(喬大戶)와 사돈을 맺고 반금련이 이병아를 시샘하다

정월 열 이틀, 이날은 교대호(喬大戶)집에서 서문경의 여섯 처첩들을 초대한 날이었다. 전날 서문경은 솜씨 좋은 재봉사를 불러다가 여섯 처첩에게 비단으로 새옷을 지어입혔다.

이날 교대호 집으로부터 마중을 왔으므로 서문경은 우선 선물을 보냈고 처첩들은 가마 다섯 채에 나눠타고 교대호 집으로 떠났다. 유모 여의는 관가를 안고 내흥의 아내와 둘이서 따로 가마를 타고 뒤를 따랐다.

오월랑의 일행이 교대호의 집에 도착하니 교대호 부인은 반가이 맞이했다. 교대호의 집에서는 서문경의 집에서 간 여섯 명의 여자 손님밖에도 고관 부호들의 부인을 많이 청해놓고 기생을 두 명이나 불러온 호화로운 잔치였다.

대청 정면에 탁자 네 개가 놓여지자 상좌에 오월랑이 앉고 그 다음에 상거인(尙擧人) 부인, 주태관(朱台官) 부인, 이교아, 맹옥루, 반금련, 이병아의 순서로 앉고 교대호 부인은 말석(末席) 빈자리에 앉았다. 이렇게 하여 주연이 시작되니 요리접시가 계속 들어왔고 교대호 부인은 술을 따라 오월랑에게 올리고 그다음 순서대로 잔을 올렸다.

한참있다 오월랑이 화장을 고치려고 옆방으로 들어가니 맹옥루도 따라 들어갔다. 대청에선 여자들의 잔치가 한창 벌어졌는데 그 방에서는 관가와 얼마 전에 출생한 교대호의 딸과 침대에 나란히 누워서 서로 손짓을 하며 재롱을 부리고 있었다.

"고녀석들 마치 한쌍의 부부처럼 정답게 노는구나."

오월랑과 맹옥루가 그런 소리를 하며 웃고 있을 때 오대구 부인도 들어 왔다.

"이 애기들 참 복스럽게두 생겼네. 정말 애기 부부 같군."

"침대에서 서로 붙들고 잘도 놀고 있어요."

이 때 교대호 부인과 다른 여자 손님들도 모두 따라 들어왔다.

"부부 같다고 하시는데 천만의 말씀입니다. 그 애긴 달같은 도련님이고 우리 딸은 자라 같아서 어림도 없어요. 더구나 저의 집 같이 보잘것없는 집안이 어떻게 서문댁과 같은 훌륭한 집안과 혼인을 맺겠어요."

이렇게 교대호 부인은 겸손하게 말을 했다.

"천만의 말씀을 다 하십니다. 댁과 혼인을 맺으면 더 좋은 일이 또 어디 있겠어요. 오히려 우리 집 어린놈하구 부부같다고 해서 댁 따님을 크게 욕되게 한 것은 아닌지요? 정말 장차 부부가 되었으면 해요."

오월랑이 교대호 부인에게 그런 말을 하므로 맹옥루가 이병아의 옆구리를 꾹 찌르며 어떻게 생각하느냐고 물었으나 이병아는 웃기만 하고 잠자코 있었다.

"부인 생각은 어떠시오? 내 말대로 정혼을 하시지 않겠어요?"

오월랑이 진심으로 혼인을 할 것을 제안하자 옆에 있던 부인들도 참견을 했다.

"자, 그럼 오늘 양가와 정혼하기로 하고 식을 올립시다."

손님들이 교대호 부인과 오월랑, 이병아를 대청으로 끌고 나오자 교대호 부인과 오월랑, 이병아는 서로 속옷 동정을 떼어 바꿔 달았다. 이것은 아직 강보에 싸인 교대호 딸과 서문경 아들 관가의 정혼을 뜻하는 것이었다.

노래를 부르고 있던 기생들이 사랑에 있던 교대호에게 이 소식을 전하니 교대호는 과일 한 상자와 붉은 비단 세 조각을 가지고 와서 술을 올렸다.

오월랑은 대안과 금동을 시켜 얼른 집에 가서 서문경에게 이 소식을 전하게 했다. 이 소식을 들은 서문경은 술 두 통, 비단 세 필, 조화(造花)와 과물담은 상자 네 개를 보내왔다. 대청에 등롱을 찬란히 켜고 두 집 좌석 앞에 홍단자를 덮고 술을 올리니 기생들은 목청을 돋구어 축하했고 그 자리에 있던 손님들은 오월랑, 이병아, 교대호 부인 세 사람에게 비녀를 꽂아주고 붉은 비단 조각을 걸어놓고 술을 한 잔씩 따르며 각각 축하를 했다.

반금련은 교대호 집에서 정혼식을 보고 부아가 끓어 올랐다. 이병아가 손님들에게 축배를 받는 꼴을 볼 수가 없었는데 집에 돌아오자마자 말참견을 한다고 서문경에게 핀잔을 듣고는 방으로 들어가 분을 못이겨 울음을 터뜨렸다. 맹옥루는 반금련의 태도를 보고 그녀의 방으로 따라 들어갔다. 반금련이 울고 있으므로 맹옥루는 그녀를 위로했다.

서문경이 이병아의 방으로 들어오자 이병아는 서문경을 바라보며 생글생글 웃었다.

"오늘 어린 관가 녀석이 정혼이 되었으니 영감께 축하를 드리겠어요."

이병아가 일어나서 절을 하니 서문경은 이병아의 몸을 부축하며 기뻐했다. 이병아는 수춘을 불러 술상을 차려오게 한 뒤에 서문경과 함께 술을 마시기 시작했다.

반금련은 서문경이 지금쯤은 의례 이병아의 방에서 관가를 귀여워하면서 그 관가를 낳은 이병아에게 빠져있을 것을 생각하니 눈에서 불이 날 지경이었다. 그래서 애매하게도 추국이 문을 얼른 열지 않았다는 구실로 한바탕 닦아 세웠다. 반금련은 분에 못이겨 추국을 때려주려고 했으나 서문경이 멀지않은 이병아 방에 있으므로 떠드는 소리가 들릴 것 같아서 분풀이를 하지 못했다.

이튿날도 반금련은 아침부터 서문경과 이병아 모자에 대한 분한 마음을 견디지 못해 골이 잔뜩 나 있었다. 반금련은 서문경이 등청하자 화동을 불러서 추국의 바지를 벗기게 한 뒤에 춘매에게 호령을 했다.

"너는 저년의 뒤룩뒤룩한 볼기짝을 왕댓가지로 때려 줘라."

춘매는 전부터 추국을 미워하던터라 이때야말로 좋은 분풀이 할때라고

신이나서 추국을 을러대었다.

"이년아, 넌 누구 밥을 먹고 살길래 상전 말씀을 거역하느냐!"

춘매는 겉으로는 반금련의 지시대로 충성을 다하고 있지만 실상은 자기의 한을 풀려고 사정없이 연거퍼 때리니 추국은 돼지 잡는 소리를 냈다. 그렇게 소란을 피니 이병아의 방에서 잠을 자던 관가는 깜짝깜짝 놀라 깨었다.

추국이 아파서 우는 소리, 춘매의 매질하는 앙칼진 소리, 쨍쨍 찢어지는 듯한 반금련의 고함소리에 깜짝 놀라는 관가의 귀를 손으로 막아 주면서 이병아는 혀를 끌끌 찼다. 이병아는 수춘을 불러

"너 다섯째 마님께 가서 애기가 자꾸 놀래니 추국을 때리지 말고 조용히 해 주십사하고 여쭈어라."

수춘이 반금련한테 가서 이병아의 말을 전했다. 반금련은 수춘의 말을 듣고 더욱 화가 났다.

"이 육시를 할 년아! 죽어두 찍소리 말구 맞거라! 이 댁의 옥동자가 잠을 못 주무신다고 걱정이시다. 허지만 네년이 아무리 엄살을 해두 또 누가 무슨 핑계로 널 그냥 놔두라 해두 내가 수그러질줄 아느냐! 수춘아, 너는 그런 전갈만 하지말고 주인께 가서 나를 배척말란다고 여쭈어라."

이병아는 수춘의 전갈을 듣고 자기에게 분풀이 하는 것임을 알고 부아가 치밀었으나 꾹 참고 입밖에 내지는 않았다. 그리고 아침 차도 마시지 않고 관가를 끼고 이불을 푹 뒤집어 쓴 채 침대에 누워 온종일 일어나지 않았다.

현청에서 돌아온 서문경이 관가를 보려고 이병아의 방으로 들어간 즉 이병아의 얼굴은 부었고 울어서 눈이 빨갛게 되어 있었다.

"아니 왜 울었지?"

서문경이 물어도 이병아는 아무 대꾸가 없었다. 오월랑이 부르니 안으로 들어가자고 서문경이 채근해도 이병아는 잠자코 있었다.

"아니 오늘 무슨 일이 있었나? 왜 그러는 거야?"

서문경이 재차 캐어 물으므로 이병아는 반금련의 비위를 건드렸다는 말은 하지 않고 그저 심기가 불편하고 몸이 아프다고만 말했다.

서문경은 이병아에게

"교대호 댁에서 애기 엄마 생일 선물과 관가에게 선물을 보내 왔다니 어서 안으로 들어가서 내일 손님 접대할 의논을 해야지."

이병아는 서문경의 말을 듣고 비로소 천천히 일어나 머리를 매만지고 옷매무새를 바로 잡은 뒤에 안방으로 들어갔다. 반금련은 이병아가 사돈 댁이 된 교대호의 집에서 생일선물을 받았다는 말을 듣고 또 시샘이 폭발했다. 그러나 관가를 낳아준 이병아는 서문경의 총애를 독차지하는 몸이 되었다.

37

서문경(西門慶)은 문전(門前)에서 불꽃을 올리고
손님들은 이층에서 등롱(燈籠)을 구경하다

서문경은 교대호 집에서 선물을 가져온 사람들에게 손수건 두 개와 돈 닷 푼을 주어 돌려 보낸 뒤에 안대청에서 오월랑, 오대구 부인, 이병아와 차를 마시면서 의논을 하였다.

"교대호 댁에서 우리 관가에게 선물을 보냈으니 우리도 무슨 선물을 그 댁 애기에게 보내야 하겠는데요. 그러면 약혼 예물도 바꾼 셈이 되잖겠어요."

오월랑의 말에 오대구 부인은 그러면 아주 정식으로 중매를 세우는 것이 좋겠다고 말했다.

"그럼 누구를 내세울까요?"

"역시 풍노파가 좋지 않을까……"

서문경이 풍노파를 부르게 했다. 서문경은 대안을 시켜 급히 풍노파를 부른 뒤에 초대장을 교대호 집에 전하도록 부탁했다.

정월 보름날은 마침 이병아의 생일이었다. 이날 초청한 손님은 교대호 어머니 교오태태(喬五太太), 상거인 부인, 주태관(朱台官)부인, 최친가(崔親家)어머니, 단대저(段大姐), 정삼저(鄭三姐)와 교대호 부인 등 여덟 사람이었다. 결국 서문경은 이병아의 생일을 축하할 겸 원소절(元宵節) 등롱(燈籠)놀이를 겸한 초청을 한 것이었다.

열 나흗날 아침에 서문경은 예장으로 과물, 비단옷, 금실로 만든 화관(花冠)과 팔찌와 가락지를 준비해서 사위 진경제와 분사를 검정 옷을 입게 하여 교대호 집에 전달하게 하였다.

서문경이 이런 일로 분주할 때 응백작이 이지(李智)에게 돈을 빌려주자는 용건으로 찾아왔으나 서문경은 그런 말은 들을 겨를이 없다는 듯이

"내일 손님들을 초대해서 등롱놀이를 할 작정이니까 자네 부인도 오시라고 하게."

"큰 아주머니께서 청하신다면야 오다마다요."

"오늘은 집에 현청 부인네들이 오니 우리는 사자가로 소풍이나 나가세."

서문경이 사자가로 나가자는 바람에 응백작은 신이 나서 먼저 일어서서 밖으로 나갔다.

열 사흗날, 기생 오은아가 선물을 가지고 와서 이병아의 생일을 축하해 주었고, 마침내 이병아의 수양딸이 되었다. 그런 뒤에 오은아는 그대로 집에 눌러 있고 가마만 돌려 보냈다. 이튿날 뒤이어 온 이계저는 오은아가 이미 와 있었으므로 오월랑에게 오은아가 언제 왔느냐고 물었다.

"오은아가 어제 선물을 가지고 와서 여섯째 수양딸이 되었다."

이계저는 오월랑에게서 그 속내를 알게 되자 오은아하고는 하루 종일 아무 말도 하지 않았다. 그날 온 안손님들은 주수비, 현도감, 장단현, 하제형의 부인들이었는데 모두 몸종들을 데리고 와서 법석을 떨었다.

서문경은 응백작을 데리고 사자가 생사 점포 이층으로 올라가 등롱 구경을 했다.

서문경은 금화주 두 통과 기생 둘을 부르게 하고 대안을 시켜 왕육아를 불러오게 했다. 술을 몇 순배 돌린 뒤에 서문경은 이층에 등불을 달게 했다.

이때 생각지도 않았는데 집에서 오월랑이 기동을 시켜 음식물을 보내왔다.

왕육아는 지금까지 먹다남은 음식 전부를 내리고 오월랑이 보낸 천하의 진미를 다시 상위에 벌려 놓았다.

서문경이 술에 만취되었으므로 응백작은 불꽃이 끝나자 아래층으로 내려오니 왕육아가 불꽃 올리는 것을 구경하고 있었다. 그래서 응백작은 뒷간에 가는 척하고 밖으로 나와 버렸다. 응백작은 서문경과 왕육아의 관계를 눈치 챘는지라 자기가 있으면 그들에게 방해가 될 것이라고 생각한 때문이었다.

등롱이 끝난 후 서문경이 모두들 어디로 갔느냐고 묻자 모두 집으로 돌아가셨다고 대안이 대답했다. 서문경은 이층 주안상을 치우도록 내소에게 분부하고 안으로 들어갔다.

내소의 아들 철곤은 서문경이 안으로 들어가자 이층으로 올라갔다. 마침 내소가 과자와 떡 부스러기를 치우고 있으므로 그것을 얻어가지고 안방 앞뜰로 내려와서 놀았다. 이 때 방에서 시시덕거리는 소리가 들리므로 철곤이 문틈으로 들여다보니 서문경과 왕육아가 침대 위에서 무엇인지 하고 있었다. 철곤이 문틈으로 들여다보고 있을 때 그의 어미 일장청이 들어와서 철곤의 손목을 끌고 밖으로 나가서 두어 번 주먹을 박아주고 야단을 친 뒤 나가지 못하게 했다.

일장청은 자기 아들을 쫓은 뒤에 자기가 대신으로 문틈으로 방안의 광경을 들여다보았다. 서문경이 왕육아의 몸을 엎었다 젖혔다 하며 이리저리 자리를 옮기므로 문틈으로는 보이지 않게 되자 이번에는 손가락에 침질을 해서 창구멍을 뚫고 엿보았다.

서문경과 왕육아는 일장청이 자기들의 해괴한 추태를 보고 있는 줄도 모르고 밥을 두 번이나 먹을만한 시간을 엎치락뒤치락 하고 있었다.

운우치희(雲雨痴戲)를 끝낸 뒤에 서문경은 가마를 태워 왕육아를 집으로 보내고 자기는 금동과 함께 말을 타고 집으로 돌아갔다.

38

금팔찌를 분실(紛失)하여 소동이 일어나고
교대호(喬大戶) 대부인(大夫人)이 오월랑에게 인사를 오다

정월 보름날 서문경이 현청에게 돌아오니 교대호 집에서 선물을 가져왔다. 그리고 사랑에는 이지와 황사가 돈 천 냥 꾸어간 것을 갚으려고 기다리고 있었고 응백작도 와 있었다. 서문경은 사위 진경제를 시켜 돈을 받게 한뒤 그들을 돌려 보냈다. 응백작은 돌아가는 이지와 황사의 뒤를 쫓아가서 구문을 뜯어 먹으려고 했으나 그 눈치를 알아챈 서문경이 놓아주지를 않았다.

"응백작, 자넨 어제 왜 몰래 가버렸나?"

"어젯밤엔 형님 덕택으로 아주 잘 놀았어요. 형님께서 취해 주무시기에 그냥 오고 말았지요. 그런데 오늘은 안손님들을 청하시느라구 바쁘시겠어요."

하고 응백작은 술도 기다리지 않고 일어서려고 했다.

서문경이 응백작에게 자네 부인을 청했는데 왜 아직 안오냐고 물으니 가마 준비도 해주었으니까 곧 올거라고 하면서 꽁무니를 빼고 말았다.

서문경은 응백작이 돌아간 뒤에 이지와 황사가 꾸어갔던 돈 이자로 내놓고 간 팔찌 네 개를 손에 들고 좋아했다.

"병아가 낳은 관가란 놈은 우리집 복덩인가보다. 그놈을 낳자마자 내가 벼슬을 하고 또 교대호댁과 정혼을 하고 덩달아 금덩어리가 굴러드니……"

　이렇게 중얼대며 서문경은 이병아의 방으로 들어갔다. 이병아는 마침 머리를 빗고 있었고 유모 여의가 관가를 안아서 달래고 있는 중이었다. 서문경은 유모한테서 관가를 받아 안더니 조그만 팔목에 팔찌 네 개를 끼어 주었다.

　"그건 어디서 났어요? 팔이 차가울 텐데."

　"저번에 돈을 꾸어갔던 사람이 이자 대신 금팔찌를 가져온 거야."

　이병아는 관가의 팔이 차질까 염려해서 손수건으로 금팔찌를 싸맸다.

　그때 대안이 들어오더니 운리수가 말 두 필을 끌고 와서 영감께 보여드리라 한다고 전했다.

　안에서 이교아, 맹옥루, 오대구부인, 정삼저가 관가를 보러 왔으므로 서문경은 금팔찌를 그대로 놓고 문밖으로 말구경을 하러 나섰다.

　이병아는 별안간 손님들이 들어오므로 총망중에 미쳐 생각을 못하고 있는 사이에 관가가 가지고 있던 팔찌 한 개가 어디로인지 없어지고 말았다.

　"마님, 도련님이 갖고 있던 팔찌 받으셨나요? 한 개가 없어졌는데요."

　유모의 말에 이병아는

　"아니 난 안 가졌는데……"

　이병아도 갖지 않았다고 하므로 유모 여의는 쩔쩔 매면서 영춘에게 물었고 영춘은 다시 풍노파에게 물었다.

　"나는 병아 마님과 여러해 같이 살았지만 부러진 바늘 한 개 내 손으로 옮긴 일이 없는데 나를 의심하다니…… 내가 가졌다면 벼락을 맞겠다!"

　풍노파의 말에 맹옥루는 팔찌가 어떻게 됐길래 소동이냐고 이병아에게 물었다.

　"영감께서 갖고 오셔서 관가에게 쥐어주시구 나가셨는데 금방 한 개가 없어졌어요."

　"오비이락(烏飛梨落)이라구 오지 않았어야 될 것을……"

　맹옥루는 어색하게 웃었다.

　서문경은 말을 돌려 보내고 안으로 들어오는데 금동이 나오며 이병아가 찾는다고 해서 바로 이병아의 방으로 들어갔다.

"영감, 아까 팔찌 한 개를 갖고 나가셨어요?"

"아니 난 여기 그대로 두고 나갔었는데."

"그럼 금팔찌 하나가 어디로 갔을까. 아무리 찾아봐도 없는 걸요."

"누가 가져간 게지. 소란피지 말고 천천히 잘 찾아보게."

"관가를 보러 나왔던 손님들이 야단 법석을 하며 찾으니까 놀라서 모두 안으로 들어갔어요."

이병아는 금팔찌 세 개를 서문경에게 내 주었다.

반금련은 이병아의 방에서 금팔찌 한 개가 없어진 소동이 일어났다는 소문을 듣고 곧 오월랑의 방으로 달려갔다.

"글세 여섯째 방에서 금팔찌를 도적 맞았대요. 아무리 애기가 귀엽다손 치더라도 금팔찌를 장난감으로 주다니 될 말이에요."

"금팔찌라니! 난 모르는 일인데. 어디서 금팔찌를 가져 왔을까?"

"어디서 났는지 모르지만 아마 영감이 조공이나 바치듯이 갖다 주었겠지요. 그 금팔찌가 방에서 금방 없어졌다니까 그 앙큼한 여섯째가 생사람을 잡으려구 그러는지 누가 알아요."

"글쎄 어떻게 된 영문인지 모르겠네."

"금팔찌라면 적어도 열 냥쯤은 될 텐데 여섯째가 저지른 일이라 영감은 천천히 찾으라고 모른척하셨대요."

반금련이 얼굴에 핏기를 세우면서 오월랑을 충동이고 있을 때 서문경이 금팔찌 세 개와 이지가 가져온 돈 천 냥을 가지고 오월랑의 방으로 들어왔다.

"이 돈은 이지와 황사가 가져온 돈이고 금팔찌는 이자로 가져온건데 한 개는 관가 녀석이 잃어버린 모양이야."

"잃어버렸으면 빨리 찾아야죠. 어린애가 금팔찌를 삼켰단 말에요? 감추었단 말에요? 필경 그 방에 드나드는 계집애들의 짓이겠죠."

"그년들을 잡아다 족쳐야겠다."

서문경은 오월랑을 대하기가 겸연쩍었든지 하녀들을 당장에 불러다 놓고 족칠 태세였다.

"그렇지만 금팔찌를 어린애 장난감으로 내준 영감도 잘못이지 뭐에요."

오월랑은 서문경을 질책하고 하녀들의 매맞는 것을 말리려고 하였다. 옆에 있던 반금련도 참을 수 없었던지

"아까는 쉬쉬하고 그 방으로 가져 가더니 지금에 와서 탄로가 나니까 큰 형님보고 하녀들을 족치라 하세요? 그년들이 모두들 코웃음을 칠게요."

반금련의 말에 서문경은 대노하여 반금련을 침대로 밀어뜨리면서 주먹을 쳐들고 때려 죽이겠다고 눈을 부라렸다.

반금련은 울음을 터뜨리며

"영감은 금력과 벼슬로 잔인해졌어요. 너절한 벼슬을 얻었다고 제일인 체하지 마세요. 남들이 웃어요. 그리고 이제와서 나를 학대하다니 원통해서 못살겠어요."

"어허, 이년이 내 벼슬을 모욕하네! 내 감투가 어쨌단 말이냐? 청하현 일대에서 나를 욕하는 놈이 어디 있다구 그러느냐!"

"조용히들 하세요. 계집애들이 들으면 창피하니 그만들 두세요."

오월랑이 반금련의 편을 들어주므로 서문경은 골을 내고 밖으로 나가 버렸다. 그리고 그길로 말을 타고 주수비 집으로 향했다.

반금련이 분에 못 이겨 눈물만 짜고 있으므로 오월랑은 달래면서 안손님들이 올 테니 어서 화장을 하고 몸단장을 하라고 그녀의 방으로 돌려 보냈다.

반금련은 아무 말도없이 자기 방으로 돌아갔다. 반금련이 나간 뒤 이병아는 오은아를 데리고 오월랑의 방으로 들어왔다.

"금팔찌는 어떻게 해서 잃어버렸나? 그 때문에 지금 영감과 다섯째가 옥신각신하고 헤어졌네. 내가 이 자리에 없어더라면 매질을 할 뻔했어. 저녁에 계집애들을 족친다고 했는데 그년들은 애기는 보지 않고 무엇을 하고 있었단 말인가."

오월랑의 말에 이병아는

"그 때 손님들이 몰려와서 제가 접대하느라고 정신이 없는 사이에 없어졌어요. 진작 이 자리에 나왔더라면 공연히 다섯째 형님께 눈총 맞을뻔했네요."

오은아도 옆에서 참견을 했다.

"마침 여기서 머리를 빗고 있었기에 망정이지 그 자리에 있었더라면 애매하게 의심을 받을 뻔했어요. 세상에 금을 싫어하는 사람은 없을테니까."

이렇게 얘기하는 동안에 불려온 기생 한옥천과 동교아가 생글생글 웃으며 들어와서 절을 했다.

오월랑은 옥소를 시켜 손님에게 차를 대접하게 했다. 이교아의 방에 있던 이계저도 나와서 차를 마셨다.

그때 곱게 단장한 영춘이 관가를 안고 들어왔다. 이병아는 부르지도 않았는데 왜 나왔느냐고 하면서 관가를 안아서 무릎에 앉혔다. 관가는 방안의 사람을 둘레둘레 둘러 보더니 이계저가 손을 내밀자 그녀의 가슴에 안겼다.

오대구 부인은 이런 어린애도 자기를 귀여워 하는 사람을 알아보는 모양이라고 하면서 웃었다.

잠시 뒤에 소옥이 거문고와 비파를 가져다가 기생들 앞에 내려 놓았다. 한옥천은 비파를 동교아는 거문고를 타고 오은아가 창을 부르자 이계저 품에 안겼던 관가는 깜짝 놀라 머리를 이계저 가슴 속으로 파고들고 다시는 고개를 들려고 하지 않았다.

"애기가 놀래는데 어서 데려가요."

오월랑의 말에 이병아는 관가를 안고 자기 방으로 돌아갔다.

이윽고 안손님을 초대한 시간이 되자 응백작 부인이 먼저 도착을 했다. 조금 뒤에 교대호 노마님이 오셨다고 전갈이 왔다.

교대호 부인의 하녀와 시녀들까지 작은 가마를 타고 따라 왔는데 일행 다섯 채의 가마가 대청 앞에 당도했다.

오월랑과 여러 부인은 중문까지 나가서 교대호 부인 일행을 영접했다. 교대호의 어머니 교오태태는 칠십이나 된 노인으로서 머리에 진주와 비취로 꾸민 관을 썼고, 몸에는 수놓은 관의를 입었는데 머리는 백설같고 눈은 가을날 강물같이 맑고 푸르렀다.

주객이 서로 좌석을 사양하다가 교오태태가 상좌에 앉고 손님들은 서쪽에, 주인들은 동쪽에 자리를 잡고 앉은 뒤에 춘매, 영춘, 옥소, 난향 네 소녀가 차를 올렸다.

교대호의 대부인이 사돈영감께 인사를 드리겠으니 뵙자고 한즉 현청에 나가서 아직 돌아오지 않았다고 오월랑이 대답했다.

"영감께서는 무슨 벼슬을 하고 계신가요?"

교대호 대부인 교오태태는 모르는 척하며 물었다.

"우리 영감은 본래 평민이었으나 조정에서 천호란 직을 내리어 지금 제형원의 소임을 맡아보고 있습니다. 요전에는 댁과 과분한 혼인을 맺게 되었으나 댁의 가문에 흠이나 되지 않을까 해서 저어됩니다."

"그 무슨 말씀을…… 주인 영감 같은 훌륭한 분은 더 말씀할 것이 없소. 우리야말로 이번 혼사는 큰 영광이지요. 조카한테서 댁과 혼인을 맺었다는 말을 듣고 퍽 기뻐했소. 그래서 오늘 인사겸 이렇게 온 것이오."

서로 사양하는 말에서도 도리어 가문과 지체를 비교하는 것 같은 어색한 분위기인지라 오대구 부인은 얼른 화제를 돌려 오월랑에게 애기를 데려 오라고 말했다.

이병아가 그 말을 듣고 급히 자기 방으로 가서 유모에게 관가를 안고 오라고 분부하자 유모는 곧 관가를 데리고 왔다. 교대호 대부인은 관가를 들여다보더니 손자 사윗감이 잘 생겼다면서 칭찬을 아끼지 않았다. 그리고 황금단(黃金緞) 한 필을 내놓고 적금(赤金) 팔찌를 관가의 손목에 끼어 주었다.

우선 손님들에게 차를 대접한 뒤에 오월랑은 조산과 화원을 안내하여 한 바퀴 소요한 후에 정식 연회장으로 청하였다.

해가 뉘엿뉘엿 넘어갈 즈음 교대호 대부인은 돌아갔으나 다른 젊은 손님들은 늦게까지 놀고서 돌아갔다.

서문경의 집 안대청에서 호화로운 큰 잔치가 벌어지고 있을 때 대문 밖에서는 군졸들이 지켜 서서 출입을 금지시켰지만 서문경 집 앞에서 불꽃 올리는 것을 보려고 불꽃을 올릴 수 없을 정도로 많은 사람들이 몰려들었다.

39

금팔찌를 훔친 시녀(侍女)를 마굿간에서 잡아오고
이병아는 오은아와 장기(將棋)로 마음을 달래다

교대호 집 안손님들이 다 돌아가자 기생 네 명도 집으로 간다고 서둘렀다.

"너희들은 영감이 돌아오시거든 가거라. 등청하실 때 너희들을 붙들어 두라고 하셨으니 영감을 뵙고 가거라."

오월랑이 이렇게 가겠다고 하는 기생들을 만류하고 있을 때 술에 취한 서문경이 돌아왔다.

한옥천, 동교아 두 기생이 얼른 무릎을 꿇고 인사를 했다.

"손님은 모두 돌아가셨나? 애들아 너희들 노래 한 마디씩 들려다오."

서문경의 말에 오월랑은 손님들은 지금 마악 돌아갔고 기생들도 지금 돌아가겠다고 조르던 참이라고 말했다.

서문경은 이계저에게 너와 오은아는 오늘밤 여기서 잠을 자도록 하고 두 기생만 돌려보내라고 지시했다. 이계저는 서문경의 말에 조금 찡그리며 잠자코 있었다.

"난 지금 술은 마시지 않겠으나 너희들의 음곡을 들으려고 한다. 음곡이 끝난 다음에 한옥천과 동교아는 먼저 집으로 보내 주겠다."

서문경의 말에 이계저는 비파, 오은아는 거문고, 한옥천은 완함(阮咸), 동교아는 태고(太鼓)를 각각 맡고 한 사람씩 번갈아 창을 불렀다. 월랑,

교아, 금련, 병아 등 처첩들을 허리에 끼고 앉아서 서문경은 기생들의 창을 들었다.

창이 끝난 뒤에 서문경은 한옥천과 동교아에게 화대를 주어 작별하고 이계저와 오은아는 하룻밤 자고 가도록 분부를 하였다.

이때 밖에서 떠들썩하면서 대안과 금동이가 이교아 방 소녀 하화(夏花)를 잡아끌고 왔다.

"기생들을 돌려보낸 뒤 마굿간이 수상해서 들어갔더니 이년이 숨어 있잖겠어요. 어쩐 일이냐고 물어도 통 입을 열지 않아서 끌고 온 것입니다."

서문경은 하화를 섬돌 위에 꿇어 앉히고 너 왜 마굿간에 숨어 있었느냐, 무엇을 훔쳐 가지고 도망치려고 했느냐고 호령하면서 추궁을 하였다. 밖이 소란하므로 이교아가 나와서 본즉 자기가 부리고 있는 계집애인지라 깜짝 놀라 어떻게 된 일이냐고 다그쳐 물었다. 그러나 하화는 여전히 아무 대꾸가 없었다.

"그년의 몸을 뒤져봐라!"

서문경의 말에 대안과 금동이가 하화의 몸을 뒤지니 쇠붙이 소리를 내면서 땅에 떨어지는 물건이 있었다. 대안이 얼른 주워보니 그것은 이병아의 방에서 잃어버렸던 금팔찌가 분명했다.

요년이 금팔찌를 훔쳤었구나 하고 서문경이 하화의 머리를 쥐어박으니 그제서야 하화는 훔친게 아니고 주웠다고 말했다.

"어디서 주웠단 말이냐?"

서문경이 호령을 하자 하화는 또 입을 열지 않았다. 서문경은 대노하여 금동을 시켜 주리틀을 가져오게 하여 하화의 손가락을 틀어대니 계집애는 애처롭게 울부짖었고 서문경은 취한김이라 펄펄 뛰며 호령을 했다.

하화는 참을 수가 없었던지 여섯째 마님 방에서 주었다고 말하므로 서문경은 주리틀을 거두게 하고 이교아에게 하화를 데려가라고 말했다.

"그년을 내일 뚜쟁이한테 말해서 종으로 팔아 버려라. 그런 년을 그대로 두었다간 큰일 나겠다."

이교아도 대답할 말이 없는지라

"너 대관절 미쳤구나 남의 방에서 금팔찌를 주었으면 나한테 먼저 말을 할 게지 그렇게 앙큼스런 짓을 한단 말이냐?"

하화는 자기 상전인 이교아에게 책망을 듣자 흐느껴 울기만 했다.

서문경은 하화한테서 나온 금팔찌를 오월랑에게 주고 이병아 방으로 갔다. 오월랑은 옥소를 부르더니 아까 하화도 이병아의 방에 갔었느냐고 묻자,

"하화년도 들어 갔었어요. 어느 틈에 금팔찌를 집어넣었다가 집안에 소동이 벌어지니까 겁이 났던 모양이에요. 그래서 기생들 가는 틈에 빠져나가려다 대문간에 사람들이 많으니까 마굿간으로 들어갔던 것인가 봐요."

"조년이 도적질을 했을 줄이야 누가 알았겠니, 앙큼스런 계집애 같으니라구."

이교아가 하화를 데리고 자기 방으로 들어가려니까 이계저가 참견을 했다.

"이 숙맥아. 열 여섯이나 먹은 것이 그렇게 꾀두 없었니, 어디서 무얼 주었으면 마님께 살며시 드렸으면 이런 일도 없었을 게 아니냐?"

"네가 혼이 나니 너희 마님까지 거북하게 되지 않았니?"

하화는 그저 울기만 했다.

"그래 너 이 댁에서 쫓겨나갈 셈이냐?"

"전 죽어두 안 나가겠어요."

"그럼 이제부터는 너와 너희 마님과는 무슨 일에건 동심일체가 되야 한다. 그리고 무슨 물건이 생기든지 곧 마님께 드려야 한다."

"네, 잘 알겠어요."

하화는 이계저의 이런 말에 마음이 조금 놓였는지 울음을 그쳤다.

한편 서문경이 이병아의 방에 들어가서 옷을 벗고 자려고 하니까 이병아가

"오늘밤은 오은아가 이방에서 자게 되었으니 딴방으로 가서서 주무세요."

"그렇다면 너희는 양쪽에서 자고 나는 가운데서 자면 그만일텐데 나보고 어딜 가라는 거냐."

"그런 농담마시고 오늘 밤은 다섯째 방에 가서서 주무시구료."

"이거 할 수 없군 그리로 가야지."

서문경은 반금련의 방으로 갔다. 반금련은 서문경이 들어오자 반색을 하며 맞아들였고 의복을 벗긴다, 침상에 포단을 깐다, 차를 내온다 하고 법석을 떨었다.

그날 밤 둘이는 베개를 나란히 하여 단꿈을 꾸었다.

서문경을 반금련의 방으로 보낸 뒤에 이병아는 오은아에게 과자와 차를 대접하고 둘이서 장기를 두었다.

"이 댁 영감께선 한 집에 여러 여자를 데리고 사시니까 밤에는 참 바쁘시겠네요. 그런데 어머니 방엔 며칠에 한번씩 오시나요."

"호호호…… 별것을 다 묻네. 한 번인지 두 번인지 그런 것은 모르나 자주 들어 오서서 아기를 귀여워하시다가 그냥 주무실 때가 많으시니까 내 방에서 주무시는 셈이지. 허지만 난 아예 영감께서 내 방에 들어오시지 않는게 좋겠어. 왜냐하면 영감이 주무시고 나간 이튿날은 별말을 다하고 다니고 나를 헐뜯는다는구나. 오늘 밤 다섯째가 은아한테 절을 하고 한 턱을 내야 옳을걸세."

"아무리 다른 마님들이 샘을 하고 설친다고 하더라도 어머님이 애기를 잘 기르시면 그만이고 큰마님께서만 양해하면 그만이죠."

"아무렴 영감과 큰마님이 돌보지 않으면 이 애는 살아있지 못했을 거야."

이병아와 오은아는 이렇게 애기를 주거니 받거니 하면서 자정까지 장기를 둔 뒤에 침상으로 들어갔다.

40

응백작(應伯爵)이 구문(口吶)을 받고 빚을 얻어주고
이병아가 오은아에게 의복감을 선사하다

이튿날 서문경은 현청에 나가지 않고 사돈이 된 교대호집으로 선사품을
대안을 시켜 보냈다.

한편 응백작은 서문경에게 핑계를 대고 뺑소니를 친 뒤 그 길로 황사의
집으로 달려갔다. 이지와 황사는 빚 얻어준 구문으로 돈 열 냥을 준비해
놓고 있다가 응백작이 나타나니 그에게 주었다.

"응영감 마침 잘 오셨습니다. 서문경 영감은 우리에게 대보름이 지나면
다시 오라고 했는데 갚기로 약속한 오백 냥 빚은 좀 연기하도록 힘써 주
시구려. 그리고 현청에 납품하려면 돈이 좀 부족한데서 서문 영감께 또
말씀 좀 여쭈어 주실 수 없습니까?"

"얼마가 또 필요하단 말인가?"

"다른데서 빚을 내어온다 해도 닷푼 이자는 내야 할게고 현청에서 세도
를 부리는 사람한테서 꾸는 편이 유리해요. 그래야만 아래 위의 입을 씻
는데도 돈이 덜 들어갈 것 같아요. 내 생각으로는 또 오백 냥만 빌리면
먼저 빚 오백 냥과 합해서 천 냥 차용증서를 만들었으면 합니다. 그렇게
하면 매달 이자를 물기도 편리할 거에요."

황사의 말에 응백작은 무슨 생각을 하는 듯하더니

"정 그렇다면 내가 나서 줄테니 염려말아. 그런데 내가 일을 성사시켜

주면 자네들은 얼마를 사례할 생인가?"

"닷 냥을 드리려고 해요."

"닷 냥이라 좀더 내면 자네들 주문대로 오백 냥 더 얻어 주겠지만……"

"닷 냥이 적으면 열 냥을 더 드리리다."

"그럼 그렇게 하게. 그리고 내일 아침에 안주 네 쟁반과 금화주 한 병을 사오게. 기생은 걱정말구. 오은아와 이계저 두 기생이 오늘 서문 형님 댁에서 자고 있으니까 광대나 대여섯 명 불러오게 그리고 자네를 내가 부를테니 그때 내 옆에 와서 자리를 잡도록 하게. 내가 기회를 봐서 한 마디만 하면 오백 냥쯤은 문제 없을걸세."

다음 날 응백작은 황사와 동업하는 이지가 마련한 안주와 금화주를 서문경의 집으로 보냈다.

응백작은 서문경을 찾아왔으나 그 선물에 관해서는 모르는 척했다.

"어제는 집사람이 늦도록 댁에서 대접을 받구와서 여간 황송해 하지 않더군요. 그런 큰 잔치에 참석해 보긴 생전 처음이라구 좋아하면서……"

"글쎄, 나도 어느 댁에 초대를 받고 나갔었기 때문에 안손님들을 잘 대접했는지 모르지만 자네 부인께서 그러시다면 오히려 미안하다고 전해 주게."

"형님, 저 안주와 술은 황사와 이지가 올린 모양이죠. 그 사람들이 형님 돈으로 장사해서 재미를 본다는 소문이던데 형님의 은혜를 잊지 않았군요."

"저 물건들은 다 돌려보낼 참이다. 내가 그런 장사치들 한테서 선물을 받아서 쓰겠나."

"원 형님두 별 말씀을 다 하십니다. 그들의 성의를 무시하면 그들이 얼마나 섭섭해 하겠소. 그렇지 않아도 오늘 잔치를 위해서 광대도 대여섯 명 보낸다고 하던데요."

"광대까지 불렀다면 할 수 없네. 그럼 황사와 이지도 부르도록 하게."

응백작은 자기 계략대로 착착 되어가므로 사람을 보내어 황사와 이지를 불러오게 했다.

서문경은 응백작에게 차를 대접한 뒤에 서상방으로 안내했다.

"자네 사희대를 만났나?"

"오늘은 아직 못 만났어요."

"그럼 부르도록 하게."

서문경은 즉시 사회대 집에 사람을 보냈다. 응백작은 사회대가 오기 전에 결말을 지으려고 말을 꺼냈다.

"형님 내일이 기한인데 황사와 이지한테서 얼마를 받을 건가요?"

"이자랑 합해서 오백냥이네."

"그 친구들 괜찮은 사람들이니 이왕이면 빚을 더 주어 이자를 받는게 어떻겠어요. 오백 냥만 더 내놓으시구 천 냥 증서를 받으시면 좋지 않겠어요."

"하긴 나도 오백 냥쯤 받으나마나 하지. 그럼 천 냥 짜리 증서를 써오도록 하게."

응백작은 자기가 생각한대로 서문경이 순순히 승낙하므로 기분이 매우 좋아서 서문경에게 축배를 권했다.

이 때 대안이 들어오며,

"영감님, 지금 분사가 자개박은 대리석 병풍과 동라(銅鑼)와 동고(銅鼓)를 가지고 와서 백영감 댁에서 서른 냥에 잡혀 달라는데 어떻게 할까요?"

"그럼 분사보고 이리 가져 오라고 해라."

분사가 두 명의 짐꾼과 함께 들여온 대리석 병풍은 폭이 석 자, 높이가 다섯 자나 되는 것으로 매우 귀중한 물건이었다.

응백작은 한참 들여다보다가 혀를 내두르며 서문경에게,

"형님, 병풍은 퍽 훌륭한 물건입니다. 그리고 동라와 동고도 일품으로 합하면 상당한 값이 나갈 겁니다. 서른 냥이라면 아주 헐값이니 어서 잡아 두시도록 하세요."

"아주 팔아버리지 않고 잡히는 걸 보면 곧 찾아갈 모양인데."

"찾지 않을 거에요. 체면 때문에 팔지를 않는가 봐요. 삼 년만 지나면 원금과 이자가 얼만데 무슨 수로 찾아 가겠어요. 그 댁은 지금 쓰러져 가는 판이라……"

"그럼 진서방님께 서른 냥만 달래서 그 물건을 잡도록 해라."

서문경은 대안에게 지시했다.

서문경은 병풍을 깨끗이 닦게 하여 대청 정면에 놓고 좌우로 왔다갔다 하면서 바라보았다.

이 때 악사들이 식사를 마치고 피리와 북을 가지고 대청으로 나왔다.

악사들이 피리를 불고 북을 치는 중에 사희대가 들어왔다. 서문경은 사희대에게 그 병풍을 감정해 보라고 일렀다.

사희대는 엉거주춤 하고 가까이 가서 대리석 병풍을 자세히 살폈다.

"형님, 이건 굉장한 보물인데요."

"아무리 보아도 백냥은 주었을 걸요."

사희대의 말에 응백작은 그 병풍과 동라와 동고까지 합해서 서른 냥에 잡았다고 털어놨다.

사희대는 머리를 휘휘 저으면서 큰 목소리로

"동라와 동고만 해두 상등 구리쇠 마흔 근은 들어갔을 텐데 이런 보물을 서른 냥에 잡다니 형님은 운이 좋아 이런 일품을 헐값에 얻었지요."

서문경은 응백작, 사희대 두 사람을 서재로 데리고 들어갔다. 이 때 이지와 황사가 찾아와서 서문경에게 무릎을 꿇고 인사를 올렸다.

"웬걸 그렇게 많이 보냈는가? 도저히 받을 수가 없네 그려."

"변변치 못한 것을 보내서 도리어 부끄럽습니다만 저희들의 정성이니 받아주십시오. 그리고 영감께서 저희들을 부르신다기에 외람되이 대령하였습니다."

서문경이 그들에게 차를 대접하고 있을 때 대안이 들어와서 식탁을 어디에 준비할가를 물었다. 서문경은 식탁을 서재로 들려 오라고 일렀다.

식탁이 준비되자 응백작과 사희대는 상좌에 앉고 이지와 황사는 그 옆에, 서문경은 주인 자리에 앉았다. 그들이 식사를 하고 있는 동안 악사들은 연주를 하였다.

이러할 때 이계저의 집에서는 남자 하인이, 오은아의 집에서는 여종 남매가 가마꾼을 이끌고 각각 데리러 왔다.

이계저가 돌아가려고 인사를 하자

"좀 기다리지. 잠시 후에 우리 모두 나의 친정집에 가려고 하는데 계저도 같이 갔다가 돌아오는 길에 액땜을 하고 오지."

오월랑이 이렇게 말하며 이계저를 붙들었다.

"마님, 사정이 그렇지 못해요. 지금 집에 아무도 없을뿐더러 오늘 모임이 있어요. 다른 때 같으면 며칠이라도 있겠지만…… 하인까지 보냈으니 안 갈 수 없어요."

이계저가 부득이 가야만 한다고 나서므로 오월랑은 그에게 선물과 돈 한 냥을 주었다. 이계저는 오월랑에게 인사를 하고 또 서재로 나와 서문경을 불러냈다. 서문경이 일어서니 응백작이 눈치를 채고

"어허, 아직까지 가지 않고 있다가 또 영감을 삶을 수작이냐."

"응영감은 꼭 내 일에 참견하신단 말야. 남이야 가건 말건 상관마세요."

이계저가 눈을 흘기고 있을 때 서문경이 방에서 나왔다.

"영감께 꼭 한 가지 청이 있는데 들어주시겠어요."

"무슨 청인데?"

"여쭙고 가려는건 다른게 아니라 이교아 아씨 방에 딸린 하화를 내쫓지 말아 달라는 부탁이에요. 한 번 잘못이 있더라두 이교아 아씨를 봐서라두 댁에 그냥 놔두세요. 나이가 어려서 아무것도 몰라 그런짓을 했던 것이니까 앞으로는 다시 그렇지 않을 거에요."

"음, 알겠다. 네가 그렇게 간청하니 용서해 주마. 그대신 너도 내 말을 잘 들어야 해."

"호호호…… 내가 언제 영감 말씀 안들은 적이 있나요. 요새는 통 저의 집에 오시지두 않으시면서…… 아마 애기 엄마 한테만 빠지신 모양이죠."

"에끼 고얀놈 같으니라구. 이젠 네가 보고 싶어서 못 견디겠다."

"농담 고만 하세요. 이젠 안 속는다구요. 하화나 잘 부탁하겠어요."

이계저가 서문경과 작별하고 대문 밖으로 나가니 대안이 쫓아나와 전송을 했다. 서문경은 화동에게

"너 안에 들어가서 큰마님께 종년 소개하는 사람을 부르지 마시라고 여쭈어라."

하니 대안은 안으로 들어갔다.

서문경이 이계저와 작별하고 자리에 돌아와서 응백작과 사희대에게

"고년이 여간 약아야지. 아무리 우리 집이기로서니 이틀씨이나 묵겠나? 제 집에 또 어떤 사내녀석이 와서 기다리니까 데리러 왔는데 자네들한테 개평 떼이구 앉아 있을 고년이 아니란 말야."

"형님, 그년 아니면 천하에 기생이 없단 말씀입니까? 그렇지 은아야?"

응백작은 오은아를 품에 안고 술잔 하나로 서로 마시며

"우리 은아가 그까짓 말괄량이 이계저보다 백 배나 더 낫지."

"호호…… 응영감의 그런 수단에 누가 넘어갈 줄 알아요. 공연히 추켜 세우지 마시고 잠자코 술이나 드세요."

오은아의 말에 서문경도 껄껄 웃었다.

"얘는 내 말을 거짓말로 듣네. 형님, 참말로 은아는 귀여워요. 너 어디 비파를 타고 창이나 한 마디 불러보렴."

"이렇게 꼭 끼어 안으시고 어떻게 비파를 타란 말씀에요."

응백작은 그제서야 오은아의 허리에 감았던 팔을 풀어주었다.

오은아는 비파를 무릎 위에 놓고 섬섬옥수를 가볍게 놀려 비파를 튕기면서 가는 목청으로 창을 부르기 시작했다.

한편, 화동이 안으로 들어가니 오월랑은 맹옥루, 이병아, 전실 딸 손설아, 여승을 데리고 얘기를 하고 있었다. 오월랑은 화동이 들어오므로

"너 마침 잘왔다. 풍노파를 좀 불러오렴. 하화년을 팔아버려야겠다."

"웬걸요. 영감께선 하화를 그냥 댁에 놔두시겠다고 큰마님께 여쭈라고 소인을 들여보냈습니다."

"아니! 언제는 어디다 팔아버리라고 하더니 또 무슨 변덕으로 그러시더냐? 누가 고년을 팔지 말라고 말씀을 드리더냐?"

"이계저가 영감을 뵙고 그대로 놔달라고 청했답니다."

"대안 녀석은 어딜 갔느냐?"

"이계저를 전송하러 나갔습니다."

"고녀석의 농간인가 보다. 이계저를 전송하는데 일부러 제놈이 나갈 건 무어냐. 아무래도 그놈도 계저한테 넘어간 모양인데 들어오거든 그놈부터 혼을 내줘야겠다."

그 때 창을 부르다 쉬려고 오은아가 안으로 들어왔다. 오월랑은,

"너희집 남매가 너를 부르러 왔더라. 이계저도 돌아갔는데 너도 가려느냐 아니면 더 있겠느냐?"

하고 오은아에게 물었다.

"영감들께서 하도 붙드시니 내가 간다면 큰 실례가 될 것 같아 못 가고 있어요."

오은아는 다시 남매에게 물었다.

"집에 무슨 일이 있니? 왜 부질없이 찾아다니구 야단이냐?"

"별일은 없어두, 그저 모셔가려구……"

"아무 일도 없는데 왜 온단 말이냐? 난 더 있다가 갈 테니 내 옷보따리나 가지고 너 혼자 돌아가거라."

오은아의 옷보따리는 이병아의 방에 있었는데 옷보따리를 가지러 들어가니 이병아는 의복 일습과 금실로 감친 비단손수건 두 개와 돈 한 냥을 그의 옷보따리에 함께 싸주었으므로 오은아는 사양을 했다.

"마님 이 옷은 사양하겠어요. 이런 좋은 옷은 제 신분에 어울리지 않아요. 전 백롱저고리가 없으니 마님 입으시던 헌것이라두 한 벌만 주세요."

"내 저고리는 너무 커서 맞지 않을 텐데."

이병아는 영춘을 부르더니 장롱에서 백롱 한 필을 꺼내오게 했다.

"내 옷은 안 맞을 테니 어머니께 여쭈어 재봉사를 불러다가 이것으로 새로 지어 입도록 하지."

이병아는 오은아가 사양하는 옷까지 보따리에 싸주었으므로 오은아는 이병아에게 백배 치하를 한 뒤 옷보따리를 남매에게 주었다. 남매는 식사를 대접받고 선물 꾸러미와 옷보따리를 가지고 혼자 돌아갔다.

이러할 때 오월랑의 친정에서는 하인 내정을 보내어 왔다.

"여러 마님들 하고 이계저, 오은아를 빨리 오십사 해요."

"곧 떠나려고 준비하고 있는 중인데 둘째 마님은 다리가 아파서 못 가시고, 영감께서 손님들과 술을 잡수시고 계신데 집에 아무도 없으면 안 되니 넷째 마님도 가실 수가 없고, 또 이계저도 벌써 집으로 돌아갔으므로 오은아까지 합해서 여섯 사람이 가겠다고 여쭈어라."

오월랑은 친정 집 하인에게 이렇게 분부를 하고 먼저 돌려 보냈다.

하인이 돌아간 뒤에 오월랑은 이병아, 맹옥루, 반금련, 전실 딸, 오은아를 각각 가마 여섯 채에 태워 가지고 친정 집으로 떠났다.

41

대보름 원소가절(元宵佳節) 놀이를 구경하고
처첩(妻妾)들은 거북점을 치며 법석대다

그날 오월랑 일행은 오대구 집에 초대를 받고 갔었으나 서문경은 응백작의 계략으로 황사와 이지가 참석한 주석에서 하루를 보냈다.

이지와 황사가 해질 무렵이 되어서 서문경의 집을 물러나오자 응백작은 그들을 대문 밖까지 전송을 하면서

"내가 서문 영감께 말씀을 잘드려 천 냥 조건은 염려없게 되었네."

하고 생색을 내니 황사와 이지는 고맙다고 연거푸 인사를 했다.

응백작은 서재로 도로 돌아와서 사희대와 서문경을 상대로 술을 다시 마시고 있는데 광대 이명이 들어와서 무릎을 꿇고 인사를 했다.

"자네 마침 잘 오는군."

하고 응백작이 말하니 서문경도 어째 자네 혼자만 오고 오혜는 왜 안 왔느냐고 물었다.

"오혜는 마침 눈병을 앓고 있어서 오늘 동평부에서 불렀는데도 거기도 못 갔어요. 그대신 왕계(王桂)를 데리고 왔습니다."

이명은 왕계를 불러들여 인사를 시켰다.

"어디 음곡이나 들어보자."

서문경이 이명과 왕계에게 창을 시키자 이명은 거문고를 가지고 왕계는 비파를 들고 소리높여 창을 불렀다. 그 옆에서 서문경, 응백작, 사희대는

술을 마시며 흥취를 돋구었다.

밤이 되자 서문경은 진경제, 한도국, 운서방, 부집사 등을 불러오게 하고는 양자등을 대청에 밝힌 뒤 병풍을 두르고 그 가운데 탁자 두 개를 놓고 남자들만의 술자리를 마련했다. 서문경은 응백작, 사희대와 더불어 상좌에 앉고 그 좌우에 진경제 등을 앉히었다.

여섯 명의 악사들이 풍악을 울리자 이명과 왕계는 거문고와 비파를 타며 등롱 노래를 불렀다.

대문 밖에는 구경꾼들이 몰려들어 군졸 둘은 구경꾼들을 정리하느라 바빴고 대안과 평안은 교대로 불꽃을 올렸다.

한편 오월랑 등이 외출했으므로 춘매와 옥소와 난향, 영춘 등 소녀들은 할 일이 없어 싱겁고 궁금증이 나서 곱게 화장한 모습을 병풍 뒤에 숨기고 불꽃놀이 구경을 하였다. 그 때 병풍 뒤에서는 서동과 화동이 술을 데우고 있었는데 서동이 병풍 뒤에서 옥소와 희롱을 하다가 화로에 얹은 술 주전자를 둘러 엎어 버렸다.

술이 숯불에 쏟아지니 재티와 김으로 주위가 자욱했다. 그래도 옥수는 허리를 잡고 깔깔대니 서문경은 누가 웃느냐고 호령을 했다. 서동은 당황하여 서문경 앞에 나아가 술을 데우다가 주전자를 넘어뜨렸다고 말하니 서문경은 다시 아무 말도 하지 않았다.

한참 뒤에 진경제와 대안은 등불을 군졸에게 들려가지고 오월랑의 일행을 마주하러 오대구 집으로 향했다.

진경제를 오대구 아우 오이구가 접대하는 사이에 대안은 안으로 들어가서 오월랑에게 영감께서 모시고 오라고 해서 왔으니 일찍 돌아가시자고 말했으나 오월랑은 대안을 괘씸하게 생각하고 있던 참이라 아무 대꾸도 않았다.

오월랑의 일행이 오대구 부인과 작별을 하자 오은아는

"저는 여기서 여러 마님과 작별을 해야겠어요."

하고 인사를 하니 오대구 부인은 은비녀 한 개를, 오월랑은 돈 한 냥을 오은아에게 주었다. 진경제가 자기가 집까지 바라다 주겠다고 나서니 오월랑이 그렇게 하라고 하므로 진경제와 대안은 오은아를 그녀의 집까지

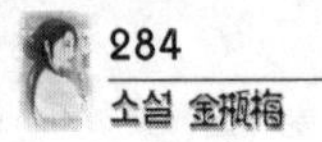

바래다 주었다.

오월랑의 일행이 모두들 가마를 타고 앞뒤에 등불을 밝히고 돌아오는 길에 동가구(東街口) 교대호의 집 앞을 지나게 되었다. 마침 교대호 부인과 다른 식구들이 문앞에 나와서 등롱 구경을 하고 있다가 오월랑의 일행을 보고 반색을 하며 억지로 안으로 끌어 들여갔다.

한편 서문경은 온종일 술에 취해서 의자에 앉은 채로 졸고 있었다. 응백작과 사희대는 더 놀려고 하였으나 서문경이 등청한 뒤에 오월랑, 맹옥루, 이병아는 대문까지 나와 여승을 전송했다. 이 대문밖에 거북점(龜占) 치는 노파가 등에 무엇인가를 지고 지나가므로 불러들였다.

"할멈, 우리들 신수점을 쳐보세요."

거북점 치는 노파는 허리를 굽신대며 오월랑의 사주를 물었다.

노파가 거북을 돌리니 거북은 목을 내밀었다 움추렸다 하면서 빙빙 돌아다니다가 점괘 한 장을 물고 우뚝 섰다.

거북이 문 점괘 한 개를 꺼내니 거기에는 한 사람의 여자와 남자가 그려있고 옆에는 종복들이 금은재보를 지키고 있는 그림이 나왔다.

"마님의 성품이 인자해서 밖으로는 불쌍한 사람을 도와주고 안으로는 잘 다스립니다. 남의 죄를 짊어지고 고생을 하면서도 기쁠 때는 웃고 노할 일엔 노하여 하인을 부리는 분이십니다. 약간의 재앙이 있겠으나 마음이 착한 탓으로 구원이 되고 칠십평생의 수를 누리겠습니다. 하여간 점괘가 무척 좋습니다."

"이 마님의 자복(子福)은 어떻겠수?"

맹옥루가 옆에서 이렇게 물으니 노파는,

"말씀드리기 황송합니다만 자궁에 좀 시상점이 있어서 직접 자복은 없으나 장래 누군가 출가한 아기를 맞아 노후에 재미를 보실 것입니다. 만일 자손을 갖더라도 수명이 짧습니다."

"호호호…… 여섯째의 관가가 봉양을 잘할 모양이죠."

맹옥루는 이병아를 보고 웃었다.

오월랑은 맹옥루에게 사주를 대고 점을 쳐보라고 재촉을 했다. 노파는 거북을 제자리에 세우고 주문을 중얼대면서 점괘를 흔들더니 다시 거북을 빙빙 돌렸다. 거북이 물어온 점괘를 보니 여자 하나에 남자 셋이 있는 그림이었다. 남자 하나는 장사꾼이요, 또 한 남자는 벼슬아치요, 세 번째 남자는 선비로 금은보화를 지키고 있었다.

"이 부인은 삼형육해(三形六害)를 범하고 있는 괘니 주인을 이겨내야만 좋을 것입니다."

"벌써 이겨냈는 걸요."

"이 부인은 성미가 온순하여 기뻐하거나 노하거나 남들이 모를만치 조용한 인품으로 외면으로는 분명하게 나타나지 않습니다. 일생에 윗사람이 좋아하고 아랫사람이 공경하여 주인의 사랑을 받으나 남의 마음을 쓸줄 모르므로 소인배들로부터 이용을 당하십니다."

"호호호…… 공연히 남들에게 욕을 얻어먹을 팔자군요."

맹옥루가 웃자 오월랑은 다시 자손은 어떻겠느냐고 점장이한테 물었다.

"잘하면 딸 하나는 두겠지만 아들은 어렵겠어요. 그리고 환갑 진갑 지내구 오래 사실 겁니다."

오월랑은 이번에는 이병아를 보고 점을 쳐보라고 눈짓을 했다.

점장이는 거북을 돌려서 점괘를 뽑았다. 점괘는 두 사람의 여자에 세 사람의 관리가 있는 그림이었다. 하나는 홍복(紅服), 다음은 녹복(綠服), 또 하나는 청복(靑服)을 입었는데 청복 입은 관리는 한 손에 아들을 안고 한 손에는 금은재보를 들고 있었다. 그런데 그 옆에는 검은 얼굴에 이를 뻗친 적발귀(赤髮鬼)가 서 있었다.

"이 부인의 운수는 평생동안 영화부귀를 누릴 것이고, 의식에 부자유가 없을 패입니다. 다만 남과 불화한 일이 많아서 은혜를 원수로 갚는 무서운 사람이 있는 것이 흠입니다. 점괘 나온대로 아뢰는 것이니까 내 말에 노여워하지 마세요. 치수가 좀 부족하니 성이 나시어도 참으세요. 아들복두 별루 없겠고, 아들에게 어려운 일이 많겠습니다."

"어린애에겐 벌써 도사(道士)의 이름을 지어 주었는데…… "

"출가(出家)를 시키시면 짧은 명을 면해서 장수할 겁니다. 그리고 올해에는 부인께 재앙이 들었으니 칠월달과 팔월달을 조심하세요. 그때 우는 소리를 듣지 않으면 좋습니다."

　점이 끝나자 이병아가 돈 닷 푼을 복채로 내놓으니 오월랑과 맹옥루도 각각 복채를 내놓았다.

　점장이 노파가 돌아가자 뒤를 이어 반금련과 서문경의 전실 딸이 문간으로 나왔다.

　"지금 막 점쟁이 할멈을 돌려보냈는데 조금만 빨리 왔더라면 함께 봤을 텐데."

　오월랑이 미안하다는 듯이 말하자 반금련은 머리를 흔들면서

　"나는 점같은 것 보지 않겠어요. 저번에 왔던 도사가 나를 단명한다고 해서 기분이 언짢아요. 그런 점쟁이들의 말을 들으면 언제는 거리에서 죽으면 거리에 묻히고 시궁창에서 죽으면 시궁창에 묻히게 될 거에요."

　반금련은 웬일인지 오월랑에게 토라진 소리를 하였으나 오월랑은 아무 대꾸도 하지 않고 일행을 데리고 안으로 들어갔다.

〈1권 끝〉

金瓶梅

소설 **金瓶梅** [1권]

2002년 2월 25일 인쇄
2002년 2월 28일 발행

옮긴이/ 김 춘 문
펴낸이/ 최 상 일

펴낸곳/ 태을출판사
서울특별시 강남구 도곡동 959-19
등록/ 1973년 1월 10일(제4-10호)

■ 주문 및 연락처

우편번호 100-456
서울특별시 중구 신당6동 52-107(동아빌딩 내)
전화 : 2237-5577   팩스 : 2233-6166

ISBN 89-493-0150-4   03820